마침내 시작되어버린
합동 결혼식

"평생 너희 둘만
사랑할게"
감격에 겨워하는 레베카를 보며 루시아는 활짝 웃었다. 그러더니
클라우드의 오른팔을 붙잡았다. 레베카는 그의 왼팔을 살며시 움켜쥐었고,
세 사람은 달콤하게 사랑을 속삭였다.

'이게 펜리르구나.'
이 마장기는 신화에 도달해 있었다.
클라우드는 펜리르를 향해 다가갔다.
그리고 펜리르 앞에서 열쇠검을 높게 들었다.
펜리르의 안광에서 푸른빛이 뿜어져 나왔고,
이는 열쇠검을 비췄다.

강철의 소드마스터 4

지은이 달필공자

삽화 키위콩

길찾기

프롤로그

대륙력 1798년 10월 7일.

라인디아 대륙 사람들은 다시 한 번 놀라야 했다. 에레시안 제국을 향해 선전포고하는 것과 동시에 제국으로 진격했던 레이너드 왕국이 공식적으로 항복했기 때문이다.

제국의 남부 지역은 지난 내전 때 공업지대를 상실하면서 가장 큰 피해를 봤다. 그 때문에 이안 폰 에레시안은 내전이 일어남과 동시에 남부를 버렸다. 가지고 있어봤자 막대한 자금만 소모할 게 분명하니까.

그나마 레베카 여황이 남부 지역을 사수하겠다고 선언했지만, 그녀를 따르는 전력은 이안에 비하면 많이 부족했다. 그렇기에 그녀를 따르는 이들도 남부를 포기하자고 주장하는 사람이 많았다. 상황이 이러니 거의 모든 사람이 레이너드 왕국이 남부를 장악할 것이라 여겼다.

하지만 에레시안 제국에는 클라우드 폰 제이드가 있었다.

클라우드는 모두의 예상을 보란 듯이 비웃으며 군대를 이끌고 남부로 향했다. 그곳에서 제피르 폰 레이너드 왕세자가 이끄는 대부대와 정면으로 격돌했다.

그 결과, 레이너드 왕국군은 전멸에 가까운 피해를 보고 패퇴했다. 그 과정에서 총사령관이었던 제피르 폰 레이너드 왕세자와 레이너드 왕국의 소드마스터 중 한 사람인 루벤 폰 오스틴 후작이 함께 전사했다.

레이너드 왕국 입장에서는 엄청난 손실이었다.

하지만 놀라운 소식은 거기서 끝이 아니었다.

살아남은 남부지역의 귀족들이 모두 에레시안 제국이 아닌 클라우드에게 충성을 맹세했다. 클라우드의 계급이 남작이라는 것을 생각하면 이는 있을 수 없는 일이었다. 그러나 남부 귀족들 모두 개의치 않았다.

-클라우드 폰 제이드야말로 내전의 향방을 가를 추다-

시대의 흐름을 읽을 줄 아는 이들은 모두 느꼈다. 클라우드가 누구를 선택하느냐에 따라 제국의 황제가 결정될 수 있다는 것을 말이다.

과연 클라우드는 누구를 선택할 것일까?

아니, 자신에게 러브콜을 보낸 레베카 여황을 과연 지지할 것인가?

그 누구도 에레시안 제국의 미래를 예측할 수 없었다.

클라우드는 바로 동부로 떠나지 않았다. 전투로 파괴된 남부 요새를 복구하고, 국민들을 위무하기 위해 남부를 돌아다녔다.

그러자 전쟁을 피해 피난했던 사람들이 속속 모였고 그중에는 귀족들도 있었고 다들 클라우드를 따르겠다고 맹세했다.

전쟁으로 인한 피해는 컸지만 클라우드의 위무 때문에 사람들은 차츰 안정을 되찾았다. 또 클린트가 하프너 상사의 돈을 풀어 남부 재건에 앞장서겠다는 뜻을 밝히자 남부의 혼란은 완전히 사라졌다.

이제 동부로 돌아갈 때였지만 클라우드는 바로 가지 못했다. 남부에서 해야 할 일이 하나 남아있었다.

"후우."

클라우드는 숨을 가다듬었다. 오랜만에 군복을 벗고 예복을 입었는데 굉장히 불편했다.

거울 속에 있는 자신의 모습은 또 어떤가? 가지런하게 정리된 눈썹과 얼굴에 뭔가를 발랐음에도 전혀 불편함이 없었다. 하지만 화장을 한 자신의 얼굴이 영 적응이 되지 않았다.

"아무리 그래도 화장까지 할 필요가 있을까?"

"당연한 말을 하는군. 그대가 처음으로 대중들 앞에 모습을 보여주는 자리 아닌가? 최대한 멋진 모습을 보여주는 건 당연한 일이다."

루시아가 단호하게 말하자 클라우드는 고개를 흔들었다. 그리고 옆으로 고개를 돌렸다. 5m 앞에 나무로 만들어진 단상이 있었다. 단상 주변은 전부 검은 장막으로 가려져 있었지만, 클라우드는 수많은 사람이 모인 것을 느낄 수 있었다.

"대략 100명 정도인가? 정말 많이도 왔네."

"난세에 사람들이 영웅을 찾는 것은 당연한 일이지. 그리고 그대는 이제까지 너무 대중들 앞에 나가지 않았다. 그러니 많은 사람이 그대에 대해 알고 싶어 하는 것도 무리가 아니지."

"다른 사람에 대해 뭘 그리 궁금한 게 많은지 원."

"지금 하는 모든 것들이 그대에게 도움이 될 것이다. 그리고 기자 회견을 할 때는 존대를 사용해라. 계급과 신분에 상관없이 그게 관례다."

"명심할게."

클라우드의 대답을 들은 루시아는 활짝 웃었다.

"뒤에서 응원하고 있겠다, 클라우드."

"고마워."

연인의 말에 용기를 얻은 클라우드가 씩씩하게 앞으로 나아갔다. 그리고 고개를 슬쩍 돌리자, 종이와 펜을 움켜쥔 사람, 사진기를 든 사람, 음성을 녹음하는 사람 등 다양한 사람이 눈에 들어왔다.

모인 사람이 많은 만큼, 기자들의 국적도 다양했다. 에레시안 제국은 물론 전쟁의 당사자였던 레이너드 왕국, 왕국으로 다시 바뀌려고 하는 크로얀 공화국, 노브리아 왕국 등 많은 국가에서 기자들이 찾아왔다. 모두 영웅이 된 클라우드를 만나기 위해 온 사람들이었다.

쿵.

클라우드가 마침내 단상 위에 올라섰다.

그 순간,

찰칵! 찰칵찰칵!

카메라 플래시가 사방에서 터졌다.

“에레시안 제국군 동부 요새 사령관 클라우드 폰 제이드입니다. 이번 전쟁에서 제가 본 진실에 관해 이야기하고자 여러분 앞에 섰습니다.”

소형 확성기를 통해 클라우드의 묵직한 목소리가 사방으로 퍼져나갔다.

“이번 레이너드 왕국과의 전쟁 때, 저는 왕국군 진영에서 한 사람을 만났습니다. 정확히는 마장기라 해야겠군요. 그 마장기의 이름은 레드라이거입니다.”

클라우드의 말이 끝난 순간,

“뭐라고!?”

“마, 말도 안 돼!”

기자들이 모두 크게 당황했다.

다들 잘 알고 있었다. 레드라이거의 주인이 누구인지, 또 레드라이거가 나타났다는 게 무엇을 의미하는지.

“여러분도 알고 있을 겁니다. 레드라이거의 주인, 카젠트 폰 마르가스에 대해서.”

“저 말이 사실이라면…….”

“이안 황제는 제국의 영토를 타국에 넘기려 했다는 건가.”

기자들의 안색이 창백해졌다.

그만큼 클라우드가 터뜨린 폭탄은 그들에게 큰 충격을 선사했다. 전쟁에 패해 영토를 빼앗기는 것은 받아들일 수 있다. 허나 처음부터 작정하고 적대국에 제국의 영토를 넘기는 것은 절대 용서받을 수 있는 행위가 아니었다.

“믿기 힘들 거라 생각합니다. 하지만 그는 아군을 공격해 수많은 라이더를 죽음으로 내몰았습니다. 그리고 이에 대한 증거를 준비했습니다."

클라우드가 손을 튕기자 뒤편에 화면이 떠올랐다. 검은색으로 칠해진 레드라이거와 원래의 붉은색을 유지하고 있는 레드라이거가 동시에 서 있었다.

"검은 마장기 쪽은 아군 마장기의 전면시각판에 기록된 모습입니다. 그리고 붉은 쪽은 기존의 레드라이거입니다. 색깔만 다를 뿐 동일한 기체라는 것을 알 수 있을 겁니다."

"으음, 확실히 색깔만 달라."

"진짜 같은 기체다."

사진을 본 대부분의 기자가 고개를 끄덕였다. 그러자 클라우드가 다시 손가락을 튕겼고 검게 도장 된 레드라이거가 아군을 파괴하는 모습이 나타났다. 주변에 처참하게 쓰러진 화이트울프 때문에 레드라이거의 모습이 더욱 돋보였다.

"적대국을 돕다니, 이게 말이 돼!?"

"내전을 치르고 있다고 해도 지켜야 할 선이 있다고!"

흥분한 기자들의 반응을 확인한 클라우드는 만족했다.

'내가 가만히 당하고 있을 거라 생각하지 마라.'

상대가 자신에게 엿을 먹인 이상, 대가를 치러야 했다.

그런데 그때, 한 기자가 손을 번쩍 들어 올렸다.

"말씀하십시오."

"감사합니다. 노브리아의 아침입니다. 사진을 증거로 보여주셨지만 사실 사진은 조작하기 쉽지 않습니까?"

이미 예상한 질문이었다. 클라우드는 담담히 대답했다.

"전투에 참여한 마장기의 기록을 전부 다 보여드릴 수 있습니다. 그래도 믿을 수 없다면, 이번에 노획한 레이너드 왕국의 마장기 기록도 같이 보여드릴 수 있습니다."

"그렇게까지 말씀하시니 믿을 수밖에 없군요."

담담히 말하는 것과 별개로 끝까지 자신만만한 태도를 유지하는 클라우드. 그런 그의 모습을 본 기자는 자리에 앉았다. 그러자 클라우드가 다시 입을 열었다.

"현재 제국은 내전을 겪고 있고 그 다툼은 점점 격렬해지고 있는 게 사실입니다. 승리를 위해 여러 방안을 찾아야 하고. 허나 제국의 문제에 외세를 개입시키는 것만큼은 절대 용서할 수 없습니다."

클라우드는 호흡을 가다듬었다. 그리고 말을 이어나갔다.

"저는 묻고 싶습니다. 이안 황제 폐하께서 왜 마르가스 백작을 레이너드 왕국군에 보냈는지, 왜 같은 제국을 상대로 싸우게 했는지 말입니다. 같은 제국인이라면 진실을 알려줄 것이라 믿습니다."

클라우드의 이의제기는 정당했고, 이에 동의한 기자들은 고개를 끄덕였다.

"제 이야기는 여기까지였습니다. 하지만 이대로 가는 건 먼 길을 오신 여러분에게 예의가 아니겠죠. 이번 전쟁에 관해 질의응답 시간을 갖도록 하겠습니다."

클라우드의 말이 끝나기 무섭게 기자들이 손을 번쩍 들어 올렸다. 그들을 둘러보던 클라우드는 한 사람을 지적했다.

"크로얀 일보입니다. 이번 전투에서 제국군이 항복하려는 레이너드 왕국군을 일방적으로 학살했다는 말이 있습니다. 이에 대해 어떻게 생각하십니까?"

"그건 사실이 아닙니다. 레이너드 왕국군은 패배에 직면했지만, 절대 물러나지 않았습니다. 그들은 항복보다 죽음을 택했고 저희는 그 뜻을 존중할 수밖에 없었습니다."

"하지만 그 과정에서 제피르 왕자 저하를 비롯한 지휘관들이 모두 목숨을 잃었습니다. 각하께서 그들을 죽여 항복할 기회를 빼앗은 게 아닙니까?"

"우선 왕자 저하의 죽음은 전투 중에 발생한 불운한 사고였습니다. 여러분도 아시겠지만 마장기가 집단전을 벌이면 그 여파가 큽니다. 제피르 왕자는 운이 나쁘게도 그곳에 휘말리고 말았습니다. 그리고 레이너드 왕국군은 지휘관이 전부 사망했음에도 끝까지 싸웠습니다. 패배를 두려워하지 않는 그들의 기사도 정신에 경의를 표합니다."

클라우드가 진지하게 고개를 숙이자 기자는 자리에 앉을 수밖에 없었다.

"라이딘 신문입니다. 이번 전쟁에서 남부 귀족들이 각하에게 충성을 맹세했다고 들었습니다. 각하의 선택에 따라 내전의 향방이 갈릴 수 있다는데 각하는 누구를 따르실 생각입니까?"

라이딘 시는 이안 쪽의 수도였다. 현재 클라우드와 가장 사이가 안 좋은 황제인 만큼, 저쪽은 긴장할 수밖에 없었다.

"그 부분은 노코멘트 하도록 하겠습니다. 다만, 저는 언제나 국민만을 생각합니다. 그러면 기자 회견은 이만 마치도록 하겠습니다. 먼 길 와주셔서 정말 감사합니다."

클라우드는 정중히 고개를 숙여 인사하고 단상에서 물러났다.

'열심히 고민해라, 니콜라스.'

클라우드가 속으로 웃었다.

이 회견이 널리 퍼지면 이안과 니콜라스는 곤란에 빠질 수밖에 없었다. 안 그래도 이안은 팔칸 대화재를 일으킨 귀족들에 의해 옹립되어 인기가 없었다. 거기에 매국 행위까지 저질렀다는 사실이 밝혀지면 민심은 완전히 그의 등을 돌릴 것이다.

'그렇다고 꼬리도 못 자르지.'

이런 경우 꼬리를 잘라 사건을 무마하는 게 대부분이지만 이번 경우에서는 써먹을 수 없었다. 제국 최강의 기사인 카젠트를 누가 쫓아낼 수 있겠는가? 거기다가 그는 이안의 핵심 전력이었다. 그가 사라지는 순간, 힘의 균형이 무너진다고 해도 과언이 아닐 정도로.

그렇게 이안과 니콜라스는 외통수에 몰렸다.

집무실로 돌아온 니콜라스는 기다리던 칼리안을 바라보았다. 칼리안의 얼굴은 어느 때보다 굳어 있었다. 그리고 니콜라스는 자신의 표정도 그러리라 생각했다. 그만큼 이번 전쟁의 결과는 충격적이었다.

"자네 아들은 정말 대단하군, 칼리안. 서자로 태어난 놈이 이제 한 국가의 왕을 자처할 수 있을 정도로 성장한 걸 보면."

"지금 비꼬는 것인가?"

칼리안이 얼굴을 찌푸리며 물었다. 안 그래도 후회하고 있는 부분이었다. 자신이 조금만 빨리 클라우드를 인정했어도 스타이너 가문이 더 높이 비상할 수 있었기 때문이었다.

"그럴 리가 있겠는가? 정말 골치가 아파서 그러네. 기껏 대국을 바라보며 계획을 짰는데, 처음 말고는 되는 게 하나도 없다니, 이것만큼 열 받는 일이 어디 있겠는가?"

"음."

니콜라스가 한탄하자 칼리안은 침묵했다. 이번에는 그 역시 니콜라스의 심정을 이해했다. 니콜라스는 내전을 종식하고 둘로 쪼개진 제국을 통일하기 위한 계획을 모두 짰다.

시작은 좋았다. 아슈레이 백작을 죽이고 북부의 절반을 얻었기 때문이다. 문제는 정말 시작만 좋았다는 점이었다. 카젠트를 앞세워 팔칸을 함락시키려했지만, 그것도 실패로 돌아갔다. 최고 전력인 카젠트가 빠지는 바람에.

그래서 카젠트가 클라우드라도 죽이기를 빌었다. 허나 그마저도 실패로 돌아갔다. 살아남은 클라우드는 사실상 일국의 군주를 자처하기에 부족함이 없는 세력과 지위를 손에 넣었다.

"자네가 나서면 그를 회유할 수 있겠는가?"

"불가능하다. 그놈은 이미 스스로 스타이너 가문에서 나가겠다고 말했으니까. 그리고 설령 저놈이 핏줄을 인정해도 우리는 황태자를 죽였다. 저놈이 올 리 없지."

"죽은 주제에 끝까지 귀찮게 하는군."

니콜라스는 자기도 모르게 얼굴을 찌푸렸다. 자신의 반밖에 살지 않은 필립 때문에 얼마나 골치 아팠던가? 그런데 죽어서까지 발목을 잡을 줄이야. 필립에 대한 분노가 절로 치밀어 올랐다.

"자네는 놈이 레베카 여황과 손을 잡을 거라고 보나?"

"그럴 가능성은 희박하지. 동부 지역의 영주들이 레베카 여황을 향해 충성을 맹세했지만, 그뿐이다. 동부에서 클라우드 놈의 영향력은 절대적이다. 남부에 이어 동부까지 장악한 그가 레베카 여황과 손을 잡는다? 나라면 차라리 여황을 버리고 자신의 나라를 건국할 것이다."

"나 역시 자네의 의견에 동의하네. 소드마스터만 빼면 레베카 여황의 전력은 없는 것이나 다름없으니까."

칼리안의 설명을 들은 뒤, 니콜라스는 고개를 주억거렸다.

"클라우드 놈이 반역을 일으켜 레베카 여황과 싸웠으면 좋겠군."

"지켜봐야지."

레베카와 클라우드가 격돌하는 순간, 내전의 운명이 결정된다고 아니었다. 누가 이기든 간에 이안이 상처투성이가 된 승자를 집어삼키면 되니까.

그렇게 두 사람이 미래를 고민할 때, 쾅!

문이 벌컥 열렸다.

"큰일 났습니다, 각하!"

"무슨 일인가?"

젊은 관리가 제대로 노크도 하지 않고 들어왔지만, 니콜라스는 따지지 않았다. 그는 누가 봐도 크게 당황한 상황이었다. 관리는 그대로 니콜라스에게 신문을 건넸다.

그것을 읽은 니콜라스는,

"뭐냐, 이건?!"

경악을 감추지 못했다.

칼리안의 얼굴도 크게 일그러졌다. 신문의 표제는 이렇게 적혀 있었다.

<이안 황제 매국?! 왕국군 진영에서 제국군을 공격한 카젠트 폰 마르가스 백작 확인!>

<클라우드 폰 제이드, 이안 황제가 자신의 동생을 쓰러뜨리기 위해 레이너드 왕국과 손을 잡았다고 밝혀!>

"끝까지 나를 방해하는군! 이 빌어먹을 서자 놈이!"

니콜라스는 평소의 여유를 잃고 욕설을 내뱉었다. 이건 외통수였다. 이렇게 되면 자신들은 카젠트를 버릴 수밖에 없었다. 하지만 카젠트를 버린다는 건 절대 있을 수 없는 일이었다.

"어떻게 할 것인가? 대책을 세워야지."

"그래야지. 그래야 하는데, 제기랄!"

니콜라스는 흥분을 가라앉히지 못했다.

삐삐.

집무실에 있던 통신기가 신호를 보냈다. 니콜라스는 바로 통신을 받았다.

"무슨 일이지?"

-그, 급보입니다! 레베카 여황이 클라우드 폰 제이드에게 공개 청혼을 했다고 합니다!-

"뭐라고!?"

"그런 말도 안 되는!"

니콜라스와 칼리안 모두 비명을 지르듯이 소리쳤다.

제 1장 공개 청혼

클라우드가 이끄는 군대는 로이안 영지로 나아갔다. 그리고 영지에 도착했을 때, 클라우드는 볼 수 있었다. 길거리를 가득 채운 수많은 영지민들의 모습을.

"영주님 만세!"

"에렌시아 제국 만세!"

영지민들이 일제히 외쳤다. 그들의 얼굴에는 클라우드에 대한 자부심이 넘쳤다.

"거참. 아직 영주는 안 됐는데 말이야."

로이안 영지의 주인은 공식적으로 공석이었다. 그런데 자신을 영주라 부르다니, 원래라면 영주를 참칭했다는 죄로 큰 벌을 받았으리라.

"상관없지 않나? 이미 영주가 아니라 국왕을 칭해도 따를 이들이 많은데 말이야."

루시아가 실없는 소리 하지 말라는 듯 바로 맞받아쳤다. 실제로 사실이었기 때문에 클라우드는 피식 웃었다. 그리고 트레일러에서 내렸다.

"와아아아아아!"

영지 전체가 들썩일 정도로 거대한 함성이 퍼졌다. 그리고 그 때, 백성들을 가르며 나타나는 이가 있었으니 바로 미카엘이었다. 그는 영지의 모든 관리들을 이끌고 클라우드를 마중 나왔다.

"위대한 제국의 영웅에게 무한한 영광을. 오랜만에 뵙습니다, 영주님."

미카엘이 그답지 않게 공손한 태도로 말했다.

"그대도 나를 영주라 부르는 건가."

"영주를 그렇게 정리했을 때, 이미 당신이 영주였습니다. 곧 영지 이름을 바꾸자고 제안을 올릴 것입니다."

"그런가? 그럼 이렇게 말해야 옳겠지. 다녀왔다."

클라우드가 씩 웃으며 대답했다.

정말 오랜만에 돌아온 로이안 영지였다.

클라우드는 미카엘과 함께 나란히 걸었다. 곁에서 영지민들이 계속 환호해서 귀가 먹먹했지만 그래도 좋았다. 자신을 향한 저들의 믿음과 기대감 등 다양한 감정을 느낄 수 있었다.

"오랜만에 온 영지민들을 본 소감은 어떻습니까?"

영주의 관저로 돌아오자 미카엘이 웃으며 물었다.

"좋군. 내가 처음 왔을 때만 해도 다들 표정이 좋지 않았다. 그런데 지금 보니 정말 많이 달라졌어."

"그렇습니까?"

"그뿐만이 아니다. 영지 내에서 공사들이 많이 진행되고 있더군. 그 때문에 사람들이 더욱 활기찬 것 같다."

로이안 영지는 사실상 시골이었지만 지금은 달랐다. 완공된 건물은 없었지만 계속 높은 건물들이 세워지고 있었다. 또 기존의 성벽도 일부 허물어뜨리고 확장 및 증축되고 있었다.

“저건 영주님께서 보낸 유물들을 잘 팔아먹어 가능했습니다. 그리고 하프너 가문이 영주님에게 충성을 맹세했다고 하지만 별의별 사람들이 전부 투자하겠다고 하며 찾아오더군요.”

“돈을 잘 사용하는 건 또 다른 문제지. 내가 영지에 계속 머물렀어도 이렇게 바꾸지 못했을 거다. 전부 다 자네 덕이다, 미카엘.”

클라우드는 미카엘을 칭찬했다. 솔직히 자신에게 행정 업무를 제대로 할 능력이 없다는 것을 잘 알고 있었다. 영지민들이 행복한 얼굴을 할 수 있는 것은 어디까지나 미카엘의 공이었다.

“물론 제가 거의 다 했습니다만, 그래도 영주님이 아무것도 하지 않았다고 여기지는 않습니다.”

“그런가?”

“예. 영주님께서는 로이안 영지의 이름을 드높여주지 않았습니까? 영지민들 모두 영주님을 보며 희망을 품고 세상이 더 좋아질 거라 믿습니다.”

“사람 몇 명 더 데리고 왔으니 괜히 띄워주지 않아도 된다. 자네가 그런 말을 하니 정말 안 어울리는군.”

씨익.

클라우드가 따지자, 미카엘의 입가에 장난스러운 미소가 떠올랐다.

“그렇게 티가 났습니까?”

“억지로 하는 게 눈에 보이더군.”

“역시 아부도 잘하는 사람이 따로 있나 봅니다.”

"자네를 보니 확실히 그런 것 같다."

클라우드는 그렇게 말하고 자신의 뒤를 따라온 관리들을 돌아보았다.

"모두에게 고맙다는 말부터 하고 싶다. 영주가 자리를 비운 상태에서도 영지가 이렇게 바뀔 수 있었던 것은 전부 그대들의 공이다. 그대들에게 진심으로 감사의 마음을 전하고 싶다."

클라우드는 그렇게 말하고 관리들을 향해 고개를 숙였다. 미카엘이야 자기 잘났다고 말하지만 클라우드는 사람이 혼자서 모든 것을 해낼 수 없다는 걸 잘 알고 있었다.

그리고 클라우드는 소니아의 앞에 다가갔다.

"소니아."

"예!"

소니아가 큰소리로 대답했다. 클라우드는 그런 소니아의 손을 부드럽게 움켜쥐었다.

"내가 동부 요새 사령관이 된 이후, 모든 전쟁에서 전부 승리할 수 있었던 것은 그대가 만든 정보부가 있기에 가능했다."

"아, 아닙니다! 해야 할 일을 했을 뿐입니다!"

"정보부는 그 특성상 누구에게도 말하지 못 하고 뒤에서 모든 것을 착실히 진행해야 한다. 단 한 번의 실수 없이 요원들을 일사불란하게 움직이고 적들의 움직임을 모두 파악한 그대의 공은 매우 크다. 정말 고맙다."

"아……."

소니아는 눈물이 흐르는 것을 알고 황급히 얼굴을 돌렸다. 그러나 눈물이 쏟아지는 것을 막을 수 없었다. 클라우드는 아무 말없이 소니아의 어깨를 두들겼다. 그리고 차례대로 관리들 앞에 서서 일일이 칭찬해서 관리들의 사기를 끌어 올렸다.

"오늘은 기쁜 날이다! 연회를 열어라! 그리고 영지민들에게 전하라! 앞으로 3일 동안 일하지 말고 모두 이 기쁜 날을 즐기라고 말이다! 승전을 축하하자!"

클라우드가 선포했다.

갑작스럽게 열린 축제였지만, 사람들은 개의치 않고 즐겼다. 그 덕분에 로버트를 비롯하여 남부에서 따라온 사람들은 기존의 관리들과 친해질 수 있었다. 미카엘이 로버트를 견제하기는 했지만, 사업가 특유의 넉살로 로버트는 까다로운 미카엘의 인정을 받는 데 성공했다.

그렇게 로이안 영지는 희망으로 가득 찼다.

관사로 들어온 클라우드는 곧장 영지에 있는 가신들을 모두 불렀다. 그렇게 모인 사람은 미카엘, 소니아, 루시아, 로버트였다.

윌리스는 남부 요새에 남아 남부의 안정을 꾀했다. 로렌스는 동부 요새에서 동부 영주들의 동태를 감시하느라 움직일 수 없었고.

"저 까다로운 미카엘과 벌써 형, 동생 하다니, 확실히 사업가는 다르군."

클라우드는 진심으로 감탄했다. 미카엘이 사람을 보는 기준이 얼마나 까다로운지 잘 알고 있었다. 아니, 그것과 별개로 성격도 개판이었다. 그런데 로버트는 하루 만에 미카엘을 형이라 부르며 친해졌다.

"그렇게 말하면 제가 이상한 놈 같지 않습니까?"

클라우드의 말에 미카엘이 투덜댔지만 다른 사람들은 전혀 동의하지 않았다. 오히려 소니아는 놀랍다는 얼굴로 로버트를 쳐다보고는 질문했다.

"이 성격 파탄자하고 그렇게 빨리 친해지다니, 비결이 뭐죠?"

"뭐!?"

미카엘이 길길이 날뛰었지만 소니아는 전혀 신경 쓰지 않았다. 질문을 받은 로버트 역시 그저 웃고 있을 뿐이었다.

"장인의 경지에 도달했다고 여겨지는 엔지니어들을 보면 더 까다롭습니다. 미카엘 형님 정도는 애교죠."

"로버트 님도 뛰어난 엔지니어이자 사업가라 들었어요. 같은 천재인데 왜 저 인간은 저런지 모르겠네요."

미카엘이 부들부들 떨었지만, 이 방에 자신의 아군이 없음을 알고 한숨을 내쉬었다. 그 모습이 굉장히 웃겨 다들 더 크게 웃었다.

"흠흠. 농담은 이쯤 하지."

클라우드가 말하자 다들 진지한 태도로 자세를 바로잡았다.

"모두 잘 알고 있겠지만, 앞으로가 더 중요하다. 우리에게 주어진 선택지는 2가지. 계속 제국의 편을 들 것인가? 아니면 새로운 나라를 세울 것인가? 둘 중 하나를 골라야 한다."

에렌시아 제국은 봉건주의 요소가 많이 남은 국가다. 귀족들의 사고방식 역시 마찬가지였고. 그렇기에 남부 지역의 영주들이 충성을 맹세한 건 의미가 컸다. 새로운 나라를 세워도 될 명분과 세력 그리고 영토를 모두 손에 넣은 셈이었으니까.

"새로운 나라를 세워도 될 힘을 얻었지만, 아직은 상황을 지켜봐야 합니다."

"동부 때문인가?"

"예. 영주님이 동부 요새의 사령관으로 계시면서 반대파들을 전부 정리했지만, 동부 귀족들은 대다수 필립 황태자를 따르던 사람들이었습니다. 현재 그들은 여전히 레베카 여황을 지지하고 있는 상황입니다."

"자네의 말이 옳다, 미카엘. 그게 문제지. 내 영향력과는 별개로 공식적으로 황태자의 세력을 이어받은 것은 여황 폐하다. 그래서 다들 여황 폐하에게 충성을 맹세했지."

클라우드가 굳은 얼굴로 말했다. 동부에서 자신의 영향력은 강했지만 언제 사라질지 모른다는 게 문제였다.

그때, 소니아가 손을 들고 말했다.

"벨레인 폰 웨던 남작과 버넷 폰 하르트 남작이 비밀리에 저희 요원과 접선을 시도했습니다. 영주님에게 충성을 다하겠다고 합니다. 그 이외에도 계속 꾸준히 접선을 신청하고 있는 영주들이 많습니다."

"우선 지지자들부터 확보하는 게 좋을 것 같습니다. 당장 여황과 척을 져도 좋을 게 없으니까요."

로버트가 소니아의 말을 이어받았다. 그 말을 들은 클라우드는 고개를 끄덕였다.

에렌시아 제국에 망조가 깃들었다는 사실과 별개로 여전히 많은 사람이 에렌시아 제국에 충성을 바쳤다. 천 년 동안 이어진 국가인 만큼, 당연하다면 당연한 일이었지만.

"나도 로버트의 의견이 옳다고 본다, 클라우드. 그대를 어찌 생각하느냐에 상관없이 저들은 아직 아군이다. 명분도 없이 아군을 공격하면 앞으로 우리의 행보에 절대 도움이 되지 않겠지."

"이그레트 남작의 말이 옳습니다. 섣불리 움직였다가는 반역자로 낙인찍힐 수 있습니다. 지금은 여황 폐하께서 어떻게 나오는지 지켜봐야합니다. 그분이 영주님을 어떻게 생각하느냐에 따라 저희도 대응책을 마련할 수 있습니다."

미카엘이 루시아를 거들었다. 같은 생각을 했기에 클라우드는 고개를 끄덕였다.

"기다리는 동안, 지지자들을 많이 확보해야겠지."

남부의 전력이 강대했다면 남부 하나만 믿고 건국을 해도 상관없었다. 하지만 계속된 전쟁의 여파로 인해 남부는 힘을 잃을 대로 잃은 상황이었다. 남부만 믿고 건국을 운운할 수는 없었다. 동부의 힘이 꼭 필요했다.

"분위기가 안 좋은데 긍정적인 이야기 좀 해보겠습니다. 영주님, 일전에 뛰어난 사람을 알아봐달라고 하지 않았습니까?"

"그랬지. 설마?"

로버트의 질문에 클라우드의 눈이 동그랗게 변했다. 듣고 있던 미카엘 역시 크게 흥분했다. 안 그래도 지나친 업무로 괴로워하고 있는 그에게 새로운 인재의 합류는 최고의 소식이었다.

"맞습니다. 제가 데리고 온 사람은 카르나 홀덴과 딘 레이스입니다. 두 사람 모두 하급 관료라 영주님께서는 모르실 겁니다."

부르르르.

클라우드는 자신의 의지와 상관없이 몸을 떨었다.

'카르나 홀덴과 딘 레이스라니!'

속으로 크게 경악하는 클라우드였다. 두 사람 모두 자신이 작성한 인재 리스트에 있었고, 그중에서도 최상단에 위치했다.

카르나 홀덴은 제국의 재상을 맡을 수 있는 인재였다. 원래 기간토마키아의 세계에서 필립을 따른 그는 필립 휘하에서 각종 산업을 육성한 것은 물론, 군사 제도와 각종 전략 전술을 창안한 엘리트 중의 엘리트였다.

딘 레이스는 다양한 전문 분야를 두루 익힌 카르나 홀덴과 달리 한 분야만 전문적으로 팠다. 그건 바로 법이었다. 기간토마키아의 시대는 현대의 근대 시대와 비슷했고 그만큼 법은 굉장히 중요했다. 나라를 세울 때, 그가 있다면 법 제도를 제대로 정비할 수 있을 게 분명했다.

"영주님?"

"아, 아무것도 아니네. 그건 그렇고 다 처음 듣는데 추천하는 이유가 뭐지?"

"우선 두 사람 모두 제 대학 동기입니다. 하지만 그런 인연과 별개로 두 사람 모두 자신의 학과에서 수석 졸업을 했습니다."

"제국국립대학에서 말인가? 정말 대단하군."

루시아가 크게 감탄했다. 제국국립대학은 제국사관학교에 필적하는 명문 학교였다. 아니, 외부에서 보면 사관학교보다 더 유명했다. 그런 곳에서 수석 졸업을 하는 것은 결코 쉬운 일이 아니었다.

"그뿐만이 아닙니다. 카르나 홀덴은 다른 학과에 가서도 학점을 휩쓸었습니다. 그리고 그런 카르나 홀덴도 법학과에서는 1등을 차지 못 했습니다. 딘 레이스 때문입니다."

"괴물들이군."

가만히 듣고 있던 미카엘이 혀를 찼다. 학과에 상관없이 미쳐 날뛴 카르나 홀덴이나 그가 못 이긴 딘 레이스 모두 대단한 인재였다.

"그래서 그들이 모두 오는 것인가?"

"예, 그렇습니다. 카르나는 지금 이안 황제 밑에서, 딘은 레베카 여황 밑에서 일하는데 여전히 하급직을 전전하는 데 불만을 품었습니다. 그래서 저에게 불만을 토로했고 저는 영주님에 대해 알려줬는데 다들 오고 싶어 했습니다."

"오히려 내가 가야 하는데 그들을 오게 만들다니, 정말 미안하군."

클라우드가 활짝 웃었다. 세 사람이 대학 동기인 것은 전혀 모르고 있었다. 그저 능력만 보고 데리러 올 생각이었는데 인연이 이렇게 이어질 줄은 몰랐다.

"영주님은 그 사람의 능력을 보지, 그 외의 다른 것은 안 보지 않습니까? 공평하게 사람을 보는 것이야말로 영주님의 힘이라 생각합니다."

"그건 확실히 그렇군요. 영주님이 아니면 저를 데리고 있을 사람이 없으니 말입니다."

로버트가 말하자 미카엘도 덧붙였다. 두 사람의 말에 클라우드는 웃었다.

"얼른 두 사람을 데리고 왔으면 좋겠다, 로버트."
"명을 받듭니다."
로버트가 고개를 숙이고 대답했다.
그렇게 분위기가 화기애애하게 변했을 때,
"그, 급보입니다!"
통신 사관이 다급한 얼굴로 들어왔다. 어찌나 놀랐는지 그의 얼굴은 땀으로 범벅이 된 상태였다.
"무슨 일이지?"
소니아가 굳은 얼굴로 물었다. 클라우드가 있는 곳에서 다급하게 행동하는 부하의 태도가 마음에 들지 않았다. 하지만 이어지는 통신 사관의 말을 듣자 그녀는 물론 다른 이들 모두 경악을 금치 못했다.
"여, 여황 폐하께서 사령관님에게 공개적으로 청혼했습니다!"
방안에 울려 퍼지는 목소리. 그 말이 끝나기 무섭게 누군가가 클라우드를 노려보았다.
"클라우드?"
얼음장처럼 차가운 목소리를 들은 클라우드는 식은땀을 흘렸다.
"나, 나도 모르는 일이야, 루시아!"
진심이었다.
올리비아 폰 아르젠트는 이안의 공세에 맞서 팔칸을 지켜낸 공으로 마침내 후작으로 승작했다. 거기서 끝이 아니었다. 레베카는 그녀를 후작으로 승작시키는 것과 동시에 제국재상으로 임명했다.

수많은 귀족들이 이에 반발했다.

안 그래도 올리비아는 군부의 총사령관이었다. 그런 그녀가 재상까지 겸임하게 되면 황제와 다를 바 없는 절대 권력을 손에 넣는 것과 다름없었다.

하지만 레베카의 의지는 단호했다. 또 제도의 무력을 거머쥔 올리비아에 대한 두려움 때문에 반대 의견은 금방 사라졌다.

그렇게 올리비아는 레베카 정권의 실세가 됐다.

"신을 믿어주셔서 감사합니다, 폐하."

레베카와 독대를 하게 된 올리비아가 공손히 고개를 숙였다.

"지금 상황에서 제가 가장 믿어야할 것은 군부니까요. 군부에 힘을 실어주는 것은 당연한 일이니 그대는 너무 고마워할 필요 없답니다."

"현명하신 폐하께서 계시는 한, 제국의 앞날은 밝을 것입니다."

클라우드 때문에 군부는 크게 동요했다. 그도 그럴 것이 그는 군부에서 가장 큰 비중을 차지하고 있었는 존재였다. 그런 그가 황제의 명령을 어기고 멋대로 군사를 일으켰으니, 군부로서는 당연히 불안해 할 수밖에 없었다.

레베카는 그런 상황에서 올리비아를 재상으로 임하며 군부에 대한 신뢰를 보냈다. 흔들리던 군부는 레베카에 다시금 충성을 맹세했고 중앙군은 안정을 되찾았다.

"우리끼리 있을 때에는 괜히 그런 말을 하지 않아도 돼요. 이러니저러니 해도 상황이 복잡하다는 것은 잘 알고 있으니까요. 안 그래요, 아르젠트 백작?"

"그렇습니다. 허나 공개 청혼은……."

굳은 표정을 지은 채 말을 잇지 못하는 올리비아. 현재 레베카 측의 전력은 클라우드 측의 전력보다 못했다.

그런 상황에서 공개적으로 청혼한다? 이는 레베카가 클라우드에게 고개를 숙인다는 것과 다를 바 없었다. 클라우드의 상관이라는 것과 별개로, 여황의 신하를 자처하는 올리비아에게 있어 이는 가만히 지켜보기 어려운 일이었다.

"저는 괜찮아요. 현 상황에서 제이드 남작만큼 훌륭한 신랑을 찾는 건 어렵다고요?"

"하오나……."

"당신이라면 이미 들었을 텐데요, 아르젠트 백작? 제이드 남작이 저나 이안 오라버니를 지지하지 않고, 제3의 세력을 형성할지도 모른다는 걸요. 사실 그럴 만하죠. 제국은 갈가리 찢어졌고, 제이드 남작의 명성은 이미 하늘을 찌르고 있어요. 한 지역의 귀족들이 전부 몰려와서 충성을 맹세했고. 권좌를 안 노리는 게 더 이상한 일이라고 봐요."

올리비아의 얼굴이 더 어두워졌다. 하지만 그녀는 레베카의 말을 부정하지 못했다. 실제로 클라우드가 군벌을 넘어 하나의 국가를 자처할 정도로 세력을 쌓은 것은 사실이었으니까.

"그리고 제이드 남작은 자신의 야심을 어느 정도 드러냈어요. 자신을 '전쟁군주(Warlord)'라 칭하는 것을 통해서요."

올리비아는 레베카의 말을 부정하지 못했다.

이제까지 제국 내에 수많은 귀족들이 있었지만 자신을 '군주'라 칭하는 이는 아무도 없었다. 설령 별명이라 해도 말이다.

사실 당연한 일이었다. 에레시안 제국은 황제의 나라였기 때문이다. 그렇기에 황족인 이안과 레베카만이 권좌에 앉을 수 있었고.

하지만 클라우드는 '전쟁군주'라는 칭호를 거부하지 않았다. 그리고 남부 모든 귀족들의 충성 서약을 받아들였다. 이는 클라우드가 권좌에 대한 욕심을 가졌다는 말 외에 설명할 수가 없었다.

"그럼 제이드 남작과 혼인을 맺는 것을 피해야 하지 않겠습니까, 폐하?"

"반대에요, 백작. 제이드 남작의 야심을 억누르기 위해서 공개적으로 청혼을 한 거예요."

"그게 무슨……?"

"누가 뭐라고 해도 제이드 남작은 제국의 귀족이고, 제 신하에요. 황제가 먼저 고개를 숙였는데, 이 걸 거부한다? 그게 뭘 의미하는지 백작도 잘 알고 있겠죠."

"예. 제이드 남작에게 반역 의사가 있다는 게 공개적으로 알려질 겁니다."

"약해졌다고 해도 제국은 제국이에요. 아직까지 제국에 충성을 맹세하는 사람들이 많죠. 그들은 제이드 남작이 저와 혼인해 대공이 되기를 바라지, 새로운 국가가 들어서는 걸 원하지 않을 거예요."

그리 말한 레베카는 쓰게 웃었다. 신하를 제어하지 못해 자신을 걸어야한다는 사실이 서글펐기 때문에.

'그래도 해야 해.'

억울하게 죽은 필립의 원한을 갚기 위해서라면 뭐든 할 생각이었다. 그를 대신해 제국을 평화롭게 만들고 싶었고.

"혼인 말고는 답이 없다고 봐요. 당장 제이드 남작을 반역자라고 선포할 수도 없잖아요?"

"그건 그렇습니다. 섣불리 선포하면 현재 망설이는 동부의 귀족들이 대거 제이드 남작을 지지할 수 있으니 말입니다."

"솔직히 현 시점에서 제이드 남작과 싸우는 건 좋지 않아요. 누가 이기든 간에 전력 약화를 피할 수 없을 테고, 이안 오라버니는 바로 주어진 기회를 붙잡을 테니. 상대의 빈틈을 포착하는 건 잘하잖아요?"

차라리 클라우드와 손을 잡았으면 잡았지, 이안만큼은 절대 용서할 수 없었다. 선황과 필립을 죽이고, 제국을 혼란에 빠뜨린 장본인을 어찌 용서할 수 있겠는가? 반드시 붙잡아 사형대 위에 올리리라.

"폐하. 제이드 남작이 남부에 이어 동부까지 전부 흡수하게 되면 아군의 세력이 크게 줄어듭니다. 그렇기 때문에 지금은 시간을 들여 차근차근 동부 귀족들을 포섭해야 합니다."

"그럴 필요 없어요. 제이드 남작이 우리를 의심할 수 있는 상황은 피해야죠."

"지금 손을 내밀지 않으면 동부 지역도 제이드 남작에게 넘어갈 수 있습니다."

"그래서 혼인을 더더욱 빨리 추진할 필요가 있어요. 동부 귀족들은 좋아할 걸요? 황족에 대한 충성심을 증명할 수 있고, 제국에서 가장 강력한 전력을 가진 장군의 보호를 받을 수 있게 되니까요."

"제이드 남작에게 충성을 맹세한 남부 귀족은 어쩌시겠습니까?"

"저와 제이드 남작이 혼인하면 남부 귀족에게 죄를 물을 이유가 없어지죠. 그리고 남부와 동부가 하나가 되면 서부와 북부를 장악한 이안 오라버니를 이길 수 있는 힘을 얻게 돼요."

"폐하의 뜻을 따르겠습니다."

올리비아는 공손히 고개를 숙였다.

레베카가 각오를 다진 게 느껴졌다. 군주가 뜻을 정한 이상, 계속 말리는 것은 신하로서 옳은 일이 아니었다. 개인적으로 레베카와 클라우드가 친하게 지내기를 기원했다. 그래야 이안에게 빨리 복수할 수 있을 테니까.

"그런데 폐하, 하나 확인해야할 게 있습니다."

"확인해야 할 것?"

"폐하께서도 알겠지만, 제이드 남작은 이그레트 남작과 혼인을 약속한 관계입니다."

"알고 있어요."

"제이드 남작이 폐하와 혼인을 맺으면 대공이 됩니다. 문제는 대공은 첩을 둘 수 없다는 점입니다."

에렌시아 제국 역사상 여황이 등극한 적은 한 번도 없다. 그렇다 해도 여황이 등극했을 때 어찌해야하는지는 법으로 정해져 있었고, 대공은 여황 이외의 부인을 절대로 둘 수 없었다.

"그리고 제이드 남작이 이그레트 남작을 버릴 가능성은……."

"없겠죠."

쓴웃음을 지은 채 단언하는 레베카. 그녀 역시 잘 알고 있었다. 클라우드가 루시아를 얼마나 사랑하는지. 자신은 그런 둘의 사이에 강제로 끼어들려 하고 있었고.

"자칫 잘못하면 제이드 남작이 분노할 수 있습니다."

"상관없어요. 저하고 이그레트 남작 둘 다 혼인하면 그만이니까."

"……예?"

올리비아는 예의가 아닌 것을 알면서도 반문하고 말았다. 그만큼 레베카의 말이 그녀를 놀라게 했기 때문에. 레베카는 그런 올리비아의 반응에 개의치 않고 말을 이어나갔다.

"나라가 혼란스러워졌는데, 수백 년 전에 정립된 황실법전을 따지는 게 무슨 의미가 있어요? 법을 따졌다면 애초에 난세가 열리지도 않았을 테고. 여황인 이상 정실 자리를 양보하지는 못 하겠지만, 이그레트 남작과 함께 제이드 남작을 공유할 수는 있어요."

레베카는 충격적인 말을 아무렇지 않게 했다. 당황한 올리비아는 입만 뻐끔거린 채, 아무 말도 하지 못했다.

"그럼 기다려 봐요, 백작. 제이드 남작의 대답을."

클라우드는 과연 어떤 대답을 내놓을 것인가?

레베카는 지금쯤 당황하고 있을 클라우드를 떠올리며 활짝 웃었다.

여황의 공개 청혼이 알려진 지 하루가 지났을 때, 클라우드 휘하의 수뇌부가 모였다. 클라우드와 루시아가 빠졌지만, 그들은 개의치 않고 이야기를 나눴다.

"새로운 여황의 수완이 대단하군. 정치에 대해 아무것도 모르는 소녀라고 생각했는데, 내 착각이었어."

"완벽한 체크메이트군요. 여황의 제안을 받아들이면 건국의 꿈이 물 건너가고, 제안을 거부하면 바로 반역자로 낙인찍힐 테니."

"여황의 권력기반이 단단해지기를 바라는 사람들은 더더욱 이 혼인을 반길 테지. 권력을 얻음과 동시에 이안 황제와 대적할 수 있을 정도의 세력을 쌓을 수 있으니까."

"거부할 방도가 없는 건 아니지만……."

"좋지 않지."

미카엘이 단언하자, 로버트가 쓰게 웃었다. 그런 둘의 말을 듣고 있던 소니아가 입을 열었다.

"이그레트 남작님을 앞세우면 반역자라는 오명을 받지 않고 청혼을 무시할 수 있죠. 단, 그 과정에서 많은 잡음이 생길 겁니다. 여황을 따르는 이들은 어떻게든 이그레트 남작을 밀어내려고 할 테니."

"주군한테도 따지겠지. 국가를 생각하라고 말이야."

"거기다가 대다수의 국민은 이 결혼을 긍정적으로 생각하고 있어요."

"그럴 수밖에. 천 년이라는 시간동안 이어진 만큼, 국민들은 새로운 나라가 생기는 것보다 제국이 안정을 되찾기를 바라고 있으니까.”

혼란스러운 상황이 닥쳤을 때, 사람은 혼란보다 안정을 바란다. 안 그래도 난세가 시작된 마당에 새로운 나라가 생기기를 바라는 사람은 없다고 해도 과언이 아니었다.

“어쨌거나 중요한 건 주군의 의견이에요. 또 우리도 노선을 정해야 합니다. 저처럼 주군의 소속에 개의치 않고 따르는 사람이 있는 반면, 새로운 나라를 세우기 위해 주군을 선택한 사람도 있으니까요.”

로버트는 그리 말하고는 미카엘을 응시했다. 클라우드의 부하 중 그만큼 새로운 나라를 원하는 사람은 없었으니까. 로버트와 같은 생각을 한 소니아 역시 미카엘 쪽으로 고개를 돌렸다.

“이제 와서 주군과 다른 길을 걸을 수는 없지. 어쨌거나 나를 잘 챙겨준 건 주군뿐이기도 하고.”

이미 마음을 정했는지, 미카엘은 담담한 어조로 말했다. 오랫동안 함께한 소니아는 놀란 표정을 지은 채 상대를 바라보았다. 미카엘은 피식 웃고는 자신의 의견을 밝혔다.

“주군이라면 어떤 상황에 처하든 간에 이 나라를 개혁할 거라고 믿는다. 새로운 나라를 세우는 게 제일 깔끔하지만, 그렇다고 여론을 아예 무시할 수도 없지. 난 주군의 선택을 따를 거다.”

에렌시아 제국의 체제에 문제가 많은 것은 누구도 부정하지 못하는 사실이다. 난세가 시작되는 바람에 체제 문제에 신경 쓰는 사람이 적지만, 클라우드는 달랐다. 그는 누구보다 제국의 차별 정책을 혐오하는 사람이었다.

‘그런 사람이 여황과 손을 잡는다고 해서 개혁을 안 할 리가

없지.'

아니, 오히려 개혁을 더 쉽게 진행할 수 있으리라. 여황이라는 권력을 짊어졌는데 누가 클라우드의 말을 부정하겠는가.

과연 클라우드는 어떤 결론을 내릴 것인가?

여러모로 궁금했다.

방안은 조용했다.

소름이 끼칠 정도로.

침묵이 만든 한기 때문일까? 클라우드는 자기도 모르게 몸을 떨었다. 그러면서도 루시아의 눈치를 살피는 것을 잊지 않았는데, 그녀는 굳은 표정을 유지한 채 창밖을 내다보고 있었다.

"클라우드."

익숙한 목소리가 오늘따라 낯설게 느껴졌다. 또 목소리 자체는 무심했지만, 클라우드는 그 안에 깃든 분노를 확실히 느낄 수 있었다.

"설명해라."

"너도 알다시피 여황 폐하의 상황은 좋지 않아. 필립 전하의 뜻을 이어가겠다고 선언해서 세력 자체는 수습할 수 있었지만, 황태자 전하와 달리 폐하는 자신의 능력을 보인 적이 없어. 애초에 입지가 입지라 정치에 참여할 수도 없었지만."

"……."

클라우드가 열심히 설명했지만, 루시아는 여전히 침묵을 유지했다. 괜히 찔렸기에 그는 더 열심히 말을 이어나갔다.

"거기다가 여황 폐하는 반역자 이안의 공세를 막아내기만 급급할 뿐, 반격은 생각조차 할 수 없을 정도로 상황이 좋지 않아.

그래서 황태자 전하를 따랐던 이들 중에서도 여황 폐하를 계속 따라도 되는가에 대해 고민하는 사람이 많고.”

그에 반해 자신은 어떤가?

자기 세력도 수습하기 벅찬 레베카와 달리 자신의 입지는 탄탄했다. 필립의 죽음에 아랑곳하지 않고 열심히 싸워 그의 전력을 유지하는 데 성공했다. 또 이안에게 유폐됐던 레베카를 구해 필립의 뜻을 이어나갈 수 있는 구심점을 마련했다.

그뿐만이 아니었다.

제국을 노리던 레이너드 왕국군을 격파하여 누구나 인정하는 제국의 영웅이 됐다. 이안에게 버림받고 레베카에게도 제대로 도움을 받지 못한 남부 귀족들은 아예 자신에게 충성을 맹세했고.

“만약 여황 폐하가 나랑 결혼하면 많은 문제를 해결할 수 있게 돼. 내 입으로 이런 말을 하는 게 그렇지만, 제국의 영웅인 나와 결혼하는 걸로 군부의 지지를 확실하게 얻을 수 있어. 또 남부 지역을 흡수할 수 있고, 이를 통해 반역자 이안을 압도할만한 세력을 쌓을 수 있지.”

그렇기 때문에 레베카가 공개 청혼을 한 건 어디까지나 정치적 차원이다, 클라우드는 그리 주장했다. 그러자 루시아가 처음으로 고개를 돌려 그의 얼굴을 응시했다.

“확실히 그대의 의견은 일리가 있다. 이러니저러니 해도 여황 폐하의 상황이 좋지 않은 것은 사실이니까. 그대와 결혼하면 분명히 많은 문제를 해결할 수 있게 되지. 허나 그대도 알고 있을 터. 그분의 제안이 곧 그대를 시험하는 것임을.”

“모를 수가 없지.”

클라우드는 쓰게 웃으며 고개를 끄덕였다.

"여황 폐하의 공개 청혼을 받아들이는 건 계속 제국의 신하로 남겠다는 것을 의미해. 그에 반해 청혼을 거절하는 건……."

"제국과 갈라선다는 것을 뜻한다. 나아가 그대에게 새로운 국가를 세울 의사가 있음을 세상에 드러내게 되는 거고."

"자신이 반역자임을 고백하는 셈이지. 그리되면 많은 사람들이 나한테 등을 돌릴 테고."

연이은 전투에서 승리하고, 좋은 이미지를 쌓은 덕분에 여론이 자신에게 호의적인 것은 사실이다. 남부 지역 귀족들이 자신을 지지하면서 언제든 독립을 선언할 수 있게 됐고.

하지만 그게 전부였다.

자신이 이 세상에 온 지 아직 1년이라는 시간도 흐르지 않았다. 대중에게 긍정적인 평가를 얻는 데 성공했지만, 새로운 왕조를 세울 수 있을 만큼 그들의 마음을 확실하게 잡은 것은 아니었다. 거기다가 레베카는 지난 전쟁 때 자신을 지지했다. 그런 그녀를 배신하고 독립을 선언한다? 남부 지역을 제외한 모든 지역이 적이 되리라.

'아직은 시간이 필요한데.'

시간을 벌려면 레베카의 청혼을 받아들여야 했다. 허나 여황과 결혼한 사내는 다른 여인을 아내로 맞아들일 수 없다. 즉, 레베카의 청혼을 받아들이면 루시아와 헤어져야 한다. 그게 제국의 법도이기 때문에.

"제국 전체를 적으로 돌리는 한이 있더라도 너와 헤어지는 일은 없을 거야, 루시아."

클라우드는 루시아를 응시하며 자신의 각오를 밝혔다. 단지 시간을 벌겠다는 이유로 영원을 약속한 루시아를 버린다? 절대 있을 수 없는 일이었다. 차라리 제국과 싸우고 말지.

"반역자로 낙인찍혀도 말인가?"

"물론."

단호한 어조로 대답하는 클라우드. 그러자 루시아의 입가에 미소가 떠올랐다. 그가 자신을 얼마나 소중하게 여기는지 알 수 있었기 때문에.

"그대의 마음을 잘 알았다. 허나 굳이 여황 폐하의 청혼을 거절할 필요는 없다. 나 때문에 그대가 곤란에 빠지는 것을 원하지 않으니."

"내가 위험하다고 해서 너를 버릴 수는 없어."

클라우드는 그 부분에서는 전혀 타협하지 않겠다고 의사를 밝혔다. 루시아는 가볍게 고개를 끄덕이고는 말을 이어나갔다.

"마지막 연회 때 잠깐 대화를 나눈 게 전부지만, 여황 폐하는 굉장히 현명한 사람이라는 걸 느꼈다. 레이너드 왕국과의 전쟁 때 그대를 지지하겠다고 선언했을 때도 느꼈고. 그런 분이 우리한테 무리한 일을 강요할 리 없다."

"그렇다고 거짓으로 공개 청혼을 한 것 같지는 않은데?"

"물론 청혼 자체는 그분의 진심이라고 본다. 허나 우리를 강제로 헤어지게 하지 않는다는 거지. 뭐 나로서는 정실부인의 자리를 포기할 수밖에 없지만."

"아."

그제야 클라우드는 루시아가 말하는 바를 이해했다. 레베카와 루시아를 모두 받아들일 수 있으면 문제는 해결된다. 다만 원래 대한민국의 국민이라 그런 것일까? 그는 2명의 여인을 모두 받아들여야 한다는 사실을 별로 좋아하지 않았다. 최선의 결론이라는 것은 동의하지만.

"괘, 괜찮겠어?"

"……솔직히 말하면 괜찮지 않다."

그리 대답하는 루시아의 눈에는 눈물이 맺혀 있었다. 클라우드는 아무 말도 하지 못했다. 자신은 체크메이트에 걸린 상황이었고, 이 상황을 벗어나기 위해서는 레베카를 받아들여야 했다. 허나 자신을 위해 루시아가 희생했다는 사실은 분명했다.

"그대의 곁에 있을 수 있다면 그대가 여황 폐하와 결혼해도 상관없다고 머리는 이해한다. 하지만 마음이 계속 아프다. 내 소중한 것을 타인과 나누는 것이 이렇게 아픈 줄은 몰랐다."

"루시아!"

끓어오르는 감정을 참지 못한 클라우드. 그는 루시아를 힘차게 끌어안았다. 죄책감이 사무쳤다. 그런 그를 달래겠다는 듯 그녀 역시 그를 조심스럽게 안았다.

"상황이 상황인 만큼, 여황 폐하와 혼인하는 것은 이해하겠다. 정실 자리를 넘기는 것도 그렇고. 하지만 약속해라, 클라우드. 절대 여인을 더 늘리지 않겠다고."

"당연하지. 내 이름을 걸고 약속할게."

클라우드는 살면서 가장 진지한 표정을 지었다. 그러나 루시아는 그의 진심을 느꼈는데도 쓰게 웃었다.

"뭐 말은 이렇게 해도 약속이 지켜질 거라 믿지 않는다. 개인적인 맹세라면 모를까, 또 정치적인 문제가 걸리면 언제든 약속을 어길 수 있으니까. 괜히 정략결혼이라는 단어가 있는 게 아니지."

"절대 안 그럴 거야. 여황 폐하의 이름을 앞세우는 한이 있더라도 모든 정략결혼을 거부하겠어."

클라우드의 눈동자가 번뜩였다.

더 이상 자신의 소중한 사람을 실망시키고 싶지 않았다. 한 번 실망시킨 것만으로도 이렇게 가슴이 아픈데 어찌 더 고통스럽게 만들겠는가.

"믿겠다."

루시아가 다시 한 번 고개를 끄덕였다. 그리고 장난스러운 미소를 짓고는 질문을 던졌다.

"그런데 정말 여황 폐하를 구했을 때 아무렇지도 않았나? 가녀린 그분의 모습을 보고 반했다던가."

"그런 일은 없었어! 전혀!"

"그대야 그럴지도 모르지. 하지만 여황 폐하는 그때 그대에게 반했을 것 같다는 생각이 드는군. 위기에 빠진 자신을 구해준 영웅의 등장, 여인이라면 필시 가슴이 뛰었을 터. 안 그런가?"

"그분의 뜻을 내가 어떻게 알겠어?"

"그리 나오는 건가. 뭐가 됐든 상관없지만. 그럼 나는 모든 가신에게 그대의 뜻을 전하겠다. 그대는 여황 폐하께 그대의 뜻을 밝히도록."

"그렇게 할게."

클라우드의 대답을 들은 루시아는 그대로 방을 나가려고 했다. 그러나 그녀는 자신의 뜻을 이루지 못했다. 어느새 그가 그녀의 손을 붙잡았기 때문에. 그녀는 당황하지 않고 고개를 돌렸다. 그리고 약속이라도 한 듯이 두 사람은 입을 맞추었다.

클라우드는 통신구를 바라보았다. 화면 건너편에 있는 레베카의 모습이 그의 시야에 들어왔다. 그런 그녀의 옆에는 상관이었던 올리비아가 서 있었고. 잠시 호흡을 가다듬은 뒤, 그는 입을 열었다.

"청혼을 받아들이겠습니다, 폐하."

-의외네요, 제이드 남작. 설마 하루도 안 돼서 답할 줄은 몰랐어요. 그것도 긍정적인 답변을 줄 줄이야-

말은 그리했지만, 레베카는 웃고 있었다. 장난스러운 고양이를 떠올리게 하는 미소였다. 클라우드는 개의치 않고 말을 이어나갔다.

"대신 조건이 있습니다."

-루시아 폰 이그레트 남작하고도 결혼하고 싶다는 거죠? 청혼을 거절했다가는 반역자로 낙인찍힐 테죠. 그렇다고 해서 이그레트 남작하고 헤어질 수는 없는 노릇이고. 안 그래요?-

"그렇습니다. 루시아와의 결혼을 허락한다면 청혼을 받아들이겠습니다."

-받아들이지 않으면 어떻게 할 건가요, 제이드 남작?-

"폐하께서는 제국의 새로운 적을 만나게 될 겁니다."

꿈틀.

올리비아의 눈썹이 움찔거렸다. 어쨌거나 그녀에게 있어 클라우드는 자신의 가르침을 받은 제자였다. 그런 이가 스승인 자신과 다른 길을 걸으려고 하는 모습을 보니, 여러모로 심란했다.

머릿속이 복잡한 올리비아와 달리, 레베카는 클라우드의 말에 전혀 개의치 않았다. 이미 그가 이렇게 나올 거라고 예상했으니까.

-이안 오라버니라면 몰라도 당신을 적으로 삼을 수는 없죠. 이러니저러니 해도 모두가 인정하는 제국의 영웅이니까요-

"그럼?"

-당신의 조건을 받아들이겠어요, 제이드 남작. 아, 저와 이그레트 남작하고 동시에 결혼한다면 그대의 마음이 더 편해지겠죠?-

"그, 그게 가능합니까?"

클라우드의 눈이 동그래졌다.

레베카는 제국 역사상 유일무이한 여황이었다. 그런 그녀가 부군이 다른 부인을 둘 수 있게 하는 것도 파격이었다. 그런데 다른 부인과 아예 함께 결혼식을 치른다? 파격의 끝이라고 해도 과언이 아니니라.

-이래 봬도 전 황제예요, 제이드 남작. 물론 이전까지는 허수아비나 다름없었지만, 당신과 결혼하면 상황이 바뀌죠. 당신이라는 검을 얻은 제 뜻을 거부할 수 있는 귀족이 과연 있을까요?-

클라우드와 결혼하는 순간, 레베카는 실질적인 힘을 손에 넣게 된다. 이미 명분과 권위를 가진 그녀에게 힘이 더해지면 진짜 황제나 다름없는 존재가 되고. 그렇기에 다른 귀족의 눈치를 볼 이유는 없었다.

-남자에게도 그렇겠지만, 결혼은 여인에게 특히 더 중요해요. 그러니 이그레트 남작을 배려해야죠. 어떤가요, 제이드 남작?-

"배려해주셔서 정말 감사합니다, 폐하."

클라우드는 고개를 숙였다. 이번만큼은 진심이었다. 레베카는 흡족한 표정을 짓고는 자신의 심정을 밝혔다.

-그래도 다행이네요. 사모하는 남자와 결혼할 수 있어서. 유폐된 저를 구해준 당신의 모습이 아직도 선명하게 떠올라요. 마지막 연회 때 당신을 알게 된 게 제 인생에서 가장 행운이라고 믿어요-

"폐하."

-정략결혼이나 다름없지만, 그래도 잘 부탁해요. 물론 시간이 오래 걸리겠지만-

클라우드는 침묵했다.

상황이 상황이라 청혼을 받아들이는 거지, 레베카를 사랑하는 것은 아니었다. 그렇기에 빈말로도 그녀에게 앞으로 사랑하기 위해 노력하겠다는 말은 할 수 없었다.

-당신이 저를 이그레트 남작만큼 사랑하게 만들겠어요. 각오하세요-

"알겠습니다, 폐하."

레베카의 선언은 마치 선전포고와도 같았고, 클라우드는 결국 피식 웃고 말았다.

그리고 다음 날, 아침.

클라우드와 레베카의 결혼 소식이 에렌시아 제국을 뒤흔들었다.

짐을 잔뜩 짊어진 두 명의 청년이 로이안 영지의 역 앞에 서 있었다.

한 명은 화사한 금발에 갸름한 얼굴을 가지고 있었다. 새하얀 피부를 가진 청년은 여자라고 해도 될 만큼 아름다웠다. 그 옆에 서 있는 청년은 건장한 체구와 흑발, 순한 눈매를 가지고 있었다.

금발 청년의 이름은 카르나 홀덴, 흑발 청년의 이름은 딘 레이스였다. 로버트의 추천을 받은 두 사람이 마침내 로이안 영지에 도착한 것이다.

"로이안 영지라……. 듣던 것보다는 훨씬 좋은 곳이군."

"확실히 사람이 산다는 느낌이 나. 영주를 대신해 이곳을 관리하는 사람이 있다고 들었는데, 확실히 수완이 대단하네. 이름이 미카엘 알레시오였던가?"

"알레시오 후작과 관계가 있나?"

카르나가 흥미롭다는 얼굴로 묻자 딘은 고개를 끄덕였다.

"아들이라더라. 서자라서 후작에게 버림받아 한량으로 살다가 이곳 영주한테 발탁됐다고 하네."

"그놈의 서자는 들을 때마다 안타깝군. 아버지가 자기 멋대로 허리를 놀렸는데 그 책임은 자식이 져야 한다니 말이야. 그래도 확실히 로버트의 말대로 이곳 영주는 괜찮은 사람 같군."

"일단 소문은 좋은데 또 모르지. 소문은 언제든 과장되기 마련이니까. 뭐 로버트가 한 말이 있으니 크게 실망할 것 같지는 않지만 말이야."

딘의 말에 카르나는 고개를 끄덕였다.

그런데 그때,

“카르나! 딘!”

누군가가 두 사람의 이름을 불렀다. 두 사람은 목소리가 들린 쪽으로 고개를 돌렸고 활짝 웃었다. 그곳에는 로버트가 서 있었다. 로버트는 두 사람에게 성큼성큼 다가가서는 카르나와 딘을 번갈아 끌어안았다.

“직접 보는 건 정말 오랜만이네.”

“우리 둘은 간간이 연락하고 만났다. 아무리 바쁘다고 해도 연락도 안 하는 게 말이 되나?”

“나도 카르나와 같은 생각이야. 그나마 오랜만에 연락해서 좋아했는데 임관 요청이라니, 좀 실망이었다.”

카르나와 딘이 곧바로 로버트를 구박했다. 로버트는 쓴웃음을 지을 뿐, 아무 말도 하지 못했다. 동기들에게 오랫동안 연락하지 못한 건 사실이었으니까.

“입이 두 개여도 그건 뭐라 못 하겠네. 어쨌든 정말 미안하다.”

“그래도 친구 취업 주선해준 건 사실이니 이번 한번만 봐주도록 하지. 앞으로 같이 일할 사이기도 하니 말이다.”

“고마워. 우선 카페에서 이야기나 좀 할까? 두 사람 모두 궁금한 게 많잖아?”

로버트의 말에 카르나와 딘 모두 고개를 끄덕였다. 로버트가 오라고 해서 왔지만 두 사람 모두 아직 클라우드에 대해 자세히 아는 바가 없었다. 로버트가 클라우드를 어떻게 보나 싶었다.

그렇게 세 사람은 역 주변에 있는 카페에 갔고 제대로 이야기를 나누기 시작했다.

“요 며칠은 정말 놀라운 소식이 넘쳐나더군. 남부 귀족들이 전부 제이드 남작에게 충성을 맹세한 거나 여황 폐하의 공개 청혼 모두 충격적이었다."

"그 때문에 우리 쪽은 혼란에 빠졌어. 제이드 남작이나 남부 귀족들을 반역자라고 몰아붙이려고 했는데, 여황 폐하가 나서는 바람에 이도 저도 못하게 됐거든. 그런 상황에 네가 우리한테 제이드 남작 쪽으로 오라고 해서 얼마나 놀랐는지 몰라."

카르나와 딘의 말을 들은 로버트는 고개를 끄덕였다. 최근 며칠은 혼란의 연속이라 해도 과언이 아니었다. 클라우드의 심복이 된 자신도 당황스러운데 외부인은 오죽할까 싶었다.

"오늘 아침 신문을 보니 제이드 남작이 여황 폐하의 청혼을 받아들였다는데, 사실인가?"

"사실이야. 며칠 뒤에 나도 남작님을 따라 제도에 갈 거고."

"의외네. 남작의 최근 행보를 보면 당연히 자기 왕국을 세울 거라고 생각했는데."

"지지기반이 생긴 건 사실이지만, 남부만으로는 부족하거든."

카르나와 딘의 말에 대답한 로버트. 그는 자세를 바로잡은 다음, 자신의 친구들을 똑바로 응시했다.

"그분이 여황 폐하와 결혼한다고 해도 달라지는 건 없어. 여전히 난 너희들이 각하를 따라야 한다고 봐. 각하야말로 너희들의 재능을 가장 잘 살려줄 분이라 그래. 신분이니, 가문이니 그런 것은 전혀 따지지 않고 오직 그 사람의 능력만 보지."

"안 그래도 딘에게 들었다. 미카엘 알레시오가 원래 한량이었다면서?"

카르나가 질문했다. 곁에 있던 딘도 호기심을 드러냈다. 두 사람 모두 하급 관리 자리를 전전한 만큼, 더 높은 자리에서 자신의 능력을 증명하고자 하는 열망이 강했다.

"미카엘 형님에게 그런 시절이 있었지."

"말을 끊어 미안한데 형님이라니? 갑자기 그게 무슨 말이지?"

카르나가 의문을 표했다.

"그 사람하고 형, 동생 하기로 했거든. 형님으로 모시고 싶을 정도로 대단한 능력을 갖춘 분이기도 하고. 하여튼 형님은 각하를 따르기로 했고 각하께서는 형님에게 전권을 위임하셨어."

"처음 본 사람한테 바로 전권을 맡겼다고?"

"아무리 능력을 인정해도 너무한 거 아니야? 배신하면 어쩌려고……."

로버트가 말하기 무섭게 두 사람 모두 경악을 드러냈다. 검증도 되지 않은 사람에게 전권을 준다는 사실이 그저 놀라울 따름이었다.

"그게 각하의 대단한 점이지. 실제로 형님은 자신의 능력을 증명해서 각하의 믿음에 보답했지. 주군이 가신을 믿고 가신은 주군의 믿음에 보답한다, 멋진 이야기 아니야?"

로버트가 묻자 카르나와 딘 모두 고개를 끄덕였다. 지금 제국 사회에서는 능력이 있어도 높은 자리에 올라가는 것은 거의 불가능에 가까웠다.

그나마 필립이 그 환경을 개선하려 했지만, 그는 죽었다. 권좌에 앉은 레베카는 필립의 뜻을 따르려고 했으나, 귀족들의 반발 때문에 귀족만 중용하고 있는 상황이었다.

"이건 민감한 질문인데 괜찮겠나?"

"뭐든 상관없어. 각하 욕만 대놓고 안 하면 돼. 여기서 각하를 욕하면 다른 사람들한테 맞아 죽거든."

"진짜 그렇게 될 거 같군."

카르나는 로버트의 말에 동의했다. 사방에서 클라우드를 예찬하는 사람들이 넘쳐났다.

"그래서 뭐가 궁금한데?"

"제이드 남작은 전쟁군주라는 칭호를 받아들였다. 이것만 봐도 권좌를 노리고 있음을 알 수 있고. 그런데 왜 갑자기 여황 폐하의 청혼을 받아들인 거지? 단순히 지지기반이 불안하다는 이유로 자신의 발목에 족쇄를 채우다니, 여러모로 이해할 수가 없다."

카르나가 묻자 딘 역시 로버트를 응시했다. 사실상 두 사람은 이 질문을 하기 위해 로이안 영지에 왔다고 해도 과언이 아니었다.

"위험한 질문인 거 알고 있지?"

"물론이야. 하지만 너는 가르쳐줄 거라 믿으니까 묻는 거야."

딘의 말에 자신을 향한 신뢰가 깃든 것을 느낀 로버트는 눈을 감았다. 질문에 대답해도 되나 싶었다.

"이 질문에 대한 답을 들으면 더 이상 돌이킬 수 없어. 그래도 듣겠어?"

"그래."

"이미 각오했어."

카르나와 딘이 단호하게 말했다. 두 사람의 각오를 느낀 로버트는 마침내 질문에 대답했다.

"그분은 여전히 새로운 국가를 세우고 싶어 해. 제국은 이미 언제 무너져도 이상하지 않은 집이고, 고치는 것보다 새로 짓는 게 더 좋으니까. 하지만 대중은 각하를 좋아할지언정, 제국이 사라지는 것을 바라지 않아."

"그럴 만하지. 이러니저러니 해도 천년이나 이어진 국가니까."

"그래서 각하께서는 생각을 바꿨어. 제국의 내부부터 확실하게 장악하기로."

로버트의 말을 들은 카르나의 눈이 크게 흔들렸다. 딘도 마찬가지였고. 그러나 그것도 잠시, 딘이 로버트에게 의문을 제기했다.

"여황 폐하와 결혼한 남자는 대공이 돼. 그리고 대공은 정치적으로 아무런 힘이 없어. 그런데도 제국의 내부를 장악할 수 있을까?"

"각하에게는 사병이나 다름없는 군대가 있어. 군인들이 그분을 지지하는 이상, 입지가 약해질 가능성은 아예 없다고 봐도 무방해. 너희도 알겠지만, 난세에 가장 중요한 힘은 바로 군대니까."

그리 말한 뒤, 로버트는 호흡을 가다듬었다. 그리고 다시 말을 이어나갔다.

"또 대공은 귀족 중에서 가장 높은 직위고, 그것만으로 권위가 보장돼. 거기에 군대까지 더해지면 더 볼 것도 없지."

"확실히 각하를 막을 수 있는 세력은 없겠네."

"맞아. 자신에게 주어진 힘을 바탕으로 각하께서는 제국의 체질 개선에 나설 거야."

"개혁이라는 이름을 내세워서 말이지?"

"정확해."

로버트가 웃자, 딘은 만족스러운 표정을 지었다. 카르나도 마음에 들었는지 연신 고개를 주억거렸고. 그리고 딘과 카르나를 서로를 잠시 바라본 뒤, 고개를 끄덕였다. 그러더니 다시 로버트를 응시했다.

"각하를 만나 뵙고 싶다. 처음부터 높은 자리를 주지 않아도 상관없다. 진심으로 그분을 따르고 싶어졌다는 사실이 중요할 뿐."

"나도 같은 생각이야. 능력만으로 높은 직위에 올라갈 수 있다니, 나한테 이보다 더한 천국은 없을 거야."

두 사람의 말을 들은 로버트는 피식 웃었다. 아직 저 두 사람은 클라우드가 어떤 사람인지 모르고 있었다. 그는 파격 그 자체라고 해도 과언이 아닌 존재였다.

'얼마나 놀라려나.'

괜히 기대됐다.

카르나 홀덴과 딘 레이스를 새로운 가신으로 받아들였습니다.

클라우드는 눈앞에 떠오른 반투명한 창을 보며 만족했다. 새로운 가신이 생긴다는 건 언제나 기분 좋은 일이었다.

"카르나 홀덴, 자네에게는 아이기스 시의 전권을 맡기도록 하겠다. 자신의 능력을 마음껏 드러내 보게."

"헉!"

마침내 클라우드를 대면한 카르나의 입이 떡 벌어졌다. 아이기스 시가 어떤 곳인가? 동부에서 가장 번화한 도시였다. 한직만 전전했던 자신이 순식간에 시장이 된 것이다. 도저히 말이 나오지 않았다.

'이런 사람이 있을 줄이야.'

자신의 재능이 대단하다는 것을 알고 있었고 그만큼 사람 보는 눈도 까다로웠다. 하지만 클라우드는 전혀 가늠되지 않았다.

"저는 아직 경험이……."

"로버트가 그러더군. 뭐든 다 잘한다고 말이야. 그 이상 뭐가 더 필요한가? 안 그래도 믿고 맡길 사람이 없어서 거의 방치하고 있었는데 자네가 와서 춤을 추고 싶은 심정이다."

"미, 믿어주셔서 감사합니다만 아이기스 시는 동부의 중심에 있지 않습니까? 잘하면 전장이 될 수 있는데 어찌 저같이 경험 없는 사람을 보내면 각하께 누가 되지 않을까 싶습니다."

"군대를 움직이는 것은 걱정하지 않아도 된다. 엘리스 벨리카를 파견할 거니까. 군대를 움직일 일이 생긴다면 그녀와 상의하도록 해라. 더 높은 자리를 얻지 못했다고 섭섭해하지 말았으면 좋겠군."

"아, 아닙니다!"

카르나가 말을 더듬었다. 클라우드의 전공이 워낙 압도적이었기 때문에 휘하 군인들의 이름이 잘 알려지지 않았다. 하지만 클라우드를 초기부터 따른 로렌스 아드란과 엘리스 벨리카는 동부에서만큼은 유명 인사라고 봐도 무방했다.

"그런가? 고맙군. 자네만 믿겠네."

"가, 감사합니다!"

카르나가 힘껏 외쳤다.

가볍게 고개를 끄덕인 클라우드는 딘 레이스를 바라보았다.

꿀꺽.

딘은 침을 삼켰다.

클라우드는 오늘 처음 만난 카르나에게 아이기스 시의 전권이라는 엄청난 권한을 맡겼다. 자신에게는 도대체 어떤 일을 맡길지 전혀 예상할 수 없었다.

"딘 레이스, 자네를 고등법원장으로 임명한다."

"……!"

딘은 자기도 모르게 입을 벌렸다. 고등법원장은 귀족이 내세울 수 있는 최고 직책이었다. 그만큼 클라우드가 자신을 신뢰한다는 것을 의미했다.

"이 정도로는 부족하다고 싶지만 일단 참아주게. 지금은 재판을 담당하면서 억울한 사람이 나오지 않게 하고 또 국민들의 삶을 느껴볼 필요가 있다고 생각하네."

"알겠습니다."

딘이 조심스럽게 말했다.

클라우드가 말한 부분은 그 스스로도 느끼고 있었다. 공부만 죽어라 했지, 막상 실생활에서 법을 적용하는 법에 대해서는 허술했다. 이를 알기 위해서는 직접 사람을 접하는 게 최고의 방법이었다.

"자네가 고등법원장을 하다 보면 곧 새로운 시대가 열리겠지. 그때 대법원장이 될 사람이 누구겠는가? 앞으로 새로운 법전을 편찬하는 일도 맡아야 하니 열심히 하게."

"허걱!"

딘이 괴성을 질렀다. 법전 편찬이라니, 인생 대부분을 법 공부에 매진한 그에게 그보다 더 영광스러운 일이 없었다.

"명심하겠습니다!"

딘은 살면서 가장 큰 목소리로 대답했다. 클라우드는 두 사람을 보며 말을 이었다.

"내 가신으로 있으면서 그대들이 명심해야 할 것은 하나다. 신분이나 가문 같은 외적인 것들로 사람을 판단하지 마라. 사람을 평가할 때는 오직 능력만 보면 된다. 내가 그대들에게 바라는 것은 오직 그거 하나뿐이다."

"알겠습니다!"

카르나와 딘이 다시 한 번 우렁찬 목소리로 대답했다. 그들의 각오를 느낀 클라우드는 환하게 웃었고.

"오늘은 기쁜 날이다! 이런 날에 술이 빠져서는 안 된다고 본다. 아, 그리고 둘 다 나와 함께 제도에 가지 않겠나?"

"영광입니다, 각하."

"따라가겠습니다."

카르나와 딘의 입가에 환한 미소가 떠올랐다.

그렇게 새로운 인재들이 클라우드의 휘하에 들어왔다.

제 2장 결혼

원래 황실 인사의 결혼은 굉장히 까다롭다. 좋은 날짜를 신중하게 잡아야 했으며, 귀족이나 유력인사가 모일 수 있게 해야 했다. 허나 레베카와 클라우드의 결혼은 유례를 찾아보기 어려울 만큼 빠른 속도로 진행됐다.

"정략결혼이니 빨리 진행해야지. 서로 걸린 게 많기도 하고."

"……틀린 말은 아니지만, 언행에 주의를 기울여주십시오. 보는 눈이 많습니다, 각하."

"내가 이제 와서 다른 사람 눈치 볼 필요는 없다고 보는데?"

"그건 그렇습니다만."

로렌스가 쓰게 웃었다. 오랜만에 클라우드의 곁에 돌아왔는데, 이놈의 주군은 바뀐 게 전혀 없었다. 이제는 제국의 운명을 좌지우지할 수 있는 위치에 올라섰는데도. 다만 클라우드가 툴툴거리는 데는 이유가 있었다.

"마음에 없는 결혼도 짜증나는데 검증까지 거쳐야 한다니, 솔직히 너무하다고 생각하지 않나? 나한테 여황 폐하의 부군이 될 자격이 없다고 말할 놈이 있을 거 같지는 않은데 말이야."

"그야 그렇습니다만, 그래도 다들 각하를 견제하고 싶을 겁니다. 각하가 가진 힘이 너무 크기 때문에."

"헛수고라는 걸 왜 모르는지 원."

"정치라는 게 다 그런 거 아니겠습니까? 아, 이제 시작되는 모양입니다."

성문 입구에서 나팔 소리가 울려 퍼졌다.

그러자 클라우드의 뒤에 있던 군인들이 자세를 바로잡았다. 클라우드나 로렌스와 달리 대부분 개선식을 경험한 적이 없기에 긴장한 기색이 역력했다.

쿠쿠쿵!

제도 팔칸의 성문이 열리기 시작했다. 뒤이어 군악대가 악기를 연주하며 앞으로 나아갔다. 본대는 그런 군악대의 뒤를 따랐고.

"우와아아아!"

"에렌시아 제국 만세! 여황 폐하 만세!"

"와아아아!"

"제국의 영웅에게 영광이 있기를!"

수많은 인파가 클라우드와 그의 병사들을 환영했다. 사방에서 함성이 울려 퍼졌고, 꽃잎이 흩날렸다. 흥분한 인파를 막고 있는 헌병들의 얼굴이 일그러졌지만, 광기에 휩싸인 열망은 가라앉을 줄 몰랐다.

세상이 혼란스러워지면 대중은 영웅을 갈망하게 된다. 오직 영웅만이 난세를 평정할 수 있을 거라고 믿기 때문에. 그리고 제도의 시민들에게 있어 클라우드는 위대한 영웅이라고 봐도 무방했다. 실제로 뛰어난 업적을 여러 번 세우지 않았던가.

"한 번 개선식을 경험해본 만큼 이번에는 차분할 수 있을 거라고 여겼는데, 제 착각이었군요."

"나도 마찬가지다."

이번 개선식을 포함해 제도에서 2번, 로이안 영지에서 1번 시민들의 환호를 받았다. 익숙해졌다고 여겼으나 착각이었다. 환호 안에 깃든 사람들의 열망을 느끼니 몸이 절로 달아올랐다. 미소를 지은 클라우드는 환호하는 군중을 향해 손을 흔들었다.

"위대한 영웅이여, 반역자에게 철퇴를!"

"에렌시아 제국이여, 영원히 번영하라!"

사람들의 외침을 뒤로한 채 클라우드를 태운 차량은 계속 이동했다. 이전과 달리 목적지는 황궁이 아니라, 별궁이었다. 오늘 이곳에서 레베카를 따르는 유력 귀족들이 클라우드를 검증하리라.

그렇게 별궁에 도착했는데, 클라우드는 의외의 인물을 만났다. 그 때문에 그는 자기도 모르게 피식 웃었다.

"오랜만에 만났는데 반응이 시원치 않군, 스타이너 남작."

"누가 와도 똑같을 겁니다. 오랜만에 뵙습니다, 아이젠 로이스 자작님."

제도방위사령관, 아이젠 로이스의 입가가 올라갔다. 그리고 옛 부하에게 손을 내밀었고, 클라우드는 그의 손을 붙잡았다.

"하도 소식이 없어서 은퇴한 줄 알았습니다."

"나도 군복을 벗으려고 했네. 이유야 어쨌거나 황제 폐하를 지키지 못한 죄인이니까. 그런데 윗분들이 말리더군. 심지어 여황 폐하도 내 사퇴서를 반려했고."

"잘 됐군요. 정정한 각하가 은퇴라니, 말도 안 되는 일입니다."

"후우. 난 은퇴해서 제대로 된 자유를 누리고 싶었단 말일세.

그건 그렇고 자네 소식을 듣고 얼마나 부러워했을지 모르네. 누구는 이 나이 먹고도 연애 한 번 제대로 못했는데, 자네는 양손의 꽃을 얻었지. 세상 참 불공평하군."

"솔직히 말하자면 여전히 결혼에 대해 회의적입니다. 루시아한테 미안하기도 하고."

"연상답게 성숙한 매력을 자랑하는 루시아, 풋풋하면서도 싱그러운 매력의 여황 폐하. 모두 남자가 바라는 이상형이라 해도 과언이 아니지. 그런 여인들과 모두 결혼하면서 그런 말을 하다니, 배가 불렀군."

"연애 한 번 못하신 분이 어찌 제 마음을 알겠습니까?"

"하나는 알고 있네. 자네는 앞으로 고난을 겪을 테지."

"후우."

두 여인과 함께 사는 건 어떤 기분일까?

감히 상상도 할 수 없었기에 클라우드는 나지막하게 한숨을 내쉬었다.

잠깐의 대화를 끝으로 두 사람은 별궁 안으로 들어갔다. 로렌스와 헌병들은 거리를 벌린 다음, 두 사람을 호위했다.

그러거나 말거나 클라우드와 아이젠은 시시껄렁한 이야기를 계속 나누었다. 약속이라도 한 듯이 둘 다 진심을 밝히지 않았다. 군인으로서 서로를 신뢰하고 있지만, 파벌이 다르기에 어쩔 수 없었다.

그렇게 별궁의 가장 넓은 방에 도착했을 때, 아이젠은 클라우드의 뒤로 물러났다.

"나는 여기까지일세. 이곳은 백작 이상만 들어갈 수 있거든."

"아직도 그런 고리타분한 규칙이 적용되는 겁니까? 이러니저러니 해도 각하는 제도방위사령관 아닙니까?"

"어쩔 수 없지. 그게 제국이니까."

"이제부터 많은 게 바뀔 겁니다."

"원하는 대로 하게. 자네가 제국을 버리지 않은 것만으로도 다행이라 여기고 있거든. 그거에 비하면 개혁은 아무것도 아니지. 그리고……."

"이제 와서 뭘 망설이는 겁니까? 하고 싶은 말이 있으면 하십시오."

아이젠은 옛 부하의 성장을 실감했다. 강함과 별개로 아직 미숙한 부분이 있었는데, 이제는 그런 부분이 전혀 보이지 않았다. 여유로운 태도 안에 깃든 강함만이 느껴질 뿐. 시대를 빛내는 거성다웠다.

"옛 상관으로서 하나만 말하지. 제국의 군인이 이런 말을 하는 건 옳지 않지만, 난 자네의 선택이 올바르다고 믿네. 아무리 산업 능력을 상실했다고 해도 남부 지역의 국민은 제국의 일원일세. 군인이 국민을 지키는 건 당연한 일이고."

"감사합니다."

"그건 내가 할 말이지. 어쨌든 안에서 누가 뭐라고 해도 신경 쓰지 말고 자네의 길을 추구하게. 정 안 된다 싶으면 협박이라도 하던가. 자네는 제국 최고의 실력자니까."

"명심하겠습니다."

그리고,

"전원 기립!"

쩌렁쩌렁한 외침과 함께 클라우드가 방안에 들어왔다. 그리고 그는 곧장 연단을 향해 나아갔다.

'대한민국 국회 같군.'

가장 아래에는 연단이 있었고, 그 중심으로 책상이 층층이 놓여 있었다. 다만 사람 자체는 많지 않았다. 방금 전에 아이젠이 말했다시피 이곳에 올 수 있는 사람은 백작 이상의 고위 귀족이었기 때문에.

가장 먼저 눈에 들어온 사람은 청염의 기사, 올리비아 폰 아르젠트였다. 백금의 기사 카일 웰링턴과 사자의 기사 해럴드 페르난도도 보였고. 셋을 포함해 총 15명의 고위 귀족이 클라우드를 내려다보고 있었다.

'저 인간이 디아크 폰 알타레 후작이군.'

클라우드는 가장 꼭대기에 앉은 사내를 올려다보았다. 디아크 폰 알타레, 현 정부의 재상이었다. 귀족 중에서 가장 꼰대 기질이 다분했고. 그런 그의 곁에는 내무대신인 파울로 헤티아 백작이 앉아있었다.

연단에 오른 클라우드는 자신을 응시하는 사람들을 일일이 바라보았다. 몇몇은 고개를 돌렸고, 또 몇몇은 아예 그를 노려보았다. 그나마 올리비아, 카일, 해럴드만이 걱정 어린 표정을 지었다.

"반갑습니다, 여러분. 클라우드 폰 제이드입니다."

클라우드는 거짓 미소를 지은 채 말했다. 마음 같아서는 당장 귀족들의 안면에 주먹을 꽂고 싶은 기분이었지만, 애써 참았다.

"길게 끌지 않겠습니다. 궁금한 게 있다면 마음껏 물어보시길.

최선을 다해 답하겠습니다."

"난 파울로 헤티아라고 하네. 백작이고 내무대신을 맡고 있지."

"만나서 반갑습니다, 백작님."

"나도 제국의 영웅을 만나게 되어 영광일세. 질문하기 전에 한 가지는 확실히 하겠네. 그대의 능력을 의심하는 사람은 아무도 없네, 제이드 사령관. 공적만 보면 그대는 역대 최고의 군인 중 하나요. 여황 폐하의 부군이 되는 게 당연한 일이지."

가장 먼저 입을 연 사람은 파울로 백작이었다. 칭찬으로 회의를 시작했지만, 그가 끝까지 지금 태도를 유지할 거라고 믿는 사람은 아무도 없었다. 이를 증명하듯 파울로 백작은 비릿하게 웃고 있었다.

"허나 본인은 아직도 걱정하는 게 있다네."

"뭡니까?"

"그대의 충심이오. 그대는 독단으로 군을 움직였소. 이는 정말 큰 죄지. 그나마 폐하께서 그대의 행동을 허락하셔서 큰 문제가 되지 않았지만, 제국군을 사병으로 삼았다는 의심을 받고 있소."

"그뿐만이 아니지."

디아크 후작이 느긋한 어조로 파울로 백작의 말을 이었다.

"이 자리에 오지 않은 남부 귀족들이 그대에게 충성을 맹세했다는 이야기를 들었네. 폐하를 따라야 하는 귀족이 다른 귀족을 받들다니, 이건 명백한 반역일세. 아무리 큰 공을 세웠다고 해도 반역자를 폐하의 부군으로 맞이할 수는 없지 않나?"

"반역의 의사가 없음을 증명하라는 거군요. 맞습니까, 각하?"

"정확하네."

"어떻게 증명하면 되겠습니까?"

"자네가 아는지 모르겠지만, 대공은 제국에서 공직 생활을 하는 건 불가능하네. 명예직을 얻는 것을 제외하면."

"그렇군요."

"내 말을 못 믿겠다면 제국의 법전을 확인해보게. 거기에 적혀 있으니까. 어쨌든 중요한 건 대공이 되면 자네는 동부 요새의 사령관을 포기해야 하네. 남부 요새의 사령관과 로이안 영지의 대리인 자리에서도 물러나야 하지."

"군복을 벗으라는 거군요."

"정확하네. 그럼 자네도 제국군을 사병으로 삼지 않았다는 것을 증명할 수 있고, 남부 귀족들이 저지른 죄도 묻히겠지."

디아크 후작이 쐐기를 박았다. 그를 따르는 귀족들이 승리를 예감했는지 자신만만한 표정을 짓고 있었다.

"사람인 이상, 다른 사람을 의심할 수밖에 없습니다. 자기 자신도 믿기 어려운데 어찌 다른 사람을 쉽게 믿을 수 있겠습니까?"

"나도 그렇게 생각하네, 사령관."

"허나 외부의 위기를 극복하기 위해서는 우선 내부부터 단결할 필요가 있습니다. 그리고 전 여황 폐하의 네 번째 검이며, 동부와 남부를 지탱하는 사령관입니다."

솔직히 귀족들을 다 죽이는 건 쉬운 일이다. 하지만 그럴 수 없다. 어쨌거나 저들도 현재 제국을 지탱하는 한 축이었으니까.

"지금 제가 군복을 벗으면 동부의 일부 지역과 남부 지역은 반란을 일으킬 겁니다. 특히 남부 지역의 반발이 거세겠죠. 그도 그럴 것이 여러분은 이미 남부를 한 번 버리지 않았습니까?"

클라우드의 말이 끝나는 순간, 모든 귀족의 얼굴이 창백하게 굳었다. 클라우드의 지적은 그들의 역린이나 다를 바 없었다.

"반역자 이안의 세력은 강대합니다. 호시탐탐 제국을 노리고 있는 반역자가 있는 상황에 내부 분열이 일어난다? 제국은 확실하게 분열할 겁니다. 재상 각하와 내무대신은 그걸 바라는 겁니까? 니콜라스에게 무슨 제안을 받았을지도 모르겠군요."

"이 자리가 어딘지 알고 있는 건가, 사령관!"

"잘도 그런 망발을 지껄이는군."

파울로 백작과 디아크 후작의 표정이 살벌해졌다. 물론 클라우드한테는 아무런 의미가 없었다.

"여러분이 진정 제국을 걱정한다면 저를 받아들여야 한다는 것을 잘 알 겁니다. 그렇기에 전 군복을 벗을 수 없습니다. 제가 물러나는 순간, 간신히 균형을 이룬 저울추가 순식간에 기울어질 테니까요."

자신이 물러나면 루시아도 은퇴한다. 그리되면 레베카 측은 2명의 소드마스터를 잃게 된다. 소드마스터의 수적 우위로 간신히 전선을 유지하는 레베카 측에게 이는 재앙이나 다를 바 없었다. 충성을 떠나서 클라우드를 내버리기에는 여황 쪽의 힘이 너무 부족했다.

"다 떠나서 여황 폐하께서 제 직위를 유지하겠다고 약속했습니다. 그러니 더 이상 이상한 말이 나오지 않았으면 좋겠군요. 쓸데없이 내부분열을 일으키기 싫다면. 만약 제 귀에 또 이상한 소리가 들린다면."

빙긋.

클라우드가 웃었다.

그러자 많은 사람의 안색이 창백하다 못해 새파랗게 질렸다. 소드마스터의 강렬한 기운이 그들의 영혼을 관통한 것이다.

"이 정도면 제 충심과 가치를 증명한 것 같습니다. 더 질문할 게 없다면 이만 물러나겠습니다."

입을 연 사람은 없었다.

이는 곧 고위 귀족들이 모두 클라우드에게 항복했음을 의미했다. 현재 레베카 측의 전력으로는 클라우드의 세력을 꺾을 수도 없었고. 무엇보다 제국 역사에도 손에 꼽을 정도의 공적을 자랑하는 클라우드와 싸우고 싶어 하는 사람은 아무도 없었다.

클라우드는 당당하게 별궁을 빠져나왔다. 그러자 군인 한 명이 그에게 다가왔다.

"각하! 폐하께서 부르십니다!"

"알았다."

전언을 보낸 기사는 곧장 돌아갔다.

"황궁으로 가겠다, 로렌스."

"따르겠습니다."

둘의 발걸음이 황궁으로 향했다.

"미안해요."

클라우드가 들어오자마자 레베카는 고개를 숙였다. 그런 그녀의 옆에는 루시아가 서 있었는데, 난감해하는 기색이 역력했다. 레베카는 루시아의 반응에 아랑곳하지 않고 입을 열었다.

"제국을 위해서, 아니 저를 위해서 제이드 남작과 이그레트 남작에게 몹쓸 짓을 했어요. 정말 미안해요."

고개를 들어 올릴 기미를 보이지 않는 레베카. 클라우드는 나지막하게 한숨을 내쉬고는, 그녀에게 다가갔다.

"폐하께서도 저희의 사정을 봐주신 것을 잘 알고 있습니다. 폐하의 제안을 받아들인 것도 저희의 뜻이고요. 그러니 죄책감을 느끼지 마시고 고개를 드십시오."

"클라우드의 말이 옳습니다. 저희 모두 폐하를 원망하지 않습니다."

루시아가 나서서 클라우드를 거들자, 그제야 레베카는 고개를 들었다. 허나 그녀의 얼굴에는 여전히 미안함이 남아 있었다. 정치적인 이유로 사이좋은 남녀의 사이에 끼어들려고 했으니까.

"솔직히 말할게요. 제가 공개적으로 청혼한 것은 단순히 정치적인 이유 때문만은 아니에요."

"그럼?"

"좋아해요, 제이드 남작."

레베카는 인정했다. 자신의 마음속에 클라우드를 사모하는 감정이 있다는 것을.

"첫 만남 때 제이드 남작이 주변의 시선을 신경 쓰지 않고 저에게 당당히 말을 걸었을 때, 그리고 반역자 이안에 의해 유폐된 자신을 구해줬을 때 남작에게 반했어요."

레베카가 담담히 말하자, 루시아는 클라우드를 흘겨보았다. 클라우드는 당혹감을 감추지 못했고. 설마 레베카가 이렇게 직설적으로 자신의 감정을 밝힐 줄은 몰랐다. 그 때문에 머릿속이 복잡해졌다. 대답해야 할 말이 떠오르지 않을 정도로.

그런 클라우드를 대신해 루시아가 나섰다.

"폐하의 마음은 충분히 이해합니다. 같은 여자가 봐도 클라우드는 매력적인 남자니까요. 그런 남자를 저 혼자 독차지하려는 건 분명히 욕심일 겁니다. 물론 이 남자는 제가 원하면 계속 저만 바라보겠다고 말하고 있지만요."

"그 생각은 지금도 유지되고 있어."

클라우드가 단호한 어조로 대답했다. 루시아가 동의했기에 청혼을 받아들였을 뿐, 그녀의 마음이 바뀌면 바로 청혼을 거절하리라. 레베카의 마음은 고맙지만, 루시아의 뜻이 더 중요했다.

"폐하를 거부하면 제 마음은 편해질지 모릅니다. 허나 폐하를 따르는 신하와 제국의 국민들이 괴로워질 것입니다. 제3의 세력이 생기는 순간, 제국의 분열이 고착될 테니까요."

"……."

레베카는 침묵을 유지한 채 고개를 끄덕였다. 그녀도 잘 알고 있었다. 클라우드가 마음먹으면 언제든 자신만의 국가를 세울 수 있다는 것을. 그걸 미연에 방지하기 위해 공개 청혼을 한 거고.

"그리고 폐하는 소중한 아버지와 오라버니를 한꺼번에 잃었습니다. 같은 여인으로서 폐하가 행복하기를 바랍니다."

"이그레트 백작!"

레베카는 그대로 루시아를 끌어안았다. 감정이 북받쳤는지 레베카의 눈에는 눈물이 고여 있었다. 루시아는 자애로운 미소를 지은 채 상대를 토닥였고.

"같이, 같이 결혼식을 올려요. 세상 사람이 다 알 수 있을 만큼 성대하게."

"그거면 충분합니다."

"그리고 사적인 자리에서는 언니라고 불러도 될까요?"

"그래. 잘 부탁한다, 레베카."

"고마워요, 언니!"

레베카가 활짝 웃었다. 태어난 이후 가장 행복하다고 해도 과언이 아니었다. 그리고 그녀는 클라우드 쪽으로 고개를 돌렸다.

"앞으로 잘 부탁드려요, 클라우드."

"나야말로 잘 부탁해."

여인들이 결론을 내린 이상, 클라우드는 더 따질 생각이 없었다. 그는 웃으며 새로운 연인을 받아들였다.

그렇게 세 사람은 온전한 관계를 정립하는 데 성공했다.

대륙력 1799년 1월 1일.

팔칸의 성문을 비롯하여 제도의 시설이 개방되었다. 하지만 사람들이 보는 것은 따로 있었으니 제도의 광장에 설치된 제단이었다.

제단은 총 5층이었고 동서남북의 방위에 맞춰 지어졌다. 그리고 각 지점에서는 검은 갑옷을 입은 네 명의 기사가 깃발을 든 채 서 있었다.

로렌스 아드란은 우측 상단에 서 있었고, 엘리스 벨리카는 좌측 상단에 섰다. 윌리스 클라크와 아이젠 로이스가 각각 우측 하단과 좌측 하단에 서 있었다. 앞의 셋과 나란히 있기에는 아이젠의 군인 경력이 엄청났지만, 본인이 직접 자원했다.

깃발을 든 채 서 있는 네 사람의 모습은 위풍당당했다. 그런 그들을 바라보는 사람들의 시선에는 존경심이 가득했고.

"여러모로 신기한 결혼식이군. 대공이 다른 부인을 받아들일 뿐만 아니라, 부부 중 둘이 소드마스터라니 원. 세상일은 정말 알 수가 없어."

"동의합니다. 이런 경우는 앞으로 영원히 없을 거 같군요."

카일 웰링턴이 농담하듯 말하자 올리비아 폰 아르젠트도 웃으며 대답했다. 그러자 해럴드 페르난도가 둘의 대화에 끼어들었다.

"황제 폐하의 곁에는 그대가 있지 않나. 저 셋이 부부 싸움을 하면 볼만하겠군. 소드마스터 셋이 부딪치는 셈이니까."

"생각만 해도 끔찍하군."

해럴드의 말은 카일은 오싹함을 느끼고 몸을 떨었다. 결혼식 이후, 클라우드는 제국군 원수로 임명되어 에렌시아 제국의 병권을 움켜쥘 예정이었다. 여태까지 병권을 담당했던 올리비아는 근위기사단의 단장이 될 예정이었고. 곁에서 레베카를 지키고 싶다는 올리비아의 뜻이 반영된 결과였다.

즉, 셋이 싸우면 소드마스터 셋이 부딪쳤다는 것을 의미했다. 만약 싸움이 일어나면 황궁이 버틸 수 있을까? 카일은 그에 대해 확신하지 못했다.

"자네가 고생하겠군."

"저보다 근위기사단이 힘들겠지요."

올리비아는 쓰게 웃으며 대답했다. 그리고 그녀는 주변을 살펴보았다. 5층으로 이루어진 단에는 이미 많은 사람이 모여 있었다.

가장 높은 5층은 오늘의 주인공들만 갈 수 있기에 비어있었지만, 아래층부터는 달랐다. 4층과 3층에는 자신과 해럴드를 포함하여 200여 명의 군인과 관리들이 서 있었다. 2층에는 외국의 특사들과 각 지역에서 초청받은 명사 100명이 있었고. 마지막으로 1층과 그 아래에는 수를 셀 수도 없을 정도로 많은 사람이 모여 있었다.

'잘 됐군.'

올리비아의 쓴웃음이 환한 미소로 바뀌었다. 제국의 변화를 바라는 사람들의 열망과 희망이 느껴졌다. 그녀 역시 믿었다. 클라우드라면 제국을 올바른 방향으로 이끌어줄 것이라고.

그런데 그때,

쿵! 쿵!

커다란 북소리가 울려 퍼졌다.

그러자 모두 자리에서 일어났다. 결혼식이 시작된 것이다.

쿵!

북소리가 멎었다.

모인 사람들 모두 숨을 쉬는 것조차 잊은 듯 고요함을 유지하며 제단의 가장 아래쪽을 바라보았다.

그곳에는 검은 제복을 입고 있는 클라우드가 서있었다. 클라우드의 위풍당당한 모습을 본 사람들은 크게 감탄했다. 마치 이야기 속에 나오는 용사가 이럴까 싶었다.

그런 클라우드의 옆으로 두 여인이 걸어왔다. 루시아와 레베카로, 두 여인 모두 순백의 드레스를 입고 있었다.

"……."

조용한 침묵이 장내를 뒤덮었다. 모두들 입을 멍하니 벌린 채, 루시아와 레베카를 바라보았다.

둘 다 자신을 꾸미는 데 집착하지 않는 성격이었다. 특히 루시아는 어지간해선 화장조차 잘 하지 않았고. 하지만 오늘은 달랐다. 두 사람 모두 제대로 화장을 했고, 거기에 아름다운 옷이 더해지니 둘의 아름다움이 극한에 달했다.

개중 몇 명은 아예 넋을 잃고 루시아와 레베카를 뚫어져라 쳐다보았다. 둘의 아름다움에 압도되는 바람에 환호성도 지를 수가 없었다.

저벅저벅.

나란히 선 세 사람은 제단을 향해 올라갔다. 사람들은 느꼈다. 제국이 새로운 길에 들어서고 있다는 사실을. 그렇기에 그들은 입을 막았다. 자신의 숨소리가 이 거룩한 광경을 망치기를 바라지 않았기 때문에.

그렇게 모두가 기뻐할 때,

"빌어먹을."

클라우드의 얼굴이 일그러졌다. 루시아 역시 얼굴을 찌푸렸고. 거의 동시에 카일, 해럴드, 페르난도가 자리에서 일어났고.

그들은 깨달았다.

불청객이 왔다는 것을.

쿠오오오!

뒤이어 강렬한 기세가 광장 구석에서 피어올랐다. 기세를 감

당하지 못한 사람들은 본능적으로 물러났고, 커다란 인파가 둘로 갈라졌다. 그러자 제국 군인들의 표정도 사나워졌다. 그럴 수밖에 없었다.

"카젠트 폰 마르가스다! 제국의 반역자 카젠트 폰 마르가스가 왔다!"

순식간에 결혼식장이 혼란스러워졌다. 호위를 맡은 헌병들을 재빨리 검을 뽑아 카젠트를 포위했고. 헌병뿐만 아니라 사방에 있는 모든 사람이 적이었지만, 그는 여전히 태연한 기색을 유지했다.

"여기가 어디라고 발을 내디딘 거지, 카젠트 폰 마르가스?"

"제국의 반역자가 설칠 자리가 아니다!"

카일과 해럴드가 곧장 카젠트의 앞에 섰다. 싸늘한 표정을 지은 올리비아는 이미 검을 뽑아 상대에게 겨눈 상황이었고. 그들에게 있어 카젠트는 니콜라스나 이안과 동급 혹은 그 이상의 반역자였다.

옛 황제의 근위기사단 단장이었던 광휘의 기사 루퍼스 폰 크라이스트를 죽여 반란을 성공시켰다. 거기다가 지난번 레이너드 왕국의 전투 때 클라우드를 죽여 남부 지역을 떠넘기려고 했고. 분노하지 않는 사람이 있는 게 오히려 이상한 일이리라.

"황제 폐하께서 결혼을 축하하고 싶다는 뜻을 밝혔고, 나는 그분을 대리하여 이곳에 왔다. 즉, 축하 사절이라는 거지."

"헛소리는 정도껏 해라, 반역자."

카일은 능글거리는 카젠트를 노려보았다. 그 역시 언제든 상대를 공격할 수 있도록 기세를 끌어올린 상황이었다. 해럴드는 클라우드에게 눈짓을 보냈다. 명령이 떨어지는 순간, 상대를 단칼에 베겠다는 의지를 드러낸 채. 허나 클라우드는 공격 명령을 내리지 않았다. 대신 카젠트를 내려다보았다.

'아무리 놈이 강하다 해도 혼자서 우리를 감당할 수는 없어.'

카젠트가 대륙 최강의 기사라 불릴만한 실력을 갖춘 것은 사실이다. 허나 혼자서 소드마스터 5명을 상대할 정도는 아니었다. 아니, 3명만 나서도 이길 수 있으리라. 그런데도 당당하게 모습을 드러낸 것을 보아, 뭔가 있는 게 분명했다.

결론을 내린 클라우드는 사방에 마력을 퍼뜨렸다. 그렇게 10여 초가 흘렀고, 그는 눈살을 찌푸린 채 한숨을 내쉬었다. 혼자가 아니라는 예측은 맞았지만, 최악의 결과가 발생했다.

"부하를 불러라, 카젠트 폰 마르가스. 네놈이 혼자 온 게 아니라는 것은 이미 알고 있다."

"호오? 최대한 기운을 숨기라고 했는데 벌써 눈치챘을 줄이야. 지난번에 싸웠을 때보다 더 강해진 것 같군. 나와라."

스윽.

카젠트의 말이 끝나는 것과 동시에 청년 2명이 모습을 드러냈다. 그러자 클라우드는 이마를 부여잡았다. 카젠트의 왼쪽에 선 적발 청년은 처음 보지만, 오른쪽에 선 은발 청년은 누군지 잘 알고 있었다.

"최근 제국에 좋은 일이 생겼다. 바로 소드마스터가 탄생한 거지. 그것도 2명이나. 다들 아벨 스타이너에 대해서는 잘 알고 있을 테고."

은발 청년, 아벨 스타이너는 살기가 가득한 얼굴로 클라우드를 노려보았다. 과거 연회 때 자신에게 치욕을 안긴 클라우드를 당장이라도 죽이고 싶었다. 지금은 참을 수밖에 없었지만.

"그리고 여기 있는 친구는 펠릭스 아덴베르크라고 한다. 내가 오랫동안 심혈을 기울여 키운 제자지."

카젠트의 설명이 이어질 때마다 사람들의 안색이 어두워졌다. 레베카가 전력 면에서 뒤처졌음에도 버틸 수 있었던 건 소드마스터가 더 많았기 때문이다. 그녀 쪽에는 클라우드를 포함해 5명, 이안 측에는 2명밖에 없었으니까.

그런데 갑자기 이안 측에 2명의 소드마스터가 추가됐다. 클라우드가 레베카와 결혼하면서 이안과의 전력 차이를 간신히 줄였는데, 다시 벌어진 것이다.

"아벨 스타이너."

"예."

카젠트가 부르자 아벨이 종이를 펼쳤다. 그리고 힘차게 소리쳤다.

"클라우드 폰 제이드를 제국의 대공으로 인정한다. 또 루시아 폰 이그레트를 제국의 백작으로 삼겠다."

웅성웅성.

뜻밖의 내용이 알려지자, 소란이 더 커졌다. 대부분의 사람은 바로 깨달았다. 이안이 클라우드와 레베카 진영을 뒤흔들려 한다는 것을.

"황제 폐하의 뜻은 전했다. 그럼 우리는 이만 물러나지."

"물러날 수 있을 거라고 생각하나?"

해럴드가 으르렁거리듯 묻자, 카젠트는 가볍게 어깨를 으쓱였다.

"물론이지."

우우웅.

대답이 끝나는 것과 동시에 카젠트는 물론 청년 2명의 모습이 공간 속으로 빨려 들어갔다. 해럴드와 카일, 올리비아가 다급히 검을 휘둘렀으나 이미 늦었다.

시끌벅적했던 광장이 순식간에 침묵에 뒤덮였다.

카젠트 일행은 사라졌지만, 광장은 여전히 조용했다. 이안은 대놓고 클라우드와 루시아를 콕 집어 대공과 백작으로 임명했다. 이안이 둘을 우대하겠다고 공식적으로 뜻이었고, 레베카 진영을 흔들겠다는 의도를 밝힌 것이기도 했다.

'니콜라스의 짓인가.'

자신이 군부의 지지를 받고 있지만, 그게 전부였다. 디아크 후작이나 파울로 백작을 위시한 정치인들의 마음마저 사로잡은 건 아니었다. 그들은 오늘 건을 빌미로 자신의 발목을 끝까지 붙잡으리라.

거기다가 니콜라스는 균열의 씨앗만 남긴 게 아니었다.

'소드마스터 2명이 추가된 건 크다.'

아벨 스타이너는 언젠가 소드마스터가 될 거라 예상했다. 스타이너 가문은 가문의 일원 중 1명을 소드마스터로 만들 수 있는 의식을 알고 있었기 때문에. 문제는 펠릭스 에덴베르크라는 인간이었다. 기간토마키아를 오래 했지만, 카젠트에게 제자가 있다는 설정은 단 한 번도 들은 적이 없었다.

다만 걱정보다 더한 감정이 앞섰으니, 바로 분노였다. 단 한 번

뿐인 결혼식이었다. 그런 결혼식을 망치다니 도저히 용서할 수 없었다.

'반드시 죽인다.'

다시금 이안과 그를 따르는 놈들의 목을 베겠다고 다짐하는 클라우드였다. 간신히 분노를 가라앉힌 그는 마력을 운용했다. 그리고 입을 열었다. 어조 자체는 담담했지만, 마력이 실린 목소리는 모두의 귓가에 선명하게 울려 퍼졌다.

"존경하는 제국 국민 여러분, 진정하십시오. 반역자의 속임수에 흔들릴 필요 없습니다. 제국의 4번째 검인 저 클라우드 폰 제이드의 군주는 단 한 사람, 여황 폐하뿐입니다."

"제국의 5번째 검 루시아 폰 이그레트도 맹세합니다. 여황 폐하만을 위해 싸우겠다고."

"명심하십시오, 국민 여러분. 하늘의 뜻은 여황 폐하에게 향하고 있다는 것을!"

그리 외친 클라우드는 품속에서 반지 하나를 꺼냈다. 그리고 이를 높게 들어 올렸다. 반지에 새겨진 사자 문양을 본 순간, 모인 사람들 모두 경악을 금치 못했다.

"사자의 인장이다!"

"분명히 사라졌다고 들었는데!"

사자의 인장은 선택받은 황제만이 착용할 수 있다. 즉, 레베카만이 진짜 황제로 인정받고, 이안은 반역자로 전락하는 것이다. 더 이상 이안의 수작에 신경 쓰는 사람은 없었다. 사자의 인장이 돌아왔다는 사실만이 중요할 뿐.

"그, 그걸 어떻게……?"

레베카가 말을 더듬었다.

사자의 인장은 필립의 죽음과 동시에 사라졌다고 알려졌다. 그런 물건을 어찌 클라우드가 가지고 있는 것인가?

"우연히 발견했습니다. 이제 원래 주인에게 돌려드리고자 합니다."

그리 말한 클라우드는 레베카의 손을 붙잡았다.

'아깝기는 하지만.'

그래도 그는 사자의 인장을 돌려주는 것을 망설이지 않았다. 자신에게 반역의 의사가 없음을 알려주는 것을 넘어 진짜 충신이라는 것을 공식적으로 밝힐 수 있으니까. 또 자신의 손으로 레베카를 황제로 옹립시켰다는 것을 보여주는 셈이기도 했고.

'이제 누구도 내 권위에 도전하지 못하겠지.'

제국 개혁을 위한 모든 발판이 갖춰졌다.

클라우드는 레베카의 오른손 약지에 사자의 인장을 끼었다.

그러자 환한 빛이 피어올라 사방을 뒤덮었다. 강렬한 빛을 본 사람들은 황급히 자신의 얼굴을 가렸다. 빛은 잠시 뒤 사라졌고 사람들은 팔을 내렸다. 그리고 크게 흥분했다.

"오오오!"

"사자다! 사자가 나타났다!"

사람들이 소리쳤다.

거대한 몸통과 길고 굵은 꼬리, 무엇보다 찬란하게 빛나는 갈기를 가진 존재는 분명히 사자였다. 비록 빛으로 이루어져 있었다고 하지만 그 위압감은 무시무시했다.

[크허어엉!]

금빛 사자가 포효했다. 그러더니 레베카에게 날아와 사자의 인장 안으로 들어갔다.

"사자가 우리를 지키고 있다!"

"여황 폐하만이 진정한 제국의 지배자다!"

사람들은 감격했다. 그중 일부는 아예 무릎을 꿇고 기도하는 사람까지 있었다. 그도 그럴 것이 사자가 레베카를 황제로 인정했다. 이안이 반역자로 전락한 순간이고, 그녀가 진짜 황제가 됐음을 의미했다.

전율에 몸을 떤 레베카는 환호하는 국민들을 보며 손을 흔들었다.

"우와아아아!"

"여황 폐하 만세! 에렌시아 제국 만세!"

제단에 있는 사람과 아래에 있는 사람들 모두 환호성을 질렀다. 10만 명을 훌쩍 넘은 인원이 일제히 소리치니 귀가 먹먹할 정도였다. 한참이 지나서야 환호성이 잦아들었다.

"고마워요, 클라우드. 정말 고마워요. 저를 인정해줘서."

"신하로서, 남편으로서 해야 할 일을 했을 뿐입니다. 폐하, 사랑합니다."

"아……. 저도 사랑해요, 클라우드. 그리고 루시아 언니, 정말 고마워요. 제가 클라우드를 사랑할 수 있게 해줘서."

"말했잖아? 네가 여인으로서도 행복했으면 좋겠다고."

감격에 겨워하는 레베카를 보며 루시아는 활짝 웃었다. 그러더니 클라우드의 오른팔을 붙잡았다. 레베카는 그의 왼팔을 살며시 움켜쥐었고.

“평생 너희 둘만 사랑할게.”
“당신만을 사랑할게요.”
“오직 그대만을 바라보겠다.”
세 사람은 달콤하게 사랑을 속삭였다. 그리고 클라우드와 루시아는 레베카에게서 떨어졌다. 레베카는 감정을 억누른 채 나아간 뒤, 반지가 끼워진 오른손을 다시 들었다.
“나 레베카 폰 에렌시아는 이 자리에서 제국의 유일무이한 황제임을 선언하는 바이다!”
루시아의 목소리에는 어느 때보다 강렬한 힘이 실려 있었다. 이곳에 있는 모든 사람을 휘어잡고 그들에게 신뢰를 느끼게 하고도 남을 정도였다.
“황제의 이름으로 명한다. 루시아 폰 이그레트 남작을 후작으로 삼겠다!”
루시아는 조용히 레베카에게 고개를 숙였다. 단숨에 제국의 고위 귀족이 됐지만, 이를 반대하는 사람은 아무도 없었다. 대공비인 것을 떠나 소드마스터인 게 한몫했다.
“클라우드 폰 제이드 남작을 제국의 대공으로 삼겠다. 그의 새로운 성은 알바레아이며, 로이안 영지를 하사할 것이다. 또 그를 제국군 원수로 임명하는 바이다!”
알바레아.
에렌시아 제국의 초대 황제를 도운 건국 공신의 이름이었다. 검성이라는 이명을 가지고 있는, 제국 역사상 최고의 장군이기도 했고. 대가 끊어져서 역사 속으로 사라졌던 이름이 다시 한 번 세상에 나온 것이다.

클라우드 폰 제이드의 이름이 클라우드 폰 알바레아로 바뀝니다.

클라우드 폰 알바레아가 대공으로 임명됐습니다. 대공이 됨에 따라 스킬 '왕의 자질'의 숙련도가 폭등합니다. 현재 왕의 레벨은 15입니다.

당신은 수많은 고난과 시련을 뛰어넘어 마침내 귀족의 정점에 도달했습니다. 이에 대한 특별 보상으로 민첩과 체력이 2씩 상승합니다.

메시지가 클라우드의 진급을 축하했다.

"와아아아!"

"만세! 에렌시아 제국 만세!"

레베카의 위엄 어린 외침에 사람들이 다시 환호성을 질렀다. 그녀는 기뻐하는 국민들을 보며 사자의 인장을 쓰다듬었다.

'지금이라면 말할 수 있어.'

클라우드가 병권을 움켜쥐었다. 거기에 사자의 인장을 되찾은 이상, 레베카는 명실상부 제국의 황제였다. 그것도 역대 황제 중 가장 강력한 권력을 확보했다고 해도 과언이 아닐 정도의 황제 말이다. 그렇기에 그녀는 당당하게 클라우드, 루시아와 논의한 이념을 밝힐 수 있었다.

"집안의 신분과 부만 믿는 자들은 지금의 제국에 필요 없다! 나태하고 입만 앞서는 자들 역시 필요 없다! 에렌시아 제국은 황제의 이름 아래 모두 평등하다! 능력만 있다면 그대들은 원하는 모든 것을 이룰 수 있다! 허나 능력이 없다고 하여 슬퍼하지 말라! 짐은 선두에 서서 그대들을 이끌 것이다! 이제부터 에렌시아 제국은 국민의, 국민에 의한, 국민을 위한 나라가 되리라!"

"뭐라고!?"

"마, 말도 안 돼!"

수많은 사람이 경악했다. 특히 클라우드에게 복속한 지 얼마 안 된 이들과 외국에서 온 특사들의 반응이 격했다.

레베카의 선언은 약 3개월 전에 쿠데타로 몰락한 크로얀 공화국의 이념과 맞닿는 부분이 있었다. 그리고 대륙의 주요 국가들은 여전히 공화국의 이념을 위험시했다. 크로얀에 있던 왕정 복고파를 지원해 그들이 공화국 정권을 무너뜨리는 데 일조할 정도로.

하지만 레베카는 개의치 않았다. 몇 달 동안 황제로 있으면서 그녀는 확실하게 인지했다. 기존의 체제가 얼마나 잘못됐는지를. 문제점이 확실하게 존재하는데 그대로 안고 갈 수는 없었다.

'이게 시대의 흐름이지.'

클라우드는 당당한 레베카를 보며 웃었다. 낡아빠진 봉건주의는 지금의 시대에 어울리지 않았다. 이를 받아들지 못하는 귀족들은 얼마 지나지 않아 도태되리라. 자신이 그렇게 만들 테니까.

"짐은 귀족제를 부정하지 않는다! 허나 에렌시아 제국에서 귀족은 오직 현역으로 공직 생활을 하는 이들에게만 적용될 것이다!"

"와아아아아아!"

평범한 백성들이 함성을 질렀다. 이전과는 비교가 되지 않을 정도로 커다란 함성이었다. 마치 도시에 지진이 일어났다는 생각이 들 정도였다.

'마음 같아서는 공화국이 됐으면 좋겠지만.'

클라우드는 자신의 대에서 제국을 공화국으로 바꾸는 것을 포기했다.

봉건주의는 타파했지만, 당장 입헌군주제나 공화정으로 전환할 수는 없었다. 옛 크로얀 공화국의 국민만 해도 자유, 평등과 같은 가치에 대해 잘 모르는 경우가 많았다. 그렇기에 복고파가 다시 득세할 수 있었던 거고.

하물며 이제까지 봉건주의를 유지한 제국에서 살아온 사람들에게 그 이상의 변화를 감당하라고 할 수는 없었다.

'나중에 태어날 놈들이 알아서 잘해주겠지.'

자신만 할 수 있다는 생각은 버린 지 오래였다. 현재 자신과 함께 하는 사람들과 앞으로 태어날 사람들을 믿었다.

"여황 폐하 만세!"

"에렌시아 제국 만세!"

단을 지키고 있던 네 명의 기사들이 깃발을 흔들며 외쳤다. 사람들은 다시 만세를 합창했다.

"동부 카힐 산맥 너머의 크로얀 공화국보다 백성들이 자유롭게 살 것이며 남부의 레이너드 왕국보다 강한 군대가 에렌시아의 안위를 지킬 것이다! 그리고 제국의 구태의연한 인습을 버리고 진정한 제국의 길을 걷는 나라로 다시 태어나리라! 그다음에 반역자들에게 철퇴를 내릴 것이다!"

"와아아아!"

다시 함성이 울려 퍼졌다.

근 1년 동안 에렌시아 제국에서 사는 것은 악몽이었다. 타국의 연이은 침입과 내전으로 인한 혼란 등 국민들을 괴롭히는 사건이 끊임없이 일어났다. 그런 상황에서 귀족들의 수탈은 계속되었다.

레베카는 악몽을 끊겠다고 외친 것이다. 이제 국민들은 그녀가 기존의 어떤 군주보다 위대하다는 것을 믿어 의심치 않았다.

에렌시아 제국의 시작은 지금부터였다.

축하 연회 중 오늘 처음으로 소드마스터가 술을 마시다가 죽을 수 있다는 것을 깨달았다. 그 정도로 엄청난 양의 술을 많이 마셨는데, 솔직히 이성을 유지하는 것도 벅찼다.

허나 취기는 오래 가지 않았다.

신방의 침대에 앉아있는 루시아와 레베카를 보니 바로 정신을 되찾았다. 그림을 그린 것처럼 아름다운 자태로 앉아있는 두 여인을 보면 모두 같은 느낌을 받으리라.

"그대는 참 어처구니없군, 클라우드. 신방에 두 여인을 들인 사내는 그대밖에 없을 것이다."

"누구도 차별하고 싶지 않으니까."

여전히 루시아를 제일 사랑한다. 그래도 레베카를 소중하게 여기는 마음 역시 존재했다. 그렇기에 두 여인과 신혼 첫날을 함께 보내고 싶었다. 누구 한 명이라도 외로움을 느끼지 않도록.

그리 말한 클라우드는 두 여인의 면사포를 벗겼다.

"지겹게 말했지만, 그래도 또 말할게. 모두 정말로 사랑해. 그동안 마음고생 한 건 이제 잊고 행복하게 살자. 내 모든 것을 걸고 맹세하겠어."

클라우드의 말에 두 여인의 눈에 물방울이 맺혔다. 그는 그런 둘을 조심스럽게 끌어당겼고, 곧이어 방안에 켜진 불이 꺼졌다.

제 3장 그 남자가 없는 사이

수많은 사람이 레베카의 결혼식에 주목했다. 세력이 약했던 그녀가 클라우드와의 결혼을 통해 제대로 황제의 권위를 갖추게 됐으니 관심을 가질 수밖에 없었다. 실제로 사자의 인장이 나타나고, 그녀가 사자에게 인정받았다는 사실이 알려지자 각국의 수뇌부는 크게 경악했다.

거기다가 레베카는 에렌시아 제국의 새로운 국가 이념을 선언했다. 그런 그녀의 선언은 금방 대륙 전역으로 퍼져 나갔고, 사람들은 역사 속으로 사라진 공화국의 이념을 들었을 때만큼 큰 충격을 받아야 했다.

'신분제를 폐지하지는 않되, 능력을 최우선의 가치로 둔다.'

크로얀 공화국의 '사람은 모두 똑같다.'라는 이념보다 파격적이지는 않았다. 하지만 기존의 기득권층을 부정한다는 점에서는 충분히 무시무시한 선언이었다. 즉위식 현장에 있었던 특사들은 재빨리 자국에 연락했고, 제국의 귀족들은 모여 대책을 짜기 바빴다.

개중에서 가장 크게 충격을 받은 사람이 있었으니, 바로 이안이었다.

"필립, 이 빌어먹을 인간은 죽어서까지 나를 방해하는구나!"

레베카가 사자의 인장을 손에 넣은 이상, 정통성은 그녀에게 있었다. 물론 그런다고 해서 휘하의 귀족들이 이탈할 가능성은 없지만, 열 받는 건 어쩔 수 없었다.

"폐하. 분노를 가라앉히십시오. 사자의 인장을 얻지 못한 대신 귀족들의 마음을 사로잡을 수 있게 되지 않았습니까?"

"그야 그렇지. 귀족들이 레베카의 진의를 깨달은 이상, 절대 그녀와 함께할 리 없으니까."

분노를 가라앉힌 이안은 니콜라스의 말에 동의했다.

"예. 귀족들이 자신들의 기득권을 순순히 내려놓을 가능성은 없다고 봐도 무방합니다. 분명히 새로운 이념에 반대할 것이며 끝까지 저항할 것입니다."

"레베카는 사자의 인장을 얻고 클라우드와 결혼하면서 권력을 굳히는 데 성공했다. 그렇기에 절대 귀족들과 타협하지 않을 테고."

"그쪽 내부에서 내전이 일어날 확률이 높습니다."

니콜라스는 확신했다. 자신이 귀족의 정점에 있었기 때문에 귀족들의 기득권에 대한 욕망을 잘 알고 있었다. 싸우다 죽었으면 죽었지, 결코 순순히 기득권을 내려놓지 않는 인간이 바로 귀족이었다.

"공화국이 들어섰을 당시, 집권 세력은 수많은 귀족을 죽였습니다. 그 두려움 때문에라도 귀족들이 레베카와 클라우드를 따를 일은 없을 겁니다."

"우리는 놈들에게 생긴 빈틈을 찌르면 되겠고."

"예. 설령 그게 아니어도 레베카 측은 중부와 북부를 확실하게 장악하지 못한 상황입니다. 저희가 귀족들에게 물자를 제공하는 것만으로도 레베카 측을 크게 흔들 수 있습니다."

"이미 저들은 연이은 전쟁으로 피폐해졌지. 그런데 다시 한 번 내전이 일어나면, 더 이상 버티지 못할 것이다."

"그 사이, 아국이 힘을 기르면 충분히 레베카 측을 도모할 수 있습니다. 그리고 그때 사자의 인장을 회수하면 됩니다."

"손 안 대고 코를 푸는 게 이런 거군."

"폐하의 말씀이 옳습니다. 그리고 레베카의 적은 내부의 귀족들뿐만이 아닙니다. 다른 왕국들이 그녀의 이념에 찬동할 리 없습니다. 왕국으로 다시 바뀌려고 하는 크로얀 공화국도 이 사태를 넘기지는 못할 겁니다. 간신히 공화파의 정권을 무너뜨린 그들이 레베카의 이념을 인정할 리 만무합니다."

"비천한 서녀가 황제가 됐다는 기분에 취해 적만 만들었군. 이래서는 그녀 쪽이 공화국처럼 대륙의 공적이 되는 것도 시간문제겠다."

"그러니 폐하, 사자의 인장이 없다고 상심하지 마십시오. 기회는 있습니다."

"그래. 지금은 참을 것이다. 허나 반드시 힘을 길러 제국을 내 손으로 다시 세울 것이다!"

이안이 자신의 각오를 밝혔다. 니콜라스는 그런 이안을 보며 고개를 숙였다.

'힘 좀 써봐야겠군.'

내부 분열은 자신의 특기였다. 니콜라스는 반드시 클라우드를 파멸시키겠다고 결의를 다졌다.

결혼식 다음 날 아침.

제도 팔칸에서 가장 큰 호텔, 록시아의 최상층에는 10명의 귀족이 모여 있었다. 다들 하나같이 분노하고 있었다.

"귀족의 특권을 모두 빼앗겠다니, 이건 말도 안 됩니다!"

"맞습니다! 저희가 이 특권을 거저 얻었습니까? 수많은 선조의 희생이 있었고 저희 역시 그분들에 뒤처지지 않도록 열심히 노력했습니다. 그런데 이제 와서 신분에 상관없이 발탁하겠다니, 이건 있을 수 없는 일입니다!"

"이럴 줄 알았으면 이안에게 가야 했습니다!"

황제를 향한 존경심은 찾아볼 수 없었다. 아니, 지금 이 자리에 있는 귀족들은 누구보다 레베카를 증오하고 원망했다. 자신의 기득권을 지키기 위해 레베카에게 붙었는데, 그게 악수로 돌아온 것이다.

그렇게 귀족들의 분노가 치솟을 때, 상석에 앉은 사내가 입을 열었다. 현재 모인 귀족 중에서 가장 계급이 높은 디아크 폰 알타레 후작이었다.

"다들 입 조심히 하게. 이곳이 제도라는 것을 잊지 말게. 정보국 요원들이 사방에 도사리고 있네. 언제, 어디서 말이 샐지 모른다는 거지."

"하지만 재상 각하……."

“나라고 자네들의 심정은 모르겠나? 그대들이 무슨 생각을 하는지 잘 알았으니 최대한 빨리 조치를 취하도록 하겠네. 괜히 정보국 요원들에게 걸리기 전에 해산하지.”

디아크 후작의 말에 귀족들은 결국 방을 나섰다. 소니아가 이끄는 정보국 요원들은 귀족들 사이에서 이미 정평이 나 있었다.

그렇게 혼자 남은 디아크 후작은,

“빌어먹을!”

쨍그랑!

욕설을 내뱉으며 테이블 위의 술병을 후려쳤다. 그리고 그는 테이블을 뒤집고 방 안의 집기를 모두 집어 던졌다.

“레베카 폰 에렌시아, 클라우드 폰 알바레아! 비천한 서녀 년과 서자 놈이 자기 주제도 모르고 기득권을 넘보다니!”

디아크 후작은 크게 분노했다. 정보국 요원들에게 걸리기 싫어 귀족들을 모두 내보냈지만, 그 역시 레베카의 선언에 화가 난 상태였다.

“판을 뒤집어야 한다. 다시 내전이 일어나더라도 결코 기득권을 넘겨서는 안 된다. 제국과 함께 한 가문의 힘을 이대로 빼앗길 거 같으냐?”

홀로 중얼거린 디아크 후작이었지만, 잘 알고 있었다. 레베카를 상대하기는 결코 쉽지 않다는 것을. 그도 그럴 것이 레베카의 곁에는 클라우드가 있었고, 그는 군부만큼은 확실히 장악하고 있었다. 현재 귀족들이 가진 사병으로 그에게 저항한다는 것은 불가능했다.

“남부와 동부 놈들이 우리와 함께했으면 이런 문제는 없었을 터. 놈들은 자존심도 없단 말인가!"

남부의 맹주라 할 수 있는 하프너 가문은 변함없이 클라우드, 나아가 레베카를 지지했다. 다른 남부 귀족들도 마찬가지였다. 레이너드 왕국한테 모든 것을 잃을 뻔한 만큼, 클라우드와 레베카에 대한 지지는 확고했다.

동부 귀족들 역시 다를 바 없었다. 원래 클라우드에게 호의적이고, 필립을 지지하는 사람이 많았다. 필립의 세력을 이어받고 확고부동한 정통성을 얻은 레베카를 거역할 리 만무했다.

똑똑.

"들어와라."

누가 노크하자 디아크 후작이 말했다. 그러자 디아크 후작의 집사가 안으로 들어왔다.

"주인님. 사람이 찾아왔습니다."

집사의 말에 디아크 후작은 전신에 소름이 돋는 것을 느꼈다. 귀족들의 동태를 파악하고 클라우드가 사람을 보낸 게 아닌가 싶었다. 만약 그렇다면 자신은 정말 끝이었다.

"누, 누구냐!? 대공께서 보내신 건가?"

"아닙니다. 진짜 제국에서 왔다고 말했습니다."

"진짜 제국이라고?"

집사의 말을 듣자 디아크 후작이 눈을 빛냈다. 그의 감이 외치고 있었다. 이 만남은 기회라고 말이다.

"들여보내게."

"알겠습니다."

집사가 공손히 고개를 숙이고 물러났다. 잠시 뒤, 익숙한 얼굴이 미소를 지은 채 디아크 후작의 방 안으로 들어왔다. 바로 카젠트 폰 마르가스였다.

"직접 대면하는 건 오랜만이군, 후작."

"자네가 여기에 무슨 일로 왔지?"

"니콜라스 놈이 그대에게 말을 전해달라고 해서."

카젠트의 말을 듣는 순간, 디아크 후작은 주먹을 움켜쥐었다.

'감이 맞았군.'

드디어 기회가 왔다. 그리고 디아크 후작은 그 기회를 놓칠 생각이 전혀 없었다.

결혼식을 마친 레베카는 클라우드의 가신을 정부의 정식 일원으로 받아들이고, 그들에게 새로운 관직과 계급을 부여했다.

레베카가 결혼식에서 선언했다시피 제국군 원수는 클라우드였다. 올리비아 폰 아르젠트는 그녀의 청에 따라 근위기사단의 단장이 됐고, 아이젠 로이스는 여전히 제도방위사령관으로 남아 있기로 했다.

진짜 중요한 건 그다음이었다.

로렌스는 타밀라 요새 사령관 및 서부 군단을 총괄하는 군단장이 되었다. 윌리스는 남부를, 해럴드가 북부를 맡는 형식이었다. 필립에게 가장 충성했던 카일은 동부 군단의 군단장이 됐고.

이 4개의 군단과 수도방위사령부야말로 새롭게 태어난 에렌시아 제국의 핵심이라 할 수 있었다. 4명의 군단장과 제도방위사령관은 레베카 앞에서 충성을 맹세하고, 원수인 클라우드의 명령을 철저히 따르겠다고 했다.

미카엘은 파울로 백작을 대신해 제국의 새로운 내무대신이 됐다. 재상인 디아크 후작은 여전히 자기 자리를 지켰지만, 미카엘에 의해 일거수일투족을 감시당하게 됐다.

소니아와 로버트는 신설된 정보국과 기술국의 국장이 됐다. 딘레이스는 대법관이 되어 자신의 능력을 마음껏 발휘할 수 있게 됐고. 카르나는 동부 최대의 도시인 아이기스 시의 시장이면서 동부 지역의 영주들을 감사하는 권한을 얻었다.

그렇게 일을 마무리한 레베카는 클라우드, 루시아와 함께 다시 자신의 방으로 돌아갔다.

그때였다.

휘익.

클라우드가 방에 들어가자마자 레베카를 안아 들었다.

"꺄아악!"

그의 예상치 못한 행동 때문에 레베카가 비명을 질렀다.

깜짝 놀란 그녀는 자신을 안고 있는 클라우드를 노려보았다.

"놀랐잖아요, 클라우드!"

"한번 해보고 싶었어."

클라우드가 어깨를 으쓱이자, 그의 옆에 서 있던 루시아가 샐쭉한 표정을 짓고 그의 품에 안겼다. 그는 레베카를 끌어안은 채 침대에 앉았다. 루시아는 그의 왼쪽에 앉았고. 여전히 레베카는 클라우드에게 안긴 상태였다.

"이미 선언한 것은 어쩔 수 없지만, 시작부터 너무 과격한 게 아닌가 싶어요. 클라우드. 오라버니도 이렇게 파격적인 주장을 하지 않았거든요."

"황태자 전하의 사상은 기존 기득권층과 타협한 결과일 뿐이야. 그런데 그분이 죽은 뒤, 대부분의 귀족은 어떻게 됐지? 많은 놈들이 이안한테 투항했어. 결국 놈들은 시대의 흐름에 적응할 생각이 전혀 없었다는 거지."

"설마 처음부터 반대하는 귀족들을 숙청할 생각이었나요?"

"그대의 말이 옳다, 레베카. 새로운 환경에 적응하지 못하면 뭐든 도태되기 마련이지."

클라우드를 대신해 루시아가 대답했다. 그러자 레베카가 불안감을 드러냈다. 귀족은 아직까지 강력한 힘을 가지고 있었다. 자칫 잘못하면 내분으로 제국이 무너질 수 있기에 그녀가 조심하는 게 당연했다.

"그동안 일어난 전쟁들로 인해, 저희 전력은 선황 시절보다 많이 깎였어요. 그런 상황에서 숙청이 벌어진다면 그들이 맞서 싸우지 않겠어요?"

"그렇겠지. 하지만 우리는 모든 준비를 마쳤다."

"루시아의 말이 맞아. 그건 그렇고 이런 대화는 그만하자. 아직 우리 신혼 생활 중이라고?"

"확실히 침대에서 할 이야기는 아니네요."

레베카는 클라우드의 말을 듣고 쓴웃음을 짓더니, 그의 가슴에 머리를 댔다. 루시아는 그의 어깨에 기댔고. 클라우드는 익숙하다는 듯이 두 여인에게 차례차례 입술을 맞추었다.

"설마 제가 사랑하는 사람하고 결혼할 줄 몰랐어요. 당연히 정략결혼으로 원하지 않는 사람에게 갈 줄 알았는데."

"나도 마찬가지다. 몰락 귀족 출신인 내가 누군가의 아내가 되다니, 아직도 실감이 나지 않는다. 그건 그렇고."

"할 말이 있어요."

레베카가 루시아의 말을 이어받았다. 그리 말한 두 여인은 클라우드의 얼굴을 응시했다. 그러자 그는 자기도 모르게 흠칫 몸을 떨었다. 둘 다 의미심장한 표정으로 자신을 바라보고 있었기 때문에.

"우리는 그대가 뭔가를 계속 고민하고 있다는 것을 안다, 클라우드."

"뭘 고민하고 있나요? 귀족들에 대한 대책도 마련했는데."

"하하, 눈치 채고 있었던 거야?"

"모를 수가 없지."

"모를 수가 없죠."

동시에 말하는 두 여인을 보며 클라우드는 감탄했다.

'아내는 정말 잘 뒀지.'

자신이 생각해도 참 축복받았다 싶었다. 이런 여인을 어디서 또 보겠는가?

"그대에게 숨겨둔 정부가 있다고 해도 넘어갈 것이다. 그러니 뭐가 됐든 비밀은 없었으면 좋겠다."

"맞아요. 둘이랑도 결혼했는데 셋이랑 결혼하지 말라는 법도 없잖아요."

"처, 첩이라니! 절대 그런 거 없어!"

"그러면 더 이상 문제가 될 건 없다고 생각한다."

"그러니 말해보세요, 클라우드."

사이좋게 공격하는 두 여인. 클라우드는 항복한다는 듯이 양손을 들었다. 그리고 호흡을 가다듬었다.

"사실……."

클라우드는 루시아와 레베카를 응시했다. 두 사람 모두 진지한 표정으로 그를 응시하고 있었다. 저들을 상대로 거짓말을 할 수는 없었다. 결론을 내린 그는 진실을 밝혔다.

"사실……. 일주일 동안 자리를 비워야 할 일이 있어. 정말 일주일이면 돼."

"자리를 비우겠다는 건가? 그대는 자신의 위치를 좀 더 자각해야 할 필요가 있다, 클라우드."

루시아는 얼굴을 찌푸리며 반문했다. 레베카의 세력은 클라우드 한 사람에 의해 유지된다고 해도 과언이 아니었다. 그가 자리를 비운 것만으로도 제국에 혼란이 초래될 수 있었다. 설령 일주일이라고 해도.

"루시아 언니 말이 맞아요. 그리고 지금 귀족들 문제도 처리해야 하잖아요. 클라우드, 당신이 자리를 비웠다가 어떤 일이 생길지 몰라요."

"귀족들 문제는 이미 소니아나 미카엘은 물론 군부하고도 다 이야기가 된 상황이야. 다 떠나서 네 곁에는 루시아가 있잖아. 루시아라면 나를 대신해서 그들을 정리할 수 있을 거야."

"후우. 도대체 무슨 일 때문에 자리를 비우려는 거지? 그것도 위험을 감수해가면서."

"우리 결혼식하고 제 선언 때문에 국내 정세는 여러모로 혼란스러워요. 정세가 진정된 다음에 움직일 수는 없나요?"

루시아와 레베카는 이미 클라우드가 마음을 정했음을 깨달았다. 그러나 그렇다고 해서 그를 바로 보내줄 수는 없었다. 그러기에는 그의 존재감이 너무 컸기 때문에.

"현 정권은 어느 정도 안정됐다고 봐. 오히려 시간이 지나면 지날수록 대륙은 더 혼란스러워지겠지. 그 중심에는 제국이 있을 거고."

"공화국처럼 대륙의 공적이 될 수 있어서 그런 건가?"

"그 점에 대해서는 저도 동의하지만요."

두 여인은 클라우드의 말을 바로 이해했다. 레베카가 선언한 국가 이념은 공화국의 이념만큼 파격적이었고 또 위험했다. 실제로 평등을 주장한 공화국은 단기간에 에레시안 제국의 패권에 도전할 정도의 강대국이 되지 않았던가.

그리고 제국은 대륙 전통의 강대국이었다. 둘로 나뉜 상태로도 어지간한 국가를 압도하고 남을 만큼. 그런 강대국이 공화국의 길을 걸으려 한다? 주변 국가들이 최대한 막으려 할 것이다.

'역시 믿고 맡겨도 되겠어.'

클라우드는 루시아와 레베카를 흡족한 얼굴로 바라보았다.

두 여인 모두 어느새 대국을 바라보고 있었다. 루시아의 힘과 레베카의 지혜가 더해지면 자신의 공백을 채우고도 남으리라. 그는 진심으로 두 여인을 믿었다.

"우리한테 주어진 시간은 그리 많지 않아. 더 큰 혼란이 생기기 전에 자리를 비워야 해. 신혼인데도 이러는 건 가슴 아프지만."

클라우드의 마지막 말에 루시아와 레베카는 피식 웃었다. 그렇다고 현 상황을 얼렁뚱땅 넘길 생각은 없었지만.

"아직 중요한 걸 말하지 않았어요, 클라우드. 왜 자리를 비우려고 하는 거죠?"

"제대로 설명하는 게 좋을 거다. 신혼 때부터 부부싸움을 하고 싶지 않으면 말이다. 역사상 최초의 소드마스터 부부가 처음으로 싸운다는, 새로운 역사를 만들고 싶다면 기꺼이 상대해주겠다."

"그, 그건 사양할게."

진심으로 두려움을 느낀 클라우드가 황급히 대답했다. 만약 정말 루시아가 말한 일이 일어난다면 조용히 끝나지 않을 것이다. 후대의 사람들에게 그런 우스꽝스러운 인간으로 기억되고 싶지 않았다.

"세상 사람들은 소드마스터가 되면 끝이라고 생각해. 틀린 말은 아니야. 소드마스터의 실력은 거의 비슷비슷하니까."

"저도 그런 걸로 알고 있어요."

레베카가 클라우드의 말에 고개를 끄덕였다.

갓 소드마스터가 된 사람하고 소드마스터가 된 지 오래된 사람 사이에 큰 격차는 없다. 후자가 약간 유리하겠지만, 그게 승리를 보장하지는 않았다.

"하지만 루시아, 너는 알고 거야. 소드마스터 사이에도 격차가 있다는 것을."

"카젠트 폰 마르가스를 말하는 것인가? 아니, 그대도 그와 비슷한 기질을 가지고 있지."

"무슨 말이에요, 언니?"

"카젠트 폰 마르가스는 명백히 소드마스터를 초월했다. 혼자서 소드마스터 3명을 감당할 수 있을 정도지. 클라우드 역시 소드마스터 2명 정도는 상대할 수 있고."

"정말이에요?"

레베카는 놀란 표정으로 클라우드를 응시했다.

"루시아의 말이 맞아. 단, 내가 카젠트와 동급이라는 건 아니야. 인정하기 싫지만, 아직 나하고 그 인간 사이에는 격차가 있거든."

"남부에서 그대가 이기지 않았던가?"

루시아가 의문을 드러냈다. 그 당시, 레이너드 왕국의 루벤과 싸우느라 최후의 싸움을 보지 못했지만, 클라우드가 이긴 것은 알고 있었다. 그런데 왜 자신이 열세라고 하는지 이해할 수 없었다.

"그건 일시적으로 얻은 힘이야. 진짜 내 힘이 아니지. 지금 상태에서 카젠트와 싸우면 내가 무조건 질 거야."

"그런가? 하긴 그대에게 그때의 힘은 남아있지 않지. 그런데 그 사실과 그대가 자리를 비우겠다는 것과 무슨 연관이 있는 거지?"

"며칠 전에 깨달음을 얻었어. 그걸 정말 내 것으로 만들 수 있다면 카젠트처럼 소드마스터의 경지를 뛰어넘을 수 있다고 생각해. 그리고 그 힘은 미래에 혼란에 빠질 제국에 큰 도움이 되겠지."

지금이 적기였다. 그래서 처음부터 클라우드는 결혼식 이후에 바로 수련에 임하자고 계획했고.

"후우, 그대가 그렇게까지 말하면 받아들일 수밖에 없지 않은가?"

"그러게요. 다 나라를 생각해서 자리를 비우려는 건데 어떻게 말리겠어요."

"둘 다 정말 고마워!"

환하게 미소를 지은 클라우드. 그는 그대로 루시아와 레베카의 허리를 세게 끌어안았다. 그의 과격한 스킨십에 두 여인은 얼굴을 붉혔다.

"돼, 됐다. 대신 자리를 비우면서까지 수련에 임한다고 했으니 깨달음을 제대로 소화해야 한다. 알겠나?"

"그리고 절대 다치면 안 돼요? 당신이 없으면 이 나라는 그대로 끝이에요. 알고 있죠?"

"무사히 돌아올게."

클라우드는 씩 웃었다. 그리고 루시아와 레베카를 그대로 침대에 눕혔다. 그가 무엇을 원하는지 깨달은 두 여인은 고개를 돌렸다. 허나 그는 개의치 않고 두 여인의 입술에 차례차례 입을 맞추었다.

"루시아, 레베카. 정말 사랑해."

"나, 나도……."

"사, 사랑해요."

부끄러움을 못 이긴 루시아는 말을 끝내지 못했고, 레베카는 말을 더듬었다. 클라우드는 귀여운 모습을 보이는 두 여인을 세게 끌어안았다.

잠시 뒤, 방이 뜨거워졌다.

다음 날, 소니아와 미카엘이 관저에 찾아왔다. 클라우드가 두 사람을 맞이했고.

"제국군을 총괄하는 원수가 되자마자 자리를 비우다니, 그런 짓을 하는 건 대공 전하밖에 없을 겁니다. 과거에는 그런 사람이 없었고, 앞으로도 없을 테니까요."

"다 뛰어난 가신들 덕분에 자리를 비울 수 있는 거 아니겠나?"

미카엘이 독설을 퍼부었지만, 클라우드는 아무렇지 않게 받아냈다. 미카엘은 상대의 뻔뻔함에 기가 질려 고개를 흔들었다.

"앞으로 생길 문제에 대해서는 예전부터 논의했고, 그에 대한 대처 방안도 다 짰다. 루시아가 내 자리를 잘 대체할 수 있을 테고. 자네라면 그 정도만 가지고도 충분히 문제를 해결할 수 있지 않나?"

"신뢰해주시는 건 감사합니다. 하지만 신뢰를 빙자해서 일을 몰아주는 건 좀 아니라고 생각합니다."

"제국을 위해 그런 거니 이번 한 번만 양해해줬으면 좋겠군. 그건 그렇고 소니아, 귀족들의 동태는 어떻지?"

클라우드가 자신을 바라보자 소니아가 재빨리 대답했다.

"전날, 디아크 후작이 있는 곳에 파울로 백작을 비롯한 여러 귀족이 모였습니다. 디아크 후작 외의 다른 고위 귀족들도 자신의 파벌과 가신을 불러 모았고요. 요원의 보고에 따르면 다들 제국의 새로운 이념에 불만을 퍼부었다고 합니다."

"다들 불만인 건가?"

"다 그런 건 아닙니다. 원래 여황 폐하의 곁에 있었던 중부 귀족이나 내전 이후 여황 폐하의 세력에 합류한 북부 귀족의 불만이 심각합니다."

"남부 귀족들은 어떻지?"

"거기도 혼란스러워하지만, 그래도 대공 전하나 여황 폐하께 불만을 품지 않았습니다. 로버트 국장과 하프너 영지 쪽이 잘 다독였거든요."

소니아의 보고를 들은 클라우드가 가볍게 고개를 끄덕였다. 동부와 남부만 쥐고 있어도 어지간한 문제는 해결할 수 있다.

"그나마 다행이군. 그래도 그렇지, 나도 인망이 없단 말이야."

클라우드가 장난스럽게 웃었다. 하지만 웃는 사람은 그밖에 없었다. 미카엘이 심각한 얼굴로 입을 열었다.

"차라리 잘 됐습니다. 어차피 저들의 불만은 예견되어 있었습니다. 이번 기회에 전부 다 정리해서 폐하의 권력을 공고히 다질 기회로 삼으면 됩니다. 대공 전하의 위치도 더욱 굳건해질 테고."

"지금으로서는 그게 최선이지."

클라우드가 미카엘의 의견에 동의했다. 혁명을 통해 더 많은 피를 흘리게 놔두는 것보다 이 방식이 더 낫다고 믿었다.

"미카엘, 소니아. 두 사람 모두 루시아와 폐하를 잘 부탁한다."

"걱정하지 마십시오, 대공 전하."

소니아가 웃으며 클라우드에게 말했다. 그러자 클라우드는 만족스러운 표정으로 고개를 끄덕이고는 상대의 어깨를 두드렸다.

"너만 믿겠다, 소니아."

"절 빼지 말아 주셨으면 합니다, 대공 전하."

"물론 너도 믿고 있다, 미카엘. 특히 디아크 후작은 잘 감시하도록. 이러니저러니 해도 구태의연한 귀족들의 중심인물이니까."

"걱정할 필요 없습니다. 정쟁밖에 모르는 무능력한 인간을 살피는 건 일도 아니니까요."

각오를 드러내는 미카엘. 클라우드는 고개를 끄덕였다.

스윽.

그리고 그대로 자리에서 일어났다. 이제 더 이상 마음에 걸리는 것은 없었다.

"이왕 하시는 거 카젠트까지 이길 힘을 얻으십시오."

"그래야지. 노파심에 다시 말하지만, 루시아하고 여황 폐하를 잘 부탁해."

말은 그리했지만, 클라우드는 두 여인을 믿었다. 특히 레베카는 즉위 이후, 처음으로 제대로 된 권력을 얻었다. 이번 기회에 그녀가 국정 운영에 대한 경험과 감각을 쌓기를 원했다.

'앞으로도 나는 자주 자리를 비우겠지. 그때, 그녀가 중심을 잡아주면 안심할 수 있어.'

자신의 장기는 어디까지나 전쟁에 있다. 수많은 국가가 에렌시아 제국을 노릴 게 분명한 이상, 자신이 나서서 싸워야 했다. 루시아 역시 군단을 맡아야 했고.

그때 레베카가 중심을 잘 잡아준다면 전쟁으로 에렌시아 제국이 흔들릴 일은 없어질 것이다.

"그러면 다녀올게."

그 말을 끝으로 클라우드는 발걸음을 옮겼다. 목적지는 제도에 신설된 수련장이었다. 원래 제도에는 기사와 군인들을 위한 수련장이 많았지만, 지금 가는 곳은 달랐다. 소드마스터의 전용 수련장이었기 때문에.

"여기서 일주일을 버텨야 한다는 거지."

클라우드는 특수한 합금으로 만들어진 수련장을 둘러보았다. 허나 그것도 잠시, 그는 곧장 반투명한 창을 불렀다.

지금 초월을 행하시겠습니까?

"그래."

초월에 걸리는 시간은 일주일입니다. 그래도 하시겠습니까?

"할 거다."

알겠습니다. 지금부터 클라우드 폰 알바레아의 초월을 진행합니다.

번쩍!

새하얀 빛이 피어올랐다. 그리고 빛은 단숨에 클라우드를 휘감았다.

"큭!"

클라우드가 신음을 내뱉었다. 그와 동시에 그는 자신의 의식이 어디론가 이동하는 것을 느꼈다.

'반드시 해낸다.'

카젠트 폰 마르가스는 괴물 중의 괴물이었다. 그런 놈을 이겨야 하는 만큼 절대 허투루 시간을 보낼 수는 없었다.

강해진다.

어느 때보다 강한 열망을 품은 클라우드. 그대로 그는 눈을 감았다.

대륙력 1798년 10월 11일.

엘레나 메디시스가 이끄는 왕정복고파가 쿠데타를 일으켰다. 그녀는 이틀 만에 공화국의 수도 엘라임을 완전히 장악하고 정권을 찬탈하는 데 성공했다. 연이은 패전으로 전력 대부분을 상실한 공화파한테 쿠데타를 막을 힘은 없었다.

일주일 뒤, 옛 크로얀 왕국의 유일한 왕족이라 할 수 있는 빌리어스 크로얀이 자이델 왕국에서 귀국했다. 쿠데타를 성공시킨 사람들은 그 공에 맞게 승진했고 엘레나 역시 예외는 아니었다. 그녀는 준장으로 승진하는 것과 동시에 국민군 총사령부 참모장으로 임명됐다.

그 뒤, 빌리어스는 스스로 통령의 자리에 앉았다. 그리고 크로얀 공화국을 다시 왕국으로 돌리기 위한 작업을 시도했다.

물론 쉬운 일은 아니었다. 아니, 정말 어려웠다. 이는 공화국 국민들이 자유, 평등 등의 개념에 대해 잘 아는 것은 아니지만, 왕국 시절보다 공화국이 살기 좋았다는 것은 알고 있었다. 국가 전역에서 연일 시위가 일어났고 국경을 지키고 있던 공화파의 부대가 움직였다.

그렇게 쿠데타가 일어난 지 약 3개월이 지났다. 공화국은 사실상 내전 상태에 돌입했다고 해도 과언이 아니었다. 양측이 제대로 격돌한 것은 손에 꼽았지만, 시간문제라는 것을 모르는 사람은 아무도 없었다.

"후우. 국내 사정도 안 좋은데 이제는 타국까지 방해하네요. 결혼을 통해 세력을 다지는 줄만 알았는데, 그런 말도 안 되는 이념을 제시할 줄이야."

"이제는 클라우드 폰 알바레아라고 했던가? 그 남자가 설마 그런 사상을 마음속에 품고 있을 거라고는 전혀 예상하지 못했다. 너뿐만 아니라 우리 모두."

엘레나가 한숨을 쉬며 말하자, 이번에 새롭게 크로얀 공화국 군의 총사령관으로 임명된 스테판 할라인이 동의했다. 왕정복고파의 사람들은 처음 레베카가 선언한 국가 이념을 듣고 경악을 금치 못했다. 그 이념은 공화주의와 맞닿은 부분이 있기 때문이었다.

"물론 레베카 여황이 완벽하게 평등을 선언한 건 아니에요. 차별을 인정한 건 사실이니까요."

"그래도 여황은 봉건주의의 모순을 지적했다. 오죽하면 공화주의자들이 그녀를 지지하겠느냐. 그녀의 도움을 받으려고 이리저리 날뛰고 있고."

"국경을 통제하고 외부와 통신이 안 되게 막았지만, 제국이 그들의 소식을 듣는 건 시간문제예요."

"너는 어떻게 생각하느냐? 그가 정말 공화파를 도와줄 거 같으냐?"

스테판의 얼굴이 심각해졌다. 복고파는 공화파뿐만 아니라 수많은 국민들과 부딪치는 상황이었다. 그런 상황에서 여황, 아니 클라우드가 개입하면 새 정권은 끝장이었다.

"가능성은 있어요. 하지만 당장 도와주지는 못할 거예요. 각하도 아시겠지만, 공화주의자들은 수십 년에 걸쳐 자신들의 사상을 퍼뜨렸어요. 이를 통해 국민들의 마음을 하나로 모았고 왕정을 뒤엎는 데 성공했죠. 그런데도 반대하는 사람은 많았고 그 과정에서 수많은 사람이 죽었어요."

"아, 이제 이해가 되는구나. 공화주의자들은 국민들이 납득할 수 있도록 준비한 것에 비해, 여황은 아무 준비 없이 발표했다. 평민이야 좋아하겠지만, 귀족들이 가만히 있을 리 없지. 특히 오래된 가문일수록 저항이 극심할 거고."

"정확해요."

엘레나는 스테판의 말에 맞장구쳤다.

한 사람이 어떤 사상을 주창한다고 해서 바로 국민들의 머리에 자리 잡는 건 불가능했다. 기득권층이 아직 건재한 이상, 분쟁은 피할 수 없었다.

"하지만 어떤 식으로든 공화파가 여황 쪽과 이어지게 놔둬서는 안 돼요. 그럴 바에는 저희가 그와 손을 잡아야 해요. 어쨌든 그녀도 차별을 인정했으니까요. 이대로라면 공화파와 싸우기 전에 국민들에 의해 먼저 정권이 무너질 거예요. 그런 기회를 놓칠 정도로 클라우드 폰 알바레아 어수룩한 사람도 아니고요."

"저항한다고 해서 다 죽일 수도 없으니……."

과거라면 모를까 이제는 그럴 수 없었다. 그 국민들 때문에 왕국이 한 번 무너진 적이 있었기 때문이다. 지금도 공화파의 부대와 교전할 뿐, 시위대와 직접적으로 충돌하지 않았다.

"차라리 잘 됐어요. 여황의 이념은 앞으로 왕정을 선택한 국가들이 나아갈 방향을 보여줬다고 해도 과언이 아니에요."

"우리가 그들의 길을 걸어야 한다는 거냐?"

"맞아요. 황제라는 절대 권력자 아래 사람들이 평등하다고 해봤자 무슨 의미가 있어요? 능력의 차이를 인정한 이상, 기존의 신분제와 다를 바 없는데. 1대라고는 해도 귀족의 존재를 인정한 이상, 어떤 식으로든 계급은 고착될 거예요. 결국 현재의 신분제 국가를 유지하는, 새로운 체제인거죠."

"시대가 바뀌었구나."

"옛날 그대로 돌아가는 건 이미 불가능해요. 지금 중시해야 하는 건 왕정으로 돌아가야 한다는 목적 자체에요."

스테판이 한탄하자 엘레나가 단호한 어조로 말했다. 클라우드가 얼마나 위험한 인간인지 알고 있기에 손을 빌릴 엄두가 나지 않았다. 하지만 왕국을 다시 열기 위해서는 그녀는 뭐든 할 생각이었다.

쾅!

그때, 집무실의 문이 활짝 열렸다. 그리고 대위 계급을 가진 청년이 다급한 얼굴로 외쳤다.

"큰일 났습니다, 각하!"

"무슨 일인가?"

"거, 검성이! 검성이 엘라임을 빠져나가 공화파와 합류했다고 합니다!"

"뭐라고!?"

"저, 정말인가요?"

청년의 말을 들은 스테판의 안색이 창백해졌다. 엘레나 역시 크게 경악했다.

'검성' 베인 헤이오스.

현재 네 명밖에 남지 않은 공화국의 소드마스터 중 최강이라 불리는 남자였다. 허나 최강이라는 별명과 별개로 그는 이제까지 복고파와 공화파 사이에서 중립을 유지했다. 복고파가 쿠데타를 일으켰을 때도 마찬가지였고.

쾅!

"왜 지금 움직인단 말인가!"

스테판이 분노하며 책상을 내리쳤다. 충격을 이기지 못한 책상이 반으로 쪼개졌지만, 그걸 신경 쓰는 사람은 아무도 없었다. 그만큼 검성의 움직임은 충격적이었다.

"제가 클라우드와 만나 담판을 짓겠어요. 카젠트를 이긴 그라면 분명히 검성을 막을 수 있을 거예요."

"너만 믿겠다, 엘레나."

두 사람은 차라리 클라우드의 이념을 택하면 택했지 결코 공화정으로 돌아갈 생각이 없었다. 그리고 다음 날, 엘레나는 비밀리에 에렌시아 제국으로 향했다.

클라우드가 떠난 당일 오전, 레베카는 루시아를 대동한 채 대전으로 향했다. 이미 대전에는 영주들 및 새롭게 임명된 고위 관리들이 전부 자리에 모여 있었다.

웅성웅성.

클라우드 대신 루시아가 나타나자 사람들은 당황했다. 허나 그녀는 사람들의 반응에 개의치 않고 레베카의 옆에 섰다. 그리고 사람들의 의문을 해소하기 위해 입을 열었다.

"왜 제가 여기에 왔는지 궁금한 사람들이 많을 겁니다. 대공 전하께서 깨달음을 얻으셨습니다. 소드마스터 너머로 나아가기 위한 깨달음을 말입니다."

"오오! 제국의 장래가 밝군요."

"부디 대공께서 무사히 돌아오시기를!"

루시아의 말이 끝나기 무섭게 군부의 사람들이 환호했다. 하지만 그녀가 손을 들자, 곧장 입을 다물었다.

"대공 전하께서 말씀하시길, 일주일 뒤에 돌아온다고 하셨습니다. 그때까지 제가 임시로 원수를 맡을 예정입니다. 이는 폐하께서 인정하셨습니다."

"이그레트 후작의 말이 맞아요. 다시 한 번 말하지만, 이는 임시 조치로 대공이 돌아오면 바로 그녀는 물러날 겁니다."

레베카가 거들자, 이의를 제기하는 사람은 없었다.

"그럼 폐하, 오늘 현안에 관해 이야기해도 되겠습니까?"

"그러세요."

레베카가 고개를 끄덕였다. 그러자 미카엘은 대전에 모인 사람들을 둘러보았다. 그리고 그의 시선은 디아크 후작을 비롯한 고위 귀족들에게 향했다.

'뭐지?'

디아크 후작은 왠지 모를 불길함을 느꼈다.

'카젠트 폰 마르가스와 만난 게 들킨 건가?'

아무리 생각해도 그럴 가능성은 없었다. 소드마스터의 경지를 뛰어넘은 괴물이 일을 허투루 처리할 가능성은 없으니까. 그런 그의 예상대로 미카엘이 한 말은 전혀 달랐다. 문제는 더 파격적이라는 점에 있었다.

"폐하께서 새로운 이념을 선언하신 것은, 기존의 제국에 너무 많은 문제점이 있었기 때문입니다. 전통이라는 이름에 숨어 수많은 악습이 이어졌고 이는 제국을 내부에서부터 무너뜨렸습니다. 폐허께서는 이를 좌시하지 않았고 그 결과 나온 것이, 어제 발표하신 국가 이념입니다."

"……."

다들 숨을 죽이고 미카엘을 응시했다. 지금 그가 무슨 말을 할지 도저히 짐작할 수 없었다.

"새로운 정책을 발표하기에 앞서 에레시안 제국의 문제점을 간단히 논하고자 합니다. 첫 번째 문제는 사회 구조가 지나치게 경직되어 있다는 점입니다. 그 때문에 평민들은 영지 밖으로 쉽게 나갈 수도 없었고, 직업을 마음대로 바꿀 수 없었습니다."

"여황 폐하는 그 점을 염려하여 능력에 따라 사람을 기용하겠다고 하셨다. 아니 그런가?"

"맞습니다. 능력에 따라 사람을 기용하겠다는 여황 폐하의 뜻은 왕국을 부강하게 만들 겁니다. 크로얀 공화국처럼 말입니다."

루시아가 질문하자, 미카엘이 동의했다.

대다수 귀족은 불편한 얼굴로 미카엘을 바라보았지만, 대놓고 반대하지는 않았다. 마음에 안 들지만 죽은 필립의 이상과 맞아떨어지는 부분이 있었다. 하지만 이어지는 미카엘의 말에 그들은 분노할 수밖에 없었다.

"두 번째 문제는 바로 영주들의 사병입니다. 100년 전에 영지전이 금지됐는데도, 귀족들에게 사병을 보유하면서 국가 권력이 흔들리게 됐습니다. 또 정부와 귀족이 서로를 견제하는 과정에서 제국의 국력은 계속 약해졌다는 걸 모두 알 겁니다."

"허나 귀족들이 아낌없이 사병에 돈을 투자했기 때문에 제국은 강해질 수 있었다! 그 사실은 외면하고 단점만 짚으면 어쩌잔 말인가!"

"맞습니다! 영지 스스로 무장하면서 황실의 재정 소모를 줄이면서도 정예부대를 유지할 수 있지 않았습니까!"

디아크 후작이 큰소리로 외쳤다. 그러자 파울로 백작을 비롯하여 그의 곁에 있던 귀족들이 동조했다. 미카엘은 그런 귀족들을 보며 콧방귀를 뀌었다.

"분명히 그런 부분이 있음을 인정합니다. 하지만 그렇게 병사들을 정예병으로 만들면 뭐 합니까? 타국이 제국을 노릴 때마다 제국은 항상 늦게 움직였습니다. 당장 크로얀 공화국과 레이너드 왕국과의 전쟁을 떠올리십시오. 다른 지역의 사람들이 위기에 빠졌는데 움직이는 이들은 아무도 없었습니다. 영주들에게 중요한 건 자신의 영지니 말입니다!"

"그대의 말이 옳아요, 내무대신. 대공이 두 국가와 싸울 때, 다른 지역은 전혀 도와주지 않았죠. 애국심보다 자신의 영지, 지역이 우선이라 여겨 그런 것이라 생각해요. 이제 에렌시아 제국은 그런 지역주의보다 국가 전체를 우선으로 귀족들이 이끌어가기를 바래요."

레베카가 타이밍 좋게 거들었고, 디아크 후작을 따르는 귀족들이 얼굴을 찌푸렸다. 이에 반해 미카엘은 기세등등하게 귀족들에게 쏘아붙였다.

"마지막으로 사병을 가지고 있으면 반란을 일으키기 너무 쉽습니다. 에레시안 제국이 왜 이리 허망하게 무너졌습니까? 영주들에게 사병을 허용해 언제든지 병력을 움직일 수 있는 권한을 줬기 때문입니다."

"그러면 영주들에게서 사병을 빼앗겠다는 것이오!? 그러면 지방은 누가 지킬 것이며 치안은 어쩔 것인가!"

파울로 백작이 외쳤다. 그러자 미카엘은 웃으며 고개를 끄덕였다.

"백작의 말대로입니다. 그래서 전하께서는 섣불리 중앙집권을 이루겠다고 생각하지 않습니다. 자칫 잘못하면 지방의 질서가 무너져 혼란에 빠질 수 있으니 말입니다. 그러니 지금 당장 사병을 폐지하고 영지를 해체하지는 않을 겁니다."

여기서 저기서 안도하는 이들이 나타났다. 그러나 이어지는 미카엘의 말에 다들 경악을 금치 못했다.

"단, 지방 영주들은 이제부터 마장기를 소유할 수 없습니다. 모든 마장기는 오직 각 군단을 비롯한 군부대만 소유할 수 있습니다. 또한 각 영지의 성들에 대한 수비는 국가에서 책임질 겁니다."

미카엘이 폭탄을 터뜨렸다. 레베카는 그런 미카엘을 보며 흡족해했다.

'귀족들의 반란이 두려운 건 어디까지나 사병 때문이야. 사병, 그중에서 마장기만 없어도 그들은 더 이상 영향력을 내세울 수 없어.'

클라우드와의 결혼을 통해 강력한 권력을 손에 넣었다. 허수아비 신세에서 벗어난 이상, 반드시 제국의 문제점을 고칠 생각이었다.

'힘들게 수련하고 있는 클라우드를 위해서라도 반드시 해낼 거야.'

얼마 전까지만 해도 어린 소녀였던 여인은 이제 없다. 제국의 정통성을 손에 넣어, 어느 때보다 강력한 권력을 행사하는 여황만이 있을 뿐.

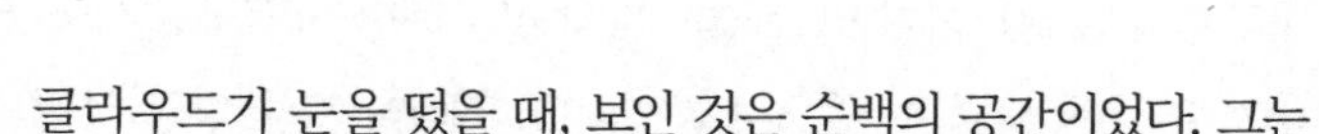

클라우드가 눈을 떴을 때, 보인 것은 순백의 공간이었다. 그는 당황하지 않았다. 소드마스터가 되기 전에 한 번 온 적이 있었기 때문에.

하지만 그때와 다른 점이 있었으니, 바로 자신의 앞에 사람이 있었다는 것이다.

'아니, 사람이 맞긴 맞나?'

상대는 여인의 형상을 하고 있지만, 그게 전부였다. 금색의 빛으로 이루어져 있는 존재를 사람이라 할 수는 없는 노릇이었다.

-드디어 여기까지 왔구나. 아니, 벌써 왔다고 보는 게 맞겠네. 네가 여기까지 오려면 최소 10년은 걸릴 거라고 생각했거든. 그런데 1년도 안 돼서 이곳에 올 줄이야, 정말 대단해!-

"당신은 누구지?"

-그건 아직 알려줄 수 없어. 정체에 관해서는 미안해. 너는 자격이 안 되거든. 그래도 여기까지 온 게 있으니 그냥 돌려보낼 수

도 없지. 난 너를 이 세상에 끌고 온 장본인이야! 너에게 사명을 부여하기도 했고-

"……."

여인의 말은 뜻밖이었지만, 클라우드는 동요하지 않았다. 그저 차분한 얼굴로 여인을 바라볼 뿐. 여인은 그런 그를 보며 고개를 갸웃거렸다.

-생각보다 덜 놀라네? 네가 날 증오하고 원망해도 이해할 생각이었는데 말이야. 어쨌든 네 인생을 바꿨잖아?-

"갑작스럽게 타인의 몸에 빙의됐을 때부터 이런 날이 올 거라 예상했지. 다 떠나서 개인적으로 당신한테 고마워하고 있고. 살아있다는 보람을 처음으로 느껴봤거든."

전생의 자신에게는 꿈도, 목적도 없었다. 어려서 부모님을 여의어 고아가 됐고, 그런 자신이 할 수 있는 것은 많지 않았다.

하지만 지금은 달랐다. 수많은 사람과 인연을 맺었고, 그들의 기대에 부응하기 위해 노력할 수 있었다. 치열하게 살 수 있다는 사실이 기뻤고, 그렇기에 전생과는 비교하는 게 무의미할 만큼 즐겁게 지낼 수 수 있었다.

-신기한 인간이네. 좀 더 자세히 알고 싶은데?-

"유부남한테 흥미를 갖지 마."

클라우드가 단호하게 말하자 여인이 피식 웃었다.

-어떤 운 좋은 여자인지는 몰라도 좋은 남자를 만났네-

"헛소리는 됐다. 그건 그렇고 질문할 게 있다. 여태까지 네가 메시지를 보낸 건가?"

-맞아. 그래야 네가 이 세상에 훨씬 빨리 적응할 수 있을 거라

생각했거든. 다만 그 시스템이라는 건 정말 엄청난 권능이네. 설마 그 정도로 빨리 강해질 줄은 몰랐어-

"좋은 권능을 줘서 고맙다. 그럼 본론으로 돌아가지. 사명이라니, 대체 그게 뭐지?"

-그것도 비밀이야. 지금 네가 사명에 대해 알게 되면 무너질 게 뻔하거든. 지금은 그냥 강해지는 데 집중해-

클라우드는 여인의 말에 실망하지 않았다. 어차피 여인이 자신의 정체를 숨겼을 때부터 제대로 진실을 밝히지 않을 것이라 직감했다.

"나보다 앞서 초월한 사람이 있는 걸로 알고 있다. 그 역시 당신과 관련이 있는가?"

-그건 아니야. 네가 말한 인간은 강하지만, 원래 이곳에 태어나고 자란 사람이야. 뭐 평범한 인간이 스스로의 노력으로 이곳에 온 건 정말 대단하지만. 어쨌거나 나에게 사명을 부여받고 앞으로 계속 나랑 이야기할 사람은 너뿐이야. 이러니 조금은 두근거려?-

클라우드는 무심한 얼굴로 고개를 저었다. 그 철벽같은 태도에 여인은 어이가 없다는 얼굴로 클라우드를 응시했다.

-이제 보니 고자였구나?-

"아니다!"

클라우드가 단호하게 외쳤다. 여인은 그의 모습을 보며 다시 웃었다.

-어쨌든 나는 너에게 힘을 부여할 거야. 그 힘을 부여받으면 너는 한 차원 더 건너뛸 수 있겠지. 너도 알고 있겠지만, 초월에 걸리는 시간은 일주일이야. 다만 제대로 받아들이지 못하면 죽을

거야. 명심해-

"뭐……?"

푹.

클라우드는 말을 잇지 못했다. 어느새 여인의 손이 그의 복부를 관통했기 때문에.

콰콰콰!

그 순간, 상상을 초월할 정도로 거대한 힘이 클라우드의 몸으로 흘러들어왔다.

"크아아아악!"

그와 동시에 클라우드는 비명을 질렀다.

파르르르.

곱슬머리를 가진 30대 초반의 사내가 자신의 팔을 내려다보았다. 팔은 진동이라도 일으키듯 거세게 떨리고 있었다. 사내는 자신의 소매를 걷었다.

우웅.

사내의 팔에는 검은 문양이 새겨져 있었다. 그런데 지금 문양은 계속 그 형태를 바꾸고 있었다. 자신의 팔을 바라본 사내는 한숨을 내쉬었다.

"그가 결국 경계를 뛰어넘었구나. 후우. 하늘도 참 너무하구나. 어찌 그와 같은 인간을 내릴 수 있단 말인가?"

클라우드 폰 알바레아, 몇 달 전부터 자신을 불안하게 만든 사내가 마침내 초월의 과정에 들어간 것이다. 그러나 사내는 그것을 좌시할 수 없었다.

"경계를 뛰어넘는다면 더 이상 그를 막을 사람은 없다."

자신을 비롯한 초월자가 할 수 있는 일은 많지 않다. 힘이라고 해봤자 결국 전쟁에만 통용되기 때문에.

하지만 클라우드는 달랐다. 그는 새로운 시대의 중심에 있으며, 대공으로서 권력의 핵심에 앉아 있었다. 검에만 매진하는 기존의 초월자들과 달리 세상 자체를 바꿀 수 있다는 것이다. 그렇기에 그는 기존의 초월자들과 비교할 수 없을 만큼 위험했다.

'힘과 행동력을 갖춘 남자가 권력까지 손에 넣었다. 과거를 봤을 때, 그런 자는 항상 문제를 일으켰고.'

단순히 지레짐작만으로 클라우드를 경계하는 것은 아니었다. 사내는 오랫동안 은거했지만, 그 와중에도 많은 것을 지켜보았다. 사람들이 당연하다고 여기는 것도 의심했고, 그 때문에 클라우드의 본질을 파악할 수 있었다.

'사람들은 그가 대공이 된 것을 우연이라 생각할지 모른다. 하지만 그는 계산에 뛰어난 남자다. 어떤 사건이 생겨도 이득을 제대로 취한 사람은 그뿐이었다.'

필립의 죽음부터 제국 내전에 이르기까지 가장 많은 이득을 얻은 사람은 클라우드였다. 이안과 레베카가 권좌에 앉았다지만, 반쪽짜리였고 그나마도 레베카는 클라우드에게 많은 것을 의존하고 있었다.

'이안과 대립하는 이상, 클라우드는 계속 자신의 전력을 강화하려고 할 것이다. 게다가 그는 복고파와도 연결되어 있다. 이는 곧 공화국의 혼란이 계속되면 그가 개입할 가능성이 크다는 거고. 공화국을 위해서라도 그는 사라져야 한다.'

사내는 공화국을 위해 자신의 인생을 쏟아부었다. 그렇기에 클라우드라는 위협을 좌시할 수 없었다. 그동안 내버려 둔 것은 언제든지 클라우드를 죽일 자신이 있었기 때문이었지만, 그게 패착이 됐다. 그가 정말 초월을 이루면 자신 혼자서는 절대 감당할 수 없게 된다.

'초월이 완료될 때까지 대략 일주일에서 열흘이 걸리지. 그 안에 클라우드를 반드시 죽이리라.'

각오를 다진 사내가 자리에서 일어났다. 암살자로 무엇을 보낼지 이미 결론을 내렸다. 마침내 사내가 저택을 나섰고 공화국의 수도 엘라임을 떠났다. 근 10년 만에 일어난 일이었다.

항상 공화국만 걱정하는 남자, 세상 사람들은 그런 그를 이렇게 불렀다.

'검성' 베인 헤이오스라고 말이다.

왕정 복고파의 쿠데타로 인해 공화파의 정치인들과 군인들은 대부분 수도 엘라임에 억류되었다. 다만 탈출한 사람들도 있었는데, 그들은 크로얀 공화국의 제2 도시인 레온하트로 탈출하는 데 성공했다. 거기다가 국경에 있던 공화파의 군대가 레온하트 시에 합류하면서 공화파는 약소하게나마 세력을 유지할 수 있었고.

원래대로라면 바로 세력을 수습해야 했지만, 공화파는 그러지 못했다. 레베카가 직접 발표한 에렌시아 제국의 국가 이념으로 인해 의견 대립이 발생했기 때문에.

"현재 저희 상황이 나쁜 것은 사실입니다. 허나 그렇다고 저희를 이리 만든 클라우드와 손을 잡자니, 그게 말이 됩니까?"

엘넌 램브란트가 목소리를 높였다. 그의 얼굴은 이미 분노로 잔뜩 붉어진 상황이었다. 그와 같은 줄에 앉아있는 군인들도 같은 표정을 드러낸 상황이었고.

그러나 군인들의 반대편에 있는 정치인들의 생각은 달랐다.

"군인이 적대국과 싸운 게 뭐가 문제인가? 알바레아 대공은 자신의 사감 때문에 공화국과 싸운 게 아니라 나라를 지키기 위해 싸웠을 뿐이네."

과거 공화국 의회의 의장을 맡았던 벨리키스 마로크가 엘넌을 바라보며 말했다. 그러자 정치인들이 고개를 끄덕였다.

"그 때문에 수많은 아군이 죽었습니다. 그리고 그중에는 크로티아르 중장 각하도 포함됩니다. 이제 와서 국민군이 그와 손을 잡는 건 불가능합니다."

엘넌은 답답해 죽을 것 같았다.

제국과의 전쟁에 크게 패한 이후, 공화파는 전력을 제대로 회복하지 못했다. 그나마 공화파의 유일한 소드마스터인 카마드 하르트가 있었기에 버틴 거지, 없었다면 진즉 그들을 무너졌을 것이다. 그런데 몰락의 원인을 제공한 클라우드와 손을 잡자니, 말도 안 되는 일이었다.

"물론 슬픈 일이네. 하지만 그게 원래 전쟁의 본질 아니던가? 희생이 두려웠다면 애초에 제국에 싸움을 걸지 말았어야지. 제국을 이길 수 있다고 자신감을 드러내다가 먼저 대패당한 건 그대들 때문이 아닌가?"

"……지금 그걸 말이라고 하는 겁니까?"

회의실 벽 한쪽에 기대고 있던 사내가 처음으로 입을 열었다. 어깨까지 닿는 갈색 머리와 얼음을 떠올리게 하는, 차가운 인상의 사내는 바로 카마드 하르트였다. 그런 그가 벨리키스를 노려보자 분위기가 더욱 무거워졌다.

하지만 벨리키스는 당당하게 말을 이어나갔다.

"내가 틀린 말을 한 건가? 통령과 일부 의원들이 군부와 합세하여 전쟁을 일으키지 않았나? 그리고 나를 비롯하여 많은 의원이 전쟁을 반대했네. 전력이 우세한 왕정 복고파가 남아있는 이상, 전력을 보존할 필요가 있었으니까. 그런데 군부의 선택은 뭐였고, 결과는 어떻게 됐나?"

꾸욱.

엘넌은 자기도 모르게 주먹을 강하게 움켜쥐었다. 다른 군인들도 수치심을 느꼈지만 변명할 수는 없었다. 제국을 얕잡아보고 전쟁을 일으켰다가 자신들이 패배한 것은 사실이었으니까.

"이미 전쟁은 끝났네. 끝난 전쟁에 미련을 두는 것보다 더 중요한 것은 레베카 여황, 아니 알바레아 대공이 우리와 비슷한 사상을 가진 사람이라는 거지. 우리가 살아남기 위해서는 그와 손을 잡아야 하고. 대공과 여황이 대륙의 공적이 되어 무너지면 그 다음은 세력을 거의 잃은 공화파가 공적이 될 테니까!"

"의장님의 말씀에 동의하네. 복고파가 왕국으로 회귀하려고 하는 지금, 우리만 죽이면 공화주의를 완전히 끝낼 수 있는 상황이지. 당연히 사상이 비슷한 클라우드와 손을 잡아 생존을 도모하는 게 현명하다고 보네."

공화파의 대표이자 5선 의원인 라일 비오렌트가 벨리키스의 뒤를 이어 말했다. 하지만 엘넌도 가만히 있지 않았다.

"여황은 여전히 황제를 자처하며, 귀족의 지위를 유지한다고 했습니다. 분명히 은연중에 차별이 발생할 겁니다."

"그건 너무 일차원적인 시각이군. 여황은 귀족을 당대에 그친다고 말했네. 또 능력에 따라 모두 귀족이 될 수 있다고도 말했지. 내 생각에 알바레아 대공이 추구하는 것은 점진적 개혁 같군. 바로 공화국으로 이행하기 위한 하나의 과정이라는 거지."

"하지만 클라우드는 커티스 시를 너무 쉽게 복고파한테 넘겨줬습니다. 복고파와 클라우드 사이에 무슨 밀약이 있을지도 모릅니다!"

엘넌이 다시 소리쳤다. 왕정 복고파, 특히 엘레나의 움직임은 이상한 게 많았다. 갑자기 레이너드 왕국을 공격하겠다고 해서 클라우드가 공화파를 공격할 시간을 벌어줬다. 그에 대한 보답인지 클라우드는 바로 군을 물리면서 엘레나가 커티스 시를 탈환할 수 있게 해줬고. 그 때문에 그녀는 국민들의 지지를 받을 수 있었다.

'분명히 엘레나와 클라우드 사이에는 뭔가가 있다.'

특무부대의 장교로 근무하면서 다져진 감이 그에게 경고하고 있었다. 하지만 벨리키스는 그런 엘넌을 보며 피식 웃었다. 명백한 비웃음이었다.

"자기들이 커티스 시를 잃었다고 그런 식으로 말을 만드는 모습은 보기 안 좋군."

"……말 다 하셨습니까?"

"아니, 아직 덜 했네. 그 전투에서 클라우드는 스테판 할라인을 비롯해 복고파의 정예를 상대로 압도적인 활약을 펼쳤지. 그 과정에서 복고파도 뛰어난 라이더를 많이 잃었고. 그런데 이제 와서 밀약이 있다고? 나 역시 공화파지만, 자네의 생각에는 도저히 동의할 수가 없군."

"……."

수치심을 느낀 엘넌은 부들부들 떨었다. 마음 같아서는 벨리키스의 목을 날려버리고 싶었지만, 이들이 없으면 공화파는 끝난다. 그도 그럴 것이 지금은 군인만으로는 큰일을 도모할 수 없는 상황이다. 정권을 되찾기 위해서는 법적으로 권력을 보장받은 공직자의 힘이 필요했다.

끼익.

그런데 그때, 회의실의 문이 열렸다.

그와 동시에,

"클라우드 폰 알바레아와 손을 잡는 것은 용납할 수 없다."

누군가의 목소리가 울려 퍼졌다.

사람들의 시선이 문으로 향했고 다들 경악을 금치 못했다.

"헤, 헤이오스 경!?"

"당신이 왜 이곳에 있는 겁니까!?"

다들 의문을 느꼈다.

베인 헤이오스는 왕정 복고파가 쿠데타를 일으켰을 때도 끝까지 중립을 지켰다. 그런데 이제 와서 그가 공화파에 합류하다니, 그의 선택을 이해하기 어려웠다.

"카마드, 지금 자네 휘하에 특수 마장기가 있다고 들었다.

맞나?"

"예, 그렇습니다! 현재 3기를 가지고 있습니다."

같은 소드마스터였지만, 카마드는 군기가 가득한 목소리로 대답했다. 외모만 보면 베인이 더 어려 보였지만 이곳에 있는 모든 이들이 그가 70살을 넘겼다는 것을 잘 알고 있었다. 하지만 시간의 흐름마저 베인을 어쩌지 못했다. 그는 그 정도의 강자였다.

"2기만 빌리고 싶군. 아마 잃을 각오를 해야겠지만 말이야."

"아, 안 됩니다! 그건 저희가 가진 최후의 무기입니다."

모두가 당황할 때, 엘넌이 외쳤다. 그러자 베인의 시선이 엘넌을 향했고, 그는 자기도 모르게 몸을 떨었다. 극심한 공포가 느껴졌기 때문에. 하지만 그는 끝까지 베인의 시선을 피하지 않았다.

특수 마장기는 복고파로부터 수도를 되찾기 위한 가장 중요한 무기였다. 아무리 상대가 검성이라 해도 함부로 쓸 수 있는 게 아니었다.

"내가 공화파에 합류할 것이다. 기한은 내전이 끝날 때까지로 하겠다. 이 정도면 그대들에게 나쁘지 않다고 생각한다."

"무, 물론입니다!"

벨리키스가 외쳤다. 전 의장인 그도 베인 앞에서는 애송이에 불과했다. 게다가 검성이라는 상징이 합류한 이상, 복고파를 뛰어넘는 건 어렵지 않았다.

'검성께서 합류한 이상, 괜히 외세의 힘을 빌릴 필요도 없지.'

판단을 마친 벨리키스는 웃었다. 카마드 역시 마찬가지였다.

"각하의 뜻을 따르고 싶습니다만 2기는 무리입니다. 3기 중 2기는 조정 중이라서 그러니 이해해주시길 바랍니다."

"어쩔 수 없군."

카마드의 대답에 베인은 아쉬움을 드러냈다. 1기로는 불안한 감이 있었기 때문이다. 하지만 시간이 촉박했기 때문에 지금 움직일 수 있는 놈이라도 보내야 했다.

'부디 하늘이 자신의 실수를 깨닫고 그의 죽음을 내버려 뒀으면 좋겠군. 그게 앞으로서의 질서를 지킬 유일한 길이다.'

베인은 절대 이 기회를 놓치지 않겠다고 다짐했다. 공화국을 위해서, 나아가 대륙을 위해서 클라우드는 죽어야 했다.

"크아아아악!"

클라우드가 계속 울부짖었다. 정체를 알 수 없는 힘은 닥치는 대로 그의 몸 안을 헤집었다. 뼈가 부러지고 혈관이 뜯겨 나갔다. 근육은 갈가리 찢겨지고 장기란 장기는 녹아내렸다.

그런데도 클라우드가 죽지 않은 것은 단 하나, 상처들이 전부 재생됐기 때문이었다. 상처와 재생의 무한 반복은 아무리 그라도 버티기 힘들었다.

-소드마스터만 돼도 초인이라 불리기에 부족함이 없어. 하지만 초월은 인간이라는 틀 자체를 벗어나는 단계야. 다른 사람과 함께 산다 해도 평범한 인간과는 다른 법칙에서 살아가게 돼-

여인은 클라우드를 보며 혼자 중얼거렸다. 클라우드가 알아들으리라 생각하지 않았다. 하지만 이렇게라도 하지 않으면 괴로워하는 그를 지켜볼 자신이 없었다.

-너를 제외하고 초월에 성공한 사람은 세 사람. 하지만 다들 사명을 짊어질 수 없었어. 애국심, 정치 권력 등 걸린 게 많아서 온전히 사명에만 집중할 수 없었거든-

그래서 다른 세상에 있던 클라우드를 불렀다. 그라면 지금의 세상을 좀 더 객관적으로 바라볼 수 있을 거라 믿었기 때문에. 물론 자신의 믿음이 틀릴 수 있지만, 지금까지 클라우드는 잘 해줬다. 예상을 뛰어넘을 정도로.

"아아악!"

클라우드는 계속 비명을 질렀다.

그런데 그때,

쿠오오오오!

클라우드의 전신에서 용의 기세가 뿜어져 나왔다.

용의 힘은 클라우드의 몸을 헤집는 힘을 흡수했다. 그리고 그의 몸 안에 자리 잡았다. 그 와중에도 육체는 계속 재생되고 파괴되기를 반복했지만.

그러더니 곧,

번쩍!

새하얀 빛이 피어올라 클라우드의 전신을 휘감았다.

초월 제 1단계를 이루는 데 성공하였습니다. 체력과 민첩이 1씩 상승합니다. 또한 용의 혈통 레벨이 1 상승합니다. 현재 용의 혈통 레벨은 17 입니다.

스킬 '극한의 무'를 얻었습니다. 현재 레벨은 1입니다.

반투명한 창이 클라우드의 눈앞에 떠올랐다. 하지만 클라우드는 창을 볼 여력이 없었다.

"헉……헉……."

죽다 살아난 클라우드는 숨을 가쁘게 내쉬었다. 온몸에 안 아픈 곳이 없었다.

"끄, 끝난 건가?"

-무슨 소리야? 아직 1단계라고 했잖아? 그리고 이제 겨우 하루 지났을 뿐이야-

"이걸 6일이나 더 해야 한다고?"

클라우드의 안색이 창백해졌다. 카젠트와 싸워 죽음을 눈앞에 뒀을 때도 이렇게 두렵지 않았다.

-마력과 지력을 제외한 다른 능력치가 모두 99를 찍을 때까지 계속해야 해. 그래야 네가 얻은 극한의 무를 사용할 자격을 얻는다고?-

클라우드가 한숨을 내쉬었다. 정말 미쳐버릴 것만 같았다.

하지만 그녀의 말이 옳다는 건 이해했다. 극한의 무는 그 자체로 최강의 힘이었지만, 어떻게 사용해야 하는지 감이 전혀 잡히지 않았다.

-좀 더 빨리 끝내고 싶어?-

"방법이 있나?"

질문한 순간, 클라우드는 후회했다. 여인이 활짝 웃었기 때문에. 그는 재빨리 도망치려 했지만, 이미 늦었다.

푸욱.

여인의 손이 다시 한 번 클라우드의 배를 관통했다.

-쉽지. 더 많은 힘을 줄 테니까 버텨봐. 잘 해낼 거라고 믿어-

"이런 미친 쌍년이……."

클라우드가 다시 비명을 질렀다. 그리고 맹세했다. 이 빌어먹을 의식이 다 끝나면 반드시 그녀에게 한 방 먹이기로 말이다.

1월 4일 아침, 에렌시아 제국의 기자들이 황궁에 모였다. 전날 황실에서 중대 발표를 하겠다는 소식을 들었기 때문이었다.

"제국에서 이런 식으로 뭔가를 발표한다니, 몇 번 경험했는데도 여전히 적응이 안 돼."

"그러게. 옛 공화국에서나 이렇게 했지, 다른 왕국들은 국민과의 소통 자체를 무시했으니까."

황궁에 모인 기자들은 자기들끼리 이야기를 나누었다. 국민의 알 권리를 중시하는 크로얀 공화국과 달리, 기존의 국가들은 국민들과 소통을 하는 경우가 거의 없었다. 정책이 결정되면 일방적으로 통보하거나, 아니면 아예 알리지도 않았다. 평민들은 알 필요가 없다고 여겼기 때문에.

"확실히 여황 폐하는 대단한 분이네. 그분을 도와주는 알바레아 대공도 그렇고. 제국의 체제를 정말 바꾸려고 노력하잖아."

"알바레아 대공이 괜히 영웅이라 불리는 게 아니지. 그런 그에게 손을 내민 여황 폐하의 혜안도 대단하고. 어쨌든 선황 시절 때보다는 훨씬 일하기 편하겠어."

"내무대신께서 들어오십니다!"

회견실이 시끄러워질 때, 재상부에서 일하는 관리가 외쳤다.

그러자 기자들은 전부 입을 다물고 전면을 바라보았다. 잠시 뒤, 깔끔하게 정복을 갖춰 입은 미카엘이 당당히 걸어왔다. 기자들은 그런 미카엘의 얼굴을 살펴보았다.

'저 남자가 미카엘 알레시오…….'

'아버지를 버리고 여황 폐하의 오른팔이 된 남자, 내무대신이 되면서 백작이 됐다지?'

클라우드는 간간히 언론에 모습을 드러냈지만, 그의 가신들은 아니었다. 그들은 자신이 맡은 일에만 충실할 뿐, 절대 표면에 나서지 않았다.

그런데 지금, 마침내 클라우드의 가신을 대표하는 미카엘이 양지에 나선 것이다. 기자들이 관심을 드러내는 게 당연했다.

"대공 전하께서 남자들의 열렬한 관심을 싫어하는 것처럼 저도 남자들의 시선을 좋아하지 않습니다. 그러니 눈에 힘 좀 빼주시면 감사하겠습니다."

미카엘이 입을 열자, 기자들은 혀를 내둘렀다. 클라우드나 레베카 첫 회견도 기자들 입장에서는 파격적이었는데, 미카엘 역시 마찬가지였다. 동류가 뭔지 새삼 실감할 수 있었다.

"어쨌든 반갑습니다, 여러분. 에렌시아 제국의 내무대신으로서 이렇게 여러분과 이야기를 나눌 수 있어서 기쁘군요. 아, 괜히 저 때문에 일찍 일어난 분들도 계실 테니 꼭 반갑지만은 않겠군요."

"하하하."

미카엘이 농담하자 기자들이 웃었다. 새로운 내무대신은 파격적이지만, 그만큼 유쾌한 인물이었다. 내무대신이 아니라 정부대변인이라는 생각이 든다고나 할까? 슬쩍 웃은 미카엘은 다시 말을 이어나갔다.

"제가 이렇게 여러분을 부른 이유는 어제 확정된 제국의 정책을 발표하기 위해서입니다. 그 전에, 여러분께 맹세하겠습니다. 앞으로 제국에서 정책을 결정할 때마다 국민들에게 발표할 생각입니다. 이건 여황 폐하의 뜻입니다."

"계속 내무대신 각하께서 말씀하신다는 겁니까?"

"오늘처럼 큰 건은 제가 직접 발표하겠지만, 그 이외의 정책은 황실 대변인이 진행할 겁니다. 제가 보고 싶어져도 이해해주십시오. 전 이래 봬도 바쁜 사람입니다."

기자들은 다시 한 번 웃었다. 미카엘은 진지한 얼굴로 기자들을 둘러보았다. 그런 미카엘의 모습을 본 기자들 역시 미소를 지우고 그를 응시했다.

"에레시안 제국은 부강했지만, 한편으로는 많은 문제점을 가지고 있었습니다. 여황 폐하께서는 이 문제점들을 직접 손보기로 결심했습니다. 그러면 이제 정책을 발표하겠습니다."

미카엘이 뜸을 들이자 기자들은 침을 삼켰다. 제국의 전통이 무너지는 순간이라고 할 수 있는 만큼, 다들 귀를 기울였다.

"이제부터 어떤 귀족도 마장기를 소유할 수 없습니다. 모든 마장기는 국가와 군에 귀속될 것입니다. 또한 각 지방의 영주들은 영지의 치안을 유지할 수 있을 정도의 병력을 제외하고 사병을 모두 해산시켜야 합니다. 마지막으로 영주들에게 주어진 기사 서임 권한도 폐지될 것입니다. 기사를 서임할 수 있는 건 여황 폐하와 군부의 장군뿐입니다."

"헉!"

"말도 안 돼!"

회견실이 술렁거렸다.

레베카가 선언한 이념을 통해 어느 정도 기존의 신분제를 개혁할 것이라는 건 알고 있었다. 하지만 처음부터 이렇게 과격하게 나올 것이라고 예상한 사람은 아무도 없었다.

그도 그럴 것이 사병은 귀족들이 가진 힘의 근간이었다. 계급이 높을수록 영향력이 강해지는 것도 더 많은 사병을 보유할 수 있었고. 귀족들에게서 사병을 빼앗는다면 그들은 더 이상 스스로를 특권층이라 부를 수 없었다.

"그게 올바른 방향이라는 것은 알고 있습니다. 하지만 이렇게 일을 빨리 진행하면 각 영지의 전력에 공백이 생기지 않겠습니까?"

"맞습니다. 안 그래도 여황 폐하의 선언으로 주변 국가들이 술렁거리고 있는데, 전력을 줄여도 됩니까?"

"여러분이 뭘 걱정하는지 알고 있습니다. 기존 영지들의 방위는 군부에서 담당할 겁니다. 그러니 전력 공백에 대해서는 걱정하지 않아도 됩니다."

미카엘이 태연한 얼굴로 말했다.

'군부가 영지를 지키겠다지만, 다르게 보면 그들이 지방의 영주들을 감시할 수 있다.'

'중앙집권으로 가기 위한 발판이겠군.'

눈치 빠른 기자들은 새로운 제국의 방향에 대해 감을 잡았다. 레베카 여황과 알바레아 대공은 정말 제국과 다른 나라를 만들려 하고 있었다.

"이렇게 정책이 갑작스럽게 진행되면 귀족들의 반발이 상당할 겁니다. 이에 대한 대책을 알고 싶습니다."

"대책이라……. 보상을 돌려 말하는 것 같은데 그런 건 없습니다. 에레시안 제국의 역사를 보면 알 겁니다. 귀족들이 사병을 가져봤자 나라에 도움 될 것이 하나도 없다는 것을. 사병이 나라에 해악만 끼친다는 것이 증명된 이상, 귀족들이 나라를 생각한다면 기꺼이 따르리라 생각합니다."

미카엘은 단호했다.

제국은 황실과 정부를 바탕으로 한 중앙집권체제를 이룰 준비를 예전에 끝낸 상황이었다. 끊임없이 발전하고 있는 통신 장치가 이를 가능하게 만들었다.

기자들의 질문은 계속됐다. 개혁 시작부터 사병 혁파라는 큰 건을 터뜨린 이상, 앞으로 더 과격한 변화가 생길 게 분명했다. 그렇기에 정부가 추구하는 바를 정확하게 알아둬야만 했다. 미카엘은 그런 기자들의 질문에 막힘없이 대답했고.

마지막으로 그는,

"세상은 바뀌고 있습니다. 그리고 그 중심에는 에렌시아 제국이 있습니다. 새로운 질서에 적응하지 못한 사람들은 도태될 것입니다. 그럼 이만 발표를 마치도록 하겠습니다."

라는 말을 끝으로 단상에서 내려왔다.

회견실에 남은 기자들은 웃었다. 특종은 언제나 기자들을 춤추게 했다.

“젠장!”

회의를 마치자마자 특급 열차를 타고 알타레 영지로 돌아온 디아크 후작은 욕설을 내뱉었다. 그가 영지에 도착했을 때, 영지는 이미 20기에 달하는 화이트울프에 의해 완전히 포위된 상태였다. 알타레 영지에 소속된 블랙이글 7기가 맞서고 있었지만 이길 가능성은 없었다.

“생각한 것보다 훨씬 빨리 돌아왔군, 재상.”

“해럴드 페르난도…….”

디아크 후작이 싸늘한 얼굴로 해럴드를 올려다보았다. 북부 군단은 물론 북부의 모든 군대를 총괄하게 된 해럴드가 자신의 화이트울프의 어깨에서 디아크 후작과 다른 귀족들을 내려다보고 있었다.

“이게 무슨 행패지?”

“행패라니 무슨 말인가? 그대도 새로운 정책에 대해 알고 있지 않은가. 내가 알기로 사병 혁파 정책은 만장일치로 통과한 걸로 알고 있는데.”

“협박에 굴복했을 뿐이다. 내 영지에서 썩 꺼져라!”

디아크 후작은 수치심을 느끼며 말했다. 그와 다른 귀족들은 루시아와 올리비아를 등에 업은 미카엘을 상대로 아무 말도 하지 못했다. 미카엘이 귀족들의 모든 논리를 격파해 다른 사람들의 공감을 끌어낸 것도 문제였고.

‘빌어먹을 서자 놈!’

디아크 후작은 미카엘을 떠올리며 다시 분노했다. 그 이상 반대했다가는 어떤 꼴을 당할지 몰랐기 때문에 그는 결국 사병 혁파에 찬성할 수밖에 없었다.

대신 그는 바로 영지로 돌아와 사전에 카젠트 폰 마르가스와 협의했던 대로 반란을 일으키려 했다. 하지만 해럴드의 움직임이 더 빨랐고, 그의 의도는 수포로 돌아가고 말았다.

"재상, 그대가 뭐라고 말하든 상관없다. 그보다 마장기를 전부 회수하고자 하는데 협조해줬으면 좋겠군."

"내가 직접 발테로 요새에 보내겠다."

"난 여황 폐하께 직접 명령을 받았다. 각 영지를 돌아다니며 마장기들을 회수하라고. 이 이상 거부하겠다면 반역자라 간주, 영지를 공격하겠다. 이 역시 여황 폐하의 뜻이다."

해럴드가 디아크 후작을 비웃었다. 디아크 후작은 분노로 몸을 떨 뿐 아무 말도 할 수 없었다.

'……저 괴물과 싸울 수는 없다.'

소드마스터인 해럴드에게 싸움을 건다? 자살행위 그 이상도, 그 이하도 아니었다. 자칫 잘못하면 자신의 가신을 비롯하여 모든 것을 잃게 된다.

'이 치욕은 절대 잊지 않겠다.'

디아크 후작은 분노를 삼켰다. 지금은 자중하고 미래를 기약해야 했다.

"알았네. 가지고 가라."

"라이더들 또한 내 휘하에 배속될 거다."

"명심하지."

디아크 후작은 몸을 홱 돌렸다. 더 이상 냉정함을 유지할 수 없었다. 해럴드는 여전히 웃고 있었다.

'여황 폐하께서 네놈들의 꿍꿍이를 모를 것이라 생각하지 마라, 재상.'

사병을 시작으로 기존 귀족들의 특혜는 사라질 것이다. 결과적으로 그들은 지역 명사 정도의 위치로 떨어지리라.

마장기를 회수하는 사람은 해럴드뿐만이 아니었다. 제국을 지키는 네 개의 군단이 전부 움직였고 각 영지의 마장기들을 회수했다.

그렇게 각 군단이 빠른 속도로 마장기를 회수한 결과, 이틀 만에 에렌시아 제국의 모든 마장기들은 국가에 귀속됐고 영주들은 자신들이 가지고 있던 가장 큰 힘을 상실했다.

1월 6일 밤, 루시아는 레베카를 찾아갔다.

"각 군단에서 연락이 왔다. 모든 마장기를 회수하는 데 성공했다는군."

"클라우드는 도대체 몇 수 앞을 보고 있는지 모르겠네요. 각 지역의 영주들은 회의라는 명분으로 전부 붙잡고 그사이, 정책 발표에 맞춰 군단장을 움직이게 하다니. 정말 소름 돋았어요."

"몇 수 앞을 내다보는 건 적절한 표현이 아니다."

"그럼요?"

루시아의 말에 레베카가 고개를 갸웃거렸다.

"클라우드는 사람을 물 먹이는 방법에 대해 통달했다. 상대가 가장 싫어하는 짓만 골라서 하다 보니 저절로 의표를 찌르게 되지."

"아, 그건 확실히 언니 말이 맞네요."

레베카는 루시아의 말을 듣고 웃었다. 확실히 클라우드의 군략과 정략의 핵심은 상대가 가장 싫어하는 부분을 찌르는 것이었다.

"언니도 수고했어요. 언니가 정보부를 잘 이끌어줘서 반란의 싹을 미리 제거할 수 있었어요."

"임시라고 해도 지금은 군부의 수장이다. 할 일을 해야지."

"그렇다 해도 언니의 공이 크다는 사실은 변함이 없다고 봐요."

레베카는 진심으로 루시아를 칭찬했다.

루시아는 물론, 소니아를 비롯한 정보부의 요원들은 제국이 세워지기 전부터 항복한 귀족들을 정탐했다. 그 때문에 반란의 중심이 될 귀족들을 파악하고 블랙리스트를 만들었다.

그리고 각 군단장으로 하여금 구심점이 될 귀족들의 영지를 습격하게 했다. 해럴드가 디아크 후작을 먼저 덮친 것은 우연이 아닌, 철저히 계획에 따라 이루어진 일이었다.

"반란의 중심이 될 귀족들의 전력을 빼앗은 이상, 귀족들이 할 수 있는 것은 많지 않아요. 클라우드도 돌아오면 분명히 좋아할 거예요."

"그라면 그렇겠지."

레베카가 자신의 손을 붙잡고 말하자 루시아는 빙긋 웃었다.

누군가에게 인정받는 것은 언제나 즐거운 경험이었다.

-쿠웅-

"음?"

흡족한 얼굴로 레베카를 바라보던 루시아는 얼굴을 찌푸렸다.

"무슨 일이에요, 언니?"

"이상한 소리를 들었다."

"네? 저는 전혀 듣지 못했는데……"

쾅!

방문이 활짝 열림과 동시에 올리비아 폰 아르젠트가 안으로 들어왔다. 올리비아의 심각한 표정을 본 루시아의 자신이 들은 게 옳음을 깨달았다.

"폐하, 황궁에 침입자가 쳐들어왔습니다. 폐하께서는 대피해 주십시오."

올리비아의 말은 갑작스러웠고, 그렇기에 레베카는 크게 당황했다. 허나 그것도 잠시, 그녀는 루시아 쪽으로 고개를 돌렸고, 루시아는 고개를 끄덕였다.

"전 아르젠트 후작과 함께 침입자를 요격하겠습니다. 폐하께서는 부디 안전한 곳으로 대피해주시길."

"알겠어요. 아, 아르젠트 후작."

"말씀하십시오, 폐하."

"대공의 수련실 경비도 강화하는 것을 잊지 마세요."

"이미 기사들을 보냈습니다."

"알겠어요."

그 말을 끝으로 레베카가 자리에서 일어났다. 그러자 근위기

사들이 그녀를 호위하며 다른 곳으로 이동했다.

"이렇게 둘이서 같이 싸우는 건 처음인 것 같군, 루시아."

"단장의 검, 제대로 지켜보겠습니다."

제국의 2명뿐인 여성 소드마스터들이 서로를 보며 호전적인 미소를 지었다. 그리고 황궁 밖으로 나섰다.

"크아아악!"

클라우드는 계속 비명을 질렀다. 여인이 준 힘을 받아들이기 위해 운용할 수 있는 스킬을 전부 발동했다. 그런데도 자신의 몸 안에 들어온 힘을 감당할 수 없었다.

-더 이상 감당하지 못할 거 같다면 손을 흔들어. 그러면 강도를 줄여줄게. 강도를 줄인다고 해서 의식이 실패하는 건 아니니까 안심해도 돼-

여인이 아무렇지 않다는 듯 말했다. 그러자 클라우드가 있는 힘을 다해 소리쳤다.

"크윽! 우, 웃기지 마라!"

이보다 더한 시련도 극복했고 결국 살아남았다. 이 정도에 타협했다면 그 전에 자신은 죽었을 게 분명했다. 그러니 이번에도 자신의 힘으로 이 시련을 극복하리라.

쿠쿠쿠쿵!

클라우드는 몸 안에 있는 기운을 조종하기 위해 애썼다. 일부에 불과했지만, 기운은 그의 통제에 따라 육체 내부에 있는 잡스러운 것들을 모조리 파괴했다. 그리고 그의 육체를 변화시키기 시작했다.

'강제 환골탈태가 뭔지 보여주마!'

이렇게 거대한 힘이 자신의 육체를 재구성하지 못할 리 만무했다. 클라우드는 그렇게 생각하며 계속 힘을 순환시켰다. 마력이 한 번씩 순환할 때마다 더 많은 양의 마력을 감당할 수 있게 됐다. 마치 작은 그릇에서 큰 그릇으로 바뀌는 것과 같았다.

'빌어먹을.'

하지만 클라우드는 자신의 방법이 잘못됐다는 것을 깨달았다. 아무리 육체를 해도 기운을 전부 받아들인다는 길이 보이지 않았다. 오히려 육체 자체가 먼저 붕괴할 것 같았다. 그리되면 자신은 그대로 목숨을 잃겠지.

-지금 네 상태는 둑이야. 둑을 아무리 단단하게 만들어도 결국 거대한 힘 앞에서는 무너지게 되어 있어. 계속 그렇게 있다가는 죽을 텐데, 지금이라도 생각을 바꿔보는 게 어때?-

여인의 말은 자신을 유혹하는 건가 싶을 정도로 달콤했다. 클라우드는 이번에도 그녀의 말을 무시했다. 단, 지금 자신이 선택한 방법이 잘못됐다는 사실은 받아들였다.

'아무리 다른 사람이 줬다지만 내 몸 안에 들어온 기운도 받아들이지 못하다니, 한심하군.'

클라우드가 고민하는 와중에도 거대한 기운은 그의 육체를 파괴하려고 했다. 어떻게 하면 이 기운을 자신의 것으로 만들 수 있을까? 아무리 머리를 굴려도 생각이 떠오르지 않았다.

그런데 그때였다.

'그릇의 크기를 아무리 키워도 부서진다면…….'

강렬한 무언가가 뇌리를 스쳐 지나갔다.

'아예 그릇 자체를 버린다면? 그릇이 없다면 부술 것도 없다!'

이런 거대한 힘을 인간의 의지로 통제한다는 것은 불가능했다. 육체를 아무리 재구성해도 파괴되는 것이 이 사실을 증명했다.

기운의 통제를 포기한 클라우드. 그는 그대로 스킬의 운용을 중단했다.

'강제로 억누르려고 해봤자 더 큰 반발로 이어질 뿐이다.'

통제를 멈춘 대신, 클라우드는 자신의 내부를 텅 비웠다. 여인이 준 기운이 자신의 몸 안에서 자유롭게 날뛰기를 바라면서.

쿠쿠쿵!

클라우드의 의지에 반발하던 기운은 방황하기 시작했다. 이제까지 그의 마력을 이정표 삼아 움직였는데, 갑자기 마력 자체가 사라진 것이다. 거기다가 파괴해야 할 그릇도 보이지 않으니, 기운이 길을 잃는 게 당연했다.

쿠오오!

갈 길을 잃은 힘은 더 이상 뭔가를 파괴하지 못했다. 결국 힘은 분산되기 시작했고 클라우드의 몸 안에 자리 잡았다. 마침내 그가 여인이 준 힘을 완전히 자신의 것으로 만든 순간이었다.

-드디어 알아차렸네? 새로운 힘을 받아들인 거, 정말 축하해-

여인이 해맑게 웃으며 클라우드의 각성을 축복했다.

번쩍!

클라우드의 전신에서 붉은빛이 피어올랐다. 그리고 붉은빛은 용의 형상을 이루었다.

초월 제 2단계를 이루는 데 성공하였습니다. 당신은 인간의 한계를 벗어난, 진정한 초월자입니다!

이에 대한 보상으로 마력과 지력을 제외한 모든 능력치가 99로 맞춰집니다!

극한의 무와 직업 스킬을 제외한 모든 스킬의 숙련도가 마스터에 도달합니다!

스킬 '극한의 무'의 레벨이 1 상승합니다. 현재 레벨은 2입니다.

당신은 마력을 통해 초월자가 되는 데 성공했습니다. 또 스킬 '용의 혈통'을 마스터하는 데 성공했습니다. 이에 따라 당신에게 새로운 칭호 '진정한 마력의 지배자'가 주어집니다.

클라우드는 자신의 눈앞에 떠오른 창을 보며 웃었다. 자신의 몸에서 흘러나오는 거대한 힘을 느낄 수 있었다. 용의 혈통 때문에 마력 자체는 무한에 가까웠지만 한 번에 낼 수 있는 출력에는 한계가 있었다. 하지만 클라우드는 지금 자신이 그 한계를 뛰어넘고 있다는 것을 느꼈다.

-정말 3일 만에 성공했네? 안 될 거라고 생각했는데 말이야?-

"벌써 3일이 지났다고?"

클라우드가 의아함을 느꼈다. 기껏해야 하루 지났다고 생각했는데, 예상 이상으로 시간이 많이 흘렀다. 그러자 여인은 어이가 없다는 듯 웃으며 고개를 흔들었다.

-이 과정은 최소 일주일, 많게는 열흘 걸려. 그걸 3일 만에 끝낸 것만으로도 정말 대단한 일이야-

"당신이 그렇다면 그런 거겠지."

어차피 일주일이 걸릴 것이라 예상하고 일을 진행했다. 거기서 더 줄였으니 괜히 더 따질 필요도 없었다.

-원래라면 의식을 성공시킨 사람에게 선물을 주거든. 그런데 너한테는 줄 필요가 없을 거 같네. 이미 너무 많이 줬잖아?-

"그건 좀 치사하지 않나?"

차라리 여인이 아무 말도 하지 않았다면 자신도 그냥 넘어갈 수 있었다. 하지만 주지도 않을 거면서 왜 저런 말을 하는지 이해할 수 없었다.

-당신이 말하는 시스템만으로도 충분히 사기가 아닐까? 그리고 내가 이 말을 언급한 것만으로도 당신한테는 충분히 도움이 될 텐데?-

"그 선물이 뭐기에 그러지?"

-제대로 말해줄 수는 없지만 힌트는 줄게. 선물은 이미 당신도 알고 있는 거야. 언제 당신이 가져도 이상하지 않은 거지-

"너무 추상적이군."

-힌트니까 당연히 추상적이지. 알려줄 수 있는 건 여기까지야-

클라우드가 투덜거렸지만, 여인에게는 전혀 통하지 않았다. 여인의 고집이 얼마나 질긴지 깨달은 그는 결국 더 파고들기를 포기했다.

"초월자가 됐는데도 사명을 말해줄 생각이 없나? 선물도 안 주는데 이 정도는 가르쳐줬으면 좋겠군."

-사명은 누군가 알려주는 게 아니라, 당신이 스스로 깨닫는 거야. 당신이라면 반드시 깨달을 수 있을 거고-

"사명 때문에 불렀으면서 이걸 말해주지 않겠다니, 너무하군. 그러면 다른 걸 질문해도 되나?"

-대답할 수 있는 거라면 대답할게-

끝까지 여인은 비싸게 굴었지만 클라우드는 개의치 않았다.

"당신 이름을 알고 싶다. 당신이 일방적으로 나를 끌고 왔지만 어쨌든 만남은 만남이다. 이 정도면 충분히 인연이라 할 수 있는데, 통성명 정도는 나눠도 되지 않나?"

클라우드의 말이 끝나자 여인이 움찔거렸다. 그리고 그녀는 멍한 얼굴로 그를 바라보았다. 여인은 클라우드가 자신에 관해 물어볼 줄은 몰랐다. 이러니저러니 해도 자신은 클라우드 본인의 동의 없이 이세계로 끌고 온 장본이었으니까. 예상하지 못한 만큼 충격이 더 클 수밖에 없었다.

"무슨 문제라도 있나?"

-아, 아니. 아무 문제도 없어. 이름이라……. 딱 한 번만 알려줄 거야. 알았지?-

"비싼 이름이군. 어쨌든 기억해두겠다."

-내 이름은 스텔라야. 그러면 잘 있어! 나중에 또 보자!-

스텔라가 황급히 말하며 손을 휘저었다. 그와 동시에 클라우드는 자신의 의식이 다시 원래대로 돌아가는 것을 느낄 수 있었다.

"이건 정말 적응 안 된단 말이야."

마침내 눈을 뜬 클라우드가 고개를 이리저리 흔들었다. 여러 번 의식의 이동을 경험했지만, 여전히 두통이 심했다.

그래도 클라우드는 웃었다. 염원하던 초월의 경지에 도달하는 데 성공했다. 이제 카젠트가 전혀 두렵지 않았다. 아니, 누가 와도 이길 수 있다는 생각이 들었다.

콰! 콰쾅!

그때였다. 수련실에서 얼마 떨어지지 않은 곳에서 폭음이 울려 퍼진 것은.

'소드마스터끼리 싸우고 있다!'

현재 임시 수도에 남은 소드마스터는 루시아와 올리비아뿐이었다. 그리고 지금 느껴지는 힘은 올리비아의 힘에 비해 부족한 부분이 있었고. 소중한 사람이 위험하다는 것을 깨달은 클라우드는 재빨리 수련실을 나섰다.

그리고 클라우드는,

"루시……."

루시아를 부르려는 것도 까먹고 입을 크게 벌렸다. 그리고 멍한 얼굴로 자신의 앞에 펼쳐진 광경을 바라보았다.

올리비아와 헤어진 루시아는 곧장 레드라이온에 올라탔다. 그리고 클라우드가 있는 수련실로 향했다. 다행히 수련실은 멀쩡했고, 그제야 그녀는 안도했다. 다만 완전히 마음을 놓을 수는 없었다.

'아직 적이 남아있다.'

방금 전 느꼈던 불쾌한 기분이 계속 느껴졌다. 그녀의 감도 계속 주인에게 경고하고 있었고. 하지만 아무리 둘러보아도, 기감을 펼쳐도 적의 존재는 인지할 수 없었다.

'그렇다면.'

우웅.

루시아는 마력을 운용했다. 그리고 마력을 원형으로 유지한 뒤, 사방으로 퍼뜨렸다. 마력은 루시아의 레드라이온을 중심으로 파동이 되어 퍼져나갔다. 그렇게 나아가던 마력 중 일부가 흩어졌다.

"거기냐!"

루시아가 재빨리 조종간을 움직였다. 그와 동시에 레드라이온은 검을 휘둘렀고 오러블레스트가 허공을 향해 쇄도했다.

콰아앙!

폭음이 울려 퍼졌다. 그리고 허공이라 생각했던 곳의 공간이 일그러지며 새까만 마장기가 그 모습을 드러냈다.

'뭐지?'

루시아는 정체불명의 마장기를 보며 의문을 느꼈다. 군부의 장군 중 한 사람으로서 다양한 종류의 마장기를 외웠기에 자신할 수 있었다. 눈앞에 있는 마장기는 처음 보는 기종이라는 것을.

게다가 자신의 몸을 숨길 수 있는 마장기에 대해서는 더더욱 들어본 적이 없었다. 만약 자신이 느끼지 못했다면 저 마장기가 클라우드를 암살할 수도 있는 상황이었다.

'라이더를 붙잡아야겠군.'

어떻게 황궁에 이리 쉽게 들어왔는지, 어느 나라에서 왔는지, 또 마장기의 정체 등 궁금한 게 많았다. 각오를 다진 그녀는 마력을 운용했다.

우우웅.

레드라이온의 검에 푸른 오러블레이드가 형성됐다. 양손으로 검을 움켜쥔 레드라이온 새까만 마장기를 향해 겨누었다.

그런데 그때, 놀라운 일이 일어났다.

상대편 마장기의 검에도 샛노란 오러블레이드가 펼쳐졌다.

"소드마스터라고!?"

루시아는 당혹감을 금치 못했다. 상대 라이더에게서 소드마스터의 기운은 전혀 느껴지지 않았다. 오러블레이드를 펼친 지금도 마찬가지였다.

검은 마장기가 달려들었다. 간신히 평정심을 되찾은 루시아는 레드라이온을 움직였다.

콰아앙!

오러블레이드가 실린 두 개의 검이 부딪치며 커다란 충격파가 퍼졌다. 두 마장기는 충격파에 아랑곳하지 않고 서로를 향해 검을 휘둘렀다.

'오래 끌면 안 된다.'

수련실이 튼튼하다고 해도, 소드마스터가 탄 마장기 간의 격돌을 버틸 정도는 아니었다. 수련실이 파괴되면 클라우드가 목숨을 잃기 때문에 최대한 힘을 억제한 채 싸워야 했다.

루시아가 그리 판단했을 때, 상대 마장기의 검이 레드라이온의 흉갑을 노리며 쇄도했다. 레드라이온은 곧장 검을 휘둘러 상대방의 검면을 튕겨냈다. 불꽃이 일었고 검은 마장기는 균형을 잃고 흔들렸다. 그 틈을 놓치지 않은 레드라이온은 왼손을 움켜쥐고 주먹을 내질렀다.

콰아앙!

두 마장기의 주먹이 서로 충돌했고 검은 마장기는 뒷걸음질 쳤다. 레드라이온은 땅을 박찼고 푸른 선이 되어 검은 마장기에게 달려들었다. 여전히 균형을 찾지 못한 검은 마장기는 레드라이온의 돌진을 피하지 못했다. 레드라이오은 오른쪽 어깨로 상대방을 들이박았다.

콰드득!

검은 마장기의 장갑이 으깨지는 것과 동시에 바닥에 쓰러졌다. 적을 내려다보던 루시아는 다시 상대가 어둠 속으로 사라지려 하는 것을 포착했다.

"어딜!"

타타탕!

레드라이온의 어깨에 장착된 마력포가 3발의 마력탄을 날렸다. 마력탄은 전부 검은 마장기를 강타했고 적은 다시 모습을 드러냈다.

그 순간, 레드라이온이 거리를 좁혔다. 그러더니 곧바로 상대의 양 다리를 베었다. 다리를 잃은 검은 마장기는 바닥에 엎어졌다. 레드라이온은 거기서 멈추지 않고 상대의 양팔까지 베어 완전히 무력화시켰다.

"이상하군."

루시아는 쓰러진 적을 보며 고개를 갸웃거렸다. 상대는 분명히 소드마스터의 비기를 사용했지만, 굉장히 어설펐다. 마치 소드마스터 흉내를 내는 것 같았다. 문제는 상대의 마력 자체는 소드마스터와 전혀 차이가 없다는 점이었다.

"물어보면……."

쾅! 콰쾅!

루시아는 말을 잇지 못했다. 갑자기 상대 마장기가 완전히 폭발한 것이다. 갑자기 피어오른 화광에 루시아는 눈을 질끈 감았다. 그녀가 다시 눈을 떴을 때, 검은 마장기는 흔적도 남지 않았다.

"도대체 무슨 일이 일어나고 있는 거지?"

루시아는 알 수 없는 불길함을 느꼈다.

클라우드는 루시아가 싸우고 있는 상대를 보고 경악을 금치 못했다.

"저건…… 신화형 마장기잖아!?"

카젠트의 케르베로스를 처음 봤을 때의 느낌과 비슷했다. 또 한순간이지만 허공에 녹아 사라지려고 했던 것도 신화형 마장기만이 보유하는 특수 능력이었고.

"일단 짝퉁 같지만 말이야."

기체가 가진 힘 자체는 케르베로스에 뒤떨어졌다. 하지만 저런 정체불명의 마장기가 돌아다니는 거 자체만으로 문제였다.

그리고 문제는 하나 더 있었다. 분명히 처음 보는 종류의 마장기였지만 왠지 만난 적이 있는 것 같았다.

계속 고민하던 클라우드는 이윽고.

"크로얀 공화국!"

크게 외쳤다.

'난 저 기체와 싸운 적이 있어.'

자신이 소드마스터가 되었을 때, 상대했던 적과 비슷했다. 기체의 모습 자체는 달랐지만, 라이더의 소드마스터답지 않은 형편

없는 검술 솜씨는 똑같았다.

"선물이라는 게 신화형 마장기였나?"

자신은 펜리르에 대해 알고 있고, 언제 얻어도 이상하지 않았다. 스텔라는 초월자들에게 신화형 마장기를 선물한 게 분명했고.

"공화국은 신화형 마장기를 양산하는 데 성공했나 보군. 스펙을 완전히 끌어낸 건 아니지만."

생각이 거기까지 미친 클라우드는 한숨을 내쉬었다. 그와 동시에 결론을 내렸다.

'크로얀 공화국을 박살내야겠어.'

기체를 보낸 게 공화파인지, 왕정복고파인지는 아직 알 수 없다. 허나 누가 일을 저질렀든 간에 반쪽짜리라 해도 신화형 마장기 양산은 위험했다. 제국의 우위가 흔들릴 수 있을 정도로.

게다가 크로얀 공화국은 과거 에렌시아 제국처럼 대륙의 패권을 노린 적이 있었다. 왕정 복고파가 정권을 잡았다고 해도 그때의 기질이 사라질 가능성은 희박했다.

아직 흔들리고 있을 때, 자신이 집어삼키거나 아니면 나라 자체를 박살내야만 했다. 그것도 안 되면 적어도 적의 신화형 마장기 자체를 파괴해야만 했다.

'스텔라라 했지. 진짜 망할 여자군.'

이미 자신은 펜리르의 위치에 대해 알고 있었다. 그러니 그냥 줘도 상관없는데 그녀는 그렇게 하지 않았다. 그렇게 클라우드는 스텔라를 원망하며 미래에 대한 계획을 짜기 시작했다.

* * *

"클라우드!"

클라우드가 크로얀 공화국을 어떻게 박살낼지 고민하고 있을 때, 루시아가 그를 불렀다. 클라우드는 목소리가 들린 쪽으로 몸을 돌렸고, 볼 수 있었다. 자신을 향해 몸을 날린 루시아의 모습을.

"루시아!"

클라우드는 웃으며 팔을 활짝 벌렸다. 루시아는 상대의 품에 안긴 다음, 허리를 꼭 끌어안았다. 그 역시 소중한 여인의 등을 꼭 껴안았고.

"다행이다, 정말 다행이다. 그대가 다치면 어쩌나 싶었는데."

"지켜줘서 고마워."

클라우드는 진심을 담아 말했다.

스텔라 덕분에 타이밍 좋게 나와서 위험에서 벗어났지만, 그렇다고 해서 루시아의 노력을 폄하할 수는 없었다. 그녀는 상대가 아예 수련실에 접근하지 못하게 하면서 자신을 확실히 지켰다.

"나에게 고맙다는 말을 들을 자격은 없다. 내 부주의로 적을 사전에 포착하지 못하고, 그대를 위험에 빠뜨렸으니까."

운 좋게 적의 침입을 듣고 빨리 대처했지만, 클라우드를 위기에 빠뜨렸다는 사실은 분명했다. 그 점이 루시아를 가슴 아프게 했고, 하지만 클라우드는 고개를 저었다.

"애초에 저 마장기는 자신의 모습을 숨기고 소리와 기척을 최대한 줄이는 능력을 갖추고 있어. 그런데도 적이 수련실에 다가오지 못했다는 건 네가 잘 대처했기 때문이라고 생각하는데?"

"그대가 하는 말은 언제나 따뜻하구나."

클라우드가 위로하자 루시아가 희미한 미소를 지었다. 그는 그런 그녀를 내려다보며 등을 토닥였다. 그렇게 두 사람은 한동안 서로를 끌어안은 채, 따뜻함을 느꼈다.

"레베카는 어때?"

"그 아이는 안전한 곳으로 대피했으니 걱정하지 않아도 된다."

"다행이네."

"그런데 클라우드, 그대는 저 마장기에 대해 아는 바가 있나? 처음 보는 외형도 그렇지만, 애초에 마장기에게 저런 능력이 있다는 것은 나는 전혀 들은 적이 없다."

루시아가 의문을 드러냈다.

마장기의 정체도 궁금했지만, 생전 처음 보는 기체를 아는 것 같은 모습을 보이는 클라우드도 신기했다.

"신화형 마장기라는 게 있어. 고대 마도 공학의 정수라 할 수 있지. 출력 자체는 오늘날의 소드마스터들이 보유한 전용기와 비슷하지만, 특별한 능력을 갖추고 있어서 상대하기 까다로워."

클라우드는 루시아의 질문에 순순히 대답했다. 카젠트의 케르베로스를 비롯하여 최소 2기의 신화형 마장기가 활동하고 있다. 거기다가 양산형까지 있다는 사실이 판명된 이상, 그녀도 새로운 적에 대해 경계를 기울일 필요가 있었다.

클라우드의 설명에 무언가 깨닫는 게 있었는지 루시아가 손뼉을 쳤다.

"과거 레이너드 제국이 가지고 있던 비행마장기 같은 거군!"

"맞아. 다만 네가 상대한 기체는 진짜 신화형 마장기는 아닐 가능성이 커. 아마 신화형 마장기를 바탕으로 만든 양산형이겠지."

"양산형이라고 무시할 수는 없지만 말이다."

루시아가 바로 대답했다.

양산형 기체 하나가 공화국과 제도 사이의 엄청난 거리를 뚫고, 황궁에 도착했다. 그나마 자신과 올리비아기 있었기에 큰일이 생기기 전에 막을 수 있었지만, 다른 제국이었다면 분명히 큰 피해를 봤으리라.

"신화형 마장기를 가지고 있고 그걸 양산할 수 있을 정도의 국가라……. 하나밖에 떠오르지 않는군. 크로얀 공화국 말이다."

"나도 같은 생각이야. 동부요새에서 내가 상대했던 검은 마장기랑 비슷한 느낌이 들었거든. 증거라고 하기에는 민망하지만."

"하아."

루시아가 한숨을 내쉬었다.

검은 마장기에는 국가나 소속을 드러내는 문양이 하나도 없었다. 게다가 자폭하는 바람에 파편 하나도 손에 넣을 수 없었다. 그런 상황에서 공화국에 따져봤자 씨알도 먹힐 리 없었다.

"그건 그렇고 그대가 벌써 수련실에서 나온 걸 보니, 소드마스터의 벽을 뛰어넘었나 보군. 정말 축하한다, 클라우드."

루시아가 화제를 전환했다. 수련에 들어가기 전만 해도 클라우드에게서 압도적인 힘을 느꼈다. 그러나 지금은 아무런 힘도 느낄 수 없었다. 한 차원 높은 단계로 나아가 아예 힘을 느낄 수 없게 된 것이다.

"고마워, 루시아. 그런데 아직은 얼마나 강해졌는지 실감하지 못하고 있어. 붕 뜬 기분이랄까?"

"직접 확인해보겠는가?"

루시아가 슬쩍 검을 가리키자 클라우드는 고개를 저었다. 지금은 해야 할 일이 있었다.

"미안해. 지금은 해야 할 일이 있거든. 공화국 문제를 처리해야지."

"증거가 없는데 괜찮겠나?"

"지금 당장 그 문제를 처리하는 건 무리지. 하지만 적어도 상대가 가진 정보는 물어볼 수 있어. 그리고 이 일을 어느 정도 정리하면 제국을 떠나야 할 것 같아."

"갑자기 무슨 소리지? 그대는 제국의 대공이요, 군부의 원수다. 그런데 왜 제국을 떠나려 하는가?"

루시아가 얼굴을 찌푸렸다. 같이 검의 길을 추구하기 때문에 수련은 받아들일 수 있었다. 그러나 제국 자체를 떠나는 것은 도저히 받아들일 수 없었다.

"해야 할 일이 있어. 그러니까 당분간 네가 계속 원수 자리를 맡아줬으면 좋겠어."

"군부의 일과 국정을 운영하는 것보다 더 중요한 일이란 말인가?"

"신화형 마장기를 가지고 와야 하거든. 상대만 가지고 있으라는 법은 없잖아?"

클라우드가 미소를 지으며 말했다. 루시아는 말문이 막혀 아무 말도 하지 못했다. 신화형 마장기도 아니고, 그 양산형을 상대하는 것만으로도 심혈을 기울여야 했다. 그런데 아예 신화형 마장기가 생긴다?

제국의 마도공학이 비약적으로 발전할 수 있으리라.
거기다가,
'무슨 말을 해도 안 듣겠군.'
아무리 말려도 듣지 않을 게 분명하기에 그녀는 상대의 말을 받아들일 수밖에 없었다. 한숨이 나오는 것만큼은 막을 수 없었지만.
'레베카가 말려주기를 기대해야지.'
루시아는 속으로 그리 생각했지만, 딱히 기대를 걸지 않았다. 한 번 마음을 정한 클라우드의 결심을 절대 바꿀 수 없다는 것을 여러 번 경험했으니까. 그래도 그녀는 레베카를 응원했다.
레베카는 전투가 끝났다는 것을 확인하자마자 곧장 의복을 갖춰 입었다. 그리고 곧장 대전으로 향했다. 불안해하는 신하들을 달래기 위해서. 그녀가 의연한 모습을 보이자, 신하들은 안심하고 자기 자리로 복귀했다.
레베카 역시 다시 자신의 집무실로 돌아가려고 할 때,
"다녀왔어, 레베카."
익숙한 목소리가 들렸다.
동시에 레베카의 입가에 환한 미소가 떠올랐다.
"무사히 돌아와서 정말 다행이에요."
레베카는 권좌에 앉은 채 소중한 남편을 환영했다.
"나를 왜 걱정해? 너를 걱정해야지."
"제 곁에는 유능한 기사들이 많으니까요. 그래서 수확은 있었나요, 클라우드?"
"응. 드디어 벽을 뛰어넘었어. 이제 누구하고 싸워도 이길 자신이 있을 정도야."

"정말 대단해요!"

레베카의 눈이 반짝였다.

아무리 생각해도 클라우드가 대단하다 싶었다. 정치, 전쟁, 검술 등 못하는 걸 전혀 찾을 수 없지 않은가. 그런 이가 자신의 남편으로 있다는 사실이 자랑스러웠다. 비록 곁에 있는 날이 적기는 하지만, 그를 생각하는 것만으로도 힘이 났다.

"칭찬 고마워. 그건 그렇고 또 너한테 허락을 구할 게 있어."

"네? 또 어디를 가려고요?"

"신화형 마장기를 찾으려고 해."

그리 말한 다음, 클라우드는 루시아에게 설명했던 내용을 다시 언급했다. 그의 말을 다 들은 루시아는 눈살을 찌푸렸다. 결혼한 이후, 처음으로 드러내는 불만이었다.

"당신이 제국을 위해 노력하는 건 알고 있어요. 신화형 마장기가 얼마나 중요한지도 이해했고. 그래도 너무 무리하는 건 아닌가요?"

"무리해야지. 우리를 위해서, 나아가 제국을 위해서. 이번을 끝으로 다시는 개인적으로 제도를 떠나지 않을게. 내 이름을 걸고 맹세하겠어."

"그렇게까지 말하면 말릴 수가 없잖아요."

단호한 태도를 보이는 클라우드. 그런 그를 보며 레베카는 쓰게 웃고는 결국 허락하고 말았다.

"대신 절대 다치면 안 돼요? 약속할 수 있죠?"

"물론이지."

그리 말한 뒤, 클라우드는 레베카에게 다가갔다. 그리고 그녀와 짧은 키스를 나누었다.

그렇게 일을 마무리 지은 뒤, 클라우드는 자신의 집무실로 돌아왔다. 떠날 때 떠나더라도 공화국의 문제를 어느 정도 해결해야 했다.

"먼저 연락을 했었나? 고맙기도 하지."

클라우드는 자신의 개인 통신기를 바라보았다. 통신기에는 붉은빛이 계속 깜빡거리고 있었고, 이는 누군가 통신을 보냈다는 것을 의미했다. 그리고 이 통신기의 번호를 아는 사람은 세상에서 단 한 사람, 엘레나뿐이었다.

'호구는 이용하라고 있는 거지.'

클라우드는 그렇게 생각하며 통신기를 조작했다. 그 순간, 환한 빛이 떠오르며 엘레나의 모습이 드러났다.

-왜 이렇게 연락을 안 받은 거예요!?-

"개인적인 일이 있었다. 그래서 무슨 일로 연락한 거지?"

-검성이 공화파에 붙었어요-

"그게 뭐 어쨌다고?"

클라우드가 일부러 어깨를 으쓱였다. 엘레나는 클라우드의 여유로운 얼굴에 주먹을 날리고 싶은 충동을 느껴야만 했다. 그러나 그녀는 꾹 참고 말을 이어나갔다.

-당신도 알겠지만, 현재 우리 상황은 좋지 않아요. 그런데 검성까지 공화파에 붙으면 우리는 끝이에요. 당신한테 적대적인 공화파가 강해지면 당신 입장에서도 좋지 않을 거예요-

"딱히 그럴 거 같지는 않은데? 에렌시아 제국의 이념은 공화주의와 연결되는 부분이 있다. 내가 공화파에 타격을 줬지만, 사이좋게 지내지 말라는 법도 없지."

-다, 당신……-

클라우드의 말을 들은 엘레나가 얼굴을 찌푸렸다. 정말 상대가 공화파와 손을 잡으면 자신과 왕정 복고파는 끝장이었다.

"하하, 농담이다. 공화파 정치인들은 몰라도 나한테 이를 갈고 있는 공화파 군인들이 나하고 손을 잡을 가능성은 아예 없지. 그러니까 너무 걱정하지 않아도 된다. 다 떠나서 당신은 계속 알고 지낼만한 가치가 있고."

그녀는 우수한 호구였다. 공화국이 멸망하기 전까지는 계속 써먹어야 하니 그녀와 좋은 관계를 유지해야 했다.

-고맙다고 해야 하나요?-

"그거야 뭐 알아서 하고. 그래서 뭘 원하는 거지, 엘레나 메디시스?"

-후우. 당신의 힘이 필요해요. 우리에게는 검성을 막을 힘이 없어요-

"내가 끼어들어봤자 내정 간섭일 뿐이다. 그럴 만한 명분도 없고 또 제국이라는 특성상 크로얀 공화국과 적대할 수밖에 없지."

클라우드는 안타깝다는 듯 고개를 흔들었다. 장난스러운 상대의 태도에 엘레나는 이를 갈았다.

-이미 알고 있으면서 딴청 피울래요? 명분은 만들면 그만이라는 것, 당신도 잘 알고 있잖아요-

"확실히 그렇지. 하지만 어떤 식으로 만들지 전혀 감이 안 오는군."

-저희는 왕정복고를 선언할 거예요. 그리고 에렌시아 제국과 손을 잡고 싶어요-

"동맹인가? 나쁘지 않지만 우리는 옛 크로얀 왕국이 추구하는 옛 가치를 부정하고 있다. 우리 둘 사이의 거래라면 모를까, 너희가 구체제를 신봉한다면 동맹은 불가능하지."

클라우드의 어조는 단호했다.

구체제를 따르는 이들과 손을 잡으면 자신의 이미지만 나빠지기 때문에 함께 할 수 없었다. 그리고 크로얀 공화국 내전에 개입하게 되면 제국군의 희생은 불가피했다. 그런 대가를 감수하면서까지 크로얀 공화국과 손을 잡을 필요는 없었다. 저들이 먼저 제국의 이념을 인정한다면 또 모르겠지만.

-새로운 크로얀 왕국의 이념은 에렌시아 제국과 똑같아요. 아니, 에렌시아 제국이 하는 모든 걸 똑같이 따라 할 거예요. 그러면 되나요?-

"……."

클라우드가 처음으로 침묵했다. 그녀가 설마 그런 말을 할 것이라고는 전혀 생각하지 못했다.

"각오를 단단히 했군. 그런데 말만으로는 믿기 힘들다."

-1월 10일에 공식적으로 왕정복고를 선언할 거예요. 거기서 에렌시아 제국의 이념과 정치 체제를 따라 하겠다고 말하면 믿어줄 건가요? 이미 지도부와는 이야기가 됐어요-

"그렇게 빨리?"

-인정하고 싶지 않지만, 옛 크로얀 왕국의 이미지가 좋지 않은 건 사실이니까요. 폭정을 일삼은 것도 사실이고. 그래서 저도 어

떻게 하면 국민들의 마음을 사로잡을 수 있을까 고민했는데, 때마침 여황이 새로운 이념을 선언했죠. 그래서 여황과 당신한테 개인적으로 고마워하고 있어요-

엘레나가 자신의 심정을 고백했다. 정권을 장악하면 다 끝나리라 여겼는데 현실은 녹록하지 않았다. 국민들과 공화파의 저항은 상상 이상으로 거셌다.

하지만 그냥 물러날 생각은 없었다. 왕정복고를 위해 자신의 인생을 전부 쏟아부었는데, 어찌 이대로 포기하겠는가?

'지금 와서 물러나면 내 인생의 의미가 사라져.'

그것만큼은 사양하고 싶었다. 그러니 클라우드라는 악마와 손을 잡는 한이 있더라도 왕정복고를 성공적으로 마무리 지어야 했다.

"그 정도 각오라면 손을 잡아야겠지. 그러나 맨입으로는 안 되지."

-알고 있어요. 뭘 원하나요?-

엘레나는 무심한 어조로 대답했다. 클라우드를 여러 번 상대한 만큼, 이제 그에 대해 어느 정도 알고 있었다. 그 때문에 클라우드가 아무런 대가도 받지 않고 손을 잡으리라 믿은 적은 한 번도 없었다.

"공화국에 신화형 마장기가 있지?"

-........-

흑백 영상이었지만 클라우드는 엘레나의 안색이 창백해지는 것을 볼 수 있었다. 자신의 추측이 맞은 것에 만족하며 클라우드는 말을 이어나갔다.

"그리고 그 신화형 마장기를 연구해서 양산형 기체를 만들었지? 이 질문에 대답하지 않는다면 동맹 이야기는 없는 걸로 하겠다."

클라우드가 말했지만, 엘레나는 쉽게 대답하지 못했다. 상대가 언급한 것은 공화국의 기밀 중의 기밀이었다. 힘이 필요해서 상대와 손을 잡지만, 그렇다고 해서 기밀 자체를 넘길 수는 없었다.

훗날 클라우드와 싸울 때, 비장의 무기로 남겨둘 수도 있었기 때문이다. 하지만 이어지는 그의 말에 그녀는 모든 걸 포기할 수밖에 없었다.

"협상은 결렬이군. 그러면 잘……."

-있어요! 신화형 마장기도, 그걸 토대로 만든 양산형 기체도 전부 다 있어요!-

"당신 쪽에도 있나?"

-아니요. 현재 만들어진 특수 마장기 3기는 전부 다 공화파에 있어요-

클라우드는 가볍게 고개를 끄덕였다. 그녀의 반응을 보아하니 한 기가 에렌시아 제국으로 넘어온 것 모르는 게 분명했다. 그렇다면 제국에 온 놈은 철저히 공화파의 뜻에 따라 움직였으리라.

'검성이 관여한 거 같기는 한데, 아직은 잘 모르겠군.'

정보가 부족했다. 그러나 클라우드는 개의치 않았다. 어차피 공화파는 계속 싸워야 할 세력이었다. 검성 본인을 박살낸 다음에 그에게 진실을 확인하면 그만이었다.

"신화형 마장기와 양산형 기체의 특수 능력을 알고 싶다. 이것만 대답하면 너희와 손을 잡겠다."

-……신화형 마장기의 능력은 잘 모르겠어요. 하나의 능력을 바탕으로 다양하게 응용할 수 있다고 들었지만 거기까지예요, 자세한 정보는 일부 연구진하고 검성밖에 몰라요-

"양산형은?"

-양산형 기체들은 마력을 조종해 동체를 숨길 수 있어요. 우리는 그걸 '투명화'라고 불렀어요. 그리고 이게 가장 중요한 건데, 그 마장기에 타면 소드마스터가 아닌 이들도 소드마스터의 힘을 사용할 수 있게 돼요. 진짜 소드마스터들에 비하면 부족하지만, 병기로서의 가치는 충분하죠-

"그건 그렇군."

클라우드는 엘레나의 말에 동의했다. 일부라 해도 소드마스터의 힘을 재현하는 건 대단한 일이었다. 저런 게 10기 정도 모이면 자신이라도 쉽게 승부를 장담할 수 없었기 때문이다.

"정보를 제공해줘서 고맙다. 크로얀 공화국, 아니지. 크로얀 왕국과 동맹을 맺도록 하겠다. 다른 이들에게는 미리 다 말해 놓지."

-고마워요. 방금 전에 말했다시피 발표는 10일에 할 거예요. 그러면 바로 부대를 이끌고 국경을 넘어왔으면 좋겠어요-

"그건 너무 나갔군. 10일에 발표하는 것도 굉장히 빠르다고? 우리 쪽도 준비는 해야지."

-미안해요. 하지만 시간을 끌어봤자 상황만 악화될 거라 빨리 끝내는 게 좋다고 생각했어요-

"이해는 하지만 당장 군대를 움직이는 건 무리다. 그리고 동맹을 맺었다고 발표하는 것만으로도 충분히 공화파를 억제할 수 있을 거다."

-후우, 알았어요. 그러면 이만 끝낼게요-

통신이 끊어졌다. 혼자 남은 클라우드는 피식 웃었다.

"역시 좋은 호구라니까."

안 그래도 공화국의 일에 끼어들 생각이었다. 패권주의를 지향하는 공화파가 내전에서 이기면 나중에 문제가 될 소지가 다분했기 때문이다. 다만 내정 간섭 문제 때문에 함부로 파고들 수 없어 기회만 엿봤는데 때마침 엘레나가 연락했다.

크로얀 공화국과 제대로 동맹을 맺는다면. 공화국의 정세에 개입할 수 있는 명분을 얻을 수 있다. 그렇게 되면 제국에 위협이 될 공화파를 정리할 수 있게 되고. 상대가 먼저 움직인 만큼, 가만히 당하고 있을 생각은 추호도 없었다.

"그 전에 신화형 마장기를 얻어야겠지."

검성에게 신화형 마장기가 있다는 게 밝혀진 이상, 이제는 정말 펜리르를 얻어야 했다. 그리고 가로막는 모든 적을 뛰어넘으리라.

1월 10일은 금방 왔다.

"후우."

엘레나는 한숨을 내쉬었다. 이제 조금만 더 있으면 자신의 염원을 달성할 수 있었다.

'내 염원은 아니지.'

엘레나가 고개를 흔들었다. 왕정복고는 자신의 염원이 아닌 가문에서 내려온 속박이자 저주였다. 그걸 드디어 떨쳐낼 수 있다고 생각하니 속이 다 시원했다.

"시간이 됐습니다."

"알았어."

부관의 말에 엘레나는 앞으로 나섰다. 검은 장막 밖으로 나서자 자신을 노려보는 수많은 기자의 얼굴이 보였다. 다들 하나같이 자신을 원망하고 증오하고 있었다. 공화주의의 뜻을 저버린 현 정권은 국민들의 적이나 다를 바 없었다.

'클라우드와 손을 잡기를 잘했네.'

분노한 기자들을 보며 엘레나는 확신했다. 정말 크로얀 왕국을 다시 세우기 위해서는 클라우드처럼 해야만 했다. 만약 정말 과거의 크로얀 왕국으로 돌아간다면 얼마 지나지 못해 망할 게 뻔했다. 그 사태는 반드시 피해야만 했다.

"국민군 총사령부 참모장 엘레나 메디시스입니다. 제가 오늘 이 자리에 여러분을 부른 것은 중대 발표를 하기 위해서입니다."

엘레나는 호흡을 가다듬었다. 이제 진짜 시작이었다.

"크로얀 왕국이 공화국이 된 지 벌써 많은 시간이 흘렀습니다. 그동안 공화국은 끊임없이 발전했고 제국 시절과는 비교하는 게 의미 없을 정도의 강대국이 됐습니다. 공화주의의 힘이 있기 때문에 가능했다고 생각합니다."

웅성웅성.

엘레나의 말에 기자들은 크게 당황했다. 왕정복고를 추구하는 그녀가 공화주의를 긍정하리라 생각한 사람은 아무도 없었다. 엘레나는 차분함을 유지하며 말을 이어나갔다.

"하지만 갑작스러운 변화는 많은 사람을 불행하게 만들었습니다. 혁명으로 인해 수많은 사람이 목숨을 잃었습니다. 게다가 수많은 국가의 반감을 사서 타국의 위협에 노출됐죠. 지금, 이 순간에도 공화국을 노리는 적들이 많습니다."

엘레나의 말이 이어질수록 웅성거림은 더욱 커졌다. 그녀가 무슨 말을 하려고 하는지 짐작할 수 없었다. 그러나 그녀는 분명히 사실을 말하고 있었다.

"공화주의는 분명히 올바른 방향입니다. 하지만 지금 시대가 받아들이기에는 너무 빨랐다고 생각합니다. 제대로 된 공화주의를 실현하기 위해서는 몇 가지 단계를 더 거쳐야 했는데 우리는 너무 많은 과정을 생략했고 그 결과, 나라가 혼란에 빠졌습니다. 그렇기 때문에 저는 이 자리에서 선언합니다. 크로얀 공화국은 역사 속으로 사라질 것이며 크로얀 왕국이 다시 세워질 것입니다. 그리고 지금 왕국을 뒤덮은 혼란을 모두 바로잡겠습니다."

"웃기지 마라!"

"수많은 피로 쌓은 공화국을 너희들이 없애겠다고!?"

"구체제의 망령들은 꺼져라!"

분노한 기자들이 크게 반발했다.

쿠오오오!

그때, 엘레나와 회견실 안에 있던 군인들이 일제히 기세를 일으켰다. 기세에 압도당한 기자들의 안색이 창백해졌다. 하지만 엘레나를 바라보는 기자들의 눈에는 이전과는 비교도 할 수 없을 정도로 강한 적대감과 증오가 깃들어 있었다. 아무리 무력을 내세워도 자신들의 숭고한 뜻만큼은 짓밟을 수 없었다.

“여러분이 염려하는 바는 알고 있습니다. 크로얀 왕국으로 돌아갈 것이지만, 구체제를 받아들이지 않을 겁니다. 크로얀 왕국의 첫 번째 정책은 바로 에렌시아 제국과의 동맹입니다. 에렌시아 제국과 동맹을 맺은 뒤, 그들의 사상, 정책 등을 받아들일 겁니다.”

“…….”

욕설을 내뱉던 사람들이 입을 다물었다. 그만큼 엘레나의 말은 그들에게 충격적이었다. 하지만 엘레나는 아랑곳하지 않았다.

“현재 공화주의는 성급히 만들어져 기존의 계급 제도를 완전히 뛰어넘지 못했습니다. 정치인의 자식은 그 지역의 선거구를 물려받고 장군의 아들은 장군이 됩니다. 이는 평등을 가장한 새로운 계급제이며 국민들의 발목을 붙잡는 족쇄입니다.”

사람들의 반응이 한결 차분해졌다. 엘레나의 말대로 공화국은 확실히 여러 문제점을 가지고 있었다.

“저희는 완전한 공화주의 체제로 이행해나가기 위해서는 에렌시아 제국처럼 하나씩 단계를 밟아나가는 것이 현명하다고 판단했습니다. 국민 여러분, 과거로 돌아간다고 생각하지 마십시오! 우리는 에렌시아 제국과 함께 새로운 시대로의 개혁을 이끌어나가는 한 축이 될 것입니다!”

클라우드의 선언 이후, 다시 한 번 폭탄이 터졌다. 사람들은 그 선언을 보며 한 가지 사실을 깨달았다. 시대가 변화하고 있으며 그 중심에는 에렌시아 제국이 있다는 것을 말이다.

제 4장 신화에 도달하다

발표 이후 이틀이 지났다. 그녀의 발표는 대륙 전역으로 금방 퍼져나갔고 사람들은 매우 놀랐다. 레베카가 선언한 이념이 이렇게 빨리 퍼져나갈 것이라 예상한 이들은 아무도 없었다.

그리고 미카엘은 에렌시아 제국의 입장을 표명하기 위해 다시 기자 회견을 열었다.

'정말 대공 전하는 사람을 부려먹는데 도가 텄군.'

흥분한 기자들을 보며 미카엘은 한숨을 내쉬었다. 수련을 끝내자마자 사건을 터뜨리는 클라우드에게는 두 손, 두 발 다 들 수밖에 없었다.

"오랜만입니다, 여러분. 아니, 오랜만이라고 하기에는 일주일밖에 안 됐군요. 여하튼 다시 보게 돼서 반갑습니다."

미카엘이 운을 뗐다. 하지만 그의 농담을 받아주는 사람은 아무도 없었다. 다들 눈을 부릅뜬 채 미카엘을 응시할 뿐.

'후우. 역시 이렇게 되는군.'

기자들의 눈빛은 사냥감을 바라보는 맹수의 눈빛과 같았다. 그 모습을 보며 미카엘은 다시 속으로 한숨을 내쉬었다. 큰일이 연속해서 일어나니 위가 쓰렸다.

“어제 크로얀 왕국의 발표를 듣고 많이 놀라셨을 거라 생각합니다. 하지만 걱정하지 마십시오. 에렌시아 제국과 크로얀 왕국의 동맹은 라인디아 대륙을 올바른 방향으로 이끌 것입니다.”

“왕정복고 선언은 크로얀 왕국 옛 귀족 출신들의 독단이라는 의견이 있습니다. 국민의 합의가 이뤄지지 않은 상황에서 왕정복고를 밀어붙이면 국가 자체가 혼란에 빠질 가능성이 높습니다. 이 점은 어떻게 생각합니까?”

미카엘의 말이 끝나기 무섭게 한 기자가 재빨리 손을 들고 질문했다. 주변에서 질문할 기회를 놓친 기자들이 아쉬워하며 미카엘의 대답을 기다렸다.

“그 부분은 크로얀 왕국 내부 사정이라 저도 잘 알지 못합니다. 다만 크로얀 왕국의 선언은 분명히 의미가 있다고 생각합니다. 지금 공화국, 아니 왕국 국민에게 좋으면 좋았지 나쁠 일은 없을 겁니다.”

“무슨 뜻인지 알고 싶습니다.”

“간단한 겁니다. 과거 공화국을 생각해보십시오. 신분제도를 폐지했다고 했지만, 암암리에 가문이 만들어져 자식이 부모의 선거구를 계승했습니다. 부유한 상인의 자식은 그 부로 더욱 돈을 많이 벌 수 있었습니다. 그 이외에도 공화주의에서 말한 평등과 어긋난 사례가 너무 많습니다. 그런 의미에서 지금의 크로얀 왕국은 왕국 국민에게 해가 되지 않는다고 생각합니다.”

“공화주의가 잘못됐다는 겁니까?”

다른 기자가 질문했다. 미카엘은 그 기자를 싸늘한 얼굴로 노려보았다. 그러자 질문한 기자가 몸을 떨었다.

"말을 왜곡하지 마십시오. 공화주의는 분명히 단점이 많지만 그래도 과거의 체제보다 훨씬 좋습니다. 다만 지금 시대의 사람들은 그걸 받아들일 준비가 되지 않았다는 게 문제입니다. 에렌시아 제국도, 크로얀 왕국도 모두 사람들이 공화주의를 제대로 받아들이기 위해 준비를 하는 것뿐입니다."

"에렌시아 제국도 나중에 공화국이 될 수 있다는 겁니까?"

"사람들이, 사회가 그걸 받아들일 준비가 되어있다면 말입니다."

미카엘은 단호하게 말했다.

자유와 평등의 가치는 대륙 전역으로 퍼져나가고 있었다. 다만 아직 사람들의 마음에 완전히 자리 잡지 못했다. 이런 상황에서 공화국으로 이행해봤자 제대로 돌아갈 리 없었다.

"하지만 아직 공화파는 왕정복고를 인정하지 않는 걸로 알고 있습니다. 만약 내전이 일어난다면, 에렌시아 제국이 어떻게 대처할지 궁금합니다."

"공화파가 반발할 이유는 없다고 생각합니다. 에렌시아 제국의 이념은 그들이 믿고 있는 공화주의와 맞닿아있습니다. 여황폐하가 군림하고 있지만, 그 아래로 모두가 평등하며 신분 역시 일시적인 것뿐입니다. 당장 제가 내무대신 자리에서 물러나면 제 작위와 이별해야 하는 것처럼 말이죠."

이번에도 미카엘이 농담 삼아 말했지만 받아주는 사람은 없었다. 분위기를 바꾸는 것을 포기한 미카엘은 호흡을 가다듬었다. 지금부터 할 말이 가장 중요했다.

"크로얀 왕국이 공화국이 될 준비를 하겠다고 한 상황에서 공화파가 저항하면 그건 반역자입니다. 자신들의 이념을 배신한 셈이 되기 때문입니다. 에렌시아 제국은 크로얀 왕국을 도와 반역자들을 처단할 것입니다."

"헉!"

"마, 만약 내전이 일어났을 때, 개입하겠다는 뜻으로 받아들여도 되겠습니까?"

레베카와 클라우드, 루시아가 결혼한 지 10일밖에 안 됐다. 아직 대내적으로 혼란스러운 상황인데 대놓고 개입하겠다는 미카엘의 말은 듣는 이들을 당황하게 하기에 부족함이 없었다.

"동맹국의 위기를 좌시할 수는 없기 때문입니다. 하지만 동맹국이라고 해서 무조건 그들을 지지하지는 않을 겁니다. 그들이 에렌시아 제국의 이념을 무시하고 구체제로 돌아가는 순간, 그때는 저희가 크로얀 왕국을 응징하겠습니다."

미카엘이 말을 마쳤다. 서로에게 여지를 남겨둠으로써 에렌시아 제국은 교묘하게 욕을 먹는 것을 피할 수 있었고, 또 언제든 내전에 개입할 명분을 얻을 수 있었다.

그뿐만이 아니었다.

현재 대륙의 국가들은 에렌시아 제국에 적대적인 시선을 보내고 있었다. 물론 그들이 대놓고 제국에 쳐들어올 가능성은 희박했지만, 주의를 기울일 필요가 있었다.

그러나 이제 타국을 걱정할 이유가 사라졌다.

크로얀 왕국과 동맹을 맺은 이상, 주변 국가는 쉽게 움직일 수 없다. 준 내전으로 공화국 시절의 전력을 많이 잃었지만, 크로얀 왕국은 여전히 강대국이기 때문에.

'한 놈을 상대하는 것과 두 놈을 상대하는 건 다르지. 그 외에도 대공 전하가 노리는 게 하나 더 있지. 역시 대공 전하의 잔머리에는 당할 수가 없단 말이야.'

미카엘은 클라우드의 계책을 들었을 때를 떠올렸다. 클라우드는 수련을 끝낸 지 얼마 안 된 상황에서 암살의 위협에 노출됐는데도 그 상황에서 제국에 가장 도움 되는 방법을 떠올렸다. 이러니저러니 해도 존경받아 마땅했다.

'혼자 움직이는 것만 자제해줬으면 좋겠는데 말이야.'

그와 별개로 클라우드가 제도를 빠져나간 것은 못마땅했다. 왜 떠났는지는 이해했지만, 그래도 군부의 수장이며 나아가 제국의 유일무이한 대공이다. 그런 그가 혼자서 나라를 비우는 건 좋지 않았다.

'이번이 마지막입니다, 대공 전하.'

속으로 한탄한 뒤, 미카엘은 고개를 들었다. 그리고 다시 기자들을 응시했다.

"질문이 있는 분들은 질문해주십시오."

미카엘이 말하기 무섭게 기자들이 벌떡 일어나 소리쳤다. 미카엘은 그런 기자들의 질문에 일일이 대답했다.

'한 방 먹었군.'

베인 헤이오스는 호외로 나온 신문을 보며 한숨을 내쉬었다. 현재 공화파가 집결한 레온하트 시는 두 왕국의 연이은 발표 때문에 혼란에 빠진 상황이었다. 국민도 그렇지만 무엇보다 공화파 자체의 문제로 흔들리고 있었다.

'복고파 놈들이 공화주의를 긍정할 줄이야, 분명히 클라우드 알바레아가 뒤에서 손을 썼겠지.'

그렇지 않다면 구체제의 망령들이 에렌시아 제국의 이념을 따를 리 만무했다. 게다가 이는 자신이 사주한 암살도 실패로 돌아갔다는 것을 의미했다. 입맛이 썼지만, 과거는 하루빨리 잊어야 했다.

'이쪽을 혼란스럽게 만들려는 셈이었다면 대성공이군.'

베인은 씁쓸한 표정으로 공화파의 지도자들을 응시했다. 군인과 정치인들은 다시 편을 갈라 싸우고 있었다.

"크로얀 왕국을 인정해야 하오. 저들이 공화주의를 인정한 이상, 우리가 그 안에서 그 흐름을 조정할 필요가 있소."

벨리키스 마로크가 자신의 의견을 밝혔다. 크로얀 왕국과 에렌시아 제국 모두 공화주의를 긍정했고 이를 실현하겠다고 말을 마친 상황이었다. 공화파로서도 그들을 쉽게 적대할 수 없었다.

쾅!

엘넌 램브란트가 책상을 후려치며 자리에서 일어났다. 그리고 그는 벨리키스를 노려보며 외쳤다.

"무력으로 정권을 강탈한 놈들의 말을 어떻게 믿을 수 있습니까!"

"이걸 보게! 엘레나 메디시스는 현재 구금한 모든 인사들을 풀어주겠다고 했네! 우리가 저항을 포기하고 들어오면 우리의 지위도 인정하기로 했고. 이 이상 피를 볼 이유가 없지 않나!"

벨레키스가 엘레나가 보낸 서신을 들어 올리며 외쳤다. 그러자 이번에는 카마드 하르트가 반발했다.

"어떻게 세운 공화국입니까? 많은 사람이 혁명을 이루기 위해 싸웠습니다. 이제 와서 왕국으로 돌아가면 그들은 개죽음만 당한 꼴이 됩니다!"

"그건 아니라고 생각합니다. 구체제의 망령들이 왜 공화주의를 인정하고 에렌시아 제국의 이념을 받아들였겠습니까? 저희의 희생이 있기 때문에 저들도 한 발자국 물러난 겁니다!"

라일 비오란트가 곧장 카마드의 의견을 반박했다. 군인들과 정치인들은 서로를 노려보았다.

'미치겠군.'

그 모습을 본 베인은 고개를 흔들었다.

공화파는 크로얀 왕국을 찬성하는 측과 반대하는 측으로 완전히 갈라졌다. 찬성하는 측은 크로얀 왕국의 내부에서 왕정 복고파가 폭주하지 못하게 막아야 한다는 입장이었다. 이에 반해 반대하는 측은 왕국이라는 이름 자체를 사용하는 것을 받아들이지 않았다.

'내가 직접 클라우드를 암살해야 했다.'

클라우드가 의식에 들어갔다는 것을 알았을 때, 움직여야 했다. 그렇다면 사태가 이 지경에 이르지는 않았을 것이다. 허나 공화파에 집중한다고 특수 마장기만 보냈는데 그게 패착이 됐다. 그러나 이대로 가만히 있을 수는 없었다.

"그만."

며칠 동안 침묵했던 베인이 처음으로 입을 열었다. 그러자 모두의 시선이 그를 향했다.

"이대로라면 결론이 나지 않겠군. 서로 옳은 말만 하고 있으니 말이야."

베인의 말에 다들 굳은 얼굴로 고개를 끄덕였다. 양측 주장 모두 일리가 있었다. 올바른 의견이 부딪치니 평행선만 이룰 수밖에 없었다.

"검성께서는 어떻게 생각하십니까?"

"만약 크로얀 왕국이 자신들의 의지로 저렇게 말했다면 믿었을 것이다. 하지만 에렌시아 제국의 힘을 빌린 개혁을 믿기는 어렵군."

카마드가 질문하자 베인이 바로 대답했다. 그러자 군부 측의 입가에 미소가 떠올랐다.

"하지만 각하, 몇몇 언론들은 하나같이 그들에게 호의적인 시선을 보내고 있습니다. 국민 중에서도 찬성하는 사람들이 계속 나오는 상황입니다. 이런 상황에서 그들을 부정하며 더 많은 피만 흐를 뿐입니다. 이는 막아야 합니다."

벨리키스가 다급한 얼굴로 외쳤다. 왕정 복고파 측이 아직 시민들을 공격하지 않고 있지만, 지금도 여기저기서 소모전이 일어나고 있었다. 무의미한 피가 흐르는 건 반드시 막아야만 했다.

"그대의 의견에도 동의한다. 정면으로 부딪쳤을 때, 못 이길 것은 없지만 그래도 무의미한 피가 흐르는 건 피해야지. 그래서 나는 크로얀 왕국의 수뇌부에게 한 가지 제안을 하고 싶다."

"어떤 제안인지 알고 싶습니다."

"크로얀 왕국은 우리는 물론 국민의 뜻을 존중하겠다고 말했다. 그러니 나는 국민에게 크로얀 왕국과 공화국 중 하나를 선택할 기회를 주고 싶다. 그렇다면 양측 모두 납득할 수 있겠지."

베인은 며칠 동안 심사숙고한 끝에 내린 결론을 말했다. 이대로 내전이 진행되면 클라우드가 직접 개입할 수 있었다. 공화국의 미래를 위해 반드시 피해야만 했다.

"확실히 그렇습니다! 여기서 거부하면 그들은 국민의 뜻을 존중하지 않겠다는 걸 의미합니다. 건국 명분을 잃게 되니 이보다 더 좋은 수가 없습니다!"

"그리고 아직 공화국을 더 좋아하는 국민이 많을 테니, 저희에게 훨씬 유리합니다. 지금 저희가 낼 수 있는 최선의 수입니다!"

베인의 제안에 양측 모두 반색했다. 이대로 일이 진행되면 명분과 실리를 전부 손에 넣을 수 있었다. 그렇게 다들 동의하자 베인은 엘넌을 바라보았다.

"엘넌, 엘레나에게 내 제안을 전하게."

"알겠습니다!"

엘넌이 큰소리로 외치고 자리에서 일어났다. 그 모습을 본 베인은 눈을 감았다.

'일이 어떤 식으로 흘러가든 이걸로 에렌시아 제국의 위상은 올라간다. 그리고 크로얀 왕국이 흔들리면 흔들릴수록 클라우드가 개입하기 쉬워지고 종국에 왕국 자체를 집어삼킬 수 있다. 모든 것을 파멸로 이끄는 악마, 그게 그대의 본질이다. 클라우드 폰 알바레아.'

에렌시아 제국의 이념에 상관없이 이번 일을 통해 클라우드의 야욕을 명확히 볼 수 있었다. 그에게 있어 에렌시아 제국의 이념은 자신의 패권을 위한 도구에 지나지 않았다.

'그대의 뜻대로 모든 게 이루어질 것이라는 생각은 버리게.'

베인은 클라우드에 대한 전의를 다졌다.

"이걸로 크로얀 왕국 쪽은 당분간 걱정할 필요 없겠군."

신문을 다 읽은 클라우드가 웃으며 말했다. 허나 그런 그의 앞에 있는 로렌스의 얼굴은 여전히 심각했다.

"크로얀 왕국도 왕국이지만, 전 주군이 더 걱정됩니다. 신화형 마장기가 아무리 대단해도 주군 혼자 이안의 영토에 가는 건 자살행위입니다. 차라리 제가 가겠습니다."

로렌스가 굳은 얼굴로 말했다.

어젯밤, 갑자기 클라우드가 타밀라 요새에 비밀리에 찾아와서 얼마나 놀랐던가. 게다가 혼자서 이안의 영토에 가겠다는 말을 들었을 때, 충격이 너무 커서 아무 말도 할 수 없었다.

"그건 안 될 말이다. 신화형 마장기가 있는 던전에 대해 잘 알고 있는 사람은 나밖에 없으니까. 그리고 레베카와 루시아 하고도 약속했지만, 앞으로 내가 혼자 나설 일은 없을 거다."

"앞으로가 아니라 지금 그렇게 해주셨으면 더 좋았을 겁니다."

"신화형 마장기는 반드시 손에 넣어야 한다. 이안 측과 공화파 쪽에 신화형 마장기가 있다는 사실을 알게 된 이상."

"후우, 대공 전하께서 말한 성능이 사실이라면 얻을만한 가치가 있습니다. 다만 그게 대공 전하의 안위보다 중요하지는 않습니다. 당장 공화파가 대공 전하의 암살을 시도한 이상, 더더욱 대공 전하를 혼자 둘 수 없고요."

"하하. 나는 걱정할 필요 없다. 검성 본인이 나선다면 또 모를까, 다른 놈들은 내 옷깃도 못 건드린다. 거기다가 던전은 이안의 영토 중심과 멀리 떨어져 있으니 카젠트 놈도 나서지 못할 테고. 그보다 너는 이안 쪽의 움직임을 주시해라. 니콜라스 그 인간이 어떤 식으로 나올지 모르니 말이다."

"대공 전하의 명을 받듭니다. 무운을 빌겠습니다."

클라우드의 뜻을 꺾을 수 없다는 것을 깨달은 로렌스가 고개를 숙이며 대답했다. 클라우드는 흡족한 얼굴로 고개를 끄덕였다.

팟!

집무실의 창문을 연 클라우드가 곧장 몸을 날렸다. 그리고 순식간에 타밀라 요새의 성벽 위에 올라간 그는 서부, 이제는 이안의 영토가 된 드넓은 평원을 바라보았다.

"정말 오래 걸렸군."

클라우드는 허리춤의 열쇠검을 쓰다듬었다. 여러 일로 계속 미뤄야 했지만, 이제는 아니었다. 이번에 반드시 펜리르를 얻어 다른 초월자들과 동등한 힘을 얻으리라.

팟!

각오를 다진 클라우드가 몸을 날렸다.

-왜 약속을 지키지 않는 건가, 니콜라스!?-

화면 속의 디아크 후작이 크게 분노했다.

여황이 클라우드와 결혼한 지 20여일이 지났지만, 이안 측에서는 자신에게 아무런 연락도 하지 않았다. 자신들이 반역을 일으킬 때, 지원을 해주기로 한 약속을 어긴 것이다.

'한심한 놈이군.'

니콜라스는 속으로 한숨을 내쉬었다. 자기 상황도 파악하지 못하는 놈과 대화를 한다는 건 참으로 피곤한 일이었다.

"진정하게, 디아크. 나도 돕고 싶지만, 지금은 상황이 바뀌지 않았는가? 영주들이 가지고 있는 마장기는 각 군단에 의해 회수됐지. 그리고 군단에서 보낸 부대는 영지를 지킨다는 명분을 내세워 영지에 주둔한 뒤, 영주를 감시하고 있고. 이런 상황에서 반란을 일으키는 건 자살 행위라 생각하네."

-대공이 전면에 나선 지 이제 겨우 20일이 지났어. 그 짧은 시간동안 나를 비롯한 영주들은 많은 권한을 잃었지. 사병은 해산됐고, 마장기는 모두 빼앗겼다. 그리고 각 영주는 이제 중앙에서 만든 법만 따라야 한다! 이대로 시간이 더 지나면 우리는 모든 걸 잃을 걸세! 그런데도 기다리라고!?-

디아크 후작은 니콜라스의 말에 반발했다.

아직 영주라는 직함을 달고 있지만, 영지에서 언제 쫓겨날지 알 수 없는 상황이었다. 평민들의 절대적인 지지를 등에 업은 클라우드 정권의 정책 추진 속도는 비정상적으로 빨랐기 때문에. 자신들이 아직 영주일 때, 싸워야 했다.

"자네의 심정은 잘 알고 있네. 하지만 원래 우리의 계획을 떠올려보게. 자네와 다른 영주들이 내부에서 반란을 일으켜 정보국의 이목을 제국 내에 집중하게 만든 뒤, 우리가 움직이는 거 아니었는가?"

-확실히 그랬지. 하지만 우리가 그대를 지지하고 있는 이상, 병력을 움직일 명분은 있을 텐데?-

"그 정도로는 부족하네. 자네도 알다시피 황제 폐하와 반역자의 세력은 대등해졌네. 이런 상황에 군대를 일으켰다가는 양쪽 모두 공멸할 수 있다는 사실을 명심하게. 자네들을 돕지도 못한 채 말이야."

현재 이안의 권위는 많이 추락한 상태였다. 레베카에게 사자의 인장이 있다는 사실이 알려졌기 때문에. 거기다가 반란을 일으킨 것도 한몫해서 정통성 자체는 이제 없다고 해도 과언이 아니었다. 특히 이안에 대한 평민들의 여론은 최악이었다.

지금 전쟁을 일으키면 분명히 레베카, 아니 클라우드에게 패하리라.

"그리고 우리가 군대를 움직이면 클라우드 폰 알바레아는 곧장 그대나 다른 영주들을 숙청하겠지. 안 그런가?"

-……그건 그렇지-

디아크 후작은 니콜라스의 말에 동의했다. 클라우드는 잔인한 남자였다. 조금이라도 빈틈을 보이면 곧장 자신들을 숙청하고 영지를 빼앗으리라. 그런 상대에게 빈틈을 보일 수는 없었다.

"때를 기다리게, 디아크. 다른 왕국의 수뇌부들은 지금 여황과 크로얀 왕국을 경계하고 있네. 두 왕국의 이념이 대륙 전역으로 퍼지기 전에 대륙의 공적으로 지정하고 연합군을 결성해 격파하자는 이야기가 나올 정도로."

-그, 그게 정말인가?-

"내가 자네에게 거짓말을 할 리 없지 않은가? 클라우드 폰 알바레아는 적을 너무 많이 만들었어. 그러니 때가 오기를 기다리게. 그때를 놓치지 않고 그대와 다른 영주들이 봉기하면 복수할 수 있을 걸세."

-오오! 그 말을 들으니 안심이 되는군! 어떤 치욕을 당하더라도 반드시 영주 자리를 지키겠네!-

디아크 후작이 활짝 웃으며 외쳤다. 그리고 그 말을 끝으로 통신이 끊어졌다.

"이번 한 번만 써먹고 버려야겠군."

니콜라스가 싸늘한 얼굴로 중얼거렸다. 그나마 그에게 힘이 있어서 손을 내밀었다. 하지만 거의 모든 권한을 잃은 디아크 후작과 다른 귀족들은 이제 쓸모가 없었다. 불만분자가 있는 것만으로 여황 쪽에 타격이 가기에 일단 연을 끊지 않았지만, 저들이 전부 도태될 날도 멀지 않았다.

"결국 장기전이 되는 건가? 또 클라우드의 뜻대로 일이 흘러가는군."

여황 쪽이 파격적인 이념을 내세웠는데도 국내 정세는 전혀 흔들릴 기미를 보이지 않았다.

게다가 여황 쪽이 크로얀 왕국과 손을 잡은 것도 문제였다. 왕정 복고파의 전력을 그대로 가지고 있는 크로얀 왕국은 강력한 적이었다. 한 놈을 상대하는 것과 두 놈을 상대하는 건 완전히 다른 문제였기 때문에 다른 국가들도 쉽게 나설 리 만무했다.

"일단 크로얀 왕국의 상황을 지켜봐야지. 그들이 흔들리면 아직 기회가 있다."

공화파들은 아직 크로얀 왕국에 합류하지 않았다. 그들이 계속 저항해 크로얀 왕국의 전력을 소모시켜 여황 쪽을 도울 수 없을 때를 기다려야만 했다. 상황이 이렇게 된 게 마음에 안 들었지만, 클라우드의 대처는 인정할 수밖에 없었다.

끼익.

그때, 집무실의 문이 열렸다.

"음?"

니콜라스는 의아한 얼굴로 문을 향해 고개를 돌렸다. 그리고 피식 웃었다.

"자네가 먼저 날 찾아올 줄이야, 신기하군."

문 앞에 서 있는 사람은 바로 카젠트였다.

"할 말이 있다."

"말해보게."

"클라우드 폰 알바레아가 나와 똑같은 경지에 도달했다. 이제는 정말 누가 이길지 알 수 없다. 그를 더 경계해야 한다."

카젠트가 무심한 어조로 말했다. 하지만 듣는 니콜라스는 냉정함을 유지할 수 없었다. 그의 얼굴은 창백해졌고 눈동자는 파르르 떨렸다.

"결국, 그렇게 됐는가? 하늘도 참 무심하군."

"그뿐만이 아니다. 그가 초월자가 된 이상, 신화형 마장기를 얻었을 확률이 높다. 나처럼 말이다."

"허어. 정말 되는 일이 하나도 없군. 저쪽에는 하프너 상사가 있다. 평생 신화형 마장기에 목숨을 건 놈들이니 금방 기체를 분석하고, 그 결과를 토대로 새로운 마장기를 만들겠지."

"같은 생각이다."

카젠트가 고개를 끄덕였다.

당장 이안의 영토도 카젠트의 케르베로스를 바탕으로 신형 마장기를 연구하고 있었다. 여황 쪽도 그러지 말라는 법이 없었다.

'장기전으로 가면 두 왕국의 격차는 더 커지겠군. 그는 정말 나를 귀찮게 하는구나.'

니콜라스는 고개를 저었다. 클라우드를 죽일 수 있을 때 죽이지 못한 게 평생의 한이었다.

"좋은 정보 고맙네."

니콜라스는 카젠트에게 고개를 숙였다. 정보의 출처는 물을 필요 없었다. 인간을 초월한 그는 자신이 보지 못한 것을 볼 수 있는 만큼, 무조건 신뢰할 수 있었다.

"다른 왕국에 연락을 해야겠어. 이제는 정말 연합군을 결성해야 할 때다."

니콜라스는 결론을 내렸다. 대륙 모든 국가의 힘을 빌려서라도 반드시 여황 쪽을 끝장낼 생각이었다.

"여기군."

일주일 동안 혼자서 이안의 영토를 주파한 클라우드가 활짝 웃었다. 현재 그는 나이프스 산의 정상에 있었다. 다만 한 가지 문제가 있었으니 던전이라 할 만한 건물이 없다는 것이었다.

"결계가 펼쳐져 있다고 하더니 사실이었네."

클라우드는 미니맵을 펼쳤다. 미니맵에는 새하얀 표식이 새겨져 있었고 클라우드는 그곳을 향해 다가갔다.

우웅.

그러자 허리춤의 열쇠검이 요동쳤다. 제대로 찾아왔다는 것을 깨달은 클라우드는 열쇠검을 뽑아 앞으로 내밀었다. 그러자 칼자루만 남기고 검신은 공간의 틈 속으로 사라졌고, 클라우드는 검이 무언가에 꽂힌 것을 느꼈다.

철컥.

쿠쿠쿠쿵!

공간이 뒤흔들리고 땅이 크게 흔들렸다. 그리고 이 모든 과정이 끝났을 때, 빛으로 이루어진 구가 클라우드의 앞에 모습을 드러냈다.

"확실히 다른 던전하고 차이가 있구나."

기존의 던전은 고대 문명의 군사 기지로 만들어졌지만 이번 던전은 달랐다. 말 그대로 다른 세상과 연결되어 있었고 그곳에서 펜리르를 찾아야만 했다.

스르르.

클라우드는 칼자루를 움켜쥔 상태에서 구 안으로 들어갔다. 그 순간, 환한 빛이 번쩍이며 강한 흡인력이 그를 끌어당겼다. 클라우드는 눈을 감은 채 흡인력에 자신의 몸을 맡겼다.

툭.

바닥에 내려왔다는 것을 느낀 클라우드가 눈을 떴다.

"와우."

클라우드는 눈앞의 광경을 보며 감탄했다. 이제까지 본 던전과는 비교도 할 수 없을 정도로 넓었다. 게다가 딱딱한 느낌이었던 기존에 비해 이번 던전은 신비롭다는 기분이 강하게 들었다. 당장 던전 내부에 흐르고 있는 푸른 마력이 이를 증명했다.

"이제 얼마 안 남았다. 빨리 얻어야지."

펜리르를 생각하며 클라우드는 던전 내부로 들어갔다. 그러면서 던전에 대한 정보를 머릿속에서 정리했다.

이 던전은 미궁이었고, 각종 괴수가 모여 있었다. 그중에서 가디언이라 불리는 특수한 괴수들을 잡아 그들이 토해내는 열쇠조각을 얻어야만 했다. 세 개의 열쇠 조각을 전부 다 모을 때, 최후의 방으로 향하는 길이 열리기 때문에.

'다만 어디에서 어떤 적이 나오는지 알 수 없다고 했었지? 또 미궁 내부도 계속 바뀌어서 특정한 길도 없다고 했고.'

이제까지 탐험했던 던전은 전부 공략에 따라 쉽게 돌파했다. 하지만 이번만큼은 달랐다. 직접 미지에 도전해야만 했다.

"수련 장소로 딱 좋군."

이곳은 초월자의 힘에 적응할 수 있는 최적의 장소였다. 클라우드는 만족하며 앞으로 나아갔다. 하지만 클라우드는 몇 발자국 움직이지 못하고 멈춰야만 했다.

우우웅.

갑자기 공간이 일그러졌고 그 안에서 괴수들이 튀어나왔다. 5m에 가까운 키, 살기가 번뜩이는 눈알, 초록색의 징그러운 가

죽으로 이루어져 있는 괴수는 바로 오우거였다. 세 마리의 오우거는 모두 한 손에 돌도끼를 들고 있었다.

"시작부터 대형 괴수인가? 확실히 난이도가 높네."

한 마리, 한 마리가 마장기에 필적하는 괴물들이었지만 그들을 바라보는 클라우드의 눈빛에 두려움은 없었다. 그저 여유로운 얼굴로 열쇠검을 겨눌 뿐이었다.

[캬오오오!]

[크아아앙!]

[캬아아악!]

세 마리의 오우거가 클라우드를 향해 달려들더니 곧장 손에 들고 있는 거대한 돌도끼를 내리그었다. 그러자 던전 안에 있던 마력이 돌도끼에 모이며 더욱 빨라졌다.

콰아앙!

세 오우거가 휘두른 도끼가 클라우드가 있던 자리를 강타했다. 하지만 클라우드는 높게 뛰어올라 공격을 모두 피했다. 그와 동시에 클라우드는 열쇠검을 휘둘렀고 붉은 오러블레스트가 비처럼 쏟아졌다.

오우거들은 재빨리 돌도끼로 자신들의 얼굴을 보호했다. 그 사이, 오러블레스트가 그들을 집어삼켰다.

[크허어어엉!]

오우거들이 처절하게 비명을 질렀다. 팔다리와 몸통이 전부 잘려 나갔고, 녹색의 피가 통로를 가득 적셨다.

우우웅.

그때, 던전 안의 마력이 요동치며 오우거들을 향해 모여들었다. 그러자 잘려나간 사지가 모두 붙고 상처가 빠른 속도로 아물었다. 피 역시 전부 오우거의 몸 안으로 빨려 들어갔다. 그리고 마력을 흡수한 오우거들의 몸은 붉은빛을 뿜어내고 있었다.

[캬오오오!]

붉게 변한 오우거들이 다시 한 번 클라우드를 노리며 쇄도했다. 그런 그들을 보며 클라우드는 허공에 가볍게 검을 휘둘렀다.

촤아아악!

붉은 장막이 허공에 펼쳐지더니, 오우거들을 가로막았다. 오우거들은 이에 아랑곳하지 않고 붉은 장막에 몸을 부딪쳤다. 붉은 장막에 부딪힌 오우거들의 몸이 오러블레이드에 의해 갈려나갔다.

[크르르르릉!]

[크허어어엉!]

하지만 오우거들은 붉은 장막을 밀며 나아갔다. 던전 안의 마력이 그들을 빠른 속도로 재생시켰기 때문에 가능했다.

“다들 좋은 샌드백이네. 계속 버텨봐라.”

클라우드가 웃으며 마력을 운용했다. 자신의 몸 안에 있는 마력이 아닌, 던전에 흩어져 있는 마력이었다. 그렇게 인도된 마력은 전부 열쇠검에 집중되었다.

쿠오오오오!

붉은 빛줄기가 끊임없이 형성되며 검을 휘감았다. 그렇게 엉킨 빛줄기는 빠른 속도로 회전하더니 이윽고 새하얀 빛을 발해냈다. 열쇠검은 그 거대한 힘을 감당하지 못하고 검신을 떨어댔다.

“하앗!”

클라우드가 강하게 검을 내질렀다. 그 순간, 검에 집중되어 있던 마력이 터져 나왔다. 새하얀 빛의 파도는 붉은 장막을 단숨에 지우고 오우거 세 마리를 집어삼켰다.

비명은 없었다. 빛에 닿은 순간, 오우거의 거대한 육체는 파편 한 조각도 남기지 못하고 모두 사라졌기 때문이다.

"괜찮네."

자신의 몸 상태를 확인한 클라우드는 가볍게 고개를 끄덕였다. 이 정도로 거대한 기술을 사용했는데도 마력을 소모했다는 느낌조차 없었다.

"자아, 그럼 제대로 해볼까?"

클라우드가 미궁 안쪽으로 들어갔다. 던전 탐험은 이제부터 시작이었다.

"……."

엘레나는 차분한 얼굴로 의사당에 모인 사람들을 바라보았다. 크로얀 왕국의 새로운 국왕이 된 빌리어스 크로얀을 비롯해 현재 왕국의 중추를 맡은 이들이 전부 한자리에 모여 있었다.

오늘 이들이 모인 이유는 한 가지 의제를 논의하기 위해서였다.

"그럼 시작하게, 메데시스 준장."

"예, 전하."

빌리어스의 말에 예의 바르게 대답한 엘레나는 모인 사람들을 한 차례 둘러보았다. 그리고 그녀가 입을 열었다.

"공화파 쪽에서 저희에게 한 가지 제안을 했어요. 투표를 통해 국민에게 크로얀 왕국과 크로얀 공화국 중 하나를 선택할 기회를 주자고 말이에요."

"말도 안 되는 소리! 이미 우리는 그들과 함께하고 싶다고 하지 않았는가? 그 정도면 우리는 충분히 할 일을 다 했다. 그런데 왜 우리가 그들의 제안을 받아들여야 한단 말인가?"

왕정 복고파의 대표인 그레이 슈나이더가 반발했다. 에렌시아 제국의 이념도 어쩔 수 없이 받아들인 상황인데 공화파가 기고만장하니, 부아가 치밀어 올랐다.

"허나 우리가 국민의 뜻을 중시하겠다고 말한 이상, 그들의 제안은 일리가 있소."

"할라인 총사령관, 국민의 뜻을 중시하는 것과 국민에게 휘둘리는 건 전혀 다른 이야기네. 에렌시아 제국의 되지도 않은 이념을 받아들이겠다는 것만으로도 우리는 충분히 할 일을 했네. 거기다가 저항하는 놈들을 다 죽일 수 있었는데도 참았지. 그런데 왜 우리가 계속 양보해야 한단 말인가!"

스테판 할라인이 의견을 제시하기 무섭게 그레이가 반박했다. 그런 그의 거친 의견에 다른 사람들이 얼굴을 찌푸렸다.

"군대는 나라와 국민을 지키기 위해 존재하오. 그리고 그렇게 억눌러봤자 아무런 의미가 없다는 것은 이미 과거에 증명되지 않았는가?"

크로얀 왕국의 재상이 된 코워드 에임즈가 말하자 그레이는 이를 갈았다. 하지만 그런 그도 코워드의 말을 부정하지 못했다. 과거 혁명 세력을 강경 진압했다가 더욱 반발이 일었고 결국 왕국은 붕괴했다. 같은 전철을 밟을 수는 없었다.

"하지만 투표를 하게 되면 저희가 불리합니다. 저희를 지지하는 이들이 늘어났지만, 투표에서 이길 정도는 아닙니다."

"게다가 공화파에서 벌써 사람을 이용해 곳곳에서 선동하고 있습니다. 공화국 시절이 좋았다고 말입니다. 투표하면 우리가 무조건 질 겁니다."

여기저기에서 그레이의 의견을 지지하는 사람들이 속출했다. 그러자 그레이는 만족하며 고개를 끄덕였다.

하지만 투표를 하자고 주장하는 사람들도 많았고 논쟁은 더욱 격렬해졌다.

"그만하도록 해라."

상황이 주먹 다툼을 하기 직전까지 가자, 여태까지 가만히 듣고 있던 빌리어스가 입을 열었다.

"죄송합니다, 전하."

논쟁하던 사람들이 일제히 고개를 숙이며 외쳤다. 빌리어스는 그들을 외면한 채 고개를 저었다.

"아무래도 공화파에 제대로 당한 것 같구나. 우리를 이도 저도 못 하게 만들어 분열시켰으니 말이다. 메디시스 준장."

"예, 전하."

빌리어스가 자신을 바라보자 엘레나가 곧바로 대답했다.

"수많은 사람이 노력해서 왕국을 다시 세울 수 있었지만, 그 중심에는 그대가 있었다. 그대가 있었기에 복고파의 전력을 보전해 쿠데타를 성공시킬 수 있었지. 게다가 그대의 발표가 있었기에 우리에게 반발하던 이들의 세력이 위축됐고. 다시 한 번 그대가 왕국을 위해 현명한 의견을 내줬으면 좋겠군."

빌리어스의 말이 끝나자마자 모두의 시선이 엘레나를 향했다.

새로운 왕의 말대로 그녀야말로 왕정복고의 1등 공신이었다. 그 사실을 부정할 사람은 이 자리에 아무도 없었다.

"저는 반드시 투표를 진행해야 한다고 생각해요. 새로운 왕국은 국민의 의사를 존중하겠다고 밝혔으니까요. 만약 저희가 거부했다는 소식이 퍼지면 국민이 다시 저항하겠죠. 그렇게 되면 힘들게 되찾은 크로얀 왕국을 다시 한 번 잃게 될 거예요."

"투표하면 우리가 무조건 진다! 그 사실을 잊고 있는 건 아니겠지?"

불만을 품은 그레이가 큰소리쳤다. 엘레나는 그런 상대를 보며 고개를 끄덕였다.

"맞아요. 이대로 저희가 아무것도 안 하면 지겠죠. 하지만 선거를 하기 전에 저희에게 우호적인 여론을 만들어 지지율을 끌어올리면 충분히 승산이 있죠."

"무슨 좋은 방법이 있는가?"

엘레나가 자신만만해하자 스테판이 웃으며 물었다. 저런 엘레나는 항상 좋은 길을 제시했고 그는 이번에도 그럴 것이라 굳게 믿었다.

"크로얀 공화국 시절, 의원들이 선거 운동을 왜 했겠어요? 국민에게 좋은 이미지를 심어줘서 표를 얻으려고 한 거잖아요? 공화파 측에 그들의 의견을 받아들이겠다고 하는 대신, 저희가 원하는 날짜에 투표를 진행하면 돼요."

"그다음에는? 선동이라도 해야 하는가?"

엘레나의 입가에 미소가 떠올랐다.

"선동과 날조는 결국 진실 앞에서 힘을 잃어요. 그게 아니어도 충분히 이길 수 있어요."

엘레나는 자신의 의견을 밝혔다. 그리고 그 말을 들은 이들은 크게 감탄했고 빌리어스는 그녀의 의견대로 하기로 결정했다.

클라우드는 빠른 속도로 미궁을 돌파했다. 수많은 괴수가 그의 앞길을 가로막았지만, 그게 전부였다. 그는 괴수들을 모두 베었고, 손쉽게 첫 번째 방에 도착했다.

첫 번째 가디언은 죽음의 기사들이었다. 각각 1, 2, 3번의 숫자가 새겨져 있었으며 검은 갑옷으로 전신을 보호하고 있었다. 본래 기간토마키아에 나오는 괴수는 아니었지만, 이 던전은 뭐가 나올지 모르는 곳이다. 그러니 뭐가 나와도 그냥 받아들여야만 했다.

"나도 정말 운이 없네. 시작부터 소드마스터를 세 명이나 상대해야하니, 원."

클라우드는 한숨을 내쉬었다. 자신을 노려보는 죽음의 기사들은 모두 소드마스터였다. 그들의 검을 휘감고 있는 검은 오러 블레이드 덕분에 몰라볼 수가 없었다. 괴수도 가디언도 무작위로 끌려오는 것인 만큼, 첫 번째 방부터 저런 놈들이 나온다는 것은 순전히 자신이 불운하다는 것을 의미했다.

'다 잡으면 그만이지.'

클라우드가 죽음의 기사들을 향해 열쇠검을 겨누었다.

팟!

전신을 검은 갑옷으로 둘러싼 세 명의 기사들이 땅을 박찼다. 허공을 향해 높게 떠오르는 기사들은 동시에 검을 내리그었다. 그러자 총 6개의 오러블레스트가 클라우드를 노렸다.

'피하는 건 불가능해.'

6개의 오러블레스트는 자신이 도망칠 방향을 전부 장악한 상태였다. 직접 맞받아쳐야만 했다. 마력을 끌어올린 클라우드는 단숨에 검을 쳐올렸다.

촤아악!

붉은 장막이 허공에 펼쳐졌다. 6개의 오러블레스트는 붉은 장막을 꿰뚫지 못하고 사방으로 튕겨졌다. 그 사이, 1번이 클라우드 왼쪽에 있는 벽을 밟고 몸을 날렸다. 1번의 검은 클라우드의 옆구리를 노리고 있었다. 클라우드는 곧바로 검을 휘둘러 상대의 공격을 받아낸 뒤, 칼자루를 올려 쳤다. 칼자루는 정확히 1번의 턱을 강타했다.

콰앙!

경쾌한 타격음과 함께 1번의 몸이 치솟았다. 빈틈이 많았지만 클라우드는 곧장 몸을 틀었다. 어느새 가운데 있던 2번이 자신의 정면에서 달려오고 있었다. 2번은 달려오는 상태에서 검을 내질렀고 검은 섬광이 클라우드의 심장을 향해 쇄도했다. 하지만 클라우드는 열쇠검을 살며시 비틀어 상대의 궤도를 비껴나게 만들었다.

"꺼져!"

진각을 밟은 클라우드가 왼손으로 주먹을 움켜쥐고 내질렀다. 주먹은 정확히 2번의 흉갑을 강타했고 갑옷의 일부가 박살났다.

그 상태에서 클라우드는 주먹을 비틀었고 충격을 버티지 못한 2번이 뒤로 날아갔다.

그때, 1번과 3번이 클라우드의 양옆에서 검을 내리그어 클라우드의 목을 노렸다. 클라우드는 왼발을 축으로 몸을 회전시키면서 검을 휘둘러 1번과 3번의 검을 맞받아쳤다. 두 기사의 검은 열쇠검의 움직임에 따라 흘러내려 갔고, 땅바닥에 부딪혔다.

콰아앙!

오러블레이드가 담긴 검이 부딪히자, 바닥이 처참히 파괴됐고 사방으로 파편이 흩날렸다. 두 기사의 몸에 빈틈이 생겼고 클라우드는 두 기사의 목을 향해 수평으로 검을 그었다.

쾅!

하지만 클라우드는 두 기사의 목을 베지 못했다. 2번이 오러블레스트를 날려 클라우드의 검을 튕겨낸 것이다. 1번과 3번은 그 틈을 놓치지 않고 뒤로 물러나 거리를 벌렸다.

"거참, 사람 피곤하게 만드네."

클라우드는 갑옷이 회복된 2번을 보며 피식 웃었다. 이미 죽어 있다는 사실만으로도 까다로운데 상대는 거기에 다른 괴수들처럼 재생 능력을 갖췄기 때문에.

'하지만 재생이 가능하면 나를 견제할 필요가 없을 텐데 말이지. 목을 날리면 끝이라 봐야겠어.'

콰콰쾅!

클라우드가 생각을 정리했을 때, 세 기사의 전신에서 더 강렬한 기세가 뿜어져 나왔다. 불길할 정도로 응축된 검은 마력이 불꽃처럼 타올랐고 힘을 견디지 못한 방의 바닥과 벽이 녹아내렸다.

힘을 최대한으로 끌어올린 세 기사가 클라우드를 노리며 다시 땅을 박찼다. 단지 그뿐이었는데, 바닥이 내려앉았고 세 기사는 검은 선이 되었다. 먼저 클라우드에게 접근하는 데 성공한 3번이 수직으로 검을 내리그었다.

하지만 클라우드는 그 자리에서 서 있는 상태로 검을 들어 정면에서 막아냈다.

콰아앙!

폭음이 터지고 커다란 에너지가 충격파로 바뀌어 사방으로 퍼졌다.

[크르르르]

3번이 처음으로 울부짖었다. 힘을 최대한 끌어올렸는데도 클라우드는 아무렇지 않게 막아냈다는 사실을 믿을 수 없었다.

클라우드는 씩 웃으며 오른발을 차올렸고 클라우드의 발은 3번의 턱을 강타했다. 얼굴이 꺾인 3번이 뒤로 나가떨어졌다. 대신 1번과 2번이 클라우드에게 접근할 수 있는 시간은 벌어줄 수 있었다.

팟!

1번은 몸을 숙인 뒤, 클라우드의 다리를 향해 검을 휘둘렀다. 2번은 클라우드의 심장을 노리며 검을 찔러 넣었다.

쩌어엉!

두 기사의 팔이 위로 떠올랐다. 그들의 검이 클라우드의 몸에 닿기 전, 클라우드가 검을 휘둘러 두 사람의 공격을 막아내면서 생긴 현상이었다.

"일단 한 놈."

검을 그어 올린 클라우드가 궤도를 틀어 내리그었다. 1번의 목이 잘려 나갔고, 클라우드는 왼발을 날려 1번의 육체를 날렸다.

콰아앙!

1번이 벽에 부딪혔다. 그러더니 검은 재가 되어 사라져버렸다. 그 모습을 보던 클라우드는 위로 점프했다. 검은 오러블레스트가 그가 있던 자리를 강타했고 폭발이 일었다.

[크허어엉!]

클라우드가 허공에 떠오르는 것을 확인한 3번이 양손으로 움켜쥔 검을 내리쳤다. 일정 경지에 도달한 소드마스터만이 펼칠 수 있는 거대 오러블레스트가 클라우드에게 날아갔다. 거기에 깃든 힘은 마장기의 장갑조차 가볍게 찢어발길 정도였다.

하지만 클라우드는 검을 내질러 오러블레스트를 단숨에 쪼갰고, 바로 천장을 걷어찼다. 클라우드의 시선은 3번을 향해 고정되어 있었다.

3번은 힘을 전부 쥐어짜 검에 담은 뒤, 방어 자세를 취했다. 하지만 클라우드의 검은 3번이 쥔 검을 절단하는 것으로 모자라 3번의 머리부터 사타구니까지 전부 베었다. 몸을 보호하고 있는 단단한 갑옷도 클라우드의 검 앞에서는 의미를 잃었다.

쿵!

검과 함께 반으로 갈라진 3번이 바닥에 쓰러졌고 1번처럼 재가 됐다. 그 광경을 지켜본 2번이 클라우드와의 거리를 좁히며 검을 왼쪽 하단에서 오른쪽 상단으로 그었다.

이에 맞서 클라우드는 열쇠검을 휘둘렀다. 검은 부드러운 곡선을 그리며 나아갔고 두 개의 검이 다시 격돌했다. 두 검의 날이 맞물려 불꽃이 흩뿌려졌고 2번의 검이 허공으로 튕겨졌다.

"끝이다."

클라우드가 나지막한 목소리로 중얼거렸고 검은 정확히 2번의 목을 갈랐다.

클라우드 폰 알바레아가 첫 번째 방을 클리어했습니다. 이에 따라 열쇠 조각이 주어집니다. 이번 조각은 열쇠의 1/3이 됩니다.

반투명한 창이 클라우드의 눈앞에 떠올랐고 클라우드는 한숨을 내쉬었다.

"후우. 이렇게 싸웠는데 보상이 전혀 없다니, 초월자가 된 걸 이런 식으로 실감하고 싶지는 않았는데 말이지."

안 그래도 제대로 된 유물을 하나도 발견할 수 없어서 심란한 상황이었다. 그런데 가디언까지 잡았는데도 원래 열쇠 외에는 아무런 보상이 없으니 입맛이 썼다.

보상이 필요 없을 정도로 강해졌다는 의미니, 납득할 수밖에 없었다,

라고 클라우드는 생각했다.

하지만 두 번째 방에 도착했을 때, 클라우드는 자기 생각이 틀렸음을 깨달았다.

[캬오오오오오오!]

2번째 가디언의 피부는 딱딱한 비늘로 덮여있었고 악어같이 벌어지는 큰 입과 파충류 같은 눈을 가지고 있다. 등에는 커다란 박쥐 날개가 달려 있었고, 길고 굵은 꼬리와 자신을 위협하듯 좌

우로 흔들리고 있었다.

"확실히 오늘 재수가 옴 붙었네."

첫 번째 가디언은 소드마스터 경지에 오른 죽음의 기사 3명이었다. 자신이니까 제대로 통과했지 어지간한 사람들은 이곳에 들어오는 순간, 목숨을 잃었을 것이다. 그런데 두 번째로는 괴수의 신이라 불리는 드래곤이 나왔다. 다른 가디언은 이제 뭐가 나올지 두려웠다.

"그래도 너는 보상을 제대로 주겠지?"

클라우드는 드래곤의 심장이 있는 곳을 바라보았다. 아무 쓸모도 없는 죽음의 기사와 달리 드래곤에게는 드래곤 하트가 있었다.

'지난번처럼 죽음을 각오할 필요도 없지.'

지금의 자신은 드래곤 하트를 제대로 흡수할 수 있었다. 물론 초월자가 된 지금 드래곤 하트를 흡수해도 능력치가 오를 일은 없었지만 그래도 뭔가 변화가 생길 것은 분명했다.

[캬아아아악!]

드래곤이 허공으로 치솟았다. 천장이 보이지 않을 정도로 높았고 벽도 없다는 생각이 들 정도로 넓었다. 자신에게 불리한 상황이었지만 클라우드는 열쇠검을 더욱 강하게 움켜쥐었다.

"드래곤 하트, 내놔라!"

이번에는 반드시 보상을 챙기리라!

[캬오오오!]

클라우드의 존재를 확인한 드래곤이 크게 포효했다. 포효와 함께 거대한 기세가 그의 육체와 영혼을 짓눌렀다.

"어딜!"

클라우드는 재빨리 스킬 '용의 혈통'을 발동했다. 전신에서 드래곤의 힘이 흘러나오기 시작했고, 그는 거기에 초월자의 힘을 더했다.

쾅!

두 개의 거대한 기세가 맞부딪쳤다. 그 결과, 클라우드를 짓누르던 기세가 순식간에 사라졌다. 하지만 그는 원하는 결과를 얻었는데도 얼굴을 찌푸렸다.

쿠오오!

방안을 가득 채운 푸른색의 마력이 드래곤의 몸 안으로 빨려 들어갔다. 그러자 드래곤의 몸이 더 커지기 시작했고 흘러나오는 기세는 강해졌다. 엘카른 산맥에서 만난 드래곤을 압도하고 있었다.

'실수하면 바로 죽겠네.'

클라우드는 상대의 힘을 인정했다.

라이더의 힘을 강화해주는 마장기 없이 눈앞에 있는 드래곤과 싸우는 것은 위험했다. 하지만 펜리르를 얻기 위해서는 반드시 놈을 꺾어야 했다. 전의를 다진 클라우드는 드래곤처럼 방안의 마력을 흡수하기 시작했다.

콰콰콰!

방안을 가득 채운 마력 중 일부가 클라우드의 몸으로 흘러들어왔고 그는 곧장 자신의 마력으로 바꾸었다.

[캬아아!]

클라우드가 자신과 비슷한 속도로 마력을 장악하자 불안함을 느낀 드래곤이 다시 포효했다. 그리고 허공을 빙글빙글 돌며 클라우드에 대한 경계심을 드러냈다. 자신을 죽일 수 있을 정도로 강하다는 것을 깨달았기 때문에.

화르르르!

허공에 커다란 불덩어리가 형성되었다. 숫자는 총 8개로 드래곤이 날개를 휘두르자 곧장 클라우드를 향해 떨어졌다. 마치 유성과 같은 모습이었다.

'한 방이라도 맞으면 죽는다!'

판단을 내린 클라우드는 있는 힘을 다해 검을 휘둘렀다. 하늘을 향해 8개의 오러블레스트가 치솟았고 떨어지는 불덩어리와 충돌했다.

콰아아앙!

커다란 폭발이 일었다. 드넓은 방안의 공기가 순식간에 달아올라 열기를 머금은 폭풍이 휘날렸다. 열기를 버티지 못한 바닥이 붉게 변한 상태에서 녹아내렸다.

'화염 내성이 없으면 위험했다.'

과거에 용을 죽이고 얻은 스킬을 떠올리며 클라우드는 열쇠검을 더욱 세게 움켜쥐었다. 상대가 강하다고 해서 물러날 생각은 없었다.

[캬아아악!]

자신의 공격이 막히자 드래곤이 분노했다. 드래곤은 곧장 다음 공격을 날리려 했다. 하지만 드래곤은 자기의 계획을 실행하지 못했다. 드래곤이 마력을 운용하려고 하는 순간, 클라우드가 방금 전보다 더 빠른 속도로 검을 휘둘렀기 때문에.

방안을 가득 채운 거대 오러블레스트가 드래곤을 노리며 치솟았다. 움직일 방향을 완전히 차단한 이상, 아무리 드래곤이라도 피할 수 없었다. 드래곤 역시 그 사실을 깨닫고 황급히 날개를 접어 몸을 보호했다.

좌아악!

[키에에에엑!]

드래곤이 비명을 질렀다.

마력이 깃든 날개로 몸을 가렸지만, 오러블레스트는 그런 날개를 넘어 몸통의 일부까지 찢어발겼다. 녹색의 피가 치솟더니 바닥으로 떨어졌다.

'이 정도로는 부족해!'

클라우드는 연거푸 검을 휘둘렀고 오러블레스트가 계속 드래곤의 몸을 찢어발겼다. 하지만 클라우드는 검을 휘두르는 것을 멈추지 않았다. 오러블레스트가 아무리 드래곤을 베어도 상처는 빠른 속도로 재생됐다. 이런 상황에서 검을 멈출 수는 없었다.

[캬아아아악!]

강한 육체와 뛰어난 재생으로 클라우드의 공격을 버틴 드래곤이 위로 날아갔다. 그리고 클라우드를 향해 날개를 휘두르자 바람의 칼날이 쏟아졌다.

'계속 하늘을 날게 해서는 안 돼. 무조건 끌어내려야 승산이 있어.'

드래곤이 하늘에서 원거리 공격을 퍼부으면 답이 없었다. 지금까지는 공격을 잘 요격해서 피해는 없지만, 계속 그러는 것은 불가능했다. 그 전에 드래곤을 바닥에 떨어뜨리고 결판을 내야 했다.

팟!

결론을 내린 클라우드가 바닥을 박찼다. 그 상태에서 클라우드는 마력을 운용했고 붉은 기류가 전신을 휘감았다. 드래곤은 순식간에 거리를 좁히는 클라우드를 보며 높이 치솟았다. 그리고 빙글빙글 돌며 원을 그렸다.

"빌어먹을."

다시 바닥으로 떨어지기 시작한 클라우드는 욕설을 내뱉었다. 드래곤이 원을 그리면서 생긴 흡인력에 끌려갔다. 게다가 그곳에는 이미 커다란 회오리가 형성된 상태였다. 이대로 회오리에 끌려 들어가면 초월자고 나발이고 다 끝나리라.

"하앗!"

클라우드가 양손으로 움켜쥔 검을 위에서 아래로 그었다. 몸의 균형을 잡지 못한 날린 만큼, 오러블레스트는 방향을 잃고 다른 곳으로 날아갔다. 하지만 클라우드는 절망하지 않았다.

'됐다!'

오러블레스트가 회오리의 흡인력에 의해 중심으로 끌려갔다.

[캬아아아아악!]

드래곤이 다시 처절하게 울부짖었고 회오리는 그 자리에서 소멸했다. 그렇게 위험에서 벗어나는 데 성공한 클라우드였지만, 그는 더욱 마력을 끌어올린 뒤, 검으로 자신의 상체를 가렸다.

쾅!

비명을 지르면서도 드래곤은 클라우드와의 거리를 좁혔다. 그리고 꼬리를 휘둘러 클라우드를 내리쳤다.

"컥!"

클라우드의 입에서 신음과 함께 피가 뿜어져 나왔다. 그와 동시에 뛰어올랐을 때보다 더 빠른 속도로 추락했다.

쾅!

충격에 의해 바닥에는 3m 이상의 깊이를 가진 커다란 크레이터가 형성되었다.

"크."

클라우드가 신음을 토했다. 떨어지기 직전, 더욱 마력을 끌어올렸지만, 충격을 모두 완화하는 것은 불가능했다. 왼팔과 오른쪽 다리가 부러졌다. 갈비뼈도 몇 대 나갔고 전신은 이미 피투성이였다.

"더럽게 세네."

혀를 내두른 클라우드는 자리에서 일어났다. 최강의 괴수가 가디언의 버프를 받아 더욱 강해졌다. 처음부터 상처 하나 입지 않고 상대를 잡을 수 있을 거라 믿지 않았다.

화르르!

허공에서 예의 불덩어리들이 다시 떨어졌다. 이번에는 아까보다 숫자가 늘어 총 12개였다. 클라우드는 자신을 향해 떨어지는 불덩어리를 보며 검을 내리쳤다. 붉은 장막이 허공에 펼쳐져 떨어지는 불덩어리를 막았다.

콰콰쾅!

폭발이 연속적으로 일어났다. 눈이 부실 정도로 밝은 빛이 번쩍였고, 충격파가 방안을 휩쓸었다. 그 과정에서 클라우드는 이제까지 자신을 든든히 지켜주던 붉은 장막이 깨졌다는 것을 알았다. 그리고 허공에서는 여전히 세 개의 불덩어리가 떨어지고 있었다.

우우우웅.

떨어지는 불덩어리를 보면서도 클라우드는 전혀 두려워하지 않았다. 그의 검에는 이미 새하얀 빛이 소용돌이치고 있었다. 주변 사물을 분간하기 힘들게 만들 정도의 빛이 방을 밝혔고 강렬한 열기가 바닥을 녹였다.

[캬아아아아!]

처음으로 죽음의 공포를 느낀 드래곤이 포효했다. 클라우드는 그런 드래곤을 보며 소리쳤다.

"뒈져!"

클라우드가 검을 내질렀다. 응축된 초월자의 마력이 터져 나와 허공을 가득 채웠다. 추락하던 불덩어리는 강대한 힘에 휩쓸려 흔적도 없이 사라졌다. 하지만 불덩어리와 충돌하면서 빛의 궤도가 바뀌었고 드래곤은 바로 몸을 뺐다.

콰콰콰!

거대한 힘이 드래곤이 있던 자리를 뚫고 허공으로 치솟았다. 드래곤은 안심하며 클라우드를 박살내려했다. 하지만 그것도 잠시, 다시 자신을 향해 내리쳐지는 새하얀 빛을 보며 크게 경악했다.

"자아, 바닥에 떨어질 시간이다!"

클라우드가 힘의 근원이 되는 검을 내리그으며 외쳤다. 검처럼 휘둘러진 빛은 달아나는 드래곤을 강타했다. 빛에 닿은 부분이 갈가리 찢겨나갔고, 충격을 버티지 못한 드래곤은 결국 바닥에 떨어졌다.

쿵!

바닥에 떨어진 드래곤의 모습은 처참했다. 왼쪽 날개와 왼쪽 앞발을 시작으로 왼쪽의 몸이 갈가리 찢겨 나간 상태였다.

[크아아앙!]

드래곤은 치명상을 입었는데도 전혀 개의치 않고 꼬리를 휘둘렀다. 클라우드는 줄넘기를 하듯 뛰어올라 꼬리 공격을 피했다. 그와 동시에 오러블레스트를 날렸고 그대로 드래곤의 동체에 작렬했다.

[키에에에엑!]

오러블레스트가 닿자 드래곤의 살이 찢겨져 나가고 뼈가 부러졌다. 하지만 그 상태에서도 드래곤은 꼬리를 내질러 클라우드의 왼쪽을 파고들었다. 클라우드는 황급히 몸을 튼 뒤, 검을 세워 꼬리를 막아냈다.

"컥!"

클라우드가 피를 토했다. 다리가 부러지는 바람에 제대로 몸을 비틀 수 없었고 드래곤의 꼬리가 그의 옆구리를 갈랐다. 고통을 이기지 못한 클라우드는 그대로 자리에 주저앉았다.

드래곤은 그런 클라우드를 보며 입을 크게 벌렸다. 엄청난 양의 마력이 입에 모여들었고 그것은 푸른빛으로 바뀌었다.

'브레스!'

드래곤의 필살기가 펼쳐지려 하고 있었다. 클라우드는 어떻게든 피하려고 했지만 두 다리는 여전히 움직이지 않았다.

'피하지 못한다면!'

피하는 것은 불가능했다. 그러나 자신에게는 아직 팔 하나가 남아있었다. 마력을 전부 쏟아부어 오러블레이드를 만든 클라우드는 그대로 드래곤을 향해 던졌다.

쉬에에엑!

열쇠검이 붉은 섬광이 되어 날아갔다. 이에 질세라 드래곤은 브레스를 쏘기 위해 입을 다물고 목을 들어 올렸다. 그리고 모은 힘을 방출하기 위해 입을 벌리려는 순간, 열쇠검이 드래곤의 입 속으로 들어갔다.

콰드득!

드래곤의 입속으로 들어간 열쇠검은 드래곤의 뒤통수를 뚫고 밖으로 튀어나왔다. 드래곤은 비틀거리며 녹색 피를 토해내더니 결국 바닥에 쓰러졌다.

"진짜 죽는 줄 알았네."

클라우드는 안도의 한숨을 내쉬었다. 가디언의 특성이 더해진 드래곤은 정말 괴물이었다.

전투의 승리를 축하하듯이 반투명한 창이 클라우드의 눈앞에 떠올랐다.

두 번째 방을 클리어했습니다. 이에 따라 열쇠 조각이 주어집니다. 이번 조각은 열쇠의 2/3 입니다.

당신은 열쇠 조각을 모두 모으는 데 성공했습니다. 최후의 방으로 향하는 길이 열립니다.

클라우드의 앞에 빛으로 이루어진 구체가 나타났다. 그 모습을 보며 클라우드는 한 가지 사실을 깨달았다.

"가디언이 강하면 강할수록 더 많은 열쇠 조각을 품고 있는 거였네."

이 이상 시간을 끌 필요가 없다는 사실이 그저 반가웠다. 하지만 클라우드는 바로 최후의 방으로 들어가지 않았다. 그의 눈앞에 새로운 창이 나타났기 때문이다.

당신은 드래곤을 잡는 데 성공했습니다. 이에 대한 보상으로 '드래곤 하트'가 주어집니다.

내용을 읽은 클라우드는 바로 인벤토리에서 드래곤 하트를 꺼냈다. 예전에 봤던 것과 똑같이 붉은 보석의 모습을 띠고 있었다.

[드래곤 하트]

드래곤의 심장이자 마력을 형성하는 기관이다. 섭취하면 지력을 제외한 능력치가 9씩 상승한다. 단, 지력을 제외한 능력치가 모두 80 이상이어야 흡수가 가능하다. 그 이하의 능력치를 가진 이가 섭취하면 사망한다.

'능력치가 오르지는 않겠지만.'

기왕이면 지력을 제외한 다른 능력치를 전부 다 100 찍고 싶었지만 그렇게 되지 않을 거라는 걸 잘 알고 있었다. 하지만 변화가 생길 것은 분명했기 때문에 클라우드는 바로 드래곤 하트를 섭취했다.

두 번째 드래곤 하트를 섭취하였습니다. 하지만 당신은 초월자로 더 이상 다른 능력치가 상승하지 않습니다.

두 번째 드래곤 하트를 섭취함에 따라, 스킬 '용의 혈통'이 진화합니다. 당신은 스킬 '용의 화신'을 얻는 데 성공했습니다. 당신의 종족이 용인에서 반룡으로 바뀝니다.

마력의 양은 더 늘어나지 않았다. 대신 마력의 성질이 바뀌었다는 것을 느낄 수 있었다. 이 변화가 실전에서 어떻게 적용될지 알 수 없지만, 지금은 그걸 알아볼 때가 아니었다.

스윽.

엉망진창이 된 몸이 회복되자 클라우드는 자리에서 일어났다. 그리고 날아간 열쇠검을 되찾은 뒤, 최후의 방으로 향했다.

"이건……."

강철의 거인이 당당하게 서 있었다. 체고는 12m로 기존에 본 어떤 마장기보다 컸다. 전반적으로 기체는 새하얀 색을 띠고 있었고, 각 장갑은 찬란한 금색을 띠고 있었다.

허리춤에는 두 개의 칼집이 달려있었고 등 뒤에는 두 쌍의 자세 제어 장치가 고이 접혀 있었다. 양팔의 건틀릿에는 소구경 마력포가 있었고 오른쪽 허벅지 장갑에는 반으로 접혀 있는 마력포가 보였다.

"이게 펜리르구나."

클라우드는 흡족한 얼굴로 펜리르를 올려다보았다. 각 부분의 라인과 밸런스는 소름이 돋을 정도로 잘 잡혀 있었다. 그래서 그런지 의장용이 아닌데도 아름답다는 생각이 들 정도였다.

저벅저벅.

클라우드는 펜리르를 향해 다가갔다. 그리고 펜리르 앞에서 열쇠검을 높게 들었다. 펜리르의 안광에서 푸른빛이 뿜어져 나왔고, 이는 열쇠검을 비췄다. 열쇠검 역시 푸른빛을 냈고 빛은 펜리르의 빛과 뒤섞였다.

-열쇠검을 확인했습니다. 당신은 해당 기체의 라이더가 될 자격을 증명했습니다. 당신의 이름을 말씀해주십시오-

"클라우드 폰 알바레아."

-클라우드 폰 알바레아, 등록됐습니다. 당신은 이제부터 펜리르의 주인입니다-

번쩍!

클라우드의 몸에 푸른빛이 휘감겼다. 그리고 빛이 번쩍였을 때, 클라우드는 이미 펜리르의 내부에 있었다.

"조종석은 기존의 마장기하고 거의 똑같네. 플레이어들을 생각하면 당연한 건가?"

클라우드는 조종석을 둘러보며 중얼거렸다. 그러다가 그는 한 가지 이상한 점을 깨달았다. 전면시각판이 있어야 할 자리에 아무것도 없었다. 이래서는 적을 보고 싸울 수 없었다.

'뭐지?'

우우웅!

클라우드가 의아함을 느끼는 순간, 펜리르의 마나드라이브가 기동했다. 기체 내부에 빛이 들어왔고 전면시각판이 있는 곳에 청록색의 구체가 떠올라 사방을 보여줬다.

"전부 다 보여준다고!?"

구체를 본 클라우드가 크게 경악했다. 전면시각판은 말 그대로 앞만 볼 수 있었다. 하지만 지금 구체를 통해 앞과 뒤는 물론 위까지 전부 다 볼 수 있었다. 자신의 능력이 더해지면 기습을 당할 일은 영원히 없었다.

'괜히 신화라는 이름을 단 게 아니네.'

클라우드는 웃으며 고개를 끄덕였다. 이제야 신화형 마장기에 탔다는 실감이 들었다. 하지만 정말 중요한 것은 따로 있었다. 신화형 마장기를 손에 넣은 이유는 단 하나, 특수 능력을 얻기 위해서였다.

이제 특수 능력을 확인할 차례였다.

클라우드는 케이블이 달린 네 개의 고리에 손과 발을 넣었다. 그러자 고리가 조여들었고 클라우드는 자신의 몸이 단단히 고정됐는지 확인했다. 제대로 고정됐다는 것을 느낀 클라우드는 조종간을 움켜쥐었다.

[당신은 펜리르에 처음 탑승했습니다. 새로운 라이더의 적응을 돕기 위해 튜토리얼을 진행하려고 합니다. 동의합니까?]

"동의한다."

[클라우드 폰 알바레아가 튜토리얼 과정을 받아들였습니다. 난이도는……]

"제일 어려운 걸로 해."

클라우드가 시스템의 말을 끊었다. 전면시각판의 형태가 기존의 마장기와 달랐지만, 그 외에는 기존의 마장기와 다를 바 없었다. 이제는 실전을 통해 펜리르를 조종하는 감을 확실하게 숙지

하고 펜리르가 가진 특수능력이 뭔지 아는 일만 남았다. 여기서 괜히 시간을 끌 필요 없었다.

[후회할걸?]

그때였다. 반투명한 창이 사라지고 여인의 목소리가 울려 퍼진 것은.

동시에 조종석 내부에 새하얀 빛이 반짝거리기 시작했다. 갑작스러운 상황에 클라우드는 순간 움찔했다. 하지만 그것도 잠시, 그는 웃으며 입을 열었다.

"나한테 말을 걸 수 있을 줄은 몰랐군."

[네가 신화형 마장기에 타고 있을 때에는 너한테 말을 걸 수 있어. 그렇다고 내가 전투에 관여할 수 있는 건 아니라서 별 도움은 안 되겠지만 말이야.]

"그건 상관없다. 그런데 후회한다니, 무슨 말이지?"

[튜토리얼은 가상의 세계에서 진행될 거야. 다만 네가 충격을 받으면 실제로 고통을 느껴. 게다가 이 던전에서 나온 적들보다 더 상대하기 까다롭고. 딱히 보상이 있는 것도 아닌데 생각을 바꾸는 게 어때? 지금이라면 내가 바꿔줄 수 있어.]

"필요 없다."

클라우드가 단호한 어조로 스텔라의 제안을 거부했다. 염원하던 펜리르를 드디어 손에 넣었다. 지금은 펜리르를 조종하면서 날뛰고 싶었다.

[어쩔 수 없네. 열심히 해봐.]

콰아아악!

스텔라의 말이 끝나기 무섭게 천장에 푸른빛이 방안을 가득 채웠다. 그리고 빛으로 이루어진 정육각형의 결계가 형성되었다.

[튜토리얼 '최상' 난이도 모드가 개방됐습니다.]

번쩍!

다시 빛이 뿜어져 나왔다. 그러자 클라우드의 눈앞에 처음 보는 종류의 마장기 5기가 모습을 드러냈다. 앞서 만난 죽음의 기사들처럼 마장기의 왼쪽 어깨는 1부터 5까지의 숫자가 적혀 있었다.

"거참."

클라우드는 혀를 찼다. 처음 보는 마장기였기 때문에 전혀 성능을 파악할 수 없었다. 더 큰 문제는 상대 라이더가 모두 소드마스터라는 점에 있었다.

'이길 수 있을지 모르겠네.'

소드마스터라 해도 세 명까지는 이길 자신이 있었다. 실제로 죽음의 기사들을 상대로 승리를 거뒀다. 하지만 아무리 초월자가 됐어도 다섯 명을 상대로 승리를 확신할 수는 없었다. 그래도 피할 생각은 없었다.

[그럼 튜토리얼을 시작하겠습니다. 무운을 빕니다]

팟!

창이 사라지기 무섭게 1번과 3번이 바닥을 박차 펜리르와의 거리를 좁혔다. 그 사이, 2번과 4번이 펜리르를 향해 소구경 마력포를 쐈고 총 8발의 마력탄이 쇄도했다.

클라우드는 재빨리 다리를 움직였고 그의 의지를 이어받은 펜리르가 뒤로 몸을 날렸다. 펜리르는 그 상태에서 검을 휘둘렀고 거대 오러블레스트가 1번과 3번 쪽으로 날아갔다.

콰아앙!

1번과 3번이 오러블레이드가 실린 검을 휘둘러 오러블레스트를 쪼갰다. 그리고 다시 펜리르를 추격했다. 하지만 클라우드는 1번과 3번보다 아직 공격하지 않은 5번을 경계했다. 5번은 자신을 향해 중장거리 마력포를 겨누고 있었기 때문에.

콰콰콰!

5번이 방아쇠를 당겼다. 그러자 화이트라이거의 무장인 궁니르에 필적할만한 크기의 빛줄기가 쏟아졌다. 펜리르는 좌측으로 몸을 날려 상대의 마력포 공격을 피했다. 그러나 그곳에는 이미 1번과 3번이 있었다.

콰아아앙!

두 기체가 검을 내질렀고 펜리르가 검을 휘둘러 공격을 튕겨냈다. 동시에 펜리르의 왼쪽 허벅지에 장착된 소구경 마력포에서 마력탄이 날아왔다. 그러나 두 기체는 뒤로 물러나면서 검으로 마력탄을 튕겨냈다.

클라우드는 곧장 1번과 3번을 쫓으려 했지만, 그렇게 하지 못했다. 어느새 2번과 4번이 펜리르가 있는 곳으로 달려들어 좌우에서 각자의 검을 날렸다. 오러블레이드에 기체의 운동 에너지가 더해져 검격의 위력은 강대했다.

'그렇다면!'

클라우드는 4번의 품을 파고들었다. 4번은 이에 아랑곳하지 않고 검을 휘둘렀고 푸른 궤적이 그려지며 검이 나아갔다. 펜리르는 쥐고 있던 검을 옆으로 세워 이를 막아냈다. 그리고 검을 쥐지 않은 왼팔을 뻗어 건틀릿에 장착된 소구경 마력포를 쐈다.

콰콰쾅!

세 발의 마력탄이 날아갔고 달려들던 2번은 어쩔 수 없이 검을 휘둘러 전부 튕겨냈다. 2번을 견제하는 데 성공한 클라우드는 펜리르를 조종했고, 펜리르의 무릎이 4번의 복부 쪽을 강타했다.

장갑의 형태가 일그러지더니 그대로 파괴되어 파편이 흩날렸다. 그렇게 4번을 끝장내려는 찰나, 클라우드는 거대한 힘이 요동치는 것을 느꼈다. 어느새 마력을 충전한 5번이 다시 마력포를 겨누고 있었다.

번쩍!

푸른 빛줄기가 다시 한 번 펜리르를 향해 쏟아졌다. 빛줄기의 궤도에 있던 기체들이 사방으로 도망쳤다. 클라우드가 곧장 도망치려고 했을 때, 4번이 거리를 좁혀 펜리르를 끌어안았다.

"빌어먹을!"

클라우드가 욕설을 내뱉었다. 설마 상대가 자신과 같이 죽으려 할 줄은 전혀 예상하지 못했다. 그 상태에서 클라우드는 펜리르를 조종했고 펜리르가 몸을 틀어 빛줄기를 정면으로 바라보았다.

"꺼져!"

콰아아앙!

허벅지에 장착된 마력포가 빛을 토했다. 두 발의 마력탄이 4번의 몸을 강타했고 4번은 그대로 빛을 향해 날아갔다.

콰아아아앙!

4번은 빛줄기에 잠시 버티나 싶더니 그대로 파괴되어 흔적도 없이 사라졌다. 허나 펜리르가 도망치기에는 충분한 시간이었고 클라우드는 5번의 공격을 무사히 피했다.

[지금이라도 늦지 않았어. 포기하려면 포기해. 여기서 네가 죽으면 진짜 큰일 날거야. 이미 강해졌는데 여기서 무리할 이유는 없어.]

스텔라가 다시 클라우드에게 말을 걸었다. 클라우드가 자신의 사명을 이뤄주기를 바라는 그녀는 이 상황 자체가 마음에 들지 않았다. 하지만 클라우드는 이번에도 그녀의 말을 따르지 않았다.

"무리라니? 지금이 딱 좋다. 이제 펜리르를 어떤 식으로 조종해야 하는지 감이 잡혔으니까."

[허세가 너무 심한데? 네 실력은 인정하지만, 지금은 네가 밀리고 있잖아.]

"확실히 그렇지."

클라우드는 솔직하게 인정했다. 상대는 정말 강했다. 만약 펜리르가 아니라 화이트라이거였다면 잡힌 시점에서 끝났을 것이다. 화이트라이거의 마력포로는 방금 전 자신을 붙잡은 4번을 떨쳐내기 힘들었다.

"하지만 이건 펜리르다. 못 이길 리가 없지."

[오늘 처음 탄 네가 할 말은 아니라고 생각하는데?]

"잔소리가 너무 심하군. 위에서 가만히 지켜보고 있어라."

스텔라를 타박한 클라우드는 적들을 응시했다. 그녀의 생각과 달리 펜리르에 익숙해졌다. 아니, 화이트라이거보다 더 잘 조종할 자신이 있었다. 자신을 위해 준비된 게 아닌가 싶을 정도로 펜리르는 좋은 기체였다.

"첫 번째 목표는 이뤘고, 그다음에는……."

클라우드가 양팔을 움직이자, 펜리르가 양손으로 검을 잡고 앞으로 세웠다.

"특수 능력이지!"

클라우드가 외치는 것과 동시에 펜리르의 전신에서 붉은 오러가 뿜어져 나와 주변을 휘감았다. 그와 동시에 펜리르가 움켜쥐고 있는 검이 요동쳤고 이윽고 분열되기 시작했다.

하나, 둘, 셋-

총 7자루의 검이 펜리르의 등 뒤에 떠올랐다. 검들은 원형으로 배치된 채, 붉은 오러에 휘감겨 빛을 흩뿌렸다.

[내가 이 세계로 데리고 왔지만 너는 정말 괴물이야.]

그 광경을 지켜본 스텔라는 입을 벌렸다. 이제까지 만난 초월자들에게 신화형 마장기를 지급했고 이를 통해 그들을 계속 지켜봤다. 하지만 그 누구도 클라우드처럼 그 자리에서 특수 능력을 사용하지는 못했다.

'이세계의 인간은 뭔가 다른 건가?'

스텔라는 고개를 흔들었다. 클라우드의 성장 속도와 전투 능력은 자신의 상식을 아득히 초월했다.

'매일 게임만 한 보람을 이렇게 느낄 줄이야.'

밥과 잠도 거른 채, 기간토마키아만 플레이했다. 그때의 경험은 지금의 자신에게도 확실히 적용됐고.

과거의 자신을 칭찬한 클라우드는 적들을 응시했다. 싸움은 이제부터가 진짜였다.

신의 송곳니.

그것이 펜리르가 가진 특수 능력의 이름이었다. 검을 분열시킬 수 있으며, 그렇게 분열된 검을 라이더의 생각만으로 움직일 수 있었다.

'뭔지 알겠네.'

클라우드는 바로 감을 잡았다. 기간토마키아 아닌 다른 매체를 통해 비슷한 기술을 수없이 봤기 때문에 모를 수가 없었다.

파바밧!

5번을 제외한 3기의 마장기가 다시 펜리르를 향해 달려들었다. 좌우와 정면에서 동시에 달려든 세 기는 높게 뛰어올라 검을 내리그었다.

콰아아앙!

오러블레이드 간의 격돌로 인해 폭음이 터졌다. 허나 세 마장기가 휘두른 검은 펜리르에 닿지 못 했다. 허공에 떠 있는 검들이 움직여 공격을 막아낸 것이다. 그러자 남아있던 네 자루의 검 중 세 자루가 적들에게 날아갔다.

세 마장기는 각각 두 자루의 검을 상대했다. 하나의 검을 튕겨낼 때마다 다른 검이 파고들었다. 그렇게 검들이 교대하며 상대를 노렸다.

'저게 가능해?'

스텔라는 다시 한 번 경악했다.

분명히 클라우드는 지금 특수 능력을 처음 사용했다. 그런데 7자루의 검들은 검사들이 연계를 이룬 것처럼 다양한 궤도를 그렸고 그러면서도 전략적으로 움직였다. 말도 안 되는 조종 솜씨에 스텔라로는 고개를 절레절레 흔들었다.

우우우웅!

가만히 마력을 모으던 5번이 다시 마력포를 겨누었다. 그리고 다시 빛이 쇄도하려고 할 찰나, 펜리르에 등 뒤에 있던 검 한 자루가 날아갔다.

팟!

마력포를 쏘려던 5번이 뒤쪽으로 점프했다. 허나 그 방향에는 이미 클라우드가 날린 오러블레스트가 있었다. 5번은 들고 있던 마력포를 던져 오러블레스트를 막았다.

쾅!

오러블레스트와 부딪친 마력포가 폭발했다. 바닥에 착지한 5번은 그대로 검을 뽑았다. 아니, 뽑으려 했다. 그러나 검을 뽑기도 전에 허공을 떠돌던 검이 벼락처럼 떨어져 5번의 목 부분을 꿰뚫었다.

콰콰쾅!

검에 꿰뚫린 5번이 폭발했고 파편이 사방으로 튀었다. 클라우드는 폭발을 보지 않고 펜리르를 움직였다. 그의 시선은 두 자루의 검을 상대하는 2번에 고정되어 있었다. 2번은 검을 휘둘러 자신을 노리던 검을 모조리 튕겨낸 뒤, 펜리르에게 쇄도했다.

"잡았다."

콰드드득!

5번을 박살낸 검이 2번의 등 뒤에서 쇄도했다. 2번이 재빨리 몸을 틀어 검을 휘둘렀고 간신히 막아내는 데 성공했다.

하지만 그때, 펜리르가 내지른 검이 2번의 흉갑과 마나 드라이브를 꿰뚫었다. 펜리르가 검을 빼자 2번은 바로 땅에 주저앉더니 폭발했다.

철컥.

펜리르의 오른쪽 허벅지에 접혀있던 마력포가 활짝 펴졌다. 펜리르는 검을 바닥에 꽂고 마력포를 움켜쥐었다. 그러자 손목에서 케이블이 튀어나와 마력포와 연결되었다.

그 순간, 화면이 스코프 형태로 바뀌었다. 클라우드는 스코프를 보며 마력포를 겨냥했다. 그리고 스코프 안에 1번과 3번이 전부 들어오자 방아쇠를 당겼다.

번쩍!

붉은빛이 번쩍임과 동시에 거대한 빛줄기가 날아갔다. 검을 상대하던 두 기체는 그대로 빛줄기에 집어 삼켜졌다.

콰아아앙!

빛에 휩쓸린 두 기체는 흔적도 남기지 못했다.

[튜토리얼을 돌파하는 데 성공했습니다. 이제 당신은 펜리르의 진정한 라이더입니다. 앞으로 펜리르와 함께 신화에 도전하시길 기원하겠습니다.]

창이 사라지자 방을 뒤덮은 빛이 사라졌다.

"크윽."

클라우드가 신음을 토하며 머리를 움켜쥐었다. 갑자기 두통이 덮쳤고 머리가 깨질 듯이 아팠다. 클라우드는 호흡을 가다듬으며 두통이 가시길 기다렸다.

[신화형 마장기는 힘의 상징이라 해도 과언이 아니야. 당연히

힘을 사용하는데 대가가 따르지. 너라도 그건 어쩔 수 없어.]

확실히 그녀의 말 대로였다. 능력을 사용하기 위해서는 막대한 양의 마력이 필요했다. 물론 용의 화신이 된 자신에게 마력의 양은 의미가 없었다. 다만 능력을 운용하면 운용할수록 머리가 아파지는 건 극복해야 했다.

"처음부터 감수할 생각이었다."

클라우드는 머리를 움켜쥔 채, 대답했다.

[후우, 고집이 세다니까. 너라면 앞으로 잘하겠지만 그래도 사명을 생각해줘. 너는 반드시 사명을 이뤄야 하니까. 그러면 안녕. 다음에 또 연락할게.]

그 말을 끝으로 조종석을 채운 빛이 사라졌다.

"사명에 대해 알려준 게 전혀 없으면서 말은 잘하는군."

괜히 투덜거리는 클라우드는 호흡을 가다듬었다. 그러자 두통이 조금은 가시는 기분이었다.

'최대한 빨리 적응해야지.'

다른 초월자들은 자신보다 더 빨리 신화형 마장기를 얻었다. 당연히 지금의 자신보다 능력을 더 수월히 다룰 수밖에 없었다. 그렇기 때문에 펜리르를 얻었다고 방심할 수는 없었다.

'그런데 이걸 어떻게 들고 가야 하려나?'

지금 던전은 이안의 영토에 있었다. 펜리르를 조종하다가 이안 측에게 걸리면 큰일이 생길 게 분명했다. 니콜라스는 결코 그런 기회를 놓칠 남자가 아니었다.

번쩍.

클라우드가 난감해할 때, 조종석에서 빛이 흘러나왔다.

"어라?"

클라우드는 어느새 펜리르에서 나와 있는 걸 보고 당황했다. 하지만 이어지는 광경에 더욱 당황했다.

우우웅.

공간이 일그러지더니 펜리르가 그대로 빨려 들어갔다.

[신화형 마장기는 언제나 주인과 함께합니다. 주인이 부르면 언제, 어디서나 나타나니, 그 점을 유념해주십시오]

반투명한 창이 떠올라 친절하게 설명해줬다. 창의 내용을 다 읽은 클라우드는 만족하며 고개를 끄덕였다. 역시 고대 기술의 정점은 달라도 확실히 달랐다.

"그럼 이제 돌아갈 시간이군."

클라우드는 마지막으로 던전을 둘러보았다. 그리고는 고개를 숙였다.

"고마웠다."

처음 이 세계에 왔을 때, 계획했던 것들을 전부 다 손에 넣었다. 이제 던전에 올 일은 영원히 없었기에 제대로 고마움을 표현하고 싶었다.

그리고 클라우드는 바로 던전을 나섰다. 이제는 에렌시아 제국으로 돌아갈 시간이었다.

제 5장 울려 퍼지는 총성

크로얀 공화국의 검성, 베인 헤이오스는 사방에 흩어져 있는 12개의 허수아비를 바라보았다. 허수아비들은 아무런 규칙성 없이 놓여 있었다.

스르르.

베인은 허리춤의 칼집에서 검을 뽑고는 높게 들어 올렸다. 그리고 검을 역수로 움켜쥐고는 바닥을 향해 강하게 내리찍었다.

콰앙!

폭음이 울려 퍼지는 것과 동시에 자색의 오러블레스트 12개가 날아갔다. 그렇게 날아간 오러블레스트들은 무분별하게 놓여 있는 허수아비들을 단숨에 양단했다. 잘려 나간 허수아비들은 바닥에 쓰러졌다.

짝짝짝.

그때, 박수 소리가 울려 퍼졌고 베인이 고개를 돌렸다. 그곳에는 엘넌 램브란트가 서 있었다.

"보고하기 위해 왔는데 좋은 걸 보게 됐군요. 딱 1번 검을 휘둘러서 12개의 오러블레스트를 날리는 것도 모자라 다른 방향으로 보내다니, 새로운 세계를 본 것 같습니다."

"하하하. 부끄러우니 얼굴에 금칠하지 말아 주게."

"금칠이라니요? 검성의 검기를 보게 되어 영광일 따름입니다."

엘넌은 경외감을 느끼며 말했다. 초인이라 불리는 소드마스터들 중에서 베인처럼 오러블레스트를 난사할 수 있는 사람은 없었다.

카마드 하르트, 스테판 할라인 등과 같은 소드마스터라 불렸지만, 베인 헤이오스는 차원이 달랐다. 왜 20년 넘는 세월 동안 그가 홀로 검성의 칭호를 유지하며 군인들 사이에서 군림했는지 방금 전의 한 수만으로도 이해가 됐다.

"자네도 더욱 정진하면 벽을 뛰어넘을 수 있을 거네. 이건 믿어도 좋네."

"힘이 나는군요. 더 열심히 하겠습니다!"

안 그래도 요즘 벽에 막혔기 때문에 초조해하고 있었다. 그런 상황에서 베인이 확신하자 엘넌이 활짝 웃으며 외쳤다. 검술이라는 영역만 놓고 봤을 때, 베인의 말을 부정할 수 있는 사람은 아무도 없었다.

"그건 그렇고 보고라……. 왕국 놈들이 우리 제안에 관한 답을 내놨나 보군."

"예, 그렇습니다. 국민 투표를 개최할 의향이 있다고 합니다."

"조건을 붙였나?"

베인은 담담히 반문했다.

어차피 그 역시 크로얀 왕국이 바로 자신의 제안을 수용하리라 여기지 않았다.

"예. 투표 날짜를 2월이 아니라 3월 중으로 잡으면 받아들인다고 했습니다. 선거운동을 제대로 해서 국민들에게 선택의 기회를 주고 싶다고 하더군요."

"다른 조건은 또 뭐가 있지?"

"그게 전부입니다."

엘넌의 대답에 베인은 눈살을 찌푸렸다. 크로얀 왕국 측의 조건은 자신들이 충분히 받아들일 수 있었다. 그렇기 때문에 더 불안했다.

"현재 여론은 우리에게 호의적이다. 왕국 측은 반드시 국민투표를 피해야 하는 상황이지. 그런데 제안을 받아들이는 걸로 모자라 시간을 늦춰달라는 건 진심으로 투표에 임하겠다는 거겠지."

"무슨 수를 써서라도 여론을 뒤집으려 하겠군요."

베인이 뭘 생각하는지 눈치 챈 엘넌의 얼굴이 굳어졌다. 그는 대중의 힘이 대단하다는 건 인정하지만 그와 별개로 똑똑하다고 생각하지 않았다. 왕국이 어떻게 선동하느냐에 따라 대중은 저쪽으로 넘어갈 가능성은 충분히 있었다.

"그러고 보니 에렌시아 제국이 특사를 파견한다고 들었는데 확정됐는가?"

"예. 2월 11일에 동맹 협정을 맺기 위해 온다고 합니다."

"국민 투표도 진행하지 않은 상태에서 멋대로 진행하다니, 어이가 없군."

"저희 쪽도 계속 반대했습니다만, 왕국 놈들은 동맹은 절대 철회하지 않겠답니다. 새로운 이념을 받아들여 변화를 모색하겠다고 한 이상, 반드시 동맹이 이뤄져야 한다고 말입니다."

“하지만 그 이념을 배우는 과정에서 에렌시아 제국과 가까운 이들이 요직에 등용될 것이다. 그렇게 시간이 흐르다 보면 크로얀 왕국은 에렌시아 제국의 위성 국가가 될지도 모르지. 아니, 클라우드 폰 알바레아라면 충분히 그러고도 남는다.”

베인이 단호한 어조로 말했다.

그가 생각하기에 클라우드는 누구보다 실리를 중시하는 남자였다. 에렌시아 제국 입장에서는 크로얀 왕국이 자신들의 말을 충실히 따라줄수록 좋은 만큼, 반드시 크로얀 왕국의 내정에 개입할 게 분명했다.

“다만 이제 와서 거부할 수는 없겠지. 단원들을 잘 통제하게. 특히 젊은 단원 중에 에렌시아 제국의 이념을 극단적으로 싫어하는 이들이 많다고 들었네. 이념과 이념이 부딪치게 되는 경우, 그런 친구들이 대개 사고를 일으키니 반드시 경계해야 하네.”

“명심하겠습니다.”

엘넌이 정중히 대답했다.

그는 과거 통령의 아들로서 공화파의 청년 단원들을 많이 알고 있었다. 그들이 얼마나 공화주의를 믿고 따르는지 잘 알고 있기 때문에 그들의 움직임에 예의주시할 필요가 있었다.

“그럼 나가보게. 자네에 거는 기대가 크네.”

“기대에 부응할 수 있도록 노력하겠습니다, 각하.”

엘넌은 고개를 숙이고 수련장을 빠져나갔다. 혼자 남은 베인은 다시 강하게 검을 움켜쥐었다.

“나는 반드시 공화국을 되찾을 것이다.”

베인이 검을 휘둘렀고 거대한 빛이 수련장 전체를 뒤덮었다.

❖

공화파는 단원들이 다양한 단체를 만드는 것을 용인했고 그 중 '푸른 날개'라 불리는 단체도 있었다.

20대와 30대 남성들로 이루어져 있는데, 단원들이 추구하는 간단했다. 바로 대륙에 있는 모든 국가의 체제를 공화국으로 바꾸는 것이다. 그 때문에 수많은 단체 중 가장 사상이 과격하다고 평가받고 있었고.

"들었나, 가브릴? 2월 11일에 에렌시아 제국이 특사를 파견한다고 하더군."

갈색 머리를 가진 청년이 흑발의 청년을 바라보며 말했다. 갈색 머리는 제프 타렐, 흑발의 청년은 가브릴 린트로 각각 푸른 날개의 부대표와 대표를 맡고 있었다.

"들었어. 빌어먹을 복고파 놈들! 아직 국민들에게 인정받지 못한 정권이 동맹이라니, 이게 말이 돼!?"

쾅!

가브릴이 책상을 후려쳤다.

그는 위대한 공화국을 무너뜨린 왕정복고파 측을 도저히 받아들일 수 없었다. 왕정복고파를 암묵적으로 지지하는 에렌시아 제국 역시 그에게는 적이었다.

"도대체 상부 쪽은 무슨 생각인지 모르겠군. 당장 남은 전력을 이끌고 복고파 놈들을 다 쏴 죽여도 시원치 않은 판국에 말이야!"

"들리는 말에 의하면 군부 쪽은 크로얀 왕국과 에렌시아 제국을 반대하지만, 정치인들은 찬성하고 있다더군. 에렌시아 제국의 이념과 공화주의가 이어지는 부분이 있다고 말이야."

"그건 나도 인정해. 하지만 복고파가 에렌시아 제국의 이념을 이룰 수 있다고 생각해? 복고파는 나라가 혼란에 빠졌을 때, 정권을 차지한 놈들이야. 그러면서 나라를 생각한다니, 위선도 정도가 있지!"

가브릴의 얼굴이 분노로 일그러졌다.

그는 지금 상황이 전혀 마음에 들지 않았다. 그가 생각하기에 지금 국민들은 적극적으로 지금 정권에 저항해야 했다. 하지만 소수의 국민들을 제외하고는 다들 엘레나의 연설에 넘어가 상황을 살피고 있었다. 그는 그런 국민들을 혐오했고.

"확실히 자네 말대로야. 아무리 이념이 좋아도 받아들이는 주체가 복고파인 이상, 믿을 수 없지. 그런 그들과 손을 잡은 에렌시아 제국도 한패라고 봐야겠지."

"국민 투표도 그래! 복고파 놈들에게 기회를 준다니, 헛소리도 정도가 있는 법이야. 어떻게 세운 공화국이지? 수많은 국민이 혁명을 위해 목숨을 바쳤다고!"

"이제 와서 왕국은 말도 안 되는 일이지. 그런 의미에서 가브릴, 자네에게 좋은 소식을 하나 대공 전하고 싶군."

"좋은 소식이라니?"

가브릴은 의아하다는 얼굴로 제프를 바라보았다. 제프는 자신만만하게 웃고 있었다.

"우리의 뜻에 동참한 분이 계시네. 앞으로 우리 목적에 큰 도움이 될 거야."

"같은 뜻을 품은 동지를 만나는 것도 기분 좋은데 네가 그렇게까지 말하다니, 어떤 사람인지 기대되는데?"

"밖에서 기다리고 계시네. 잠시만 기다리게."

가브릴이 대답하자 제프가 고개를 끄덕이고 밖으로 나섰다. 잠시 뒤, 30대 중반의 사내가 안으로 들어왔다. 군복을 입고 있는 사내는 모자를 벗고 공손히 고개를 숙였다.

"나는 아이잭 리버스라고 하네. 국민군 제1 기갑 연대에서 근무하고 있지. 푸른 날개의 대표를 만나게 되어 정말 기쁘군."

"군인이군요. 군인은 사조직에 들면 안 된다고 들었는데 무슨 일입니까?"

가브릴이 의아함을 드러냈다.

군인들은 복고파와 공화파를 선택할 수 있지만, 그 휘하의 정치 단체는 들어가지 못하게 막은 상황이었다. 그런 군인이 조직에 들어오려 하다니, 가브릴이 궁금해하는 것은 당연했다.

"나는 군인이지만, 공화주의를 생각하는 마음은 자네와 똑같네. 자칫 잘못하면 공화국이 사라지는데 그런 무의미한 법 따위에 구속될 수는 없지."

"왜 공화파의 전력이 건재한지 이해했습니다. 당신 같은 애국자가 있어서 그랬군요. 만나서 정말 반갑습니다."

아이잭이 말하자 가브릴은 크게 기뻐하며 손을 내밀었다. 아이잭은 그런 가브릴의 손을 단단히 붙잡았다.

"나 말고도 푸른 날개에 들어오려고 하는 군인들은 많네. 다들 공화주의와 공화국이 살아있다는 것을 보여주고 싶어 하지."

"저는 말만 앞세우는 걸 좋아하지 않습니다."

이제는 적극적인 투쟁이 필요할 때였다. 뜻을 함께하는 사람들이 늘어나는 것은 좋았지만, 군인들은 그 입장 때문에 함부로 움직이기 힘들었다.

"그러면 애초에 자네를 찾아오지 않았을 거야. 우리는 어떤 식으로든 행동을 할 준비가 되어 있네. 말만 하게. 자네가 필요한 것들을 모두 제공할 테니 말이야."

아이잭이 힘을 담아 말했다. 아이잭의 각오를 느낀 가브릴은 천천히 고개를 끄덕였다.

"제대로 대화를 나눌 필요가 있겠군요."

가브릴은 가슴이 두근거리는 것을 느꼈다. 자신들만 외롭게 투쟁한다고 생각했는데 아니었다. 아직 세상에는 공화파를 생각하는 사람들이 많았다.

'반드시 공화국을 되찾겠어.'

또 한 사람이 각오를 다지는 순간이었다.

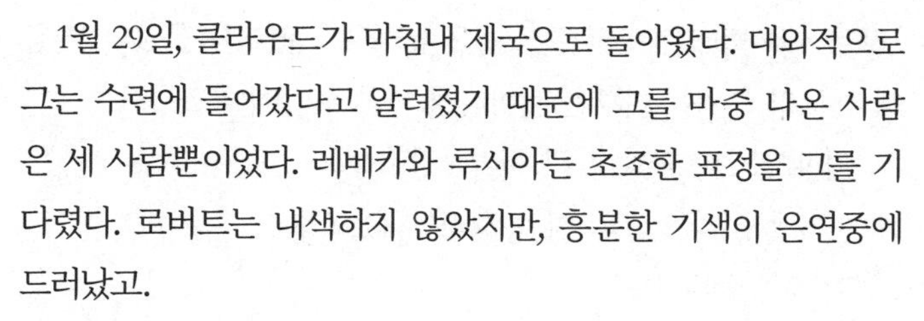

1월 29일, 클라우드가 마침내 제국으로 돌아왔다. 대외적으로 그는 수련에 들어갔다고 알려졌기 때문에 그를 마중 나온 사람은 세 사람뿐이었다. 레베카와 루시아는 초조한 표정을 그를 기다렸다. 로버트는 내색하지 않았지만, 흥분한 기색이 은연중에 드러났고.

덥석!

"대공 전하! 드디어 오셨……. 어이쿠!"

루시아보다 더 빨리 클라우드에게 다가간 로버트는 땅바닥에 나가떨어졌다. 클라우드는 자신을 안으려고 한 로버트를 밀쳐내고 어이가 없다는 얼굴로 그를 내려다보았다.

"나를 반긴다는 생각이 안 드는군, 로버트?"

"그럴 리 있겠습니까? 대공 전하께서 무사히 돌아오셔 정말 기쁩니다."

자리에서 일어난 로버트가 활짝 웃으며 말했다. 하지만 말과 달리 그의 눈동자는 빠른 속도로 움직이고 있었다. 신화형 마장기를 확인하려는 기색이 역력했다.

"펜리르는 지금 다른 공간에 있다. 내가 부를 때마다 나온다더군."

"크으! 신화형 마장기의 이름이 펜리르인가 보군요. 그건 그렇고 아공간이라니, 고대 문명의 기술은 엄청나군요. 현대 마도 공학은 아직 공간을 다루는 법에 대해 감도 못 잡았는데 말입니다."

"확실히 대단하기는 하더군. 여하튼 하프너 후작과 하프너 상사의 기술자들을 불러라. 약속은 지켜야지."

"이미 아버님과 모두 기술국에 있습니다!"

두 눈을 빛내는 로버트를 보며 클라우드는 피식 웃었다. 마침내 가문의 숙원을 이루는 것이니 좋아할 수밖에 없었다.

"이야기는 다 끝났나, 하프너 국장?"

"이제는 우리가 그와 이야기해도 되겠죠?"

"죄, 죄송합니다!"

웃으며 질문하는 루시아와 레베카. 하지만 그 안에 깃든 박력은 무시무시했고, 로버트는 몸을 벌벌 떨며 외쳤다.

"조금 있다가 기술국으로 찾아갈 테니, 먼저 가 있게."

"예, 대공 전하! 명을 받듭니다!"

로버트는 클라우드의 명령에 대답한 뒤, 곧장 달렸다. 한시라도 빨리 가족들에게 클라우드가 귀환했다는 것을 알려주고 싶었다.

"신기하네요. 평소에 침착한 로버트 국장이 저리 들뜨다니."

"가문의 숙명을 이루게 됐으니 흥분하는 것도 무리는 아니지."

레베카가 신기해하자, 루시아가 소중한 동생의 의문을 해소해줬다. 뒤이어 클라우드가 덧붙였다.

"애초에 하프너 가문이 나와 손을 잡은 것도 다 가문의 숙명을 이루기 위해서였잖아? 그러니 우리가 이해해줘야지."

"그렇군요. 어쨌거나 무사해서 정말 다행이에요, 클라우드."

"우리가 얼마나 그대를 걱정했는지 알고 있으려나 모르겠군."

"물론 잘 알고 있어."

클라우드는 레베카와 루시아를 자신의 품에 조심스럽게 끌어안았다.

"그동안 나 때문에 고생 많았지? 정말 미안해. 그리고 루시아, 내 빈자리를 채워져서 고마워."

"처음에는 불안했지만, 나쁘지 않은 경험이었다. 다들 열심히 해서 내가 해야 할 일도 많지 않았고, 세상이 바뀌었다는 걸 실감해서 좋기도 했다."

클라우드는 루시아의 말에서 진심을 느꼈다. 그녀에게 잘 맡겼다고 생각한 클라우드는 그녀의 머리를 부드럽게 쓰다듬었다.

"저도요! 저도 해주세요!"

"오케이."

레베카가 부러워하자, 클라우드는 곧장 상대의 머리를 쓰다듬었다. 조심스럽게, 애정을 담아서. 그러자 두 여인은 약속이라도 한 듯이 그의 가슴에 얼굴을 맞댔다.

세 사람은 한동안 그 상태로 서 있다가,

"그대는 바로 기술국으로 갈 생각인가?"

루시아가 질문했다.

"기다리는 사람들이 많으니 가야지."

한 가문의 숙원이 자신의 손에 달려 있었다. 자신을 위해 많은 것을 포기한 사람들인 만큼, 이제 그들과의 계약을 지켜야 할 때였다.

"그러면 가면서 이야기하도록 해요. 당신에게 알려주고 싶은 일이 많거든요."

"어느 정도 짐작했겠지만, 많은 영주가 새로운 정책이 발표될 때마다 반발하고 있다."

클라우드는 루시아의 말을 듣고도 당황하지 않았다. 그녀의 말마따나 처음부터 예상한 상황이었다.

"기득권을 포기한다는 게 쉬운 일은 아니지."

"그대의 말대로 했지만, 그래도 너무 몰아붙이는 게 아닌가 싶다."

"저들은 힘을 거의 잃었다 해도 한 지역을 오랫동안 다스린 영주에요. 여론을 움직일 능력은 있다고 봐요."

"귀족들이 특권 의식을 가지고 있는 이상, 대다수의 사람은 저들에게 공감하지 못해. 설령 날뛰어도 상관없어. 그걸 빌미로 전부 다 숙청하면 그만이야."

클라우드는 단호했다.

자신이 이상을 내세우는 이상, 국민들이 영주들의 뜻에 따를 가능성은 없었다. 오히려 그는 계속 분란을 일으키는 지방 영주들을 한시라도 빨리 제거하기를 원했다.

클라우드의 의지를 깨달은 두 여인은 설득하는 것을 포기했다. 그리고 말을 이어나갔다.

"2월 11일에 특사를 파견하기로 했어. 외무대신인 데카르트 제타로 결정됐다."

"경호는 누가 담당해?"

"크로얀 왕국 측이 커티스 시에 병력을 보낸다고 했어요."

"경호에 집중하라고 해줘. 이념과 이념이 얽히는 만큼, 미쳐 날뛰는 놈을 경계해야지."

에렌시아 제국, 정확히는 레베카를 적대하는 국가는 많았다. 그들을 상대하기 위해서는 더 힘을 모아야 하는 만큼, 무의미한 사고는 피하고 싶었다.

"저쪽도 그걸 잘 알고 있을 테니, 걱정하지 않아도 돼요."

"일단 중요한 건 이 정도군. 나머지 자잘한 건 정리해뒀다."

"두 사람 다 수고했어. 그러면 이제 내 성과를 보여줄게"

"기대하지."

"신화형 마장기라……. 얼마나 멋질까요?"

루시아와 레베카가 호기심을 드러냈다.

그렇게 세 사람은 기술국으로 향했다.

클라우드는 루시아, 레베카와 함께 기술국으로 향했다. 기술국의 주요 관리들은 물론 클린트 폰 하프너 후작을 비롯하여 하프너 상사에서 파견된 사람들도 있었다. 다들 하나같이 클라우드를 보며 눈을 빛냈다.

'무섭군.'

클라우드는 전신에 소름이 돋는 것을 느꼈다. 자신보다 나이가 많은 남자들이 마장기에 미쳐 열의를 불태우는 모습은 아무리 봐도 적응이 되지 않았다.

"오랜만이군, 하프너 후작. 그대가 제국의 새로운 정책에 불안해하던 남부 영주들을 잘 다독였다고 들었다. 정말 고맙다."

"신하로서 마땅히 해야 할 일을 했을 뿐입니다. 그러니 신경 쓰지 않으셔도 됩니다. 그보다는……."

평소 여유를 잃지 않고 냉정한 태도를 유지하는 클린트는 이 자리에 없었다. 아이처럼 눈을 빛내는 사내만이 있을 뿐. 지금 그에게 신화형 마장기 외의 다른 주제는 무의미했다. 다들 클린트의 말에 고개를 끄덕이며 무언의 압박을 가했다.

"어쩔 수 없군. 모두 물러나도록 해라."

클라우드가 말하자 다들 뒤로 물러났다. 자신의 주변에 아무도 없다는 것을 확인한 뒤, 그는 호흡을 가다듬었다. 그리고 자신이 얻은 신화형 마장기의 이름을 불렀다.

"펜리르."

우웅!

공간이 갈라지며 펜리르가 모습을 드러냈다. 그와 동시에 클라우드는 펜리르의 조종석 안으로 들어갔다.
털썩.
그 순간, 펜리르를 바라보던 클린트가 바닥에 주저앉았다. 그의 눈에서는 어느새 뜨거운 눈물이 흘러내리고 있었고.
-하프너 가문의 선조님들이여, 마침내 신화형 마장기가 저희의 손에 들어왔습니다. 제 대에 반드시 숙원을 이루겠습니다!-
클린트는 눈물을 흘리며 각오를 다졌다. 클라우드를 만나기 전까지만 해도 자신의 대에서 가문의 숙원을 이룰 것이라 생각하지 못 했다. 고대 문명의 유물을 아무리 분석해도 신화형 마장기에 대해 감을 잡을 수 없었기 때문이다.
'이제는 다르다.'
자신의 눈앞에 펜리르가 당당히 서 있었다. 펜리르를 분석하면 염원하던 신화형 마장기를 만들 수 있었다. 아니, 펜리르를 뛰어넘는 마장기를 만드는 것도 가능했다. 샘플이 생긴 이상, 못 할 게 없었다.
'누가 보면 자기 기체인 줄 알겠군.'
클라우드는 펜리르를 자신의 것처럼 취급하는 클린트를 보며 고개를 저었다. 그리고 그는 바로 다른 사람들을 내려다보았다. 다른 사람들의 반응도 클린트와 다를 바 없었다. 활짝 웃는 사람도 있었고, 감격해서 펑펑 우는 사람도 있었다.
"루시아와 레베카의 반응도 좋고."
클라우드는 두 여인을 보며 웃었다. 둘 다 멍하니 입을 벌린 채 펜리르만 보는 모습이 정말 귀여웠다.
그런데 그때, 로버트가 펜리르에게 다가왔다.

-전하, 몇 가지 질문이 있는데 물어봐도 괜찮겠습니까?-

"물론이다."

-우선 화이트라이거를 조종할 때와 펜리르를 조종할 때의 차이를 알고 싶습니다. 느낌만 말해주시면 됩니다-

"일단 조종 장치의 반응이 화이트라이거의 것보다 더 빠르다. 그리고 전면시각판 대신, 다른 기술이 적용되어 전황 전체를 살펴볼 수 있다."

클라우드는 튜토리얼을 거치면서 느꼈던 점을 모두 말했다. 로버트는 한 글자라도 놓치지 않겠다는 듯, 빠른 속도로 클라우드의 말을 종이에 적었다.

-이해했습니다. 그러면 펜리르의 특수 능력에 대해 알고 싶습니다-

"능력의 이름은 '신의 송곳니'다. 이 능력을 사용하면 펜리르의 검이 여러 개로 분열된다. 그렇게 분열된 검은 허공에 떠오르고 내 의지에 따라 움직이지."

-검이 날아다닌단 말씀입니까?-

로버트가 이해하지 못하자, 클라우드는 펜리르를 조종했다. 이런 부분은 말로 설명하는 것보다 직접 보여주는 게 더 사람을 빨리 이해시킬 수 있었다.

펜리르가 허리춤의 검을 뽑았다. 그 상태에서 클라우드는 마력을 불어넣었다.

콰아아악!

검에서 빛이 피어올랐고, 곧 7자루의 검이 허공에 전개됐다.

-뭐, 뭐야!?-

-검이 하늘을 날다니, 이게 말이 돼!?-

클라우드가 신의 송곳니를 발동하자 사람들이 크게 당황했다. 신화형 마장기 '페가수스'가 나온 지 백 년이 훨씬 지났지만, 아직도 인간은 하늘을 나는 기술을 얻지 못한 상황이었다.

'하늘을 나는 마장기를 만드는 것도 무리는 아니다!'

로버트는 몸을 떨었다. 페가수스가 가문에게 큰 수치를 안겼지만, 하프너 가문이 할 수 있는 것은 없었다. 그런데 지금, 비행 기술의 단서가 될지 모르는 능력이 나타났다. 페가수스처럼 하늘을 나는 마장기를 만드는 것도 충분히 가능하다고 믿었다.

"이렇게도 움직일 수 있다."

클라우드의 말이 끝나자마자 일곱 자루의 검이 더 높이 치솟았다. 그리고 이리저리 움직이며 허공을 누볐다. 다들 멍한 얼굴로 검이 사라질 때까지 바라보았다.

팟!

설명을 마친 클라우드는 다시 조종석에서 빠져나왔다. 그리고 그는 입을 떡하니 벌리고 있는 클린트에게 다가갔다. 그제야 정신을 차린 클린트가 클라우드에게 고개를 숙였다.

"감사합니다, 전하. 전하가 계신 덕분에 마침내 가문의 숙원을 이룰 수 있게 됐습니다."

"약속을 지켰을 뿐이다. 다만 펜리르를 연구하면서 얻은 성과들을 왕국을 위해서도 사용해줬으면 좋겠군."

"전하의 명을 받듭니다."

가슴이 두근거리는 것을 느끼며 클린트는 클라우드의 말에 답했다. 이제 신화형 마장기를 자신의 손으로 직접 만드는 일만 남았다.

그렇게 이야기를 마치자 루시아가 클라우드에게 다가왔다.

"오늘 돌아와서 힘든 걸 알지만 그대가 할 일이 하나 더 있다."

"뭔데?"

루시아가 미안해했지만, 클라우드는 개의치 않았다. 한동안 원수와 대공의 역할에 충실하지 못했던 만큼, 이제는 제대로 해야 했다.

"준비할 게 많아서 데카르트 외무대신은 이틀 뒤에 크로얀 왕국으로 떠난다. 잠시 다른 도시에 머물렀다가 왕도에 갈 예정이고. 내일부터는 그대도 바빠질 테니, 오늘 한 번 만나는 게 어떻겠나?"

"저도 같은 생각이에요. 떠나기 전에 당신이 덕담이라도 해주면 그도 힘을 낼 수 있을 거예요."

"명을 받들겠습니다, 폐하."

안 그래도 데카르트에게 해주고 싶은 말이 있었기 때문에 클라우드는 루시아와 레베카의 제안을 받아들였다. 그는 펜리르를 기술국의 격납고에 놓은 뒤, 바로 자신의 집무실로 향했다.

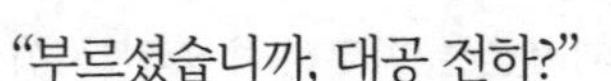

"부르셨습니까, 대공 전하?"

42세의 나이로 에렌시아 제국의 외교부 장관이 된 데카르트 제타가 클라우드를 향해 고개를 숙였다.

그는 24세 때부터 에레시안 제국의 외교관으로 활동한 베테랑이었다. 다만 능력과 별개로 귀족파에 찍혀 한직만 전전하는 상황이었다. 그런 상황에서 미카엘이 데카르트를 추천했고 그의 능력을 인정한 클라우드는 바로 그를 외교부 장관으로 임명했다.

'반드시 협정을 성공적으로 맺어야 한다. 그것만이 전하의 은혜에 보답할 길이다.'

데카르트는 속으로 전의를 불태웠다. 실패는 결코 있을 수 없었다.

"내가 그동안 수련한다고 큰일을 맡은 자네를 신경 쓰지 못했다. 정말 미안하다."

"아닙니다. 대공 전하가 강해진다는 것은 곧 더 건강하게 살 수 있다는 것을 의미합니다. 제국의 국민으로서 이보다 더 좋은 일은 없습니다."

"하하하. 그렇게 말해주니 고맙군. 내가 오늘 그대를 부른 것은 그대에게 주의를 주기 위해서다."

"주의라 하면?"

"협정을 맺는 건 그대가 잘할 것이라 믿는다. 다만 지금 크로얀 왕국의 상황이 좋지 않다는 말은 들었겠지."

그제야 데카르트는 클라우드의 말을 이해했다. 그 역시 이념 문제로 크로얀 왕국이 혼란스럽다는 것은 잘 알고 있었다.

"이념과 이념이 얽히는 것만큼 위험한 일은 없다. 이런 때일수록 무슨 사고가 생길지 모르니 그대는 매사에 주의를 기울여라."

세상에는 이념에 목숨을 건 사람들이 많았다. 특히 공화파 측에 과격파가 많다는 것을 잘 아는 클라우드는 데카르트의 안전을 염려할 수밖에 없었다.

"걱정해주셔서 감사합니다, 전하. 전하의 명을 받들어 항상 주의하며 움직이겠습니다."

데카르트가 자신의 말을 진지하게 받아들이자 클라우드는 안심했다. 그 이후에도 그는 데카르트와 더 이야기를 나눴고, 길었던 일정을 마쳤다.

'이건 기회야!'

아이잭을 본 가브릴은 하늘이 자신을 돕는다고 생각했다. 그렇지 않다면 이렇게 적절한 시기에 군인들이 푸른 날개에 들어올 수가 없었다.

'계획을 진행할 수 있다!'

어떻게 하면 공화국과 공화주의의 정신을 알릴 수 있나 계속 고민했다. 그리고 한 가지 계획을 짰는데, 문제가 하나 있었다. 그 계획은 군인의 도움 없이는 절대 이뤄질 수 없었다.

어쩔 수 없이 가슴 속에 묻어둬야 했는데 상황이 달라졌다. 아이잭이 합류한 이상, 계획을 현실로 만들 수 있다!

흥분한 가브리엘은 생각해둔 계획을 아이잭에게 말했다.

"……방금 그 말, 진심으로 한 건가?"

아이잭은 믿을 수 없다는 얼굴로 가브릴을 응시했다. 동요하는 기색이 역력한 아이잭에 비해 가브릴은 웃고 있었다.

"이런 걸로 거짓말은 하지 않습니다."

"너무 무모하네!"

"저희도 처음에는 그렇게 생각했습니다, 아이잭. 하지만 이제는 다릅니다. 당신이 저희와 함께하지 않습니까? 당신이라면 충분히 우리의 계획을 도와줄 수 있습니다."

가브릴의 옆에 앉은 제프가 자신감을 드러냈다. 하지만 아이잭은 고개를 저었다. 자신이라면 분명히 저들을 도와줄 수 있지만, 이건 너무 위험한 계획이었다.

"일이 잘못되면 정말 큰일이 일어날 거야! 누가 뒷감당을 할 수 있겠나!?"

"그래도 해야 합니다. 지금의 공화국 국민은 타성에 젖어 과거의 정신을 까먹은 지 오래입니다. 하지만 계획이 성공하면 대륙의 모든 사람에게 보여줄 수 있습니다. 아직 공화국과 공화주의가 살아있다는 것을."

아이잭이 반대했지만, 가브릴은 자신의 뜻을 꺾지 않았다.

"공화국의 정신을 알릴 방법은 많네. 시위대를 결성하는 게 어떻겠나?"

"그 정도로는 부족합니다. 엘레나, 그 계집의 연설 한 번에 넘어가 다들 저항을 포기했습니다. 그런 국민에게 뭘 바랍니까? 그들의 타성을 깨기 위해서는 충격 요법이 필요합니다."

"저 역시 가브릴의 생각에 동의합니다. 대중이 모였을 때의 힘은 강하지만, 기본적으로 그들은 너무 무식합니다. 지금은 무식한 대중을 버리고 저희와 같은 엘리트들이 모범을 보여 그들에게 깨달음을 줘야 합니다."

가브릴의 말이 끝나자 제프가 자신의 의견을 덧붙였다. 하지만 아이잭도 쉽게 물러나지 않았다.

"나 역시 자네들처럼 공화국의 정신이 살아있다는 것을 알리고 싶네. 하지만 피를 보는 건 절대로 반대네."

"공화국의 정신은 희생을 바탕으로 합니다. 엄청난 양의 피가 흘렀고, 공화국은 그걸 양분 삼아 세워졌습니다. 이번에도 그래야 합니다!"

아이잭은 말을 마친 가브릴을 노려보았다. 전장을 경험한 그의 눈에는 살기가 깃들어 있었지만 가브릴은 그 시선을 피하지 않았다.

"분명히 자네 말대로 공화국은 수많은 피를 머금고 세워졌지. 하지만 그때 피를 흘린 사람들은 스스로 자처했기 때문에 모두가 납득할 수 있었다. 하지만 지금 자네들의 계획은 타인의 희생을 강요하는 게 아닌가? 그건 투쟁이 아니라 살인이네!"

"군인이 그런 말을 하다니, 어이가 없군요. 이건 이미 전쟁입니다, 아이잭. 전쟁에서 적을 죽이는 건 정당방위입니다!"

"전장을 경험해본 적도 없으면서 못했으면서 감히 전쟁을 운운하는가!"

아이잭이 포효하듯 외쳤다. 그는 살벌한 눈으로 가브릴과 제프를 응시했다. 그제야 두 사람은 몸을 떨었지만, 그뿐이었다. 여전히 아이잭의 시선을 피하지 않았다. 오히려 더 당당한 자세를 내보였다.

'공화국을 위해서라면 나는 뭐든 할 것이다.'

가브릴은 자신을 다독였다. 공화주의에 신념을 걸었고 목숨을 걸었다. 아이잭의 합류는 하늘이 자신에게 준 기회였다. 반드시 그 기회를 붙잡아 계획을 이뤄야 했다.

"저는 당신의 말대로 군인은 아닙니다. 하지만 공화주의를 위해 모든 것을 바쳤습니다!"

"지금 복고파 놈들은 달콤한 말로 계속 국민을 현혹하고 있습니다. 이대로 일이 진행되면 공화국을 되찾는 건 영원히 불가능합니다!"

가브릴과 제프가 큰소리로 외쳤다.

"후우."

아이잭은 두 사람의 눈동자를 바라보고는 한숨을 내쉬었다. 흔들림이 없는 눈동자는 그들의 각오를 보여주고 있었다.

"무의미한 피를 흘리는 건 반드시 피해야 하네. 알겠나?"

체념한 아이잭이 그리 말하자, 가브릴과 제프 모두 주먹을 불끈 움켜쥐었다.

"자네가 구상한 계획에 도움이 될 자료들을 준비하겠네."

"정말 감사합니다!"

"이 일이 끝났을 때, 우리는 함께 영웅이 될 겁니다!"

가브릴과 제프가 아이잭에게 공손히 고개를 숙였다. 아이잭은 쓴웃음을 지으며 고개를 저었다.

"이러니저러니 해도 나 역시 공화국을 사랑한다는 마음이 변함이 없네. 이른 시일 내에 연락하지."

그 말을 끝으로 아이잭은 몸을 돌려 푸른 날개의 아지트를 빠져나왔다. 그 상태에서 아이잭은 여러 골목을 돌아다니며 인적이 없는 곳을 찾았다. 주변에 아무도 없는 것을 확인한 아이잭은 품속에서 통신기를 꺼냈다.

"접니다, 각하. 표적과 접촉했습니다. 앞으로 그들을 계속 돕겠습니다."

그 말을 시작으로 아이잭은 이야기를 이어나갔다. 연신 고개를 끄덕인 아이잭은 곧 통신기를 껐다.

아이잭의 입가에 미소가 떠올랐다. 그것은 명백한 조소였다.

"영웅이라……. 무의미하게 타인의 피를 손에 묻히려는 자네들이 영웅일 리가 없지 않은가? 자네들은 그냥 살인자야."

그리고 아이잭은 살인자의 말로는 언제나 비참하다는 것을 잘 알고 있었다.

아이잭은 자신의 앞에 서 있는 청년들을 바라보았다. 가브릴과 제프를 비롯하여 총 6명이 당당한 눈빛으로 아이잭을 응시하고 있었다.

"그동안 정말 고마웠습니다, 아이잭. 당신 덕분에 이제 정말 계획을 실천할 수 있게 됐습니다."

"함께하기로 했는데 협력하는 게 당연하지. 그보다 자네들이 더 대단하군. 속성 과정이었지만, 정말 통과할 줄은 몰랐어."

아이잭이 감탄하자, 6명의 청년이 활짝 웃었다. 계획에 협력한 아이잭은 곧장 그들을 훈련시켰다. 군사 훈련을 제대로 받지 않은 이들이 계획을 이루기 위해서는 이 과정이 꼭 필요했다.

"통과를 못 하면 절대 계획에 안 따르겠다고 하지 않았습니까? 그러면 당연히 통과해야죠."

"신념을 품은 사람만큼 무서운 게 없다더니, 정말 그렇군."

가브릴의 대답을 들은 아이잭은 피식 웃었다.

속성으로 진행하는 만큼, 3주 동안 청년들을 혹독하게 가르쳤다. 계획을 포기해도 아랑곳하지 않겠다는 태도로 말이다. 하지만 가브릴을 비롯한 6명의 청년은 각자 고난을 모두 극복했다.

"가브릴, 마지막으로 한 번만 더 묻겠네. 정말 계획을 포기할 생각이 없는가? 지금이라면 아직 돌아갈 수 있어. 다른 방식으로 투쟁을 해도 되지 않나?"

"이 상황에서도 그런 질문을 하다니, 당신도 참 이해하기 힘들군요. 전 절대 포기할 생각이 없습니다. 내일이 되면 모든 걸 다 이룰 수 있는데 왜 포기하겠습니까? 안 그러냐?"

"맞습니다, 아이잭. 저희는 이미 각오를 굳혔습니다."

"절대 물러나지 않을 겁니다!"

청년들이 여기저기서 외쳤다. 아이잭은 한숨을 내쉬었다.

"자네들은 공화국을 위해 앞으로 더 많은 일을 해줘야 해. 그런데 왜 자신의 생명을 헛되이 사용하려고 하는가?"

"어차피 계획을 짠 시점에서 사는 건 포기했습니다. 그리고 왜 헛되이 사용한다고 생각합니까? 공화국과 공화주의가 살아있다는 것을 전 대륙에 알릴 수 있는데."

아이잭이 만류했지만, 가브릴은 흔들리지 않았다. 그는 아이잭과의 만남이 운명이라 믿어 의심치 않았다.

'나는 물러나지 않을 거다.'

자신이 희생하면 타성에 젖은 국민도 충격을 받으리라. 그리되면 분명히 공화국을 위해 싸울 테고. 국민이 저항하기 시작하면 공화국과 공화주의가 살아날 것이고, 자신은 공화국을 위해 희생한 열사로 남게 될 것이다. 국민들의 기억에서 영원히 살 수 있다면 그것만으로도 충분히 의미가 있었다.

"자네들을 보면 공화국을 세운 선조님들이 이러지 않았을까 싶군. 세상을 그리고 시대를 바꾼 사람들은 언제나 자네 같은 사람이었지. 이제 말리지 않겠네. 최선을 다해 계획을 돕지."

그렇게 말한 아이잭은 품속에서 돌돌 말린 종이를 꺼내 청년들의 앞에 펼쳤다. 내일 행사 일정과 경호원 및 군인들의 배치까지 모든 게 다 있었다.

"다만 자네들이 한 가지 알아두어야 할 게 있네. 원래 우리 부대가 경호를 맡게 되어 있었지만, 상부가 인원을 추가로 배치했어. 철갑기사단이 붙는다더군."

"철갑기사단이라면!"

"왕실의 개들이 감히 주제도 모르고!"

아이잭의 말이 끝나기 무섭게 가브릴과 다른 청년들이 동요했다. 철갑기사단은 대륙에서도 손꼽히는 정예 부대로 오직 공화파의 특무대만 이들을 막을 수 있었다. 원래 빌리어스 크로얀의 경호를 전담했는데 그중 일부가 나선 것이다.

"원래 이들은 국왕의 호위를 전담하는데 이번에 단원 10명이 빠진다는군. 그만큼 특사의 경호에 만전을 기울이고 있다는 거지."

"상관없습니다! 저희에게는 공화주의 정신이 있습니다. 왕실의 개들이 아무리 달라붙어도 저희를 막을 수는 없습니다!"

"처음부터 살아서 돌아올 생각이 없었는데 뭐가 문제겠습니까? 계획은 계속 진행될 겁니다."

가브릴과 제프가 단호한 어조로 말했다. 다른 4명도 전혀 동요하지 않았고.

"알겠네. 그럼 지도를 보게. 내일 특사는 엘라임의 서문을 통해 왕궁으로 올 거야. 그리고 자네도 알겠지만, 서문에서 왕궁으로 오려면 바로 이곳을 지나야 하네."

아이잭이 손가락으로 지도의 한 지점을 가리켰다.

"엘사레 다리군요."

"그렇지. 자네도 알다시피 엘사레 다리에는 커브 구간이 상당히 길지. 여기에도 환영 인파를 모은다는군. 그래서 나는 이곳에서 자네들이 뜻을 이뤘으면 하네."

"구체적으로 뭘 하면 됩니까?"

가브릴이 아이잭에게 질문했다. 지금은 군사 지식에 대한 전무한 자신보다 아이잭에게 기대야 했다.

"우선 두 사람씩 세 조를 만들게. 그리고 첫 번째 조는 커브 구간에서 폭탄을 던지게. 단, 처음 던지는 사람은 차가 아니라 다른 곳에 던져 시선을 유도하고 두 번째가 확실히 차를 향해 던지게."

"알겠습니다."

다들 바로 대답했다. 희생이 나올 수 있지만, 그걸 신경 쓰는 사람은 아무도 없었다. 대업을 위해 소수의 사람이 희생되는 건 피할 수 없는 일이었다.

'공화주의를 위협하는 놈들을 환영하는 국민은 필요 없다. 차라리 죽어서 공화국을 빛내는 게 그들에게도 좋을 것이다.'

가브릴은 그렇게 자신을 다독였다. 아이잭은 계속 말을 이어나갔다.

"차가 바로 터지는 게 제일 좋지만, 철갑기사단의 능력을 생각하면 어찌 될지 모르네. 만약 첫 번째 공격이 실패했을 경우, 저들은 바로 후진할 거야. 하지만 일행이 많으니 후진을 하는 건 쉽지 않지. 그때, 두 번째 조는 동시에 차량을 공격해야 하네."

"설령 특사를 못 죽여도 호위 병력은 피해가 크겠군요."

"그렇지. 마지막으로 가브릴과 제프, 자네들은 특사가 살아있다면 바로 그 가슴에 총탄을 박게. 그리고 이건 자네들을 위한 내 선물일세."

아이잭은 그렇게 말하고 자신이 미리 들고 온 박스를 열었다. 그곳에는 각종 종기와 폭탄이 모여 있었다. 군에서 빼돌린 뒤, 장부까지 조작했기 때문에 일시적으로 눈을 피할 수 있었다.

가브릴은 권총을 강하게 움켜쥐었다. 차가운 손잡이가 가슴을 두근거리게 했다.

"감사합니다, 아이잭. 당신이 없었으면 절대 계획을 이루지 못했을 겁니다."

권총을 내려놓은 가브릴은 허리를 크게 숙였다. 왕정복고파와 싸우지 못하는 군인 따위는 아무런 의미가 없다고 생각했다. 하지마는 가브릴은 자신이 틀렸음을 인정했다. 아이잭이야말로 진정한 군인이었다.

"아니네. 용기가 없어서 망설이고 있던 날 움직인 건 자네들이지. 부디 무운을 빌겠네."

"알겠습니다!"

가브릴과 청년들이 한목소리로 외쳤다. 그리고 아이잭이 준비한 무기들을 모두 갈무리했다. 그런 그들을 보며 아이잭은 흡족해했다.

엘레나는 화면 속의 클라우드를 응시했다.

"대공 전하께서 저한테 연락했다는 건, 마침내 수련이 다 끝났다는 거군요. 경지에 오른 걸 축하드려요."

-이미 알고 있었나? 크로얀 왕국의 정보부도 대단하군-

"현재 대륙의 정보기관들은 모두 대공 전하의 동향을 살피고 있어요. 저뿐만 아니라 다들 대공 전하께서 경지에 올랐다고 파악했을 거예요."

-나도 어느새 인기인이 다 됐군-

클라우드는 엘레나의 말에 신경 쓰지 않았다. 숨긴다고 숨겼지만, 자신은 제국의 대공이었다. 군부의 수장이기도 했고. 자리를 비우면 당연히 티가 나고, 소문이 돌 수밖에 없었다.

-잡담은 이 정도로 하지. 내일 일정에 대해 좀 따질 게 있다-

"환영 인파를 말씀하시는 건가요?"

엘레나는 바로 클라우드가 지적하는 바를 깨달았다. 내일 에렌시아 제국의 특사가 오면 크로얀 왕국의 외무대신이 직접 마중 나가 왕궁으로 함께 오기로 결정됐다. 그 과정에서 시민들 앞에서 모습을 드러내 그들의 환영을 받아야 했는데 클라우드는 바로 그 부분을 지적한 것이다.

-알고 있으니 이야기가 빠르겠군. 지금 공화파는 협정 자체에 불만을 품고 있는 걸로 알고 있다. 그들이 무슨 짓을 저지를지 모르는 상황인데, 왜 사람들을 모은 거지?-

많은 사람이 모이면, 개개인의 신원을 확인하기 어려워진다. 잘못하면 특사가 위험에 빠질 수 있었고. 그리고 현재 크로얀 왕국의 정치 상황을 볼 때, 과격파가 테러를 벌인다고 해도 이상하지 않았다.

"전하께서는 어떻게 생각하는지 모르겠지만, 에렌시아 제국은 저희에게 굉장히 중요합니다. 에렌시아 제국과 친하게 지내는 모습을 보여줘야만 국민들의 혼란을 가라앉힐 수 있었으니까요."

-그래서 국민들에게 두 왕국이 친하다는 것을 강조할 필요가 있다는 거군. 처음인 만큼, 의미를 부여하기 더 쉬울 테니까-

"예. 그리고 공화파는 너무 걱정하지 않아도 돼요. 지금 공화파는 철저히 내부를 단속하고 있어요. 특사에게 문제가 생길 경우, 바로 대공 전하께서 움직인다는 걸 저쪽도 알고 있답니다."

자국의 특사에게 위해를 가하는 것은 선전포고나 다름없었다. 복고파를 상대하기도 바쁜 공화파로서는 클라우드가 개입하는 것을 최대한 막아야 했다. 만약 그가 에렌시아 제국이 군대를 이끌고 쳐들어오면 공화파는 그대로 끝이었기 때문이다.

하지만 클라우드는 엘레나의 말을 듣고서도 얼굴을 풀지 않았다. 무심한 그의 시선에 엘레나는 몸이 떨리는 것을 느꼈다.

'통신을 하는 것만으로도 이렇게 강한 압박감을 받다니…….'

이런 경험은 검성과 대화한 이후, 처음이었다. 그녀는 정말 클라우드가 검성과 같은 경지에 올랐음을 깨달았다. 그렇게 그녀가 떨 때, 클라우드가 다시 입을 열었다.

-이념과 종교가 왜 무서운 줄 아나, 엘레나 메디시스?-

"한 번 심취하면 빠져나올 수 없다는 거죠. 마약처럼."

클라우드가 갑자기 화제를 전환했지만. 엘레나는 당황하지 않고 똑바로 대답했다. 그녀는 클라우드가 뭘 걱정하는지 잘 알고 있었다.

-그래. 그렇게 심취한 놈 중에는 자기만 무조건 옳다고 믿는 바보들이 많다. 더 무서운 건 그런 바보들일수록 주변을 생각하지 않고 일만 벌인다는 거지. 그 때문에 항상 죄 없는 사람들이 피해를 감당해야 하고-

"전하께서 테러를 걱정하는 건 잘 알고 있어요. 하지만 특사를 경호하는 사람들은 저희 왕국이 자랑하는 철갑기사단의 단원들이에요. 그리고 왕국의 기갑 연대도 움직일 거고요. 그러니 안심하세요, 대공 전하."

-철갑기사단이라……. 그들이라면 믿을 수 있지-

엘레나가 자신감을 드러내자, 클라우드는 가볍게 고개를 끄덕였다. 국왕의 근위기사단을 내세우는 것만 봐도 크로얀 왕국이 성공적으로 협정을 맺기 위해 노력하고 있다는 걸 알 수 있었다.

-일단은 이대로 넘어가겠다. 하지만 명심해라, 엘레나 메디시스. 나는 분명히 그대에게 경고했다. 만약 무슨 일이 생긴다면 그대는 반드시 책임을 져야 할 것이다-

그 말을 끝으로 통신이 끊어졌다. 혼자 남은 엘레나는 자신의 손을 바라보았다. 고작 10분 정도 이야기를 나눴을 뿐인 손은 땀으로 흥건했다. 그리고 심장은 여전히 크게 요동치고 있었다.

"안 그래도 상대하기 힘들었는데 이제는 검성과 대등하다니……. 하늘도 정말 무심하다니까."

엘레나는 한숨을 내쉬었다.

지금은 크로얀 왕국은 에렌시아 제국에 의존해야 했다. 다만 앞으로 계속 그런 관계를 유지할 생각은 추호도 없었다. 계속 의존하다가는 주권을 잃고 위성 국가로 전락할 수 있었기 때문에.

"그래도 힘이 전부는 아니야. 이번만큼은 당신도 내 뜻대로 움직일 수밖에 없으니까, 클라우드 폰 알바레아."

엘레나는 자신의 계획을 떠올리며 웃었다. 이제까지 클라우드의 손에 여러 번 놀아났지만, 이번만큼은 달랐다. 이미 계획은 제대로 진행되고 있었고 클라우드는 그 이면의 진실에 절대 접근할 수 없었다.

"책임을 묻겠다고? 계획대로 일이 진행된다면, 기꺼이 질게. 당신을 내 뜻대로 움직이려면 그 정도는 감당해야지."

엘레나는 입가에 미소를 머금으며 눈을 감았다. 살면서 내일이 이렇게 기대된 적은 처음이었다.

'엘라임 시도 정말 오랜만이군.'

데카르트 제타는 자신의 앞에 펼쳐진 서문 너머에 있는 엘라임 시의 전경을 보며 웃었다. 붉은색 벽돌을 바탕으로 한 거리와 왕국 시절에 지어진, 전통을 자랑하는 건물들은 여전히 아름다웠다.

"오랜만에 뵙습니다."

뒤에서 익숙한 목소리가 들리자 데카르트는 바로 고개를 돌렸다. 그곳에는 깔끔하게 정장을 입은 40대 중반의 사내가 서 있었다. 크로얀 왕국의 외무성 대신이 된 리어드 록스미스였다.

"정전 협정 이후 처음이군요. 1년도 안 됐는데 왜 시간이 오래 흘렀다는 생각이 드는지 모르겠군요."

"많은 일이 있었으니까요. 한직만 전전했던 저희가 외교 부문의 수장이 될 정도로 말입니다."

리어드의 말을 들은 데카르트는 공감한다는 듯이 미소를 지었다. 자신은 귀족파에 찍혔고, 리어드는 공화파에 미움을 받았었다.

서로 출세와는 거리가 멀다고 생각했는데, 이제는 둘 다 서로의 국가를 대표하고 있었다. 세상일은 역시 알다가도 몰랐다.

"장관님. 이걸 입으십시오. 다만 옷 속에 입어주시면 감사하겠습니다."

제복을 입은 사내가 데카르트에게 다가와 방탄조끼를 건넸다. 그런 사내의 등 뒤에는 같은 제복을 입은 군인들이 서 있었다.

"자네는?"

"장관님의 경호를 맡은 빅터 파이로라 합니다. 불편하시겠지만 죄송합니다. 많은 사람이 모이는 만큼, 테러 가능성을 무시할 수 없기 때문입니다."

"상관없네. 양국 관계가 좋다는 것을 보여줘야 하는데 이 정도는 감수해야지. 그건 그렇고 철갑기사단이라니, 정말 든든하군."

빅터의 정체를 파악한 데카르트는 활짝 웃었다. 이들은 평소 국왕을 지켰다. 이들을 못 믿는다면 어떤 사람들도 믿을 수 없으리라. 그리고 클라우드에게 주의를 받은 것도 있기 때문에 데카르트는 바로 방탄조끼를 입었다.

"저희뿐만 아니라 길거리에는 제1기갑 연대의 병사들과 마장기들이 있습니다. 그러니 안심하십시오."

"알겠네. 왕국으로 돌아갈 때까지 잘 부탁하네."

데카르트는 리어드와 함께 차에 올라탔다.

선두 차량이 출발하자 다른 차들도 일제히 나아갔다. 그렇게 차들이 서문 안으로 들어서자,

"우와아아아!"

수많은 사람이 일제히 환호성을 질렀다. 그 모습을 본 데카르트르는 환하게 웃으며 손을 흔들었다. 그러자 함성은 더욱 커졌다.

"생각보다 사람들이 많이 모였군요."

데카르트트는 의문을 드러냈다. 왕국 측에서 사람을 모았겠지만 그걸 감안하고도 자신을 굉장히 환영하고 있었다.

"에렌시아 제국의 이념을 환영하는 사람들은 정말 많습니다. 공화주의자들이 말한 이상보다 현실적이니까요. 아직 저희 쪽의 지지율이 공화파보다 뒤떨어지지만, 협정을 성공적으로 마무리하면 뒤집을 수 있을 겁니다."

"정말 그렇게 됐으면 좋겠습니다. 두 왕국의 동맹이 굳건해지면 다른 국가들도 가만히 지켜볼 수밖에 없으니까요."

에렌시아 제국은 국가 이념으로 인해 다른 국가들과 제대로 수교를 맺을 수 없었다. 아니, 수교는커녕 당장 전쟁이 일어나도 이상하지 않았다.

'대륙을 상대로 싸워야겠지.'

크로얀 공화국의 초기, 그들은 많은 국가한테 공격받았다. 그만큼 공화주의는 대륙의 주요 국가에 위험한 사상으로 낙인찍힌 상황이었다. 제국 역시 공화국과 같은 길을 걸을 게 분명했다.

'이런 때일수록 우리가 더욱 나서야 한다.'

전쟁이 일어날 때 일어나더라도 지금은 때가 아니었다. 레베카 여황의 체제가 자리 잡은 지 얼마 안 되는 지금, 전쟁만큼은 반드

시 피해야 했다.

크로얀 왕국과 동맹을 맺는 것도 앞으로 있을 전쟁 준비의 일환이었다. 두 개의 강대국이 힘을 합치면 다른 국가들도 전쟁을 망설일 수밖에 없으니 말이다.

그렇게 데카르트가 각오를 다질 때, 일행은 엘사레 다리에 들어섰다. 차는 저속으로 나아갔고 마침내 커브 구간에 도착했다.

그 순간, 무언가가 허공을 가르며 바닥에 떨어졌다.

콰아아앙!

"꺄아아악!"

"크아아악!"

커다란 폭발이 일며 파편과 불꽃이 사방으로 퍼져나갔다. 폭발의 중심에 있던 사람들은 제대로 비명조차 지르지 못한 채 목숨을 잃었다. 또 폭발의 여파에 휩쓸려 수많은 중상자가 발생했다.

"폭탄 테러다!"

"피해야 해!"

폭발을 운 좋게 피한 사람들이 울부짖었다. 혼란에 빠진 사람들은 살기 위해 혼란에 빠져 사방으로 도망쳤다.

"으아악!"

"아, 안 돼!"

살아남아야 한다는 강렬한 의지가 사람들의 시야를 좁혔다. 그 때문에 폭발로 중상을 입은 사람들은 도망치는 사람들에 의해 짓밟혔고 피해는 더 커졌다. 어떤 사람들은 아예 다리 밖으로 뛰어내렸다.

"외무대신들을 지켜라! 또 폭탄이 날아올지 모른다! 제1기갑 연대는 시민들을 안전한 곳으로 대피시켜라! 그리고 라이더들은 전부 엘사레 다리로 모여라!"

빅터가 황급히 명령을 내렸다. 그러던 도중 다시 폭탄이 날아왔다.

"어딜!"

빅터가 검을 휘두르자 노란색의 오러블레스트가 폭탄을 향해 날아갔다. 오러블레스트를 얻어맞은 폭탄은 허공에서 폭발했다.

쾅! 쾅! 쾅!

하지만 폭탄은 하나가 아니었고 빅터 쪽이 아닌 다른 곳에도 떨어졌다. 그곳에는 사람들이 많이 모여 있었고 폭탄이 터지자 다시 커다란 비명이 울려 퍼졌다.

"악마 같은 놈들!"

데카르트는 눈앞에 펼쳐진 참상에 할 말을 잃었다. 지금 테러리스트들은 자신들의 위치를 숨기기 위해 죄 없는 시민들을 무차별적으로 공격하고 있었다.

"피하셔야 합니다, 외무대신. 저희를 따라오십시오."

"우리는 살아야 합니다. 아니면 전쟁이 일어납니다."

철갑기사단의 단원과 리어드가 말하자, 데카르트는 고개를 끄덕였다. 자신이 여기서 죽으면 정말 전쟁이 시작된다. 그리고 그 전쟁은 단순히 공화파와의 전쟁만으로 끝날 가능성은 없었다.

"크윽!"

분노를 삼킨 데카르트는 철갑기사단의 보호를 받아 차에서 내려 도망쳤다. 그 때문에 그는 자신의 등 뒤에서 굴러온 폭탄을 보지 못했다.

쾅!

폭탄이 터졌고 불꽃이 모든 것을 집어삼켰다.

쾅! 쾅!

"1조와 2조가 성공했다. 이제 우리 차례다."

"알고 있어."

제프가 말을 걸자, 가브릴이 무심한 얼굴로 대답했다. 그리고 눈앞의 광경을 지켜보았다. 사방에서 폭탄이 터졌고 시민들은 혼란에 빠져 도망치기 바빴다. 제1 기갑 연대의 병사들이 어떻게든 수습하려고 했지만, 그들로서 이 혼란을 막는 건 불가능했다.

'공화국을 위해 희생되는 거니 억울하게 생각하지 마라. 너희들 모두 공화국의 자유를 위해 희생된 사람들로 기려질 것이다.'

가브릴은 그렇게 생각하며 혼란에 빠진 시민들의 틈 속에 숨어들었다. 그의 시선은 달아나는 에렌시아 제국의 특사에게 고정되어 있었다. 혼란스러운 상황에서도 질서를 유지하는 철갑기사단 때문에 그의 존재를 못 알아차릴 수가 없었다.

그 순간, 폭탄을 날려 혼란을 일으킨 1조와 2조가 철갑기사단을 향해 달려들었다.

"왕실의 개들!"

"죽어라!"

1조와 2조가 일제히 권총의 방아쇠를 당겼다. 철갑기사단의 단원들은 검을 휘둘러 탄환을 일일이 베었다. 그들이 가진 구식 권총으로는 인간을 능가하는 감각을 가진 철갑기사단의 몸을 꿰뚫을 수 없었다.

그런데 그때였다.

2조의 남은 청년이 폭탄을 밑으로 굴렸다. 탄환을 막느라 신경을 쓴 단원들은 폭탄을 발견하지 못했고.

콰아앙!

"크아아악!"

폭탄이 터짐과 동시에 단원 네 명이 폭발에 삼켜졌다. 살아남은 사람은 아무도 없었다.

"네 이놈들!"

살아남은 단원들이 달려들었다. 1조와 2조의 청년들은 탄환이 떨어질 때까지 계속 방아쇠를 당겼다. 하지만 탄환은 튕겨져 나갔고 단원들은 그대로 검을 휘둘러 청년들을 전부 죽이려 했다.

"죽이면 안 된다! 배후를 캐내야 하니, 제압해라! 반드시 제압해야 한다!"

데카르트, 리어드와 함께 달리던 빅터가 몸을 틀어 외쳤다. 범인을 잡아 제대로 책임을 묻지 않으면 정말 전쟁이 일어날 수 있었다. 빅터가 명령을 내리자, 철갑기사단의 단원들과 근처에 있던 군인들이 전부 청년들을 향해 달려들었다.

"공화국 만세! 만세!"

"공화국이여, 영원 하라!"

청년들은 가지고 있던 폭탄을 자신의 밑바닥에 던졌다.

콰아아앙!

폭발과 함께 청년들은 물론 그들을 제압하기 위해 달려들던 군인들이 모두 휩쓸렸다. 살아남은 사람은 한 명도 없었다.

"지금이네, 가브릴!"

"알고 있어!"

가브릴은 품속에 있던 권총을 꺼내고 제프와 함께 달렸다. 제프는 품속에 있던 폭탄을 꺼내 차례대로 집어던졌다. 그렇게 받은 폭탄 4개를 전부 집어던진 제프는 권총을 들고 데카르트를 향해 달려들었다.

촤아아악!

하지만 그가 달려들기도 전에 노란 오러블레스트가 날아와 그의 다리를 잘랐다.

"아아악!"

제프는 비명을 지르며 바닥에 쓰러졌다. 그러나 그 상태에서도 그는 권총을 들고 방아쇠를 당겼다. 제프의 다리를 자른 빅터는 피투성이가 된 상태에서도 탄환을 모두 막아냈다.

"헉……헉. 편하게 죽는 건 포기해라."

탄환을 전부 다 소진한 제프는 빅터의 말을 듣고 그저 웃었다. 빅터는 그 모습을 보며 이를 갈았지만, 지금 제프를 죽일 수는 없었다. 그리고 그게 빅터의 패착이었다.

또르르.

빅터가 제프를 제압하려고 할 때, 폭탄 하나가 두 사람 사이에 떨어졌다.

"이건!?"

깜짝 놀란 빅터가 폭탄을 제거하려고 했다. 하지만 그는 자신

의 의도를 관철하지 못했다. 제프가 손을 뻗어 그의 다리를 붙잡은 것이다. 그 모습을 본 빅터의 얼굴이 창백하게 질렸다. 상대가 동료와 함께 자신을 죽으려 하는 것을 깨달았기 때문에.

"이 새끼들이!"

빅터가 황급히 외치며 제프의 팔을 잘랐다. 끔찍한 고통이 몸을 덮쳤지만, 제프는 오히려 웃었다.

"당신은 나와 죽는 거다!"

폭탄이 터졌고 불꽃은 제프와 빅터를 강타했다. 불꽃은 그것으로 모자라 주변 차량을 집어삼켰고 폭발이 연거푸 일어났다. 엘사레 다리는 이미 지옥이나 다름없었다.

"먼저 가서 기다리고 있어, 제프. 곧 갈 테니까."

폭탄을 던져 제프를 희생시킨 가브릴은 각오를 다졌다. 수많은 사람이 목숨을 잃었다. 그들의 희생을 생각해서라도 반드시 계획을 달성해야 했다. 그렇게 생각한 가브릴은 계속 달렸고 마침내 데카르트 제타를 만날 수 있었다.

"쿨럭!"

데카르트는 피를 토했다. 그의 몸은 피투성이가 된 지 오래였다. 그나마 폭탄이 터졌을 때, 몸을 날려 자신을 지켜준 철갑기사단의 단원과 리어드가 없었다면 진즉에 죽었을 것이다.

"네, 네 이놈! 지금 네놈들이 무슨 짓을……!"

탕! 탕! 탕!

데카르트는 말을 잇지 못했다. 가브릴은 데카르트를 보자마자 방아쇠를 당겼고 다섯 발의 탄환이 데카르트의 목과 얼굴을 꿰뚫었다.

"쓰레기들과 할 말은 없다."

데카르트를 죽인 가브릴이 싸늘한 어조로 중얼거렸다. 그와 별개로 드디어 목적을 완수했다는 기쁨이 온몸을 사로잡았다. 이제 동료들의 곁으로 돌아가는 일만 남았다.

"공화국 만세! 만세!"

데카르트를 죽인 가브릴은 우렁찬 목소리로 외쳤다. 그리고 자신의 미간을 향해 권총을 겨누었다.

"공화국은 살아있다! 왕국의 망령들이여! 너희들이 있는 한, 앞으로 공화국 국민은 계속 투쟁을……! 크아아악!"

가브릴이 비명을 질렀다. 오러블레스트가 권총을 든 그의 오른팔을 잘랐고 팔은 바닥에 떨어졌다. 고통을 이기지 못한 가브릴은 자기도 모르게 잘려 나간 오른팔을 왼손으로 붙잡았다. 그 사이, 다른 군인들이 달려들어 가브릴을 제압했다.

"나를 죽여라! 나의 혼이 공화국을 영원히 지킬……."

퍽!

한 군인이 가브릴의 목을 후려쳤고 그는 고개를 떨궜다.

"수고 많았네, 가브릴. 하지만 자네는 아직 죽어서는 안 돼. 살인을 저질렀으면 거기에 대한 책임을 져야지."

가브릴을 기절시킨 아이잭은 웃었다. 마침내 계획이 이뤄지는 순간이었다.

제 6장 책임을 지다

엘사레 다리에서 일어났던 테러는 끔찍한 결과를 낳았다. 사망자만 200명이 넘었고, 크고 작은 상처를 입은 사람은 1,000여 명이 넘었다. 그중에는 외무성 대신인 리어드 록스미스는 물론 특사인 데카르트 제타도 포함되었다.

범인은 테러 당일, 크로얀 왕국 군인들에게 체포된 가브릴 린트와 그가 몸담은 푸른 날개로 지목되었다.

"테러라니, 말도 안 되는 소리 하지 마십시오. 이건 공화국을 되찾기 위한 숭고한 투쟁입니다."

"희생자들 말입니까? 그들은 공화국을 위해 목숨을 바친 겁니다! 그러니 그들도 기뻐할 겁니다! 공화국이 살아있다는 사실을 알릴 수 있었으니까요."

"공화국 국민이여, 아직 공화국은 살아있습니다! 일어나십시오! 그리고 싸우십시오!"

가브릴은 연행되면서도 끝까지 소리쳤다.

끝까지 열사인 것처럼 행동하는 가브릴의 모습에 크로얀 왕국의 국민은 경악을 금치 못했다. 에렌시아 제국의 특사뿐만 아니라 같은 국민을 죽였는데도 가브릴은 전혀 반성의 기미를 보이지 않았다.

-이 사건은 '푸른 날개'가 독단적으로 저지른 범죄입니다. 저희 공화파는 비극을 불러일으킨 그들을 규탄합니다!-

공화파는 즉각 기자회견을 열었고, 대변인은 자신들과 테러가 아무런 상관이 없다고 주장했다. 하지만 그 사실을 믿는 사람들은 없었다. 다들 공화파에 분노했고 공화파에 대한 지지율은 떨어지다 못해 박살났다.

그렇게 공화파에 분노한 국민은 동시에 두려움도 느끼고 있었다. 에렌시아 제국의 특사가 목숨을 잃었다. 당연히 클라우드 폰 알바레아로서는 분노할 수밖에 없다. 크로얀 왕국에 책임을 물을 명분이 생긴 이상, 가만히 있을 리 만무했고.

거기다가 클라우드는 크로얀 공화국의 국민군을 상대로 연전연승을 거두었다. 그 때문에 왕국의 국민 중에서는 클라우드를 두려워하는 사람들이 많았고. 전쟁을 피하기 위해서라도 그들은 복고파를 따를 수밖에 없었다.

에렌시아 제국과 크로얀 왕국의 관계와는 별개로 다른 국가들도 일제히 성명을 발표해 테러로 사망한 이들을 애도했다.

클라우드가 전면에 나선 이후, 빠른 속도로 강해지는 제국과 제대로 맞붙을 국가는 이안의 세력 외에는 없다고 해도 과언이 아니었다. 그렇기에 다들 에렌시아 제국과 클라우드의 눈치를 살피기 바빴다.

클라우드는 어떤 선택을 할 것인가?

대륙의 모든 사람, 모든 국가가 긴장한 채, 클라우드의 반응만을 기다렸다.

"빌어먹을!"

쾅!

분노를 이기지 못한 베인 헤이오스가 책상을 후려쳤다. 그러자 책상이 반으로 쪼개지는 것은 물론 바닥에 균열이 생겼다. 다들 긴장한 기색이 역력한 얼굴로 베인의 눈치를 살폈다.

"내가 분명히 말하지 않았나! 밑에 있는 놈들을 잘 감시하라고 말이야! 그런데 지금 이게 무슨 꼴인가!"

"……."

다들 침묵했다. 일은 이미 터졌고 그로 인해 수많은 사람이 목숨을 잃었다. 이런 상황에서 뭐라고 해봤자 다 변명에 불과했다. 베인은 머리를 움켜쥐며 의자에 주저앉았다.

'이 상황을 어떻게 해결한단 말인가?'

대다수 국민이 공화파를 버리고 복고파를 선택했다. 이대로 가면 투표에서 무조건 패배할 수밖에 없었다. 그렇다고 계속 자신들과 푸른 날개가 아무런 관계가 없다고 잡아뗄 수도 없었다. 푸른 날개가 공화파에 소속된 단체인 건 사실이었으니까. 그래서 공화파도 어느 정도 책임을 질 필요가 있었다.

"왕실 측에서 우리에게 책임을 묻고 있습니다. 우선 푸른 날개와 관련된 이들을 전부 내놓으라고 하더군요."

"역시 그렇게 나오는군."

벨리키스가 굳은 얼굴로 말하자, 베인은 한숨을 내쉬었다. 책임을 물을 것이라고 예상했다. 다만 어떻게, 어디까지 책임져야 할지가 중요했다. 그리고 이어지는 벨리키스의 말에 베인은 얼굴을 크게 찌푸렸다.

"또 저희 쪽이 소유한 마장기를 전부 내놓고 병력을 해산하라고 했습니다. 그리고 상황이 진정되면 전부 왕국군에 편입하겠답니다."

"그건 지금 상황하고 아무런 연관이 없을 텐데?"

베인은 어처구니없다는 얼굴로 물었다. 자신들이 책임을 질 필요는 있지만 군대 해산은 전혀 다른 문제였다. 벨리키스는 바로 베인의 질문에 대답했다.

"테러리스트들이 사용한 폭탄과 총기들 모두 공화파 간부가 지원했다는 말이 돌고 있습니다. 만약 권고를 듣지 않는다면 테러리스트로 낙인찍겠다고 합니다."

"이 기회에 우리를 완전히 끝장내겠다는 거군."

복고파의 의도를 읽은 베인은 주먹을 움켜쥐었다. 군대를 해산하면 복고파에 의해 흡수되어 공화파 자체가 소멸할 게 분명했다. 그렇다고 권고를 무시하자니, 에렌시아 제국이 걸렸다.

'클라우드 폰 알바레아라면 언제든 전쟁을 일으킬 수 있다.'

자신이 아는 클라우드는 누구보다 명분을 잘 이용하는 남자였다. 그 남자라면 곧장 크로얀 왕국과 손을 잡고 공화파를 공격할 수 있다. 상황이 그렇게 흐르면 공화파는 그대로 끝장나고 만다.

즉, 어떤 선택지를 골라도 공화파의 운명은 위태롭다는 사실을 막지는 못한다.

"말도 안 되는……. 테러를 핑계로 저희 전력을 약화하려는 얄

팍한 속셈입니다!"

"이대로 군을 해산하면 저희는 끝장입니다. 공화국의 이름을 이대로 잃을 수는 없습니다!"

그때, 카마드와 엘넌이 반발했다.

두 사람뿐만 아니라, 이 자리에 있는 군인들 전부 반대했다. 하지만 벨리키스를 비롯한 정치인들도 가만히 있지 않았다.

"지금 상황을 보게! 전 국민이 우리를 적대하고 있네! 우리가 고집을 부리면 부릴수록 왕실은 더 우리를 압박할 것이네! 국민의 지지를 등에 업었는데 뭔들 못 하겠나!"

"큰 사건이 일어날 때마다 국민이 흔들린 게 어디 한, 두 번입니까! 시간이 지나면 그들도 진실을 깨달을 겁니다!"

"자네처럼 국민을 무시하고 스스로 잘났다고 생각하는 사람들이 문제네. 자네의 그 사고방식이 이번 테러리스트와 다를 바 뭔가!"

엘넌이 반발하자, 벨리키스가 호통을 쳤다. 사태를 파악하지 못하고 계속 고집을 부리는 군인들이 혐오스러웠다.

"지금 말……."

"아직 다 안 했네! 이번 테러리스트를 보게! 그 많은 사람을 죽여 놓고 하는 말이 '그들은 공화국을 위해 목숨을 바친 겁니다! 그러니 그들도 기뻐할 겁니다.'라는군. 국민은 아예 신경도 안 썼다는 거지! 진실이라고!? 진실은 하나네! 공화파에 소속된 청년이 수많은 사람을 죽였다는 것, 그 이상도 그 이하도 아니란 말일세!"

"테러라는 수단은 분명히 잘못됐습니다! 하지만 국민이 올바른 선택을 하지 못하고 있는데 왜 그걸 따라야 합니까!"

"엘넌 램브란트, 자네 미쳤나!? 그게 공화주의를 추구하는 사람이 할 말이야! 자네 같은 사람들 때문에 에렌시아 제국의 이념에 동조하는 사람들이 많아지는 걸 어찌 모르는가!"

소수의 엘리트가 다수의 국민을 이끈다고 해서 국민을 무시할 수는 없었다. 당장 공화국 건국만 봐도, 다수의 국민이 함께 싸웠기에 가능했다. 벨리키스는 그 사실을 망각하고 우월감에 빠진 엘넌을 비난했다. 그리고 베인을 바라보며 외쳤다.

"각하! 다 끝났습니다! 지금은 왕국에 최대한 협력을 해야 합니다! 만약 저희가 왕실의 통보를 무시하면 왕실뿐만 아니라 에렌시아 제국과도 싸워야 할 겁니다!"

"차라리 싸워야 합니다! 선조들은 이보다 더 험난한 상황에서도 맞서 싸웠습니다! 이대로 선조들의 의지를 부정할 수는 없습니다!"

"개소리하지 말게, 하르트 중장! 선조들이 분명히 목숨을 걸고 싸웠지만 그 뒤에는 국민의 지지가 있었네. 그런데 아무도 호응해주지 않는 상황에서 전쟁이라고!? 다 같이 죽자는 건가!"

"공화국을 위해서라면 다 같이 죽어야지!"

카마드는 그대로 기세를 일으켰다. 소드마스터의 기세가 퍼지자 벨리키스의 안색이 창백해졌다. 하지만 그는 더욱 목소리를 높였다.

"공화국을 위해서라고!? 웃기지 말게! 지금 자네들은 권력을 잃는 게 두려워서 발버둥 치는 것뿐이네!"

"그만하게."

모두의 흥분이 극에 달했을 때, 베인이 입을 열었다. 그 순간, 카마드의 기세가 더 거대한 힘에 의해 사라졌다. 카마드와 벨리키스는 호흡을 가다듬은 다음, 베인을 응시했다.

"지금 당장 정할 생각은 없네."

"각하!"

카마드가 믿을 수 없다는 얼굴로 베인을 바라보았다. 하지만 베인은 고개를 저었다.

"대다수의 국민이 우리를 반대하고 있네. 개중에는 휘하 장병들의 가족들도 있고. 그 때문에 장병들의 사기가 곤두박질치고 있는데 무슨 전쟁인가?"

"여기서 포기하면 저희는 끝입니다! 지금이야 받아준다고 하지만 때가 되면 숙청당할 겁니다!"

엘넌이 울부짖었다. 군대는 그들이 가진 최후의 힘이었다. 그리고 군대를 잃게 되면 다시는 세력을 도모할 수 없었다. 힘을 가지지 못한 자의 말로는 언제나 비참했다.

"우리가 만약 싸운다고 가정하지. 그러면 우리가 복고파하고만 싸워야 하나? 분명히 에렌시아 제국이 개입할 걸세. 이길 가능성이 없는 상태에서 싸움을 거는 건 자살 행위네. 그런 무의미한 행위로 병사들을 죽음으로 내몰 수는 없네."

베인은 단호한 어조로 말했다.

이제 인정해야 했다. 이 상황을 역전할 방법은 없다는 것을. 살아서 미래를 도모하는가, 아니면 테러리스트로 낙인찍혀 역사에서 사라지는가? 둘 중 하나를 선택해야 했다.

"그러면 저희는 어떻게 해야 합니까?"

“내가 직접 크로얀 왕국과 에렌시아 제국에 가서 담판을 짓겠네. 그것만이 우리가 살길이네.”

“그건 너무 위험합니다!”

“죽을 수도 있습니다!”

베인의 말에 엘넌과 카마드를 비롯한 군부는 물론 벨리키스와 다른 정치인들도 반대했다. 아무리 그가 초월적인 강함을 가지고 있다 해도 결국 사람이었다. 두 국가가 작정하면 아무리 베인이라도 목숨을 잃을 수밖에 없었다.

“그래도 해야 하네. 진정성을 보이기 위해서는 그 방법밖에 없으니 말이야.”

베인은 자리에서 일어났다.

‘어쩔 수 없다.’

공화국을 사랑했다. 하지만 국민이 더 중요했다. 국민이 있어야 공화국이 있는 거니까. 그는 자신의 선택이 옳다고 믿었다.

테러가 일어난 다음 날, 레베카는 제국 전역에 계엄령을 선포했다. 그리고 데카르트 제타와 다른 희생자들의 죽음을 애도했다. 그 때문에 관리들과 군인들은 전부 검은 옷을 입고 일을 해야만 했다.

“테러가 일어날 가능성은 예상했지만, 설마 이렇게 될 줄은 몰랐습니다.”

“다 그렇게 생각했을 것이다. 그렇다고 경호가 허술한 것도 아니었으니까."

클라우드는 미카엘의 말에 동의했다. 이번 회담이 위험하다는 사실을 모르는 사람은 아무도 없었다. 크로얀 왕국과 에렌시아 제국의 적은 셀 수 없을 정도로 많았기 때문에.

그렇다고 경호가 허술한 것도 아니었다. 철갑기사단은 에렌시아 제국의 근위기사단도 승리를 장담할 수 없을 정도로 강자들이 많았다. 게다가 제1 기갑 연대의 병사들과 마장기들이 거리를 지켰다. 크로얀 왕국이 할 수 있는 일은 다 했다고 봐도 무방했다.

"복고파만 유리하게 됐군요. 당장 국민의 절대적인 지지를 얻어 앞으로 있을 선거에서 승리할 가능성이 커졌으니까요. 게다가 저희도 나설 수밖에 없는 상황이니 공화파의 존립 자체가 위험해집니다. 복고파 측에서 이 사건을 계획했다고 해도 믿겠습니다."

"함부로 할 말은 아니군, 미카엘."

"알고 있습니다. 증거가 없으니 말입니다."

지금은 대놓고 복고파를 의심할 수 없었다. 언제 대륙의 공적으로 찍힐지 모르는 상황이었다. 크로얀 왕국과 다투는 것은 반드시 피해야 했다.

"다만 어느 쪽이든, 군부가 개입된 건 분명합니다. 군인도 아닌 놈들이 철갑기사단을 죽일 정도로 강력한 폭탄을 얻을 방법은 그것밖에 없으니까요."

"그 부분을 파고들어 진실을 알아내야겠지. 우리 쪽 사람을 파견해서 알아볼 수 있도록 손을 쓰겠다."

함부로 나섰다가는 내정 간섭 소리를 들을 수 있지만, 이번만큼은 신경 쓸 필요 없었다. 엘레나가 약속하지 않았던가. 무슨 일이 생기면 반드시 책임을 지겠다고. 그냥 넘어갈 생각은 추호도 없었다.

"후우. 정말 빌어먹을 상황입니다. 테러 가능성이 일어날 것을 알면서도 데카르트를 보낼 수밖에 없다는 사실이 말입니다."

"어쩔 수 없지. 크로얀 왕국은 제국과 동맹을 맺고 이념을 배우겠다는 뜻을 밝혀 겨우 정국을 안정시켰다. 당연히 행동으로 보여줄 필요가 있었지."

"대공 전하의 말씀이 옳습니다. 동맹을 맺는 과정이 험난했다면 크로얀 왕국의 국민은 공화파를 선택했을 겁니다. 그리되면 제국은 대륙에 고립됐을 것이고, 결국 타국의 공격을 받아 멸망할 겁니다."

미카엘의 말 대로였다.

대륙의 국가들은 지금 에렌시아 제국을 적대하고 있었다. 대놓고 티를 내지 않아서 그렇지. 제국의 미래를 위해서 데카르트를 보낼 수밖에 없었다. 테러가 일어날 가능성이 있다는 것을 알면서도 말이다. 안 보내면 더 큰 불이익이 제국을 덮칠 게 분명했으니까.

"지금은 그의 죽음을 애도하지. 뒷일은 그다음에 신경 써도 늦지 않다."

그 말을 끝으로 클라우드는 눈을 감았다.

100명이 넘는 기자들이 한자리에 모였지만, 입을 여는 사람은 없었다. 다들 긴장이 가득한 얼굴로 단상에 오른 엘레나 메디시스를 응시했다.

“어제 왕국의 수도에서 참담한 테러가 일어났습니다. 사악하고 비열한 테러 공격으로 인해 우리의 어머니, 아버지, 친구, 이웃이 희생되었습니다. 또한 새로운 시대를 열기 위해 우리 왕국을 찾은 특사, 데카르트 제타 장관이 목숨을 잃었습니다.”

엘레나가 데카르트의 이름을 언급하자 기자들이 귀를 쫑긋 세웠다. 테러의 규모도 규모였지만 한 국가의 특사가 테러에 의해 목숨을 잃은 경우는 이번이 처음이었다. 크로얀 왕국이 어떻게 대응할지 관심이 생길 수밖에 없었다.

“우선 테러에 희생된 분들을 위해 애도를 표하고 싶습니다.”

엘레나는 눈을 감고 고개를 숙였다.

그러자 기자들도 그녀를 따라 고개를 숙였다. 적막감이 회견실을 휘감았다.

그렇게 1분이 지났을 때, 엘레나는 눈을 떴고 그녀를 본 기자들은 흠칫했다. 그녀의 눈에서는 눈물이 흘러내리고 있었기 때문에. 엘레나 역시 이를 인지하고 황급히 눈물을 닦았다.

“죄, 죄송합니다, 여러분. 이번 테러는 새로운 시대를 열고자 하는 크로얀 왕국을 혼란과 퇴보로 몰아넣기 위해 자행됐습니다. 하지만 국민 여러분, 테러리스트들은 그들의 의도를 달성하지 못했습니다. 그리고 저희는 물러나지 않을 겁니다.”

“에렌시아 제국과의 동맹을 다시 추진한다는 겁니까?”

“예, 그렇습니다. 새로운 시대를 열기 위해서는 에렌시아 제국과 함께 나아가야 합니다. 그래야 공화국 시절의 악습을 청산하고, 모두에게 자유와 평등이 보장되는 국가로 바꿀 수 있을 겁니다.”

엘레나가 각오를 밝히자 기자들은 고개를 끄덕였다. 공화주의와 에렌시아 제국의 이념 중 어느 게 옳은지는 확신할 수 없었다. 하지만 크로얀 왕국의 개혁 의지는 모두에게 전해졌다.

"이후 정부의 방침을 알고 싶습니다!"

"지금 최우선 과제는 부상자를 구호하고 테러를 방지하는 겁니다. 필요한 모든 조치를 취하기 위해 노력 중입니다."

"테러로 인해 국정이 마비되었다는 말이 돌고 있습니다. 그 때문에 각 지역에서 소요가 발생하고 있습니다."

"이 자리에서 밝히겠습니다. 현재 각 정부의 기능은 중단 없이 계속되고 있습니다. 오늘 새벽부터 각 부처의 핵심인력이 복귀했으며, 지금은 정상적으로 업무를 재개하고 있는 상황입니다. 그러니 안심하세요."

기자들이 질문을 퍼부었지만, 엘레나는 막힘없이 대답했다.

"테러는 푸른 날개가 일으켰지만, 그들이 가지고 있는 폭탄 때문에 배후가 있는 게 아닌가 생각이 듭니다."

"현재 전부는 정부는 정보기관과 행정부의 모든 자원을 이 테러 행위에 책임이 있는 자를 색출하여 응징하는 데 집중할 예정입니다. 이 과정에서 테러를 자행한 자들과 테러리스트들에게 은신처를 제공하는 자들은 모두 응분의 대가를 치러야 할 겁니다."

엘레나가 단호하게 말하자 기자들은 크게 당황했다.

'푸른 날개 뒤에는 공화파가 있잖아?'

'정말 공화파라는 게 밝혀지면 내전이 일어나는 거 아니야?'

안 그래도 복고파와 공화파는 사이가 좋지 않았다. 만약 복고파가 밀어붙이면 아직 군대를 가지고 있는 공화파는 반역을 일으킬지도 몰랐다.

"여러분이 뭘 고민하는지 알고 있습니다. 하지만 지금 그 부분은 중요하지 않다고 생각합니다. 오늘은 공화파와 복고파 상관없이 모든 국민들이 정의와 평화를 위한 결의로 함께 뭉친 날입니다. 이 비극을 가슴에 품고 이겨나가는 게 중요합니다. 정부는 앞으로 크로얀 왕국의 자유, 선과 정의를 수호하기 위해 계속 노력할 겁니다."

엘레나의 말에는 진심이 깃들어 있었고, 기자들은 이를 느낄 수 있었다.

'공화파는 끝났군.'

'크로얀 공화국이 세워질 가능성은 없다고 봐야지.'

수천 명의 사상자가 발생한 엄청난 테러였다. 공화파가 푸른 날개의 배후에 있든 없든, 국민들의 지지를 얻는 것은 이제 불가능했다.

'거기다가 왕국이 이렇게 일사불란하게 움직일 줄이야…….'

'공화국 시절보다 확실히 사건에 대처를 잘하네.'

왕국의 빠른 대처에 기자들은 고개를 끄덕였다. 서로에게 책임을 떠넘기던 관료들이 가득했던 공화국 정부보다는 훨씬 믿음이 갔다.

"마지막으로 애도의 뜻을 표하고 지원 의사를 표명해 준 대륙의 지도자께도 크로얀 왕국 국민을 대표하여 감사드리는 바입니다."

그 말을 끝으로 엘레나가 공손히 고개를 숙였다. 사진 기자들이 그런 그녀의 모습을 찍었고 밝은 빛이 연신 터졌다.

그녀의 회견은 호외로 금방 퍼졌고 복고파에 대한 지지율은 급상승했다. 공화파는 이제 복고파의 상대라고 볼 수 없을 정도였다.

기자 회견을 마친 엘레나가 다시 집무실로 돌아갔다. 그곳에는 스테판 할라인이 앉아있었다. 그의 눈가는 시커멓게 물들었고 피부는 푸석푸석해졌다. 소드마스터인 그조차 이번 사태로 인해 피로를 느낄 수밖에 없었다.

“수고했다, 엘레나.”

“그런 말씀 하지 마세요, 각하. 해야 할 일을 했을 뿐이에요.”

“……세상일은 알 수가 없구나. 전부 다 계획했다고 생각했는데, 이런 일이 생길 줄은 몰랐다.”

스테판이 말하자 엘레나의 얼굴에 수심이 깃들었다.

“제 불찰이었어요. 설마 저들이 저렇게까지 할 거라고는 생각하지 못했어요. 저 때문에 국민들이……”

“공화파 휘하에 있는 과격파들을 선동해서 공화파의 이미지를 나쁘게 한다, 그게 네 주장이었다. 실제로 일리가 있었고 우리 모두 찬성했다. 그러니 너 혼자 책임지려고 할 필요 없다.”

스테판은 수심에 빠진 엘레나를 다독였다. 그와 다른 고위 관리들은 물론 빌리어스 크로얀까지 전부 찬성했다. 그래서 공화파에 소속되어 있는 스파이들을 움직였고 과격 단체로 분류된 이들을 자극했다. 일이 예상보다 더 심각해져서 문제였지 실제로 효과는 충분하고도 넘쳤다.

"책임감을 느끼지 말라고 하지는 않겠다. 하지만 지금 처리해야 할 일들은 따로 있다."

"테러리스트들이 가지고 있는 폭탄 말이군요."

"그렇지. 놈들은 양산된 지 얼마 안 되는 신형 폭탄을 30개 정도 가지고 있었다. 너도 알겠지만, 이 정도 양의 폭탄은 암시장에서도 구할 수 없다. 군에서 유출된 게 분명하다."

"저도 그렇게 생각해요. 하지만 누가 줬는지 알 수가 없어요. 가브릴 린트가 그 부분에서는 아무 말도 하지 않고 있으니까요."

"지독한 놈이었지."

스테판은 가브릴을 떠올리며 이를 갈았다.

가브릴은 연행되자마자 초주검이 되도록 구타를 당한 뒤, 감옥으로 이송되었다. 이후 조사과정에서 많은 것을 털어놓았지만, 어디서 총기와 폭탄을 얻었는지 말하지 않았다. 심문과 고문을 당해도 마찬가지였다. 오히려 자신을 죽이라고 당당히 소리칠 정도로 그는 기세등등했다.

"에렌시아 제국도 문제다. 아직 침묵하고 있지만, 그들이 움직이는 것은 시간문제지."

"그날 있었던 일은 오직 저희만 알고 있는 비밀이에요. 아무리 클라우드라고 해도 이 사건을 알 수는 없어요. 가브릴 린트의 범행 동기도 확실하고요."

"그래도 주의를 기울여야 한다. 절대 에렌시아 제국에 빈틈을 보여서는 안 돼."

"명심할게요."

엘레나가 말하자 그제야 스테판은 안심했다. 엘레나라면 잘해 줄 것이라 믿었다.

"그러면 됐다. 다만 우리가 죄인이라는 것을 절대 잊어서는 안 된다. 우리는 분명히 테러에 책임이 있어."

"잘 알고 있어요. 그들을 위해서라도 저는 왕국을 발전시키고 국민들을 더 행복하게 만들 거예요."

엘레나가 강인한 의지를 드러냈고 스테판은 고개를 끄덕였다. 그는 그대로 집무실을 나갔다.

혼자가 된 엘레나. 그녀의 입가에 미소가 떠올랐다.

"걱정하지 않으셔도 돼요, 각하. 뒤처리는 제가 깔끔하게 잘할 거니까요. 제가 저지른 건 제가 책임져야죠."

가볍게 중얼거린 엘레나는 품속의 통신기를 꺼냈다. 그리고 그녀만 알고 있는 번호로 통신을 보냈다. 잠시 뒤, 화면 속에 아이잭의 얼굴이 떠올랐다.

-부르셨습니까, 각하?-

"정말 잘했어, 아이잭. 네가 아니었다면 이렇게까지 일을 깔끔하게 처리하지 못했을 거야."

-이 정도로는 각하께 받은 은혜를 갚았다고 할 수 없습니다. 그러니 고맙다고 하실 필요 없습니다-

아이잭이 무덤덤한 얼굴로 대답했다.

상관들이 물자와 예산을 횡령하는 것은 물론, 방산 비리까지 저지른 것을 알아버려 신고했다. 문제는 아이잭 자신이 오히려 불명예 전역을 당할 위기에 처했다는 것이다.

그 과정에서 많은 사람이 자신과 가족을 압박했다. 그의 어머니는 스트레스를 받아 자살을 택했고, 다른 가족은 직장에서 쫓겨나거나 퇴학당했다.

'그때, 각하께서 나를 구원했지.'

그녀는 오히려 아이잭을 도와 그의 상관들을 강제 전역시켰다. 게다가 한동안 온갖 불이익을 당한 가족을 지원해서 가정의 안정을 되찾게 해주었다. 그날 이후, 아이잭은 공화파임에도 엘레나를 따랐다.

"그래도 너한테는 정말 미안하다고 말하고 싶어. 나 때문에 손에 피를 묻혔으니까."

-그렇게 말씀해주는 것만으로도 힘이 납니다. 그럼 이제 계획의 마지막 단계를 진행하려고 합니다-

"그래. 이미 네 얼굴을 한 시체는 확보했어. 너는 유서를 작성하고 곧장 안가로 들어가. 때가 되면 너와 네 가족을 타국으로 보내줄게. 그러면 새로운 삶을 살 수 있을 거야."

-감사합니다-

아이잭이 공손히 고개를 숙였다. 이번 임무의 대가로 엘레나는 자신에게 3대가 아무것도 안 해도 먹고 살 수 있을 정도의 돈을 주기로 했다.

그렇게 대화가 끝났고, 엘레나는 통신을 끊었다. 그리고 곧장 다른 사람에게 통신을 보냈다.

"아이잭을 죽여. 그리고 자살한 것처럼 꾸며. 그의 필적이 적힌 유서를 작성하는 것도 잊지 말고. 테러리스트의 군사 훈련을 봐준 놈들은 죽인 뒤, 아예 묻어버려."

그렇게 일을 마무리를 지은 엘레나. 그녀는 의자에 몸을 기댔다. 긴장이 풀리자, 피로가 몰려왔다. 그런데도 그녀의 입가에는 미소가 사라지지 않았다.

"진실을 아는 사람은 적은 게 좋지."

스테판을 비롯한 상부는 자신이 단순히 선동을 부추긴 것으로 알고 있지만, 진신은 달랐다. 그녀는 일을 그렇게 미적지근하게 처리할 생각은 없었다.

"아이잭의 거짓 유서가 공개되면 공화파는 끝이야. 강경파 놈들도 항복할 수밖에 없어."

그들이 항복하지 않아도 상관없다.

공화파가 배짱을 부리면 분노한 클라우드가 나설 것이다. 그라면 자신들을 대신해 공화파를 박살날 게 분명하리라. 일이 어떻게 되든 크로얀 왕국은 공화파를 흡수하고 하나의 왕국으로 거듭날 수 있었다.

"남은 건 클라우드 폰 알바레아를 상대하는 것뿐인가? 하지만 당신이라도 이번에는 할 수 있는 게 아무것도 없어."

진실은 철저히 숨겨졌다. 거기다가 약간의 흠이 발견된다고 한들, 에렌시아 제국은 현재 크로얀 왕국에 싸움을 걸 수 없었다. 저쪽도 적이 많은 것은 마찬가지였기 때문이다. 크로얀 공화국과 에렌시아 제국은 운명공동체였다.

"당신이 나한테 어떤 식으로 책임을 지라고 할지 궁금하네."

엘레나의 입가에 걸린 미소가 진해졌다. 책임을 지겠다고 한 이상 질 것이다. 하지만 전혀 두렵지 않았다.

다음 날, 아이잭 리버스가 국방부에서 목을 맨 채 발견되었다.

그의 품에는 그의 필체로 작성된 유서가 꽂혀 있었고, 유서에는 공화국이 살아있음을 알리기 위해 푸른 날개에 협력했다고 적혀 있었다. 그 외에도 폭탄과 총기를 빼돌렸고, 그 과정에서 참여한 이들이 전부 알려졌다.

진실이 밝혀지자 사람들은 경악을 금치 못했다. 그리고 사람들의 이목이 공화파에 집중되었다. 공화파의 운명은 바람 앞의 촛불에 불과했다.

한편 그 시각, 클라우드는 전혀 예상하지 못한 사람으로부터 통신을 받았다.

"설마 그대가 과인에게 먼저 연락할 줄은 몰랐다, 검성이여."

클라우드의 입가에 미소가 떠올랐다. 화면 속에는 굳은 얼굴을 한 베인 헤이오스가 있었다.

끼익.

방문이 열리며 카마드 하르트가 안으로 들어왔다. 혼자 기다리고 있던 엘넌 램브란트가 자리에서 일어났다.

"어떻게 됐습니까?"

"어제하고 똑같은 말씀만 하시는군. 전쟁만큼은 절대 안 된다고 말이야. 후우, 아까운 특수 마장기만 하나 잃었어."

"다 각하의 말씀만 믿고 보낸 거 아닙니까? 그런데 이제 와서 그러면 도대체 어쩌자는 겁니까? 당장 에렌시아 제국과 싸워야 한다고 가장 강경하게 주장한 분은 각하 본인입니다!"

“그렇지. 그분이 합류한다는 말만 믿고 특수 마장기를 꺼낸 건데, 설마 이렇게 뒤통수를 때릴 줄이야…….”

일정 경지에 도달한 이에게 소드마스터의 힘을 제공하는 특수 마장기는 공화파의 핵심 전력이었다. 함부로 움직일 수 없는 전력이었지만 베인의 합류만 믿고 에렌시아 제국으로 보냈다. 검성은 특수 마장기와 비교를 거부하는 전력이기 때문에 그럴 가치가 있었다.

그런데 베인은 이제 와서 전쟁을 거부했다. 아까운 특수 마장기 1기만 잃은 셈이 됐기에 카마드와 엘렌을 따르는 군인들은 베인에게 불만을 품었다.

“이제 저희에게 남은 선택지는 하나밖에 없습니다.”

“싸워야 한다는 거군. 승산은 있다고 생각하나?”

“예. 라이더와 포병 등 핵심 전력은 아직 저희를 지지하고 있습니다. 그리고 복고파 놈들은 테러 때문에 전력이 분산됐습니다. 병력을 이끌고 곧장 엘라임 시를 함락시키면 됩니다.”

엘넌이 자신감을 드러냈다.

현재 복고파의 전력은 왕국 전역으로 퍼진 상황이었고 지금 들이치면 바로 승리할 수 있었다. 하지만 카마드는 고개를 흔들었다.

“우리의 적은 복고파만 있는 게 아니다. 복고파는 오히려 쉬운 상대지. 우선 각하는 어떻게 할 생각인가? 우리가 군을 일으키면 그분은 반드시 우리를 막을 것이다.”

“그분은 처음부터 상징적인 존재일 뿐, 실질적인 권한은 없었습니다. 군권은 저희가 움켜쥐고 있지 않습니까?”

"군권 문제가 아니다. 그분과 싸운다면 혁명을 일으키기 전에 큰 피해를 볼 것이다. 나 혼자 나서면 아예 이기는 게 불가능하고, 특수 마장기들이 더해진다고 해도 각하를 이길 가능성은 희박하니까."

패배를 인정하는 카마드의 얼굴에서 수치심은 찾아볼 수 없었다. 베인 헤이오스는 초월자라 불릴 정도로 압도적인 강함을 가지고 있었다. 그런 그를 이길 수 없다는 것은 결코 부끄러운 일이 아니었다.

"걱정하지 않으셔도 됩니다. 어제 그분이 한 말을 잊었습니까? 그분은 자신이 직접 책임을 지겠다고 했습니다. 아마 클라우드 폰 알바레아와 담판을 지으려고 하는 것인가 본데 어림도 없습니다. 그의 성격을 생각할 때, 각하를 에렌시아 제국으로 소환할지도 모릅니다."

"그건 내정 간섭이 아닌가? 아무리 복고파라도 이를 받아들일 리 없다."

"클라우드 폰 알바레아에게 타인의 기준은 상관없습니다. 그는 자기밖에 모르는 이기적인 인간이니까요. 자기 기분을 풀기 위해서는 뭐든지 할 겁니다. 한 번 했던 말은 끝까지 지키는 각하의 성격을 생각할 때, 분명히 에렌시아 제국으로 넘어갈 겁니다."

엘넌이 확신을 담아 말했다.

커티스 시에서 클라우드에게 치욕적인 패배를 당한 뒤, 끊임없이 그를 분석했다. 그 때문에 지금은 클라우드의 행동 원리를 어느 정도 파악하는 데 성공했다.

"이해했네. 하지만 에렌시아 제국은 어떻게 처리할 것인가? 그들은 절대 가만히 있지 않을 거야."

"혁명에 성공하면 우선 수비를 굳건하게 다집니다. 그 사이, 다른 국가들에 도움을 요청하면 됩니다."

"그건 이해하기 힘들군. 우리는 공화파다. 왕국 놈들이 가장 싫어하는 부류지."

카마드는 회의적인 반응을 보였다. 에렌시아 제국의 이념이 대두해서 문제가 됐지만, 아직 공화주의의 위상에 비견될 정도는 아니었다.

지난 수십 년 동안, 대다수 국가는 공화주의 서적을 가지고 있는 것만으로도 처벌했다. 공화주의는 대륙에서 금지된 사상이었고, 공화국은 공적으로 낙인찍혔다. 이제 와서 왕국들이 자신들을 도울 리 만무했다.

"적의 적은 곧 아군이라 했습니다. 그리고 저희가 정권을 장악하면 에렌시아 제국은 정말 혼자가 됩니다. 대륙의 모든 국가가 에렌시아 제국을 잠재적인 적이라 생각하는 지금, 그들에게도 우리 제안은 나쁘지 않을 겁니다."

엘넌은 여전히 자신만만했다.

카마드는 그런 엘넌의 말에 고개를 끄덕일 수밖에 없었다. 에렌시아 제국에게 적이 많은 것은 사실이었다.

"위험하지만, 지금 상황에서는 어쩔 수 없군. 그 부분은 자네에게 일임하도록 하겠네. 다른 이들에게는 내가 말해놓지."

"감사합니다."

엘넌이 고개를 숙였다.

'이제 내가 영웅이 될 시간이다.'

이제 와서 왕국에 고개를 조아릴 생각은 없었다. 자신이 영웅이 되어 크로얀 공화국을 부흥시킬 생각이었다. 그리고 클라우드 폰 알바레아조차 뛰어넘으리라.

'그대의 의지는 내가 이어받도록 하겠다, 가브릴 린트.'

공화파를 위험에 빠뜨린 것은 괘씸했지만, 적어도 그의 사상 자체는 이해할 수 있었다. 그렇기 때문에 그의 염원을 이어받아 자신이 영웅이 되기로 마음을 먹었다.

클라우드는 화면 속의 베인 헤이오스를 보며 흥미를 느꼈다. 상대는 70세를 넘은 것으로 알고 있다. 그런데 정작 베인의 외모는 적게는 20대 후반, 많이 봐도 30대 초반의 청년처럼 보였다. 강대한 힘이 시간의 흐름조차 막은 것이다.

'한 번쯤 싸워보고 싶네.'

카젠트와 비교했을 때, 얼마나 강할지 궁금했다. 하지만 지금은 그런 개인적인 호승심을 내세울 때가 아니었다.

-처음 뵙겠습니다, 대공 전하. 베인 헤이오스라 합니다-

베인이 고개를 숙였다.

정말 최소한의 예의만 차렸을 뿐, 결코 한 나라의 정점에 오른 귀족에 대한 예의라고 할 수는 없었다. 하지만 클라우드는 그 부분을 따지지 않았다. 그가 자신에게 먼저 연락을 한 것만으로도 이미 우위를 점한 셈이었다. 괜히 건드려서 초를 칠 이유는 없었다.

"설마 그대가 나에게 먼저 연락할 줄은 몰랐다, 검성이여."

-본론만 말하겠습니다. 저는 대공 전하께서 전쟁을 일으키지 않기를 바랍니다. 이 문제는 전쟁 없이 충분히 해결할 수 있습니다-

"너무 넘겨짚는 거 아닌가? 아직 에렌시아 제국은 어떤 입장도 밝히지 않았는데 말이다. 지금 정부의 관료들이 신중하게 생각하고 있으니 그것부터 기다리는 게 어떻겠나?"

-중요한 것은 대공 전하의 의중이라 생각합니다-

베인은 단호한 어조로 말했다.

클라우드를 처음, 그것도 영상 통신으로 만났지만, 그는 상대가 어떤 존재인지를 확신했다.

'그는 패업을 도모할 존재다.'

무력을 바탕으로 권력을 잡은 이들은 절대 현재에 안주하지 않는다. 자신의 권력을 더 공고하게 다지기 위해서라도 힘을 과시하려고 한다. 아직은 클라우드가 숨을 고르고 있지만, 이번 기회를 어떤 식으로든 이용할 게 분명했다.

"내 의중이라……. 그걸 떠나서 도대체 무슨 근거로 그리 확신을 하는지 모르겠군. 그대도 이야기를 들었겠지? 공화파의 군인이 테러리스트들에게 폭탄과 총기를 제공했다는 사실을 말이야. 충분히 전쟁을 일으킬 상황이 아닌가?"

오늘 아침, 아이잭 리버스의 자살과 그가 남긴 유서가 발견됐고 이 사실을 대륙 전역으로 퍼져나갔다.

마지막까지 공화파를 지지하던 이들도 이제는 공화파를 비난하고 있었다. 아니, 믿음이 컸던 만큼 배신감도 커서 더 격렬하게 비난했다. 공화파는 이미 벼랑 끝에 선 상황이었다.

-소수가 저지른 독단에 불과합니다, 대공 전하. 냉정하게 대국을 살피십시오-

"그대는 휘하의 사람들을 관리하지 못했고 이 또한 큰 죄다. 죄를 저지른 만큼, 책임을 져야지."

-책임을 질…….-

"그리고 이번 사태 말고도 공화파는 나에게 죄를 짓지 않았나? 모르는 일이라고 하지는 않겠지?"

클라우드가 베인의 말을 끊고 말했다.

그 말을 듣는 순간, 베인은 심장이 요동치는 것을 느꼈다. 어떻게든 내색하지 않으려고 했지만, 그의 눈가는 이미 파르르 떨리고 있었다. 클라우드는 그런 베인을 비웃었다.

"내가 모를 거라고 생각했나? 내가 초월자가 되기 위해 수련에 들어갔을 때, 그대는 암살자를 보냈지. 그대가 가진 신화형 마장기를 토대로 만든 양산형 마장기를 말이야. 이제 와서 과인에게 뭔가를 요구하려 하다니, 너무 뻔뻔하지 않나?"

-…….-

베인은 입을 다물었다.

클라우드가 나중에 크로얀 공화국에 크게 위협이 될 것이라 느끼고 암살자를 보낸 것은 자신이었다. 허나 침묵은 오래가지 않았다. 이대로 가면 클라우드의 논리에 밀려 전쟁이 일어날 수밖에 없었다.

-부하들의 독단을 막지 못해 죄송합니다, 대공 전하!-

"이번에도 독단이란 말인가?"

베인이 고개를 숙이자, 클라우드는 처음으로 얼굴을 찌푸렸다. 그만큼 상대의 말은 어이가 없었다.

-모종의 경로를 통해 대공 전하께서 수련에 들어갔다는 것을 알게 됐습니다. 적국의 최고 실력자가 감당할 수 없을 정도로 강해진다는 사실을 알게 된 저는 바로 부하들에게 알렸습니다. 대비할 필요가 있다고 말입니다-

"그런 와중 부하들이 독단적으로 움직였다고? 자네들은 라이더를 소드마스터로 만들어주는 마장기 관리를 그렇게 허술하게 하나? 그대의 말을 들을수록 더 전쟁을 일으켜야겠다는 생각밖에 안 드는군."

-죄송합니다. 다 제 불찰입니다. 하지만 대공 전하께서는 만약 그런 상황에 처했을 때 어떻게 하셨겠습니까? 앉아서 가만히 구경하리라 생각하지 않습니다. 제 부하들도 어쩔 수 없이 움직인 것입니다!-

클라우드는 아무 말도 하지 않고 베인을 빤히 바라보았다. 얼굴에 철판을 깔기로 결심한 베인은 계속 말을 이어나갔다.

-이 잘못은 어떻게든 책임지겠습니다. 허나 대공 전하도 알고 계실 겁니다. 제국과 왕국의 상황이 좋지 않다는 것을. 만약 양국 사이에 전쟁이 터지면 다른 국가만 좋아할 겁니다. 부디 국민과 양국의 미래를 생각해주십시오!-

"자네가 그 말을 하니 어이가 없군. 이미 공화파는 크로얀 왕국의 국민을 많이 죽이지 않았는가?"

-일부 인원이 저질렀을 뿐입니다. 아랫사람을 제대로 관리하지 못한 것은 저희의 죄지만, 그게 공화파 전체의 뜻은 아닙니다!-

“물론 그대의 말이 옳다. 그래서 나도 괜히 전쟁을 일으켜 크로얀 왕국의 국민을 위협할 생각은 없다. 과인이 노리는 것은 어디까지나 자네를 비롯한 공화파다. 자네들이 책임을 지면 전쟁은 피할 수 있겠지.”

-저희가 뭘 하면 됩니까?-

클라우드에게 대화할 의지가 있다는 것을 깨달은 베인은 그제야 안도했다. 그러나 이어지는 클라우드의 말에 베인의 얼굴은 크게 굳었다.

“공화파의 수뇌부들이 내가 보는 앞에서 자살하는 건 어떻겠나? 그러면 데카르트의 원혼도 편히 눈을 감을 수 있겠지.”

-……진심입니까?-

“당연히 농담이다. 아무렴 그런 걸 시키겠나?”

클라우드의 입가에 걸린 미소가 더욱 진해졌다. 분노한 베인은 몸을 떨었지만, 그뿐이었다. 최대한 뻔뻔하게 나서고 있지만, 자신이 약자라는 사실은 변함이 없었다. 어떻게든 정치적 책임을 져야 했다.

“이건 어떻겠나? 공화파의 수뇌부들이 지금까지의 공화국과 공화주의를 부정하고 에렌시아 제국의 이념을 따르겠다고 맹세하는 거지. 거기에 군대를 해산하고 크로얀 왕국에 대해 충성을 맹세하면 과인도 넘어가도록 하지.”

-그건……-

베인은 말을 잇지 못했다.

클라우드가 이번 기회에 자신들을 완전히 정리하려고 한다는 것을 깨달았다. 하지만 다들 공화국을 위해서 살았고 인생을 걸었다. 지금 공화국과 공화주의를 부정한다는 것은 곧 자신의 인생을 부정한다는 것을 의미했다.

“그것도 못 하겠나? 도대체 그대가 할 수 있는 게 뭔가? 책임을 지겠다고 하면서 이것도 안 되고 저것도 안 된다니, 장난치는 건가?”

-현실적인 방법을 원합니다, 대공 전하-

“가장 현실적인 방법은 전쟁이겠지. 어차피 크로얀 왕국의 국민은 공화파를 버렸고, 에렌시아 제국의 국민은 그대들에게 응징을 가하기를 원한다. 여론이 우리를 지지하는데 전쟁을 못 일으킬 게 뭔가?”

꾸욱.

클라우드가 대놓고 협박을 하자 베인이 주먹을 움켜쥐었다. 그와 동시에 그의 전신에서 강한 기세가 일어 화면이 일그러졌다. 허나 그것도 잠시, 베인은 한숨을 내쉬었다.

‘싸워서 이기는 건 불가능하다. 지게 되면 우리뿐만 아니라 가족들까지 전부 다 죽을 것이다.’

싸워도, 싸우지 않아도 공화파의 운명은 파멸밖에 없었다. 자존심을 세우고 모두 다 죽을 것인가, 아니면 살기 위해 자신의 인생을 부정해야 하는가. 둘 중 하나를 선택해야만 했다.

-제가 직접 에렌시아 제국을 찾아가겠습니다, 대공 전하. 그리고 대공 전하께 제 죄를 고하고 목숨을 바칠 테니 다른 이들은 부디 용서해주셨으면 좋겠습니다-

“그대가 모든 걸 다 안고 가겠단 말인가?”

-예, 대공 전하. 그러니 부디 자비를 베풀어 주십시오-

클라우드는 허리까지 숙인 베인을 바라보았다.

'그를 제거하면 크로얀 왕국에서 날 막을 사람은 없다. 지금 없애는 것도 나쁘지는 않지.'

하지만 그 정도로는 뭔가 부족했다.

베인 헤이오스는 전쟁을 피하고자 자신이 수치를 당하는 것도 감수하는 남자였다. 그 점을 볼 때, 자신의 말로 써먹을 가치가 있다. 그렇기에 단순히 죽여 버리는 것은 옳지 않다는 생각이 들었다.

"직접 에렌시아 제국에 와라. 그때, 다시 생각해보겠다."

클라우드는 그 말을 끝으로 통신을 꺼버렸다. 잠시 고민하던 그의 입가에 곧 미소가 떠올랐다.

"안 그래도 엘레나 혼자 웃는 게 마음에 안 들었는데, 딱 좋군."

지금 상황은 복고파에 무조건 이득이었다.

엘레나가 책임을 지겠다고 했지만, 지금 상황에서는 마땅히 뭔가를 요구할 수도 없었다. 아이잭이라는 인물이 나온 이상, 이 사건의 가해자는 무조건 공화파였다. 증거도 없이 따질 수는 없었다. 허나 그렇다고 복고파를 좌시할 생각도 없었다.

'울게 해주지, 엘레나 메디시스.'

결코 그녀 혼자 웃게 할 생각은 없었다.

대륙력 1799년 2월 14일, 미카엘을 통해 처음으로 에렌시아 제국, 정확히는 레베카 여황 쪽의 입장이 발표됐다. 테러가 일어난 지 3일 만으로, 에렌시아 제국의 요구 사항은 총 세 가지였다.

첫째, 에렌시아 제국을 반대하는 단체들을 모두 해산하고 관련된 관리들을 전부 파면한다.

둘째, 테러에 관련된 모든 범죄자를 처벌한다.

셋째, 이번 암살 사건에 관련된 당사자를 조사하는 데 에렌시아 제국의 관리가 크로얀으로 들어가 도울 것을 허용한다.

이 발표는 많은 논란을 야기했다. 에렌시아 제국이 직접적으로 크로얀 왕국의 내정에 개입하겠다는 것을 의미했기 때문에. 게다가 표현의 자유를 지키지 않는다는 점도 한몫했다.

물론 크로얀 왕국이 외국 사절을 제대로 보호하지 못해 엄청난 피해를 본 것은 사실이었다. 에렌시아 제국의 요구는 과했지만, 사태가 너무 심각해 누구도 대놓고 반대할 수 없었다.

다만 문제는 다른 부분에 있었고, 공화파의 인사들이 결국 다시 한자리에 모였다. 에렌시아 제국이 대놓고 공화파를 노리고 있다는 것을 모두 깨달았고, 이에 대책을 마련할 필요가 있었으니까.

"대놓고 내정간섭을 하는 것도 웃긴 일인데, 에렌시아 제국 놈들은 아예 저희를 끝장내려고 하고 있습니다! 더 웃긴 게 뭔지 아십니까? 복고파 놈들은 이 제안을 받아들이겠답니다! 자기들은 피를 묻히지 않아도 되니 얼마나 좋겠습니까?"

"저들의 작태를 보십시오. 지금은 각하께서 책임을 질 때가 아니라 싸워야 할 때입니다!"

카마드와 엘넌이 베인을 노려보며 외쳤다. 하지만 베인은 눈을 감은 채 아무 말도 하지 않았다.

'빌어먹을!'

벨리키스는 이를 갈았다. 슬쩍 보니 주위의 정치인들도 당황한 기색이 역력했다.

'전쟁은 반드시 피해야 하는데!'

복고파는 몰라도 에렌시아 제국을 이기는 건 불가능했다. 하지만 지금으로서는 엘넌과 카마드의 의견을 반대하는 게 쉽지 않았다.

에렌시아 제국이 크로얀 왕국의 주권을 침해하는 것도 문제지만, 저들이 공화파를 적대한 건 더 큰 문제였다. 자신들의 신념과 연결되어 있었기 때문에 함부로 반대할 수 없었다.

'어제 요구를 들었다면 분명히 전쟁이 일어났겠어.'

베인은 한숨을 쉬었다.

어제 비밀리에 대화하는 와중에 클라우드가 자신에게 했던 요구는 다시 생각해도 끔찍했다. 자신들의 영혼과 신념을 모두 짓밟는다고 해도 과언이 아닐 정도로.

이에 비하면 이번 요구는 확실히 양호했다. 물론 어제보다 낫다고 해서 이 요구를 덜컥 받아들일 수는 없었다. 그리고 베인은 이게 클라우드의 진짜 목적이 아니라는 것을 바로 깨달았다.

'이건 나를 향한 메시지다. 전쟁을 피하고 싶으면 빨리 에렌시아 제국으로 와서 책임을 지라고 말이다.'

그리고 책임을 지기 위해 자신의 목숨을 요구할 게 분명했다. 자신이 죽으면 크로얀 왕국에서 그를 막을 사람은 더 이상 없으니까. 그렇게 되면 공화파는 끝장나리라. 하지만 이미 결론을 내린 베인은 눈을 뜨고, 두 사람의 말에 대답했다.

"군부의 뜻은 잘 알고 있다. 하지만 전쟁은 안 된다. 제국과 전쟁해도 이길 수 없을뿐더러 지게 되면 공화주의는 완전히 사라진다. 단지 뜻 한번 세우고 모든 걸 끝낼 생각인가?"

"그러면 이대로 저들에게 순종하자는 겁니까! 저희의 자존심과 영혼을 내놓으면서까지 살아야 할 이유는 없습니다!"

"그게 에렌시아 제국과 복고파의 속셈이라는 것을 모르는가! 그 잘난 머리로 생각해보게, 앨넌 램브란트! 화가 난다고 해서 일일이 받아쳐서 남는 게 뭐가 있는가! 자네들의 기분만 풀릴 뿐, 수많은 사람이 죽겠지."

"저희는 언제든 죽을 각오가 되어……."

쾅!

엘넌은 말을 잇지 못했다. 거대한 힘이 그를 후려쳤고, 그는 그대로 벽에 부딪혀야만 했다.

"무슨 짓입니까, 각하!"

자리에서 벌떡 일어난 카마드가 베인을 노려보았다. 다른 군인들도 모두 일어나 베인을 향해 총과 검을 겨누었다.

"무슨 짓이냐고!? 그건 내가 묻고 싶네! 자네들의 기분만 풀면 다인가? 부하들은, 또 부하들의 가족들은 어떻게 할 것인가? 왜 그들이 자네들을 위해 희생해야 하는가! 때로는 인내하고 기회를 기다릴 줄도 알아야 하는 게 세상의 이치네!"

베인이 처음으로 폭발했다.

전쟁은 최후의 수단으로 삼아야 했고, 설령 한다고 해도 이길 가능성은 없었다. 그런데도 계속 전쟁을 요구하는 두 사람, 아니 공화파의 군인들을 이해할 수 없었다.

"에렌시아 제국과의 전쟁을 처음 주장한 건 각하입니다! 그런데 이제 와서 생각을 바꾸는 이유가 뭡니까! 각하 때문에 저희는 특수 마장기 1기만 잃었습니다!"

자리에서 일어난 엘넌이 목소리를 높였다. 그러자 베인의 입가에 비웃음이 떠올랐다.

"한때, 자네를 뛰어난 인재라 생각한 내 머리를 때리고 싶군."

엘넌의 얼굴이 붉게 달아올랐다. 살면서 이런 모욕을 당한 것은 처음이었다.

"내가 처음 전쟁을 주장했을 때는 국민이 우리를 지지했다. 나라를 지키고자 하는 명분 역시 우리에게 있었지. 하지만 지금은 어떤가? 우리를 제외한 모두가 적이네. 상황이 바뀌었는데 말을 바꿨다고 나를 비난하다니, 자네 미친 거 아닌가?"

"그러면 이제 와서 놈들의 비위를 맞추는 건 옳은 행동입니까? 공화국을 위해 희생한 선조들이 지금의 각하를 보면 통곡할 겁니다!"

"자존심 때문에 수많은 사람을 죽음으로 이끌려고 하는 자네가 할 말은 아니군. 자네들이 대체 그 테러리스트들과 다를 게 뭔가?"

쾅!

베인의 말이 끝나기 무섭게 카마드가 벽을 후려쳤다. 소드마스터의 힘이 담긴 주먹이 벽 일부를 무너뜨렸다. 엘넌은 그런 카마드의 등 뒤에 섰다. 두 사람은 베인을 경멸이 가득한 눈빛으로 노려보았다. 더 이상 검성이라고 대우할 생각은 없었다.

"당신이라는 인간에게는 크게 실망했소, 베인 헤이오스. 당신은 더 이상 공화국의 수호자가 아니오."

"우리는 우리만의 길을 찾을 겁니다. 그리고 공화국이 부활할 때, 세상 사람들은 당신을 반역자라 기억할 것입니다."

베인에게 쏘아붙인 카마드와 엘넌은 자리를 떴다. 다른 군인들도 싸늘하게 베인을 노려보고는 두 사람의 뒤를 따랐다.

"어떻게 하실 생각입니까, 각하?"

"에렌시아 제국의 요구는 신경 쓰지 말게. 며칠 전에도 말했듯이 내가 모든 책임을 안고 사라질 것이네."

"각하……."

감정에 북받친 벨리키스는 말을 잇지 못했다. 베인이 자신의 목숨을 대가로 공화파를 살리려고 한 것을 깨달았다.

"내 목숨이면 에렌시아 제국과 복고파의 요구를 모두 철회할 수 있을 거네. 아니, 오히려 우리가 저들에게 제안을 할 수 있겠지. 공화파를 하나의 정당으로 인정하고 국민군의 통합을 멈추라는 등 말이야. 지금은 그게 공화파가 살아남을 수 있는 유일한 방법이야."

"각하의 진정한 뜻을 모르는 머저리들을 보니 가슴이 아픕니다."

"저들을 잘 감시하게. 절대 전쟁이 일어나서는 안 되네."

"며, 명심하겠습니다."

벨리키스가 고개를 끄덕였다.

어느새 그의 눈에서는 뜨거운 눈물이 흘러내리고 있었다. 어떻게든 공화파를 살리기 위해 자신을 희생하려는 노장의 모습은 정치인의 가슴마저 뜨겁게 달궜다.

"자네가 왜 울고 그러나?"

"각하의 희생은 절대 잊지 않겠습니다."

벨리키스의 말에 베인은 웃으며 고개를 끄덕였다.

'죽음은 두렵지 않다.'

평생의 염원 중 하나였던 검의 극한을 깨달았다. 이제는 자신이 헌신한 공화파를 살릴 때였다. 이들을 기반으로 공화국이 다시 건국된다면, 자신의 희생은 의미가 있었다.

'클라우드 폰 알바레아, 그대가 부디 약속을 지켰으면 좋겠군.'

그렇게 생각한 베인은 바로 기자들을 불렀다.

14일 오후, 그는 기자들 앞에서 자신의 입장을 발표했다. 공화파의 책임자로서 복고파와 에렌시아 제국과 제대로 협상을 열고 싶다고 말이다. 동시에 그는 에렌시아 제국에 직접 찾아가겠다고 밝혔다. 그러자 바로 다음 날, 에렌시아 제국은 그의 방문을 환영한다고 밝혔다.

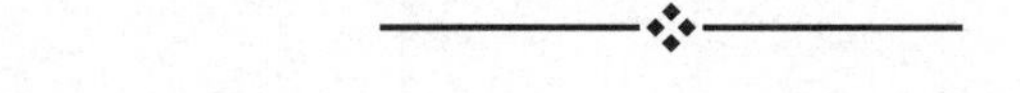

엘레나를 찾은 스테판이 입을 열었다.

"세상일이라는 건 정말 알 수가 없구나. 수천 명의 사상자가 발생했는데 정작 우리 상황은 더 좋아지니 말이다. 거기다가 에렌시아 제국이 무리한 요구를 하는 바람에 우리의 이미지는 더 좋아질 일만 남았어."

국민이 죽은 것은 분명히 슬픈 일이었다. 하지만 이후에는 복고파에 좋은 일만 펼쳐졌다. 하도 기쁜 일만 일어나 웃음이 나오려는 것을 억지로 참아야 했다.

"그뿐만이 아니죠. 클라우드 폰 알바레아의 성격을 고려할 때, 검성은 무조건 에렌시아 제국에서 죽을 거예요. 눈에 거슬렸던 검성까지 처리될 테니, 이보다 더 좋을 수가 없네요."

"그래. 그가 사라지면 공화파에 남는 소드마스터는 카마드 하르트뿐이다. 특수 마장기가 불안하기는 하지만 라크시아 중공업이 우리에게 붙은 이상, 특수 마장기를 얻는 건 시간문제지."

스테판의 입가에 희미한 미소가 떠올랐다.

공화파를 후원했던 라크시아 중공업이 왕국에 충성을 맹세했다. 클라우드가 검성을 죽이고, 라크시아 중공업으로부터 특수 마장기를 얻으면 그대로 끝이었다. 국민의 지지라는 명분과 검성이라는 상징과 전력을 잃은 공화파는 빈껍데기에 불과했다.

"대신 검성은 자신의 희생을 대가로 정치적인 요구를 할 거예요. 그의 요구는 받아주는 게 좋아요. 그래야 저희 이미지가 더 개선될 테니까요."

"사상은 달랐지만, 나라를 지키고자 하는 그의 마음은 진심이었다. 위대한 무인이 자신을 희생해서 뭔가를 요구하려는데 당연히 들어줘야지. 정치인들에게도 내가 말해놓겠다."

스테판은 엘레나의 말에 동의했다. 검성의 죽음을 욕되게 할 생각은 추호도 없었다.

"그런데 에렌시아 제국의 요구는 어떻게 할 생각이냐? 굴욕적이라고 분노하는 국민의 숫자가 늘어나고 있다. 우리에게 줏대가 없다고 하는 이들도 많고 말이다. 그들을 달래야 하지 않겠느냐?"

"그 요구 역시 검성의 죽음으로 철회될 거예요. 클라우드 폰 알바레아도 자기 이미지를 나쁘게 만들 생각은 없을 테니까요."

굳이 자신들이 입장을 표명할 필요도 없었다. 검성의 희생으로 요구가 철회되면 국민은 더 이상 자신들의 태도에 신경을 쓸 수 없었다.

어쨌거나 검성은 크로얀의 영웅이었고, 그를 죽인 클라우드에게 국민의 분노가 향할 것이다. 지금 상황은 국민의 뜻을 하나로 만들 절호의 기회였다.

'너무 싸우면 안 되지만 말이야.'

에렌시아 제국은 어디까지나 동맹국이 될 나라였다. 괜히 감정 소모를 하고 싶지는 않았다. 다만 자신들이 호락호락하지 않다는 걸 보여주고 싶을 뿐이었다. 크로얀 왕국은 에렌시아 제국의 위성 국가가 아닌, 주권을 가진 하나라의 나라였으니 말이다.

'검성에게 선물이라도 주고 싶네.'

이건 진심이었다. 검성의 희생 때문에 손도 안 대고 문제를 해결할 수 있게 됐다. 그녀는 진심으로 그에게 고마움을 느꼈다.

'그러면 잘 가세요, 검성. 그리고 클라우드 폰 알바레아, 당신에게도 고맙다고 말하고 싶네요.'

엘레나는 활짝 웃었다. 모든 게 자신의 의지에 따라 이뤄진다는 건 즐거운 경험이었다.

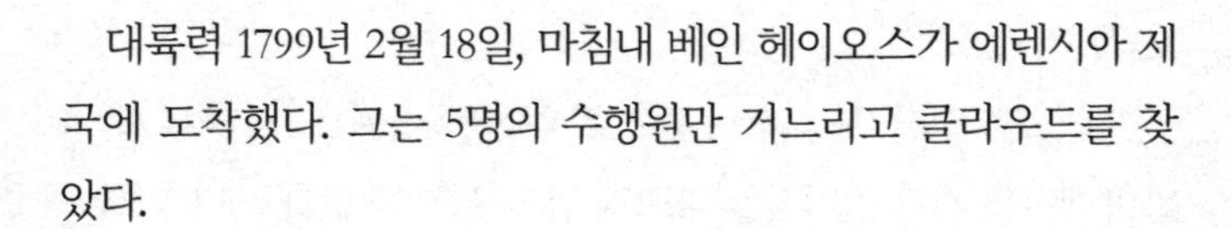

대륙력 1799년 2월 18일, 마침내 베인 헤이오스가 에렌시아 제국에 도착했다. 그는 5명의 수행원만 거느리고 클라우드를 찾았다.

"검성만 들어오라는 전하의 분부입니다."

"그건 말도 안 됩니다!"

클라우드의 집무실을 지키고 있던 엘리스 벨리카가 입을 열자, 베인의 수행원들이 크게 반발했다. 그들은 클라우드가 베인과 비슷한 경지의 강자라는 것을 알고 있었다. 그렇기 때문에 베인을 위험한 곳으로 혼자 보낼 수는 없었다.

"대공 전하의 명을 어긴다면 여러분도 들어올 수 없습니다."

엘리스가 냉정한 얼굴로 말했다. 그러자 가만히 있던 베인이 앞으로 나섰다.

"됐다. 너희들은 여기서 기다리고 있어라."

"하오나 각하……."

수행원들이 말을 흐렸다. 엘리스가 눈앞에 있어서 대놓고 말할 수 없지만, 홀로 클라우드를 만나는 것은 위험한 일이었다. 하지만 베인은 고개를 저었다.

"됐다고 하지 않았느냐? 너희가 생각하는 그런 일은 없을 것이다. 안내하게."

"예."

베인에게 고개를 숙인 엘리스는 곧장 집무실의 문을 열었다. 그러자 베인은 당당히 안으로 들어갔다. 그리고 마침내 책상에 앉은 클라우드를 볼 수 있었다.

'클라우드 폰 알바레아.'

베인은 주먹을 움켜쥐었다. 클라우드의 전신에서 흘러나오는 기운은 자신과 비교해도 결코 뒤떨어지지 않았다. 아니, 오히려 능가한다는 생각이 들 정도로 클라우드의 기운은 강렬했다.

'역시 지금은 그와 절대 맞서서는 안 된다.'

지금 공화파가 이 남자에게 대항한다는 것은 자살행위였다. 그에게 명분을 주기 전에, 전쟁이 일어날 가능성 자체를 막아야 했다.

"생각이 많아 보이는군."

"누구 때문에 말입니다."

베인의 당당한 대답에 클라우드는 씩 웃었다.

"하고 싶은 말은 많지만……."

클라우드가 자리에서 일어났다. 그리고 허리춤의 칼집을 들어 올려 베인에게 보였다.

"일단 한 판 붙자."

그를 어떻게 처리할지 결정하기 전에 한번 붙어보고 싶었다. 카젠트 이외의 초월자가 가진 힘이 궁금했다.

베인은 칼집을 들어 올린 클라우드를 응시했다. 상대의 눈은 호승심으로 불타오르고 있었다. 이를 감지한 베인은 고개를 저었다.

"지금은 그럴 상황이 아니라고 생각합니다, 대공 전하."

"자네가 어떤 각오로 에렌시아 제국에 왔는지 알고 있다. 그러니 내기를 하는 게 어떻겠나?"

"……내기라 하면?"

"그대가 이기면 회담이 잘 끝났다고 하며 이번 요구를 철회하도록 하지."

그 말을 듣는 순간, 베인은 얼굴을 찌푸렸다. 자신의 죽음으로 모든 걸 끝내기 위해 에렌시아 제국으로 왔다. 허나 지금 클라우드의 말을 들은 결과, 그가 더 많은 것을 원한다는 것을 깨달았다. 그런 베인의 생각을 눈치 챈 클라우드는 씩 웃었다.

"설마 자네 하나가 죽는다고 이 사태가 모두 해결되리라 생각했나?"

"대공 전하께서 원하는 것은 제 목숨이 아닙니까? 제 목숨이면 그 정도 값어치는 된다고 생각합니다."

"자네의 무력, 상징성 그리고 이를 바탕으로 한 영향력 모두 대단하다는 것은 인정하네. 허나 그렇다고 해도 결국 개인에 불과하지. 한 사람의 희생으로 이번 사태를 책임질 수 있다고 생각했나? 그리 생각했다면 그건 자네의 오만이네."

클라우드가 단호한 모습을 보이자 베인은 자기도 모르게 주먹을 움켜쥐었다. 분노가 치밀어 올랐지만, 그는 억지로 평정을 유지하며 대답했다.

"아무리 저희가 몰려있다고 해도 너무 억압하는 게 아닙니까? 쥐도 궁지에 몰리면 고양이를 문다고 했습니다."

"물기야 하겠지. 그러나 쥐가 고양이를 문다고 해서 고양이를 이길 수 있는 건 아니지 않나? 크로얀 왕국이든 공화파든 이번 사태는 어떤 식으로 책임을 져야 한다. 이미 이 사태는 나 혼자서 수습할 수 있는 단계를 넘었으니까 말이야."

"대공 전하께서는 제국 권력의 정점이 아닙니까?"

"에렌시아 제국에 대해 뭔가 잘못 알고 있군. 나는 분명히 제국의 대공이며, 군부의 원수지만, 주변의 말에 귀를 기울여야 한다. 그리고 에렌시아 제국의 국민이 모두 이번 테러에 분노했고, 크로얀 왕국 측에 책임을 요구하는 이상 따라야 하지. 공화국처럼 말이야."

클라우드가 공화국을 언급하자 베인의 얼굴이 굳었다. 실질적인 무력을 투사하지는 않았지만, 그가 제창한 이념 때문에 공화국의 근본이 무너졌다. 공화국을 멸망으로 이끌었다고 해도 과언이 아닌 그가 공화국을 운운하니 열이 치솟았다. 그러나 그는 분노를 터뜨리지 못했다. 대신 한숨을 내쉬었다.

"대련을 받아들이겠습니다."

"훌륭한 생각이네. 자네가 나를 이긴다면, 우리가 먼저 공화파를 공격할 일은 없을 것이다. 그리고 좀 더 현실적인 제안을 하도록 하지."

"제가 지면 어떻게 됩니까?"

"그건 그때 가서 말하겠네. 뭐 그렇다고 자네에게 나의 신하가 되라던가, 그런 말은 하지 않을 테니 안심하게."

클라우드가 장난스럽게 웃었다. 베인은 왠지 모를 불길함을 느꼈지만, 그 제안을 받아들일 수밖에 없었다. 이렇게 무력감을 느끼는 것은 살면서 처음이었다.

'검으로 만회하겠다.'

상대는 초월자가 된 지 얼마 안 됐다. 반드시 이겨서 공화파를 살리기로 그는 다짐했다.

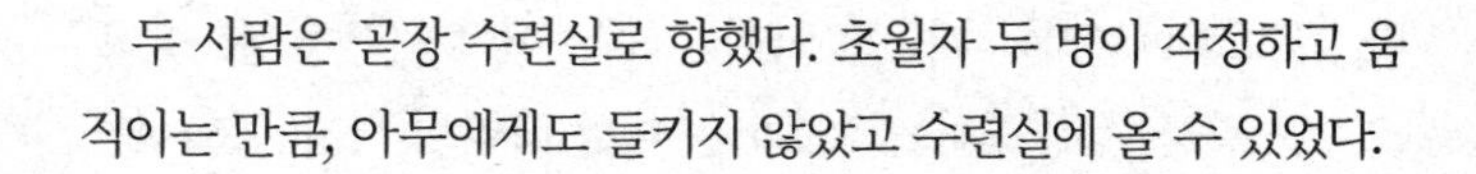

두 사람은 곧장 수련실로 향했다. 초월자 두 명이 작정하고 움직이는 만큼, 아무에게도 들키지 않았고 수련실에 올 수 있었다.

스르르.

수련실에 들어오자 베인이 검을 뽑았다. 은과 흑이 조화를 이룬 검은 아름다웠다. 그러나 클라우드는 그게 전부가 아니라는 것을 알고 있었다.

"그게 자네의 열쇠검이군."

"후우. 역시 대공 전하께서도 얻으셨습니까? 대공 전하 같은 분에게 열쇠검까지 주다니, 여신이 원망스럽습니다."

베인의 말에 클라우드는 한 가지 사실을 깨달았다. 상대는 스텔라를 여신이라 여기고 있었다.

'날 소환한 거 보면 여신 같기는 했지.'

직접 대화를 하니 푼수 느낌이 더 강해서 딱히 여신이라는 생각은 들지 않았지만. 클라우드는 스텔라가 알면 큰일 날 생각을 하며 검을 뽑았다. 그렇게 검을 뽑은 두 사람은 서로의 존재를 응시했다.

"나는 과거 카젠트를 상대한 적이 있다. 그대가 강한지 아니면 그가 강한지 확인해주지. 내가 제일 강할 수도 있고 말이다."

"그럴 일은 없을 겁니다."

베인은 더욱 각오를 굳혔다. 사실상 초월자 중 최고를 따진다고 해도 과언이 아닌 대련이었기 때문에. 그도 검사인지라 호승심이 치솟았다.

쾅!

대기가 폭발하는 것과 동시에 베인의 몸이 자색 선이 되어 클라우드를 향해 쇄도했다. 이에 질세라 클라우드는 열쇠검을 휘둘러 자신에게 들이닥치는 베인의 검을 튕겨냈다.

콰아앙!

두 개의 검이 부딪치는 순간, 수련실의 벽 전체에 균열이 생겼다. 클라우드의 힘을 생각해 만든 특수한 수련실이었지만 두 초월자의 힘 앞에서는 무력했다.

'이걸 이리 쉽게 막다니!?'

베인은 속으로 크게 경악했다. 클라우드를 죽일 작정으로 기습을 강행했다. 그것도 코앞이나 다름없는 거리에서 말이다. 허나 클라우드는 아무렇지 않게 막아냈다. 처음 봤을 때 느꼈지만 클라우드를 이기기 위해서는 자신의 전력을 모두 끌어올려야 했다.

"제대로 시작도 하지 않았는데 그리 급하게 나오면 되겠나? 이제부터 제대로 해보지."

경악으로 얼굴이 일그러진 베인을 향해 클라우드는 검을 겨누었다.

진짜 싸움은 지금부터였다.

클라우드를 노려보던 베인은 검에 마력을 불어넣었다. 검에 빛이 일며 자색의 오러블레이드가 형성되었다. 베인은 거기서 멈추지 않고 더욱 마력을 불어넣었다. 그러자 오러블레이드의 형태가 바뀌었다.

화르르.

본래 오러블레이드는 빛의 형태로 이루어진 검의 형상을 띠었다. 하지만 지금 베인의 오러블레이드는 불꽃이 타오르는 것처럼 일렁이고 있었다.

'아니, 저건 진짜 불꽃이라 봐도 되겠어.'

수련실의 대기가 달아오르는 게 느껴졌다. 화염 내성을 지닌 자신이 뜨겁다는 느낌을 받은 것을 볼 때, 맞으면 큰일 날 게 분명했다.

'역시 초월자는 다르군.'

클라우드는 감탄하며 상태창을 열었다. 그리고 베인 역시 사기적인 능력치를 가졌음을 파악했다.

베인 헤이오스			
체력	99	지력	75
근력	98	마력	99
		민첩	100

'민첩으로 초월자가 됐다는 건가?'

베인은 마력과 근력을 토대로 초월자가 된 자신이나 카젠트와는 또 달랐다. 얼마나 빠를지 도저히 감이 잡히지 않았다. 호승심이 치솟았고 흥분으로 심장이 두근거렸다.

"그럼 가겠습니다."

말이 끝나기 무섭게 베인은 클라우드를 향해 달려들었다. 아니, 그것은 달렸다기보다 사라졌다고 봐야 했다.

'!'

베인이 사라지자 클라우드는 크게 당황했다. 빠를 것이라고는 예상했지만 지금 베인이 보여준 움직임의 자신의 예상을 아득히 초월했다. 초월자가 되면서 감각이 비약적으로 상승했다. 그런데도 베인의 움직임을 전혀 포착할 수 없었다.

'그렇다면!'

침착함을 되찾은 클라우드는 마력을 사방으로 퍼뜨렸다. 그리고 기겁했다.
“헉!”
클라우드는 황급히 오른쪽으로 몸을 틀어 검을 세웠다. 모습을 드러낸 베인이 검을 휘둘렀다. 오러블레이드가 휘감긴 두 개의 검이 부딪쳤다.
콰아아앙!
“큭!”
베인의 공격을 버티지 못한 클라우드는 뒤쪽에 있던 벽까지 뒤로 밀려났다. 그래도 벽에 부딪힌 덕분에 클라우드는 바로 균형을 잡을 수 있었다. 문제는 어느새 베인의 검이 눈앞에서 불꽃을 흩날리며 쇄도하고 있다는 점이었다.
콰앙!
두 개의 검이 부딪치자, 굉음이 울려 퍼졌고 충격파가 주변을 뒤흔들었다. 뒤이어 클라우드가 기대고 있던 벽 일부가 무너졌고.
“큭!”
갑자기 벽이 무너지는 바람에 균형을 잃은 클라우드. 상대가 비틀거리자 베인은 곧장 검을 내질렀다.
‘끝이다.’
베인은 승리를 확신했다. 비틀거리는 클라우드가 자신의 검을 막는 것은 불가능하니까. 그러나 베인의 예상과 달리 검은 클라우드의 몸에 닿지 못했다.
쾅!
클라우드는 비틀거리는 와중에도 발차기로 검면을 후려쳤다.

검은 튕겨져 올라갔고 그 틈을 놓치지 않은 클라우드가 옆으로 몸을 날렸다.

"어딜!"

베인이 검을 휘두르자 자색의 오러블레스트가 쇄도했다. 오러블레스트는 빠른 속도로 회전하더니 원반이 되었다.

'지독하군.'

그 상황에서도 멈추지 않는 베인을 보며 클라우드는 혀를 찼다. 그래도 이번 공격은 눈에 보였기 때문에 어렵지 않게 막아낼 수 있었다.

원반과 오러블레이드가 맞물리며 불꽃이 튀었지만, 클라우드는 개의치 않았다. 그는 곧장 원반을 베인 쪽으로 날려버렸다.

파밧!

하지만 베인은 원래 자리에 없었다. 어느새 벽을 박찬 그는 클라우드의 머리를 향해 검을 내리그었다. 클라우드는 뒤로 물러나며 오러블레스트를 연거푸 날렸지만, 베인은 일일이 받아 쳐냈다.

'끝이다!'

거리를 좁히는 데 성공한 베인은 위에서 아래로 검을 내리그었다. 자색의 오러블레이드는 벼락이 되어 쇄도했다. 검이 클라우드의 머리를 가르려고 할 찰나, 그는 억지로 몸을 회전시켜 공격을 피했다.

콰드득.

무리하게 몸을 움직인 대가는 컸다. 오른쪽 발목의 근육이 찢어지고 뼈가 부러진 것이다. 그 대가로 클라우드는 베인의 등 뒤를 점할 수 있었다.

'무슨!'

베인은 처음으로 경악했다. 아무리 초월자라 해도 결국 인간이었다. 저렇게 무리하게 움직이면 타격이 클 수밖에 없었다. 어지간한 사람들은 영구적인 장애를 각오해야 할 정도였는데 클라우드는 망설이지 않고 타격을 감수한 것이다.

베인의 공격을 피하는 데 성공한 클라우드. 그는 기다렸다는 듯이 발차기를 날렸다. 베인은 경악하면서도 황급히 오러를 끌어올려 자신의 몸을 보호하는 막을 형성했다.

콰앙!

그 위로 클라우드의 왼발이 쇄도했고 베인의 몸은 수련실의 벽에 처박혔다. 벽이 무너졌고 무수한 파편이 그를 집어삼켰다.

"하앗!"

베인은 기합을 내뱉으면서 오러를 방출했다. 그러자 그의 몸을 뒤덮었던 파편들이 모조리 날아갔고 클라우드는 검을 휘둘러 파편들을 모조리 베었다. 그 사이, 베인은 자리에서 일어났다.

그 모습을 보며 클라우드는 쓴웃음을 보였다. 먼지가 묻어 옷과 몸이 더러워졌을 뿐, 베인은 상처 하나 입지 않았다.

"명색이 대련인데 너무 대놓고 살기를 뿜어내는 거 아닌가? 내가 죽으면 공화파는 그대로 끝일 텐데?"

"죽일 생각은 없습니다. 단지 이 정도는 해야 대공 전하를 이길 수 있다고 판단했을 뿐입니다."

"설마? 너무 빨라서 눈에 보이지도 않았다. 거기다가 그렇게 빨리 움직이면서도 그대의 검은 정확하고 예리했다. 왜 검성이라 불리는지 알 거 같더군."

"그렇게 말씀하신 것 치고는 굉장히 잘 막으셨습니다."

베인은 경악을 숨긴 채, 대답했다. 초월자가 된 이후, 다른 소드마스터들을 상대로 2합 이상 검을 휘두른 적이 없었다. 그러나 클라우드는 그런 자신의 공격을 전부 다 막아냈고 오히려 반격을 가했다.

"명색이 초월자인데 이 정도는 해야 하지 않겠나?"

"정말 놀랐습니다. 특히 마지막 공격 때, 그렇게 피할 줄은 몰랐습니다. 다만 발목을 다친 이상, 대공 전하께 더 이상 승산은 없습니다. 이만 패배를 인정하는 게 어떻겠습니까?"

베인은 클라우드의 오른쪽 발목을 바라보았다. 무리하게 움직인 대가는 컸다. 살점이 갈가리 찢겨져 피범벅이 되었고 그 사이로 뼈가 보였다. 초월자라도 제대로 치료를 받지 않으면 위험한 부상이었다.

"신경 써줘서 고맙지만, 아직 승부는 끝이 나지 않았네."

"지금은 만용을 부릴 때가 아닙니다. 아무리 초월자라 해도 그 부상을 가만히 놔두면 나중에 해가 될 겁니다."

"그건 두고 봐야 알지."

가볍게 대답한 클라우드는 초월자가 되면서 새롭게 얻은 스킬을 발동했다.

'용의 화신.'

콰콰콰콰!

그 순간, 세계를 집어삼킬 것 같은 강렬한 힘이 클라우드의 전신에서 흘러나왔다. 대기가 끊임없이 요동쳤고 건물 전체가 요동쳤다.

“크윽!”

베인은 자기도 모르게 신음을 내뱉었다. 몸이 덜덜 떨렸고 클라우드를 보는 것만으로 강한 압박감이 느껴졌다.

‘뭐, 뭐지!?’

베인은 경악을 금치 못했다. 방금 전까지 자신이 몰아붙인 상대가 맞나 싶었다. 그 정도로 클라우드에게서 흘러나오는 힘은 엄청났다. 초월자인 자신조차 압박을 받을 정도로 말이다. 하지만 놀라움은 거기서 끝이 아니었다.

우웅.

빛이 몇 번 번쩍이더니 발목의 상처가 순식간에 나았다.

‘재생이라니…….’

베인은 자신이 뭔가에 홀린 것 같은 기분을 맛보아야 했다. 재생은 인간에게 허락된 능력이 아니었다. 초월자라 해도 본질이 인간인 이상, 마찬가지였다.

“대공 전하는……인간입니까?”

“자네가 이해하지 못했다고 해서 사람을 함부로 괴물 취급하면 안 되지.”

클라우드가 장난스럽게 말하자 베인은 입을 다물었다. 확실히 클라우드의 말은 일리가 있었다.

‘아직 인간이기는 하지.’

반인반룡이 되면서 인간의 탈을 반쯤 벗어던졌다. 다만 남은 부분이 인간인 만큼, 거짓말은 아니었다.

“초월자가 되지 못한 상황에서 대공 전하께서 어떻게 카젠트 폰 마르가스를 쓰러뜨렸는지 궁금했습니다. 그런데 이제 이해가 됩니다."

클라우드가 초월자가 된 지 얼마 되지 않았다. 그런데 그는 그 이전에 카젠트를 꺾었다. 아무리 생각해도 이해가 되지 않았는데 지금 클라우드를 보니 이해가 됐다.

'특별한 능력으로 자신의 힘을 강화할 수 있다는 거군.'

클라우드의 능력을 확인한 베인은 검에 마력을 불어 넣었다. 다시 오러블레이드가 형성되었고 그 거대한 힘에 바닥이 녹아내리기 시작했다. 동시에 베인 자신을 휘감고 있던 클라우드의 기세가 헐거워졌다.

'하지만 내 속도에는 미치지 못 한다!'

아무리 강력한 힘을 가지고 있어도 맞추지 못하면 무의미했다. 그리고 베인은 클라우드에게 한 번도 안 얻어맞을 자신이 있었다.

'이번에야말로 끝장을 내리라!'

자신감을 되찾은 검성이 땅을 박찼다. 그 순간, 그의 몸이 사라졌다.

'역시 초월자는 초월자군.'

용의 화신을 통해 신체 능력이 강화됐는데도 베인의 움직임을 확실히 포착할 수 없었다.

그런데도 클라우드는 여유로웠다. 처음부터 베인의 움직임을 따라잡을 생각은 하지도 않았다. 상대의 강점을 알면서도 부딪치는 건 바보짓이었다.

'내 강점은 속도가 아니지.'

클라우드는 자신의 장점을 떠올리며 허공을 향해 검을 내리그었다.

콰아아앙!

강대한 마력의 힘이 해방되며 폭풍이 몰아쳤다. 바닥에 놓여 있던 파편이 폭풍의 흐름에 따라 움직이며 수련실을 장악했다.

"크!"

마력 폭풍에 휩쓸린 베인이 모습을 드러냈다. 자칫 잘못 움직였다가는 파편에 휩쓸려 몸이 갈려 나갈 수 있었기 때문에 어쩔 수 없었다.

"거기군."

클라우드는 검을 휘둘렀고 다섯 개의 붉은 오러블레스트가 베인에게 날아갔다. 베인은 이를 악물며 자신을 노리는 오러블레스트들을 베었다. 폭풍으로 몸의 균형을 잃은 상태에서도 정확하게 오러블레스트를 쪼개는 그의 검술은 가히 신기에 이르렀다고 표현할 수 있었다. 게다가 베인은 방어에 성공하자마자 반격에 나섰다.

촤아아악!

12개의 오러블레스트가 수련실을 가득 채웠다.

'대단하군.'

클라우드는 진심으로 감탄했다.

눈앞의 공격은 자신이 움직일 방향을 모두 장악하고 있었다. 설령 다 피한다고 해도 곧바로 베인이 달려들어 자신을 노릴 게 뻔했다.

"하지만 자네의 공격은 이제 통하지 않는다."

클라우드가 위를 향해 검을 높게 들어 올렸다. 그러자 마력 폭풍이 붉게 변하더니 천장을 향해 높게 치솟았다. 12개의 오러블레스트는 폭풍의 흐름에 휘말려 함께 위로 올라갔다.

콰아아아앙!

위로 올라간 빛은 수련실의 천장을 시작으로 가로막는 모든 것을 파괴했다. 건물의 천장까지 모두 파괴되어 햇빛이 수련실 안으로 들어왔다.

"대공 전하의 특기는 마력 운용이었군요."

"바로 맞췄군. 자네가 속도에 자신이 있다면, 나는 마력 운용에 자신이 있네. 자네의 움직임을 방해하는 건 나한테 쉬운 일이지. 그리고 이제 자네는 마력을 운용하지 못할 것이다."

베인은 바로 주변의 마력을 끌어모았다. 허나 초월자가 전력을 다했는데도 마력은 꿈쩍도 하지 않았다. 그가 조종할 수 있는 마력은 자신이 가진 마력뿐이었다.

"항복하지 않겠나?"

"대공 전하라면 이 상황에서 항복하셨겠습니까?"

"그럴 일은 없지."

"저 역시 마찬가지입니다."

베인이 단호한 어조로 말하자, 클라우드는 고개를 끄덕였다. 그 역시 어중간한 상태로 승부를 마치고 싶지 않았다. 확실하게 승리를 거둬 그를 굴복시킬 생각이었다.

클라우드가 베인을 향해 검을 겨눈 채, 오른팔을 뒤로 당겼다. 그리고 자신이 가진 마력을 모두 검에 쏟아부었다.

쿠오오!

클라우드의 마력이 검에 모여 끊임없이 압축되었다. 압축된 마력은 무서운 속도로 회전했고 이윽고 검을 뒤덮었다.

'위험하다!'

본능적으로 위험하다는 것을 느낀 베인이 달려들었다. 하지만 그보다 먼저 클라우드가 시위에 걸린 화살을 쏘듯 검을 내질렀다.

콰콰콰콰!

붉은빛이 파도가 되어 베인에게 쏟아졌다.

'피하겠지.'

공격을 날린 클라우드는 차분하게 베인을 살폈다. 원래라면 붉은빛이 하얗게 변할 때 쏴야 했지만, 일부러 그러지 않았다. 베인을 죽일 생각은 없었기 때문에 그가 피할 수 있도록 힘을 줄였다. 그리고 그가 피할 때, 완벽하게 제압하는 게 목적이었다.

그러나 클라우드는 자신의 계획이 틀어졌다는 것을 바로 깨달았다.

번쩍!

붉은빛의 파도 속에서 자색의 빛이 피어올랐다. 그렇게 피어오른 빛은 한 자루의 검으로 바뀌어 파도를 가로질렀다.

콰콰쾅!

거대한 두 힘이 맞부딪치자 건물 전체가 크게 흔들렸다. 바닥과 벽 전체에 균열이 생겼고 사방에서 파편이 떨어졌다.

"이건……!"

클라우드가 크게 당황했다. 피하라고 날린 기술이었다. 허나 검성은 피하지 않았다. 아니, 오히려 달려들었다. 자색의 검은 물살을 헤치는 연어처럼 끊임없이 올라오더니 이윽고 클라우드에게 다가왔다.

콰아아앙!

폭발과 함께 클라우드가 날린 빛이 소멸했다. 자색의 검은 여전히 접근했고 클라우드의 코앞까지 접근했다.

그런데 그때,

쨍그랑.

베인의 검이 바닥에 떨어졌다.

그러나 베인을 검을 다시 쥐지 못했다. 검을 쥐어야 할 오른팔이 사라지고 없었기 때문에. 정확히 손부터 팔뚝에 이르는 부분이 깔끔하게 잘려 나간 상태였다.

쿵!

충격을 모두 해소하지 못한 베인의 몸이 바닥에 쓰러졌다. 깜짝 놀란 클라우드는 황급히 베인에게 다가가 그의 상체를 일으켰다.

"이게 무슨 짓인가!"

클라우드가 크게 소리쳤다.

상대의 팔을 자를 생각은 없었다. 그래서 일부러 피할 수 있는 수준의 공격을 날렸는데 베인은 일부러 달려들어 피해를 자처했다. 도저히 그의 생각을 이해할 수 없었다.

"크윽! 이, 이 정도면 제, 제가 이겼다고 봐야 하지 않겠습니까?"

검성이 웃으며 말하자, 어처구니없어진 클라우드는 아무 말도 하지 못했다.

"자, 자비를 베풀어주시면 감사하겠습니다."

베인이 고개를 숙였다.

그 모습을 보며 클라우드는 한숨을 내쉬었다.

검성이라는 이름은 허명이 아니었다. 결국, 그는 열쇠검을 바닥에 내려놓았다. 한 남자의 각오를 본 이상, 괜히 추하게 굴고 싶지 않았다.

'조건을 바꿔야겠군.'

자기 뜻대로 상황이 흘러가지 않았지만, 클라우드는 웃었다. 위대한 무인의 각오를 본 것만으로도 충분히 의미가 있었다.

"벌써 움직여도 되겠나? 더 쉬어도 상관없다."

"괜찮습니다, 대공 전하. 치료를 받는다고 이틀을 허비했습니다. 저를 기다리고 있는 이들을 생각해서라도 얼른 결론을 내리고 싶습니다."

클라우드가 묻자 베인은 담담한 얼굴로 대답했다. 그러면서 그는 오른팔이 있던 부분을 쓰다듬었고.

그런 베인의 대답을 들은 클라우드는 고개를 끄덕였다. 그리고 자신의 곁에 앉은 미카엘을 응시했다. 주군의 뜻을 읽은 미카엘이 베인을 보며 질문했다.

"이제 와서 제안을 철회한다는 건 사실 말도 안 되는 일입니다. 각하께서 뭐라고 말하든 결국 공화파가 내부를 단속하지 못한 건 사실이지 않습니까?"

"그렇게 따지면 테러로부터 특사와 다른 외교관들을 지키지 못한 복고파한테도 책임이 있지 않나? 허나 에렌시아 제국은 우리만 노렸지. 내가 따지고 싶은 것은 그 부분이네."

베인은 바로 미카엘의 말에 반박했다.

에렌시아 제국의 제안은 정적인 공화파를 제거하기 위한 교활한 술수에 불과했다. 만약 정말로 책임을 물으려 했다면, 복고파 쪽에도 뭔가를 요구해야만 했다. 그러나 에렌시아 제국은 그렇게 하지 않았다.

"그렇게 해석할 여지도 있습니다. 대공 전하께서도 그 부분을 지적하셨고, 그 때문에 저희들도 지난 이틀 동안 어떻게 바꿀 수 있을지 고민했습니다."

미카엘의 말을 듣는 순간, 베인은 클라우드 쪽으로 고개를 돌렸다. 클라우드는 상대를 보며 웃었고, 그 모습을 본 베인은 당황했다.

'설마 이렇게 빨리 결론을 내릴 줄이야…….'

클라우드와 제대로 대화를 나누기 위해 오른팔을 희생했다. 그의 마음을 바꾸는 것은 그다음이라 믿었는데, 상대가 벌써 나선 것이다. 대공이라고 해도 결정된 사항을 함부로 바꿀 수 없다는 상대의 말을 이전에 들었기 때문에 당혹감은 더 컸다.

'내가 착각했군.'

베인은 자신이 클라우드의 본질을 잘못 봤다는 것을 인정하고 천천히 고개를 숙였다.

"자비를 베풀어주셔서 감사합니다, 대공 전하."

"나 혼자만의 힘은 아니다. 여황 폐하께서 동의했기에 가능했지. 그리고 딱히 자네만 생각해서 내린 결론도 아니다. 에렌시아 제국의 대외적인 이미지를 비롯해 여러 가지를 고려해서 바꾼 것이니 고마워할 필요 없다."

클라우드가 고개를 저었지만, 베인은 개의치 않았다. 대외적인 이미지는 국익 앞에서 무의미했다. 그런데도 상대가 뜻을 바꿨으니 고마워해야 했다.

다시 베인이 고개를 들어 올리자 미카엘은 새로운 제안을 내밀었다.

"첫째, 가브릴 린트를 포함해 '푸른 날개'의 단원들을 모두 에렌시아 제국에 인도합니다. 둘째, 공화주의와 에렌시아 제국의 이념이 연관이 있다는 것을 인정하십시오."

"그건……."

미카엘이 말을 마쳤지만 베인은 대답하지 못했다. 두 번째 요구를 들어줬을 때, 어떤 여파가 미칠지 바로 깨달았기 때문에.

"공화파도 손에 넣으려 하는군."

"어차피 틀린 말도 아니지 않습니까? 당장 대공 전하께서 이념을 주창하실 때, 공화주의의 요소도 넣었습니다. 또 과거의 공화국이 미처 생각하지 못했던 문제점까지 보완했습니다. 각하께서 진정 공화국을 생각한다면 에렌시아 제국의 이념을 받아들이는 게 옳은 길입니다."

미카엘은 심각해진 베인을 보며 강하게 주장했다. 그리고 고개를 돌려 클라우드를 응시했다. 그러자 클라우드는 미카엘을 향해 한쪽 눈을 찡긋했다.

'일이 잘 흘러가는군.'

클라우드는 현재 상황에 만족했다. 모든 게 자신의 의도대로 이뤄지고 있었다.

'처음부터 첫 번째 제안을 철회할 생각으로 주장했다는 것을 알면 저들도 깜짝 놀라겠지.'

첫 번째 제안은 대놓고 공화파를 노리고 있었다. 공화파로서는 당연히 반대할 수밖에 없었다. 그렇기 때문에 클라우드와 에렌시아 제국의 관리들은 미리 두 번째 제안을 준비한 상황이었다.

즉, 첫 번째 제안은 애초부터 베인을 끌어들일 미끼에 지나지 않았다. 베인이 온 순간, 첫 번째 제안은 자신의 역할을 다 했고 두 번째 단계로 넘어가야 했다. 그런데 그 과정에서 변수가 발생했으니, 바로 베인의 태도였다.

'설마 그렇게 쉽게 자신의 오른팔을 포기할 줄이야, 이건 정말 의외였어.'

베인이 일부러 에렌시아 제국에 오게 한 뒤, 그를 상대로 승리를 거두는 게 두 번째 과정이었다. 베인의 용기와 의지를 칭찬하고 두 번째 제안을 요구하면 상대도 결국 넘어올 수밖에 없었기 때문에. 상대와 우호를 다지는 건 덤이었고.

그런데 베인은 자신의 오른팔을 희생했다. 오른손잡이인 그가 오른팔을 잃은 만큼, 전력을 크게 상실할 수밖에 없었는데도 말이다. 그 때문에 클라우드는 요구의 수위를 조금 더 낮춰달라고 미카엘에게 부탁했다.

미카엘에게 잔소리를 듣기는 했지만, 결국 그는 수락했다. 본질적으로 달라지는 것은 없다는 것을 미카엘 역시 이해했기 때문이다.

어차피 베인을 비롯한 공화파가 에렌시아 제국의 이념을 인정하는 순간, 공화파는 자신들의 존재 의의를 잃게 된다. 이미 대중들의 지지를 잃은 공화파는 그대로 와해될 수밖에 없었다.

이건 싸우지 않고도 공화파를 무너뜨릴 최고의 방법이었다. 미카엘 역시 그 사실을 알았기에 클라우드의 제안을 받아들인 거고.

'결국 이렇게 되는군.'

베인은 속으로 한탄했다.

이 자리에 왔을 때부터 복고파와 함께 하기로 했다. 허나 막상 제안을 들으니 가슴이 아팠다. 공화국과 공화주의를 지키기 위해 평생을 바쳤는데, 자기 손으로 무너뜨리는 셈이 됐으니까.

"이것마저 거부하시겠다면 저희도 더 이상 어쩔 수 없습니다. 그때는 전쟁만 있을 뿐입니다."

"걱정하지 말게. 이미 각오는 다진 지 오래니 말이야. 받아들이겠네. 반대하는 이들은 내가 직접 억누르지."

"현명한 판단을 내려주셔서 감사합니다."

현실을 받아들인 베인이 미카엘의 말에 대답했다. 베인이 순순히 인정하자, 미카엘은 상대에게 고개를 숙인 다음, 자리에서 일어났다. 클라우드와 베인과 달리 그는 실무까지 같이 진행해야 했다. 해야 할 일이 많기 때문에 괜히 미적거릴 필요가 없었다.

그렇게 집무실에는 클라우드와 베인만 남게 되었다. 두 사람은 익숙한 듯이 다시 대화를 이어나갔다.

"그대가 치료를 받고 있을 때, 본국의 장인들이 신체를 확인했다. 새로운 오른팔 제작에 들어갔으니 안심해도 좋다."

"……검사에게 어울리는 의수는 없는 걸로 알고 있습니다."

마장기의 발명은 다양한 분야의 발전을 촉구했는데 의수, 의족이 거기에 포함되었다. 다만 아직 오러를 사용하는 이들에 맞는 의수는 존재하지 않았다. 마력의 강대한 흐름을 의수가 버티지 못했기 때문에.

"마도공학의 발전은 무섭더군. 소드마스터에게 어울리는 의수도 만들어지는 중이라고 하니 말이야. 관련 단체가 있기에 과인이 그들을 지원했다. 얼마나 걸릴지는 모르지만, 그래도 최대한 빨리 선물하도록 하지."

"감사합니다. 하지만 왜 적인 저에게 은혜를 베푸시는 겁니까?"

"지난 대련에서 과인이 어이없게 밀리지 않았나? 승부는 제대로 내야 속이 편하다."

그 말을 듣자 베인은 어처구니없다는 얼굴로 클라우드를 응시했다. 하지만 클라우드의 표정은 정말 진지했다.

"자네가 더 잘 알겠지만, 초월자가 되니 진심으로 검을 맞댈 상대를 찾기도 어렵더군. 자네 같은 경우, 처음부터 진짜 적이라 보기도 애매했으니 이 정도 지원은 해줘야지."

클라우드가 주먹을 불끈 쥐며 말하자 베인은 처음으로 웃었다. 그는 정말 클라우드의 본질을 잘못 봤다는 것을 깨달았다.

'초월자고 나발이고 뭐든지 직접 경험하지 않으면 무의미하군.'

작지만, 소중한 깨달음이었다.

"그건 그렇고 공화주의에 대한 자네의 마음은 잘 알고 있다.

허나 너무 걱정할 필요 없다. 처음에 말했지만, 과인은 공화주의를 부정하지 않는다. 다만 아직 공화주의가 자리 잡을 상황이 아니라고 생각할 뿐이다."

"대공 전하의 말씀이 옳을지 모르겠습니다. 공화파 내부에서도 자신들을 엘리트라 여기며 대중들을 무시하는 이들이 속출하니 말입니다."

테러를 일으킨 푸른 날개의 청년들은 물론 엘넌이나 카마드 같은 군부 인사들은 전혀 대중을 신경 쓰지 않았다. 오히려 사람들의 희생을 당연시하는 그 모습이 두려울 정도였다.

그들을 생각하면 차라리 복고파와 함께 가는 게 나았다. 적어도 그들은 사람을 대놓고 희생시키려 하지는 않았다.

"그래도 저는 대공 전하가 두렵습니다."

"그건 또 재미있는 의견이군. 왜 그렇지?"

"처음 대공 전하께서 이름을 내세웠을 때, 자신의 사욕을 앞세우는 군벌이라고 생각했습니다. 다만 지금은 생각이 바뀌었습니다."

"지금은 두렵지 않다는 건가?"

"아닙니다. 대공 전하에 대한 관점은 바뀌었지만, 여전히 저는 대공 전하가 두렵습니다."

클라우드가 묻자 베인은 고개를 저었다. 지금 그는 클라우드의 본질을 확실히 깨달았다. 그렇기 때문에 자신 있게 말할 수 있었다.

"에레시안 제국의 붕괴 및 에렌시아 제국의 탄생은 대륙 전체를 뒤흔들었습니다. 크로얀 공화국의 건국 초기처럼 대륙의 국가들은 에렌시아 제국을 가만히 놔두지 않을 겁니다. 대공 전하께서는 그 사실을 알고도 이념을 주장했습니다. 아닙니까?"

"물론이다. 잘못된 것을 알면서도 방치해서는 안 되지. 크로얀 공화국도 그렇게 탄생하지 않았나?"

딱히 민주주의나 공화주의가 옳다고 강변할 생각도 없다. 하지만 신분이나 혈통 등으로 사람을 따지는 상황을 긍정할 생각은 더더욱 없었다. 그걸 반대하는 놈들이 있다면 싸우는 한이 있더라도 짓밟아야 했다.

"그래서 대공 전하가 두렵다고 한 것입니다. 앞으로 대륙 전체를 강타하는 커다란 혼란이 생길 것이고, 대공 전하께서는 그 중심에 계실 겁니다. 거기에 크로얀의 국민이 휩쓸릴 것이 또 두렵습니다. 그걸 막으려고 했습니다만, 이제는 너무 늦었군요."

"그렇다고 신분과 혈통을 내세워 특권 계층을 만드는 나라를 옳다고 할 수는 없지 않나? 공화주의를 위해 평생을 헌신한 자네라면 과인과 같은 생각을 할 것이다."

"부정할 수 없는 게 아쉬움을 따름입니다."

베인은 모든 것을 체념했다. 대놓고 차별을 용인하는 다른 왕국들보다는 에렌시아 제국과 손을 잡는 게 나았다. 어차피 피할 수 없는 난세라면 차라리 미리 준비하는 게 더 현명한 선택이기도 했다.

"그렇게 한탄할 필요 없다. 공화파의 이름은 사라지겠지만, 과인의 뜻에 동의하는 이들까지 사라지게 놔둘 용의는 없으니 말이다."

"그게 무슨 말씀입니까?"

"나중에 알게 될 것이다."

그렇게 말한 클라우드는 열심히 웃고 있을 엘레나를 떠올렸다. 그녀는 베인이 죽을 것이라 예상했을 게 분명했다.

'내 성격이 좋지는 않지.'

객관적으로 봤을 때, 지금처럼 상황이 특별하지 않았다면 베인은 자신의 손에 의해 죽었을 것이다. 그러나 상대에게는 이용할 가치가 있었고, 그렇기에 일부러 살려줬다.

'공화파를 새로운 이름의 파벌로 만들고, 검성을 크로얀 왕국의 총사령관으로 임명하면 견제가 될 거다.'

공화국에서 왕국으로 바뀌었지만, 검성이라는 이름이 가진 무게는 크로얀 국민의 마음에 가슴 깊이 각인되어 있었다. 거기다가 공화파가 복고파에 합류한다는 인식 역시 새겨줄 수 있었다.

'그년의 얼굴이 일그러질 것을 생각하니 속이 다 시원해지는군.'

엘레나가 모든 책임을 다 지겠다고 자신의 앞에서 선언한 이상, 그녀는 결코 자신의 말을 부정할 수 없었다. 게다가 베인이 총사령관이 되면 그를 견제하기 위해서라도 그녀는 자신에게 더 달라붙어야 했다.

베인이라고 해서 다를 바 없었다. 남은 공화파를 생각해서라도 자신을 최대한 따라야 했다. 이번 사태를 통해 복고파와 공화파를 모두 손에 넣었다고 봐도 무방했다.

'머리를 굴린 보람이 있어.'

여러 변수가 생겼지만, 결국 모든 일이 자신에게 가장 유리한 방향으로 흘러갔다. 그것만으로도 충분히 의미가 있었다.

그런데 그때였다.

쾅!

"큰일 났습니다, 대공 전하!"

엘리스가 창백해진 얼굴로 문을 열고 외쳤다. 그 모습에 클라우드는 본능적으로 안 좋은 일이 일어났음을 깨달았다.

"무슨 일이지?"

"고, 공화파가 반란을 일으켰다고 합니다!"

"뭐라고!?"

클라우드는 물론 함께 듣고 있던 베인까지 모두 경악했다.

쾅!

"크윽!"

바닥에 나동그라진 벨리키스가 신음을 토했다. 그러나 그는 곧바로 상체를 일으켰고, 자신을 집어던진 군인들을 노려보며 소리쳤다.

"이게 도대체 무슨 짓인가!"

복고파와 함께 하면서 공화파의 권리를 획득하기 위한 방안을 구상하고 있을 때, 갑자기 공화파의 군인들이 그를 덮쳤다. 그리고 다짜고짜 그를 회의실로 끌고 왔다.

놀라운 것은 또 있었다. 지금 회의실에는 자신의 심복들은 물론 온건파 정치인과 군인들까지 모조리 한자리에 모여 있었다.

"크로얀 공화국을 다시 세우고 공화주의를 세우기 위해 여러분을 불렀습니다."

그때였다. 그들에게 익숙한 목소리가 울려 퍼진 것은. 뒤이어 엘넌 램브란트와 카마드 하르트가 회의실 안으로 들어왔다.

쿵!

두 사람이 들어오자 문이 굳게 닫혔고, 두 명의 특무대원들이 문 앞을 가로막았다.

"지금 자네가 무슨 말을 하고 있는지 이해하고 있나, 엘넌 램브란트?"

벨리키스가 싸늘한 시선으로 엘넌을 노려보았다. 엘넌은 그런 상대를 비웃었고.

"물론입니다. 저희는 더 이상 복고파의 만행을 두고 보지 않기로 했습니다. 공화국을 위해 희생한 수많은 선조를 생각해서라도 지금은 싸워야 할 때입니다."

"헤이오스 각하는 목숨을 걸고 에렌시아 제국에 가셨다. 그분의 뜻을 이어받아도 모자랄 판국에 감히 반란을 일으키다니, 자네 지금 제정신인가! 정녕 공화파가 망하는 꼴을 봐야 정신을 차리겠구나!"

벨리키스가 분통을 터뜨렸다.

엘넌이 위험분자라는 것은 알고 있었다. 과격한 의견을 많이 내세웠으니까. 그래도 그렇지, 이런 식으로 일을 터뜨릴 것이라고는 전혀 예상하지 못했다.

"역시 당신들은 나약해. 길고 짧은 것을 대보지도 않았는데 우리가 진다고 단정하고 있으니 말이야. 당신들의 나약한 정신이 공화국과 공화주의를 파멸로 이끌었다."

엘넌은 더 이상 존대를 사용하지 않았다. 저들은 자신에게 존중받을 가치가 없었다.

'저놈들만 아니었다면 지금 사태가 오지도 않았을 것이다.'

벨리키스를 비롯한 정치인들의 반발만 아니었어도 복고파를 금방 끝장낼 수 있었다. 허나 저들이 내전을 반대하는 바람에 복고파가 정권을 차지할 시간을 주고 말았다. 그에게 있어 공화파의 온건주의자들은 복고파보다 더한 쓰레기들이었다.

"나약하다고!? 에렌시아 제국은 호시탐탐 공화파를 끝장낼 기회만 엿보고 있다! 자네는 지금 에렌시아 제국에게 대놓고 개입할 기회를 줬다는 것을 왜 모르나! 설마 자네 따위가 에렌시아 제국을 이길 수 있다고 믿는 건……. 컥!"

벨리키스는 비명을 질렀다.

엘넌이 다가와 발로 그의 얼굴을 걷어찬 것이다. 충격을 버티지 못한 벨리키스의 몸이 땅바닥을 뒹굴었다.

"이 중에서 클라우드 폰 알바레아와 싸운 사람은 나밖에 없다. 한 번 졌기 때문에 나는 누구보다 그를 잘 알고 있다. 그런 내가 승산도 없이 싸움을 걸었을 거라고 생각하나?"

"크윽. 자신이 영웅이라고 생각하나, 엘넌 램브란트? 아버지의 후광도 없는 자네가 뭘 할 수 있지? 알량한 재주만 믿고 이 상황을 바꿀 수 있다고 생각한다면, 그건 착각이다!"

"역시 당신들은 안 돼. 당신들에게 공화파의 운명을 맡기면 공화파는 영원히 사라질 거다."

"국민을 위해서는 때로 물러날 필요도 있는 법이다! 그걸 모르는 네놈이 다른 왕국의 귀족들과 뭐가 다르지? 통령의 아들로서

승승장구하다가 권력을 잃는 게 싫어 반란을 일으킨 것을 내가 모를 줄 아는가!"

벨리키스는 엘넌의 야망을 눈치 챘다.

엘넌에게 있어 공화주의는 자신이 권력을 잡기 위한 명분에 불과했다. 그가 진정으로 국민과 공화파의 사람들을 생각했다면 지금은 자중해야 했다. 그러나 그는 그러지 않고 자신의 야망을 앞세웠다.

"말이 안 통하는군. 허나 그래도 함께 공화파를 위해 싸운 동지다. 당신들도 그렇고 다른 놈들한테도 기회를 주겠다. 지금이라도 우리를 따르면 더 이상 죄를 묻지 않겠다."

"네놈은 분명히 파멸할 것이다! 그런 네놈을 따를 수는 없다!"

벨리키스는 단호했다.

공화파는 국민의 지지를 잃었고, 에렌시아 제국이 빈틈을 보인 크로얀 왕국에 손대려고 호시탐탐 기회를 노리고 있었다. 클라우드 폰 알바레아가 나서는 순간, 엘넌 램브란트는 모든 것을 잃어버리라.

"당신들도 같은 생각인가?"

엘넌은 온건파 인사들을 둘러보며 질문했다. 아무도 엘넌과 함께 하겠다고 손을 드는 사람은 없었다. 그들 역시 엘넌이 오래 갈 수 없다는 것을 짐작했다.

"고맙다. 끝까지 어리석은 선택을 해줘서."

촤아악!

은색의 섬광이 번뜩이는 것과 동시에 피가 치솟아 주변을 붉게 물들였다. 벨리키스의 목이 허공으로 치솟았고, 목을 잃은 육체가 바닥에 쓰러졌다. 그것을 시작으로 강경파의 군인들이 모두 검을 뽑아 온건파의 사람들을 향해 휘둘렀다.

"크아아악!"

"아아아악!"

처절한 비명이 회의실을 뒤흔들었다. 개중에는 저항하는 이들도 있었지만, 카마드 하르트의 검 앞에서는 무력했다. 그렇게 5분이 지났을 때, 온건파의 사람들은 모두 목숨을 잃고 바닥에 쓰러졌다. 방 안에는 피비린내가 진동했다.

"속이 다 시원하군."

"동의합니다."

카마드가 쓰러진 벨리키스를 노려보며 말하자 엘넌이 동의했다. 온건파들은 자신들의 발목을 잡은 것으로 모자라 복고파는 물론 에렌시아 제국과도 손을 잡으려 하고 있었다. 자신이 보기에 저들은 더 이상 공화주의를 내세울 자격이 없었다.

그리고 저들을 살려뒀다가는 나중에 후방에서 무슨 짓을 할지 몰랐다. 만약 뒤에서 보급이라도 끊으면 그것만큼 곤란한 일은 없었기에 지금 정리해야 했다.

"이제 움직일 일만 남았군."

"예. 현재 저희 전력은 총 60기의 마장기와 43문의 중장거리 마력포 그리고 1만의 보병으로 이루어져 있습니다. 이에 반해 엘라임 시에는 마장기는 총 32기, 중장거리 마력포는 20문, 3천의 보병밖에 없습니다."

"다른 곳은 어떻지?"

"다른 곳들도 이미 준비를 마쳤습니다. 각하께서 명령을 내린

다면 그들은 곧바로 움직일 것입니다."

엘넌의 말에 카마드는 흡족한 얼굴로 고개를 끄덕였다. 안 그래도 복고파의 전력은 왕궁 전역에 퍼져 있는 상황이었다. 소드 마스터도 스테판 할라인 한 사람밖에 없었다.

이에 반해 공화파에는 자신과 특수 마장기 2기가 존재했다. 엘라임 시의 방어력은 뛰어났지만, 지금 전력으로는 함락시키지 못하는 게 이상했다.

"지금의 엘라임 시는 하루 정도면 충분히 함락시킬 수 있다."

"각하만 믿겠습니다."

자신만만하게 선언하는 카마드를 보며 엘넌은 주먹을 움켜쥐었다.

'이제 시작이다.'

영웅이 될 날이 머지않았다. 반드시 정권을 장악하고 공화국을 다시 일으키리라.

대륙력 1799년 2월 19일, 공화파의 강경파들이 쿠데타를 일으켰다.

제 7장 꿈은 꿈일 뿐이다

먼저 정신을 차린 사람은 클라우드였다. 그는 얼굴을 찌푸리며 충격에서 빠져나오지 못하는 베인을 바라보았다.

"군권을 완벽하게 장악하지 못했나 보군."

"……뭐라고 드릴 말씀이 없습니다."

베인은 힘겹게 대답했다.

그의 얼굴은 어느새 10년은 더 늙어진 것처럼 보였다. 그만큼 공화파의 반란은 그에게 큰 충격을 줬다. 혀를 찬 클라우드는 다시 엘리스 쪽으로 고개를 돌렸다.

"자세한 상황을 말해봐라."

"아직 자세한 정보는 확인되지 않았습니다. 다만 어제 공화파의 군권을 장악한 강경파들이 쿠데타를 일으켰고 현재 엘라임 시를 향해 진격 중이라고 합니다. 동시에 여러 도시에 주둔하고 있던 공화파의 부대들도 쿠데타를 일으켜 그 도시들을 장악했습니다."

"일이 참 재미없게 돌아가는군. 이야기해 줘서 고맙다, 엘리스. 새로운 정보가 오면 바로 전달해주도록 해라."

"명을 받듭니다."

엘리스는 고개를 숙이고 집무실을 빠져나갔다.

다시 둘이 되자 클라우드는 베인을 응시했다. 베인은 상대의 눈을 마주 보지 못하고 고개를 돌렸다. 클라우드는 자신을 위해 자비를 베풀었는데 정작 자신은 그의 기대를 저버린 것이다. 입이 10개여도 할 말이 없었다.

"공화파의 수장이었던 자네라면 당연히 이 사태를 예견하고 있어야 하는 거 아닌가? 내가 자네였다면 이곳에 오기 전에 핵심 지휘관들의 목을 모조리 베었을 것이다."

"함께할 수 있으리라 여겼는데 결국 제 착각이었습니다."

"이미 지난 일이니 더 이상 추궁하지 않겠다. 중요한 건 더 이상 전쟁을 피할 수 없게 됐다는 것이다. 테러 때문에 정식으로 동맹을 맺지는 못했지만, 가만히 있을 수는 없지."

클라우드의 말을 들은 베인은 절망했다.

죽음을 각오하며 클라우드를 만났다. 전쟁이 일어나는 것을 막고 공화파를 지키기 위해서였다. 그런데 자신이 지켜야 할 공화파가 먼저 공격받을 명분을 줘버렸다. 공화파가 사라지는 것은 이제 시간문제였다.

"너무 걱정하지 말게."

"무슨 말씀입니까?"

"나는 죄가 없는 이들을 공격할 생각이 없다. 온건파가 전쟁에 참여하지 않았다는 사실이 입증되면 온건파의 목숨은 지켜주겠다."

"……감사합니다."

베인이 할 수 있는 말은 그 말밖에 없었다. 그는 지금 클라우드의 자비에 모든 것을 기대야 하는 상황이었다.

"자네 역시 해야 할 일이 있다. 오직 자네만이 할 수 있는 일인 만큼, 거부하는 것은 용납하지 않겠다."

"그게 뭡니까?"

베인은 왠지 모를 불길함을 느끼며 질문했다. 클라우드의 입가에 걸린 미소가 더욱 짙어진 상태에서 그는 대답했다. 그 말을 들은 순간, 베인의 안색은 급격하게 창백해졌다.

"정녕 그 방법밖에 없는 겁니까?"

"자네가 온건파와 국민들을 살리고 싶다면 말이지."

베인은 자신에게 선택의 여지가 없다는 것을 깨달았다. 클라우드의 제안을 받아들이지 않으면 더 많은 희생자가 나올 게 분명했다. 그 상황만큼은 반드시 피해야 했다.

"따르겠습니다, 대공 전하."

"올바른 선택을 내려줘서 고맙다. 자네 덕분에 강경파들은 곧 진리를 깨닫게 될 것이다. 꿈은 꿈일 뿐, 언젠가 반드시 깨어나야 한다는 것을 말이야."

클라우드가 단언했다. 저쪽에서 먼저 전쟁을 걸어준 이상, 망설일 것은 없었다.

삐빅.

그때, 클라우드의 집무실에 있던 통신기가 울었다. 그 모습을 지켜본 베인은 자리에서 일어났다.

"지금은 쉬고 있게."

"알겠습니다."

베인은 집무실을 나갔다. 그 사이, 통신기를 살핀 클라우드는 피식 웃었다. 통신기에는 엘레나 메디시스의 번호가 적혀 있었다.

클라우드가 통신을 받자 빛이 번쩍이며 엘레나의 얼굴이 떠올랐다. 모습을 드러낸 그녀는 바로 클라우드에게 고개를 숙였다.

-오랜만이에요, 대공 전하. 그동안 연락을 못 해 죄송해요-

“그대가 얼마나 바쁜지 잘 알고 있으니 그리 말할 필요 없다. 그건 그렇고 쿠데타 이야기는 들었다.”

-알고 계시니 이야기하기 편하겠네요. 현재 저희 병사들은 테러 조사로 왕국 전역으로 퍼진 상태에요. 엘라임 시를 지키고 있는 전력으로는 반란군을 막을 수 없어요. 대공 전하의 도움이 필요해요-

엘레나는 클라우드가 자신의 요청을 받아들일 것이라 믿어 의심치 않았다. 공화파의 쿠데타가 성공하면 에렌시아 제국은 유일한 우방을 잃게 되기 때문이었다. 그러나 이어지는 클라우드의 대답에 그녀는 크게 당황했다.

“물론 도와줘야지. 허나 그 전에 자네가 해야 할 일이 있다, 엘레나 메디시스.”

-예?-

“설마 벌써 잊은 건 아니겠지? 나의 충고를 무시하고 멋대로 일을 진행했다가 특사를 비롯해 외교관 모두가 죽지 않았나? 자네는 일이 생겼을 때 책임을 지기로 했으니 약속을 지켜야지.”

-지, 지금 중요한 건 그게 아니라고 생각해요. 우선 쿠데타부

터…….-

고개를 흔드는 클라우드 때문에 그녀는 말을 잇지 못했다.

"굳이 미루지 않아도 된다. 자네가 약속을 지키면 반란군 따위는 금방 끝장낼 수 있다."

-그게 뭐죠?-

엘레나는 침착함을 되찾았다.

클라우드가 자신만만하게 말하는 이상, 자신에게 불리한 요구일 게 분명했다. 최대한 냉정함을 유지하고 대처해야 이 상황을 넘어갈 수 있었다. 그러나 그녀는 다시 한 번 경악할 수밖에 없었다.

"간단하다. 베인 헤이오스를 크로얀 왕국군 총사령관으로 임명해라. 그러면 바로 원군을 보내겠다."

클라우드는 웃으며 충격에 빠진 엘레나의 얼굴을 감상했다.

'제정신인가?'

엘레나는 정말 클라우드의 머릿속을 열어보고 싶었다. 그만큼 상대의 요구는 말이 되지 않았다.

총사령관이 어떤 자리인가?

한 나라의 군대를 총괄하는 자리로, 제국의 원수와 동등했다. 마음먹으면 쿠데타를 일으키는 건 일도 아닌 자리인 만큼, 믿을 수 있는 사람에게 맡겨야 했다.

그래서 크로얀 왕국은 충성심과 능력을 모두 증명한 스테판 할라인에게 총사령관직을 맡겼다. 다른 요직 역시 다를 바 없었다. 모두 복고파의 인재들이 등용되었다.

'그런데 이제 와서 검성을 총사령관으로 임명하라니, 헛소리도

정도가 있지!'

엘레나는 냉정을 되찾았다.

베인이 총사령관이 된다면 군부도 재편될 게 분명했다. 그렇다면 복고파 중심의 체제가 무너질 수밖에 없다. 그것만큼은 반드시 피해야 했다. 절대 클라우드의 페이스에 휘말리지 않겠다고 다짐한 그녀가 입을 열었다.

-저는 대공 전하의 의견을 항상 존중했어요. 하지만 이번만큼은 그럴 수가 없네요. 대공 전하께서 말씀하신 부분은 엄연히 내정간섭이에요-

"그러니 대외적으로는 자네의 의견이라고 해야겠지. 그러면 아무 문제도 없지 않나?"

-반란을 일으킨 공화파 인사들은 불과 며칠 전까지 검성을 따랐어요. 그런 검성에게 총사령관을 맡긴다니, 누구도 납득하지 못할 거예요-

"그건 내가 알 바 아니지. 내가 원하는 것은 자네가 한 약속을 지키는 것이다. 퍼레이드 도중 무슨 일이 생기면 반드시 책임을 지겠다는 약속 말이다."

클라우드가 조소를 지으며 말하자 엘레나는 이를 갈았다.

'일이 이렇게 될 줄이야…….'

테러를 지원한 건 의미가 있었다. 공화파에 호의적인 여론이 박살났고 복고파의 지지율은 크게 상승했다. 아니, 크게 상승하다 못해 공화파를 완전히 압도하고 있었다.

남은 건 에렌시아 제국을 이용해 검성을 비롯한 공화파를 모조리 쓸어버리는 것뿐이었다. 그렇게 되면 공화파를 지지하는 소수 인원의 불만을 에렌시아 제국 쪽으로 돌릴 수 있을 테고. 크로얀 왕국의 완전한 통합이 멀지 않았다고 믿었다.

그런데 완벽했다고 생각한 계획이 무너지려 하고 있었다. 그토록 경계했던 클라우드의 손에 의해서.

'검성에게 총사령관을 넘기라는 건, 그가 살아있다는 뜻이야. 도대체 뭘 노리는 거지?'

클라우드의 성격을 생각할 때, 베인은 죽어야 했다. 하지만 그는 살아남았고 클라우드는 그를 총사령관으로 임명하라 요구하고 있었다. 정황을 볼 때, 클라우드와 베인이 손을 잡았을 확률이 높았다.

"고민이 많은 거 같은데 조금 줄여주도록 하지."

-무슨 말씀이신가요?-

"지금 우리 쪽에서 기자 회견을 준비 중이다. 그리고 검성이 직접 지금 쿠데타를 일으킨 놈들을 반란군이며 공화파와 아무런 관계가 없다고 할 것이다."

-강경파에 책임을 돌린다는 거군요. 여전히 검성을 존경하는 이들은 많아요. 검성이 나서면 분명히 반란군 중에서 이탈하는 이들이 생길 거고, 그렇게 되면 반란군도 흔들리겠죠-

엘레나가 말하자 클라우드는 고개를 끄덕였다. 역시 그녀는 대화가 통했다.

"솔직히 반란군 중에서 문제가 되는 건 엘라임 시에 쳐들어온 놈들뿐이다. 나머지는 쭉정이지. 가장 검성과 가까이했던 놈들인 만큼, 분명히 흔들릴 것이다. 그러면 너희도 우리가 원군을 보낼 때까지 버티겠지.

클라우드의 말은 일리가 있었다.

베인에게 실권은 없지만, 그가 미치는 영향력은 대단했다. 당장 복고파의 병사 중에서도 그를 존경하는 이들이 많은데, 공화파에는 더 많았으면 많았지 적을 리 없었다. 지휘관은 몰라도 일반 병사들은 혼란에 빠질 게 분명했다.

-대공 전하의 말씀은 일리가 있어요. 허나 그렇다고 해도 반대하는 사람들은 많을 거예요!-

"방금 전에도 말했지만, 그건 자네가 해결할 문제다. 그리고 계속 그렇게 뻗대면 원군을 보내지 않겠다."

-그럴 수가!-

"어차피 정식으로 동맹을 맺은 것도 아닌데 무슨 문제가 있지? 그러다가 복고파의 주요 인사들이 다 죽고 나서면 더 빨리 크로얀 왕국을 장악할 수 있다. 그리고 모든 책임은 그대에게 떠넘기면 그만이다."

그 말을 듣는 순간, 엘레나의 안색이 창백해졌다. 그녀가 아는 클라우드라면 충분히 그러고도 남았다. 그리고 드디어 상대가 무엇을 노리는지 이해했다.

'온건파와 복고파를 전부 손에 넣을 생각이야.'

문제는 클라우드의 의도를 알면서도 막을 수단이 없다는 점이었다. 게다가 클라우드는 크로얀 왕국에 언제든지 자신에 입맛에 맞는 정권을 세울 능력이 있었다. 지금 에렌시아 제국과 거리를 둬봤자 손해를 보내는 것은 자신들뿐이었다.

'남 좋은 일만 했네.'

엘레나는 허탈함에 의해 몸에 힘이 빠져나가는 것을 느꼈다.

치밀하게 계획을 짰고, 손에 피를 묻혔다. 그런데 계획을 통해 얻은 이득이 거의 다 클라우드에게 넘어가니 몸에서 힘이 빠졌다. 그러나 그녀에게 선택지는 많지 않았다.

-이야기해보도록 하겠어요. 단, 결과는 책임질 수 없어요-

"그렇다면 더 이상 우리가 손을 잡을 필요는 없지. 그 정도로 무능한 인간과 손을 잡을 이유는 없으니 말이야."

엘레나는 수치심을 느꼈지만, 내색하지 않았다. 결국 클라우드에게 완패한 그녀는 통신을 끊었다.

"이제 크로얀 왕국은 완전히 손에 넣었다고 봐야 하려나?"

각 파벌의 중심인물인 엘레나와 베인을 손에 넣은 이상, 크로얀 왕국을 좌지우지하는 것은 쉬운 일이었다. 굳이 무리해서 위성 국가로 삼거나 합병하는 것보다는 이게 훨씬 싸게 먹혔다.

"이제 헛꿈 꾸는 놈들을 깨울 시간이군. 내가 직접 깨워주마, 엘넌 램브란트."

어떤 꿈을 꾸든 그건 개인의 자유였지만, 모든 꿈은 언젠가 깨어나야 했다. 그리고 클라우드는 엘넌을 기쁘게 만들어줄 생각이 전혀 없었다.

"얼마 안 남았어."

자신의 전용기 RCM-3에 올라탄 엘넌은 흐뭇한 얼굴로 자신의 앞에 펼쳐진 광경을 바라보았다. 총 60기의 마장기와 43문의 중장거리 마력포 그리고 1만의 보병들이 엘라임 시를 포위하고 있었다.

-내일 점심은 엘라임 시에서 먹을 수 있겠군-

"각하라면 충분히 할 수 있을 겁니다."

카마드가 통신을 보내자 엘넌은 바로 맞장구쳤다.

스테판 할라인이 강자인 건 맞지만, 그 혼자서 카마드와 특수 마장기 2기를 상대할 수는 없었다. 게다가 병력의 차이도 컸다. 엘라임 시의 방어력은 뛰어났지만, 지금 전력으로는 함락시키지 못하는 게 이상했다.

"그래도 일단 항복을 요구하는 게 좋지 않겠습니까?"

-항복이라고? 복고파 놈들을 살려주자는 말인가?-

"물론 다 죽일 겁니다. 다만 이미지라는 게 있지 않습니까? 이것이 쿠데타가 아니라 어디까지나 공화국을 재건하기 위한 성스러운 투쟁이라는 것을 보여줘야 합니다. 그러기 위해서는 자비를 베푸는 모습을 보여줄 필요가 있습니다."

그제야 카마드는 엘넌의 말을 이해하고 웃었다.

-나중에 정리하자는 거군-

"그렇습니다. 안 그래도 이미지가 좋지 않은데, 지금 다 죽이면 문제가 될 겁니다. 최대한 자비로운 이미지를 보여줘야 합니다."

-알았다. 그 부분은 자네에게 맡기도록 하지-

"감사합니다."

고개를 숙인 엘넌은 곧장 엘라임 시의 성벽을 올려다보았다. 스테판 할라인의 블루드래곤이 성벽 위에 굳건히 서 있었다.

"항복하면 목숨은 살려주겠다, 스테판 할라인!"

-테러를 일으키는 것으로 모자라 이제는 쿠데타를 일으키는

것인가? 스스로 공화파를 끝장내려 하다니, 나로서는 도저히 이해할 수 없군-

스테판의 목소리가 외부 스피커를 통해 퍼져 나갔다. 안 그래도 테러리스트라는 이미지가 깊게 각인된 공화파였다. 여기서 내전까지 일으킨 이상, 그들에게 남은 것은 파멸뿐이었다.

그러나 엘넌은 개의치 않고 스테판의 말에 응수했다.

"공화국이 위기에 빠졌을 때, 오히려 쿠데타를 일으킨 당신이 할 말은 아니군, 스테판 할라인. 네놈들이 땅에 떨어뜨린 공화주의를 우리가 직접 바로잡을 것이다!"

-정의라고? 입으로만 평등을 외치고 뒤에서 사람을 차별하는 네놈들이 감히 공화주의를 논하는가! 네놈들이 진정 공화주의를 생각한다면 결코 반란을 일으켜서는 안 됐다!-

"쓰레기가 개소리를 다 지껄이는군. 간신히 폐지한 신분제였다. 그런데 네놈들은 다시 신분으로 사람들을 차별하려고 한다. 그런데도 우리가 공화주의를 논하면 안 된다고?"

-우리는 공화주의를 인정하고 있다! 지금은 이를 위한 단계를 밟는 것이다!-

"더 이상 못 들어주겠군. 하르트 각하."

엘넌이 카마드에게 연락했다. 그러자 카마드 하르트의 전용 기체인 실버드래곤이 앞으로 나섰다.

"일반 병사들은 최대한 살려두십시오-

-알았다-

엘넌의 말에 대답한 카마드는 곧장 공격 명령을 내리려고 했다.

그런데 그때였다.

-각하! 큰일 났습니다!-

"무슨 일이지?"

통신 장교가 통신을 보내자 카마드는 짜증을 드러냈다. 큰일을 앞두고 방해하는 게 마음에 들지 않았다.

-지금 에렌시아 제국에서 기자 회견을 열었다고 합니다!-

"그게 뭐가 문제지?"

-지금 검성이 발표하고 있습니다!-

"뭐라고!?"

카마드는 물론 함께 듣고 있던 엘넌 모두 크게 경악했다. 두 사라 모두 지금쯤 베인이 클라우드에게 죽었을 것이라 생각했다. 그래서 군대를 움직였다. 그런데 이제 와서 살아있다니, 도저히 이해할 수 없었다.

그러나 충격적인 일은 이제 시작에 불과했다.

-공화파의 병사들은 들어라! 그대들이 무슨 말을 들었는지 알 수 없지만, 전부 다 거짓이다! 이 싸움은 욕망을 품은 몇 명의 반역자들이 일으킨 것이다. 이를 검성이 증명하리라!-

갑자기 스테판이 소리쳤다. 뒤이어 익숙한 목소리가 외부 스피커를 타고 울려 퍼졌는데, 바로 베인의 목소리였다.

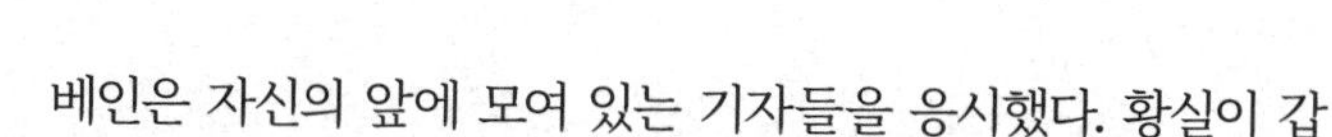

베인은 자신의 앞에 모여 있는 기자들을 응시했다. 황실이 갑자기 불렀는데도 많은 기자가 모였다. 개중 일부는 아예 통신기를 가지고 와서 그를 찍고 있었고.

"안녕하십니까, 여러분? 베인 헤이오스입니다."

"각하께서 대공 전화와 회담한 것은 반란군에게 향할 이목을 자신 쪽으로 끌어모으기 위한 술수라는 말이 있습니다!

"오른팔은 어떻게 된 겁니까!"

여기저기서 기자들이 외쳤다. 지나치게 소란스러워지자 베인은 목소리에 마력을 담아 외쳤다.

"그만!"

그가 소리치기 무섭게 기자들이 굳었다. 마력이 그들의 몸을 일시적으로 제압한 것이다.

"궁금한 게 많다는 건 알고 있습니다. 우선 이번 반란은 공화파의 일부 강경주의자들이 일으킨 것입니다. 그 사실을 증명하기 위해 제가 직접 오른팔을 베었습니다."

스스로 오른팔을 베었다고 선언하자, 기자들은 입을 꾹 다물었다. 어떻게든 공화파를 살리고자 하는 노장의 마음을 느낄 수 있었고, 다들 감동했다.

"반란군들은 공화주의를 세우고, 자신들에게 정의가 있다고 주장했습니다. 당연하지만, 그들의 주장은 거짓말입니다. 크로얀 공화국 시절, 많은 악습이 있다는 걸 모두 잘 알고 있을 겁니다. 그 문제를 수습하고 국민을 올바른 길로 이끌려는 게 현 크로얀 왕국입니다. 왕국을 방해한다는 것은 공화주의를 버리겠다는 것과 다름없습니다!"

"그 말씀은 크로얀 왕국의 행보가 옳다는 것을 의미합니다."

"각하께서 크로얀 왕국을 인정하는 거라 생각해도 되겠습니까?"

다들 베인의 대답을 기다렸다. 베인의 대답에 따라 크로얀 왕국의 미래가 결정된다는 것을 본능적으로 느꼈다. 즉, 분수령이라 봐도 무방했다.

그런 기자들을 보며 베인은 힘차게 고개를 끄덕였다.

"이 자리에서 선언합니다. 공화파는 크로얀 왕국이 정당하다는 것을 인정하며 과거 복고파라 불린 이들과 함께 왕국을 운영하겠습니다. 이를 증명하기 위해 저는 직접 전장에 나아가 반란군을 토벌하려고 합니다!"

"헉!"

"검성이 공화파를 토벌한다고!?"

기자들이 크게 경악했다. 크로얀 왕국을 인정하는 것을 넘어, 한때나마 자신을 따랐던 이들을 공격하겠다는 그의 의지가 놀라웠다.

'운명이란 참 얄궂군.'

놀란 기자들을 보며 베인은 쓴웃음을 지었다.

한때 자신이 지켰던 이들을 공격해야 한다는 게 어처구니없었다. 허나 살아있는 사람들을 위해, 그리고 남은 공화파를 위해 반란군을 진압해야 했다.

이를 위해서는 자신의 손에 직접 피를 묻힐 각오가 되어 있었다. 그리고 그게 클라우드가 원하는 바이기도 했다.

'그냥 에렌시아 제국이 나서면 외세가 개입되었다고 국민들이 불만을 품을 수 있지. 그러나 내가 나서면 모든 게 묻힌다. 정말 끝까지 자기 유리한 부분만 챙기는군.'

베인은 클라우드가 했던 제안을 떠올렸다. 남은 공화파를 살리고 싶으면 직접 반란군을 토벌하라고 했다. 그에게 선택의 여지는 없었다.

그렇게 공화주의를 위해 자신의 인생을 바친 남자가 검을 뽑았다.

———❖———

-이 자리에서 선언합니다. 공화파는 크로얀 왕국이 정당하다는 것을 인정하며, 과거 복고파라 불린 이들과 함께 왕국을 운영하겠습니다. 이를 증명하기 위해 저는 직접 전장에 나아가 반란군을 토벌하려고 합니다!-

베인의 말이 확성기를 통해 퍼져나갔다. 숨을 죽인 채 그의 말을 듣고 있던 병사들은 당혹감을 감추지 못했다.

"검성님이 우리를 버렸다고!?"

"그분이 적인데 우리가 어떻게 이겨!"

"끝났어! 우리는 끝났다고! 이 싸움은 이길 수 없어!"

병사들, 특히 일반 병사들이 받은 충격은 컸다. 그중에는 아예 총을 바닥에 떨어뜨리는 사람이 있을 정도였고.

그도 그럴 것이 베인은 평범한 군인이 아니었다. '검성'의 칭호를 받은 유일한 군인이었고 그의 존재는 과거 크로얀 공화국의 상징이 되었다.

반란군에 참여한 병사들은 지금도 공화파의 사상이 옳다고 믿었다. 그런데 공화주의의 상징이 자신들을 부정하고 있는 게 아닌가? 그들로서는 도저히 상상도 한 적 없는 상황이 찾아온 것이다.

문제는 또 있었다.

사상을 떠나 베인 헤이오스는 강했다. 반란군의 어느 누구도 그를 감당할 수 없었고, 병사들 역시 이 사실을 잘 알고 있었다. 믿음이 무너졌을 뿐만 아니라 현실적인 공포가 엄습했다.

그렇게 병사들이 동요에 빠졌을 때, 스테판 할라인이 외쳤다.

-공화주의를 왜곡하고 죄를 저지른 것은 반란군의 지휘관들이다! 병사들이여, 항복하라! 지금 항복하면 절대 죄를 묻지 않을 것이다. 나, 스테판 할라인의 이름을 걸고 맹세한다!-

"나는 항복할 거야. 이건 승산이 없다고!"

"이건 개죽음이야!"

스테판의 말이 끝나자, 병사들의 동요가 걷잡을 수 없을 정도로 커졌다. 아예 무기를 버리고 엘라임 시를 향해 달아나는 이들도 있었고.

"죽여라."

그 모습을 지켜보던 엘넌이 명령을 내렸다.

그러자 성벽을 포위하고 있던 마장기들이 소구경 마력포를 쐈다. 도망치던 병사들이 시체도 남기지 못한 채, 목숨을 잃었다. 적막감이 전장을 집어삼켰다.

"놈들의 궤변에 속지 마라! 싸움을 거부하는 자, 도망치는 자 모두 즉결처분하겠다!"

엘넌이 외치자 병사들은 달아나는 것을 포기했다. 허나 혼란 자체를 사라지게 할 수는 없었다.

콰!

분노를 이기지 못한 엘넌이 조종석을 내리쳤다. 그래도 분노는 가라앉지 않았지만.

"끝까지 우리를 방해하는구나, 베인 헤이오스!"

마장기와 마력포 중심의 현대전에서 보병들은 큰 역할을 맡지 못했지만, 무시할 수는 없었다. 성을 함락시킨 뒤, 엘라임 시를 장악하기 위해서는 보병들이 꼭 필요했다. 그런데 지금 보병들이 동요하고 있었다. 다 죽었다고 생각한 인간 때문에 말이다.

'왜 살려둔 거지?'

엘넌은 클라우드를 이해할 수 없었다.

평소 그가 보여준 생각을 고려할 때, 베인은 죽어야 했다. 공화파의 상징인 것을 떠나 베인이 가진 힘은 클라우드에게 충분히 위협적이었다. 그렇기에 변수를 제거하기 위해서라도 베인을 죽여야 했고. 그러나 베인은 살아있었고, 지금 자신들을 방해하고 있었다.

'쿠데타를 예상했을 리도 없다.'

현실적으로 쿠데타를 일으키기에 좋은 시기는 아니었다. 아무리 클라우드가 기발한 생각을 한다고 해도 쿠데타를 예상하는 것은 불가능했다.

그런데도 클라우드는 베인을 살렸고 그것으로 모자라 자신의 편에 회유했다. 엘넌은 커티스 시를 빼앗겼을 때보다 더 큰 충격을 받았다.

그때, 카마드가 엘넌에게 통신을 보냈다.

-어떻게 해야겠나, 엘넌? 나는 물러나야 한다고 생각한다-

카마드의 말을 듣자, 엘넌은 정신을 차렸다. 그리고 황급히 대답했다.

"싸워야 합니다. 안 그래도 병사들의 사기가 바닥에 떨어졌습니다. 지금 물러나면 혼란은 걷잡을 수 없을 정도로 커질 겁니다. 차라리 싸워서 다른 생각을 못 하게 막아야 합니다."

-하지만 이런 상황에서 싸우면 승리를 장담할 수 없다. 차라리 물러나서 병사들을 수습하는 게 낫지 않겠나?-

평상시 엘넌의 의견을 존중하는 카마드였지만, 이번만큼은 회의적인 반응을 보였다. 아무리 전력이 우세해도 전력의 바탕이 되는 병사들의 사기가 떨어지면 무의미했다.

"원래라면 저 역시 물러났을 겁니다. 하지만 지금은 절대 그래서는 안 됩니다. 저희의 적은 복고파만 있는 게 아니라는 것을 잊으면 안 됩니다."

-……에렌시아 제국이 있군-

"예. 클라우드 폰 알바레아의 성격을 생각할 때, 지금쯤 동부 군단을 움직여도 이상하지 않습니다. 거기에 베인까지 더해지면 답이 없습니다. 그들이 오기 전에 엘라임 시를 장악하고 칼센 왕국의 원군이 오기를 기다려야 합니다."

-죽어야할 놈이 살아서 일을 다 망치는군-

"이미 일어난 일을 탓해봤자 아무런 의미도 없습니다. 그래도 라이더들은 전부 저희를 따르는 이들이 아닙니까? 지금 들이치면 엘라임 시를 함락시키는 건 일도 아닙니다."

엘넌은 자신의 주장을 굽히지 않았다. 이대로 물러나면 모든 게 다 끝장날 수 있다는 사실을 그는 잘 알고 있었다.

-알았다. 자네의 말을 따르도록 하지-

"감사합니다."

-전군, 돌격하라!-

카마드가 명령을 내렸다. 그러자 엘라임 시를 포위한 마장기들이 움직였다. 뒤이어 중장거리 마력포들이 성벽을 겨누었고.

그렇게 전투 준비가 끝났다.

남은 것은 싸움을 시작하는 것뿐.

그러나 상황은 엘넌의 뜻대로 흘러가지 않았다.

엘넌은, 아니 반란군은 성을 공격하지 못했다. 갑자기 성에서 커다란 노랫소리가 울려 퍼지기 시작했기 때문에.

"나아가자 조국의 아이들이여, 드디어 영광의 날이 도래했도다! 독재자의 피 묻은 깃발이 일어났다 들판의 저 난폭한 적군들이 고래고래 고함치는 소리가 들리는가?"

"무기를 들어라, 시민들이여! 대열을 갖추자! 행군하자, 행군하자! 영광을 되찾을 시간이다!"

노랫소리가 울려 퍼지면 퍼질수록 반란군 병사들의 동요는 커졌다. 그럴 수밖에 없었다. 노래의 제목은 공화국의 영광. 크로얀 공화국 당시에 만들어진 군가임과 동시에 혁명 당시에 불렸던 노래였다. 그런 노래를 지금 복고파의 병사들이 부르고 있었다.

"스테판 할라인!"

스테판의 의도를 읽은 엘런이 고함을 질렀다. 이건 심리전이었다. 공화국 시절을 인정한다는 이미지를 보여줄 뿐만 아니라, 동포끼리 싸워서는 안 된다고 강조한다고나 할까.

"무기를 들어라, 시민들이여!"

“대열을 갖추자! 행군하자, 행군하자! 영광을 되찾을 시간이다!”

포병들이 포에서 손을 뗐고, 보병들이 총을 바닥에 내려놨다. 그들은 더 이상 싸워야 할 이유를 느끼지 못했다. 아무리 그래도 시민과 싸울 수는 없는 노릇이었기 때문에.

그 사실을 간파한 스테판은 쐐기를 박았다.

-동포끼리 총칼을 겨눌 이유가 있는가! 항복하라! 자네들이 지휘관들의 권력 욕심에 희생되지 마라!-

스테판의 말은 병사들의 가슴 속에 깊이 각인되었다.

-후퇴해야 합니다, 소령님-

-포병 없이는 성을 함락시킬 수 없습니다-

상황이 이렇게 되자 라이더들도 엘넌에게 후퇴를 건의했다. 지금 상황에서 싸우는 것은 자살 행위였다.

-후퇴해야 할 것 같다-

“……알겠습니다.”

카마드까지 통신을 보내자, 엘넌은 결국 후퇴를 결심했다.

-전군, 후퇴하라!-

카마드가 명령을 내렸고, 병사들을 기다렸다는 듯 후퇴하기 시작했다. 그 모습을 지켜보며 엘넌은 속에서 울분이 치밀어 오르는 것을 느꼈다.

“빌어먹을!”

이대로 물러나면 반드시 이탈하는 병사들이 나올 것이다. 이탈하는 병사들이 생기면 그 군대는 와해될 수밖에 없었다. 싸우지도 않았는데 모든 게 끝장난 것이다.

빠져나올 수 없는 수렁에 갇힌 기분이었다.

클라우드의 시선이 화면 속의 엘레나 메디시스를 향했다.

-당신의 제안이 통과됐어요. 베인 헤이오스를 크로얀 왕국군의 총사령관으로 임명하기로 했어요-

"벌써? 예상했던 것보다 훨씬 빠르군."

클라우드는 의외라는 표정을 지은 채 엘레나를 바라보았다. 이렇게 빨리 저들이 결론을 내릴 줄 몰랐기에 그는 진심으로 놀랐다.

-일단 기자 회견이 컸어요. 그리고 베인 헤이오스를 받아들이면 아직 저희를 따르지 않는 세력도 받아들일 수 있다고 했어요. 화합을 추구한다는 이미지를 남길 수 있으니까요-

짝짝.

클라우드는 손뼉을 치며 진심으로 엘레나의 수완에 감탄했다.

"훌륭하군."

드디어 자신이 원하는 퍼즐이 맞춰졌다. 베인을 비롯한 공화파의 세력이 남아있는 이상, 복고파는 견제당할 수밖에 없었다. 그렇게 갈라진 두 세력을 이리저리 조종하면 크로얀 왕국을 장악할 수 있었다. 그것만으로도 베인을 살려둔 이유는 충분했다.

-하지만 그 이상의 내정 간섭은 그만뒀으면 좋겠어요-

"걱정하지 않아도 된다. 이 이상 건드릴 생각은 없으니까."

-그건 다행이네요. 그럼 이제 원군을 보내주시겠어요?-

"이미 동부 군단이 움직일 준비를 마쳤다. 바로 움직이도록 하지. 아, 그리고 빨리 결론을 내린 보답이다. 나도 동부 군단에 가세할 거다."

-정말인가요!?-

엘레나는 반색하며, 클라우드를 응시했다. 그녀를 비롯해 크로얀 왕국의 수뇌부들은 그가 검성과 대등한 힘을 가지고 있다는 것을 알고 있었다. 그런 클라우드가 나서겠다고 한 이상, 반란군은 더 이상 문제가 될 수 없었다.

"이런 걸로 거짓말을 하지는 않는다."

-그럼 잘 부탁해요, 전하-

엘레나가 해맑게 웃었다.

클라우드에게 주도권을 빼앗긴 것은 아쉽지만, 이제는 미래를 대비할 때였다. 그렇게 두 사람의 대화는 끝이 났고 통신이 끝났다.

"뭘 이 정도로 고마워하고 그러나? 앞으로 더 부려먹을 건데 말이야."

정말 타국이 강경파의 반란에 개입했다면 이번 반란 자체는 아무런 의미가 없었다. 중요한 건 더 큰 전쟁이 일어날 수 있다는 부분이었다. 이제까지 경험하지 못한 거대한 전쟁이 말이다.

"그 전에 실전을 좀 경험해야겠지."

기껏 노력해서 펜리르를 얻었는데 막상 실전에서 한 번도 사용하지 못했다. 튜토리얼을 통해 어느 정도 적응했지만, 진짜 실전에서의 감각과는 차이가 있을지도 몰랐다. 그렇기에 싸울 기회가 찾아온 지금, 확인해야 했다.

'연습 상대도 많겠다.'

반란군에는 카마드 하르트는 물론, 특수 마장기도 2기나 존재했다. 이보다 더 좋은 연습 상대를 찾는 건 쉽지 않았다. 다만 문제가 하나 남아 있었다.

'루시아와 레베카를 설득할 수 있으려나 모르겠네.'

다른 초월자들과 싸우면 싸웠지, 루시아와 레베카를 설득시키는 건 무서웠다. 하지만 이대로 물러날 생각은 없었다. 앞으로 더 큰 전쟁이 일어날 가능성이 큰 만큼, 이번 기회에 감각을 완벽하게 다질 필요가 있었기 때문에.

각오를 다진 클라우드는 두 여인이 있는 방으로 발걸음을 옮겼다. 레베카와 루시아는 그런 그를 반겼고. 다행히 두 사람은 자기들끼리 공화국에 관한 이야기를 나누고 있어서, 대화에 끼어들기 쉬웠다.

"검성이 반란군을 반대한 이상, 반란군은 뿌리부터 흔들리겠지. 싸우지도 않고 끝낼 수 있을지 모르겠군. 아무리 생각해도 도대체 왜 반란을 일으켰는지 모르겠다. 바보도 아니고."

"바보 맞지. 제정신이라면 누구도 이 상황에 반란을 일으키지 않았을 테니까."

루시아가 반란군을 비웃자, 클라우드는 웃으며 동의했다. 반란군의 강점은 오직 하나, 현재 복고파의 전력이 분산되어 있다는 것뿐이었다.

그 외에는 아무 것도 없었다.

당장 대중의 지지를 얻지 못했고, 검성 베인 헤이오스를 대신

할 상징도 없었다. 기반이 취약한 상태에서 무리하게 쿠데타를 일으킨다고 한들 제대로 일이 돌아갈 리 만무했다. 반란군에 남은 것은 파멸뿐이었다.

"복고파의 전력이 분산됐다지만, 우리는 언제든 저쪽에 개입할 수 있어요. 도대체 무슨 자신감으로 반란을 일으켰는지 모르겠네요."

"우리를 이길 자신이 있었나 보지."

"제가 들었던 것 중에서 가장 재미없는 농담이네요, 클라우드."

레베카가 진짜 웃자, 클라우드는 가볍게 어깨를 으쓱였다.

"일단 추측이지만, 자신감의 근원은 알 거 같네. 아마 외세를 끌어들였을 거야. 지금 전력으로 크로얀 왕국을 장악하는 건 말도 안 되니까. 어떤 나라에 도움을 요청했는지는 모르겠지만."

"저들은 공화주의를 위해 반란을 일으켰다고 하지 않았나요? 그런 자들이 신분제도를 유지하는 왕국들에 도움을 요청하다니, 도대체 뭐를 위한 반란일까요?"

"처음부터 자기 권력 욕심 때문에 쿠데타를 일으킨 놈들이다. 뭘 더 바라겠나?"

루시아의 대답을 들은 레베카는 고개를 저었다. 권력을 원하는 저들의 마음은 이해할 수 있지만, 저렇게까지 해야 하나 싶었다.

"클라우드, 카일 웰링턴 사령관에게 통신을 보냈나?"

"당연하지."

루시아의 질문에 클라우드는 가볍게 대답했다. 크로얀 왕국의 정세에 개입하기 위해 카일에게 언제든 군단을 움직일 수 있도록 준비하라고 했다.

"두 사람에게 할 말이 있어."

"당신도 전쟁에 참가하고 싶다는 건가요?"

장난스러운 미소를 지은 채 클라우드에게 질문하는 레베카. 깜짝 놀란 그는 아무 말도 하지 못했다. 그는 다급히 루시아 쪽으로 고개를 돌렸다. 그녀는 쓰게 웃고 있었다. 마치 클라우드의 말을 예상했다는 듯이.

"완전히 읽힌 건가?"

"당신 생각이야 뻔하니까요, 클라우드."

"레베카의 의견에 동의한다. 그대가 자신에게 주어진 실전 기회를 그냥 지나칠 리 없지."

클라우드를 향해 맹공을 퍼붓는 레베카와 루시아. 그는 항복한다는 듯 양팔을 살짝 들었다.

"크로얀 왕국은 앞으로 우리의 우방이 될 거야. 내전이 더 심해져서 전력을 잃기 전에 개입해야 하는 게 좋다고 봐."

"웰링턴 백작의 동부 군단을 움직이는 것도 그런 이유지."

"맞아. 방금 전에 말했다시피 이번 강경파가 일으킨 반란의 배후에는 다른 왕국이 있다고 생각해. 반란 자체는 쉽게 진압하겠지만, 더 큰 전쟁이 일어날 거야. 그 전에 제대로 펜리르에 대해 알 필요가 있다고 생각해."

"말려봤자 안 들을 게 분명하지만, 그래도 물어볼 게 있어요. 조종에 익숙해졌다고 하지 않았나요, 클라우드?"

"조종에는 익숙해진 건 맞아, 레베카. 하지만 신화의 이름을 짊어진 기체야. 겨우 한 번 조종한 내가 기체의 힘을 전부 끌어냈다고 보기에는 어려워."

"이미 마음먹은 이상, 말려도 의미 없겠죠. 저는 허락할게요. 언니는 그럴 생각이 없는 것 같지만."

레베카의 말마따나 루시아는 단호한 표정으로 고개를 젓고 있었다. 클라우드는 다시 그녀를 설득하려고 했지만, 잠시 입을 다물었다. 루시아의 전신을 중심으로 냉기가 풀풀 흩날렸기 때문에

"원군을 보낼 필요가 있다는 건 동의한다. 그들에게 빚이 되어 앞으로 좀 더 우리에게 고분고분해질 테니까."

"그러니까……."

"하지만 이는 웰링턴 군단장에게 맡겨도 충분하다. 에렌시아 제국의 대공인 그대가 나서기에는 너무 하찮은 문제다. 설마 그대는 그대가 나서야만 모든 일이 잘 풀릴 거라고 생각하는 건 아니겠지?"

"물론 아니야. 나도 카일 웰링턴이라면 충분히 잘해낼 수 있을 거라 믿고 있고."

"그러면 그들을 믿고 모든 일을 맡겨라. 정 그렇게 실전 경험을 얻고 싶다면 내가 상대해주겠다. 나라면 충분히 그대의 상대가 되어줄 수 있을 것이다."

그렇게 말한 루시아는 검을 뽑아 클라우드를 향해 겨누었다. 영롱한 빛을 발하는 푸른색의 오러블레이드가 검을 휘감았다. 자신 역시 한 사람의 소드마스터였다. 소중한 남편을 이기지는 못 하더라도 맞상대할 능력은 있었다.

'역시 어렵네.'

루시아가 반대하는 것은 충분히 이해했다. 그녀의 말대로 강경파는 자신이 직접 나서지 않아도 박살낼 수 있을 정도로 약했다. 게다가 대공이라는 입장, 군부의 원수라는 입장을 고려할 때, 타국의 내전에 개입하는 것은 보기 좋은 모습은 아니었다.

그러나 클라우드는 자신의 의견을 굽히지 않았다.

"대륙의 국가들이 우리를 적대하고 있어. 크로얀 왕국까지 배신하면 정말 위험해져. 그렇게 되기 전에 내가 직접 나서서 크로얀 왕국을 장악하고 싶어."

"그대는 좀 더 동맹국을 믿어야 한다."

"국가와 국가 사이에 신뢰는 무의미해. 지금이야 놈들이 우리에게 의존하고 있지만, 언제 상황이 바뀔지 몰라."

그래서 베인을 살려뒀다. 복고파가 압도적인 우위를 차지했더라도 함부로 날뛰지 못하도록 막기 위해서. 그를 중심으로 공화파를 어느 정도 회복시킨 다음, 복고파를 견제하게 만들 필요가 있었고.

'엘레나, 그년도 한 번 쓴맛을 보게 해야지.'

엘레나를 통해 복고파를, 베인을 통해 공화파를 조종하며 크로얀 왕국의 정국을 손에 넣는다. 그게 이번 내전 개입을 통해 달성해야 할 최종 목표였다.

"그게 본래 목적이었군?"

"겸사 겸사지. 한 번 움직이는 이상, 다양한 방면으로 이득을 취하는 게 좋잖아?"

"그대는 정말 한 곳에 진득하게 못 있는군. 권력자로서 문제지만, 남편으로서는 빵점이다."

"아, 그건 저도 언니하고 같은 생각이에요."

"죄송합니다!"

루시아에 이어 레베카까지 클라우드를 힐난했다. 그는 손을 싹싹 빌며 용서를 구했다. 그런 그의 모습에 루시아는 한숨을 내쉬었고, 레베카는 피식 웃었다. 보인 표정은 달랐지만, 결국 둘 다 고개를 끄덕였다.

"이번 한 번만……이라고 하기에는 문제를 많이 일으켰군. 그래도 이게 마지막이었으면 좋겠다."

"맞아요. 클라우드, 당신은 자신의 위치가 얼마나 중요한지 깨달아야 할 필요가 있어요."

"이번이 정말 마지막이야. 대신이라고 하기는 뭣 하지만, 오늘 밤은 즐겁게 보내자고."

클라우드가 슬쩍 웃자, 루시아와 레베카는 얼굴을 붉혔다. 그런 두 여인을 보며 그는 각오를 다졌다. 오늘 밤은 화끈하게 불태우겠다고.

아침이 밝자마자 클라우드는 베인을 부른 다음, 자신도 크로얀 왕국에 가겠다는 뜻을 밝혔다. 당연히 베인은 크게 당황했다.

클라우드는 황제 다음으로 막강한, 실질적으로 제국 제일의 권력자였다. 그런 존재가 이렇게 쉽게 자리를 뜨려고 하는 게 믿어지지 않았다.

"진심입니까?"

"이런 일로 거짓말을 하지 않는다. 우리 둘만 움직이면 동부군단에 합류하고도 남을 텐데? 아, 오른팔 때문에 마장기를 조종하기 힘들겠군."

"그건 걱정하지 않으셔도 됩니다. 조종석 자체가 주인에 맞춰 주니 말입니다. 다만 대공 전하께서 직접 나설 거라고는 생각하지 못했습니다. 그럴만한 적도 없는데."

베인이 의문을 드러냈다.

오른팔을 잃었지만, 반란군 정도는 가볍게 박살낼 수 있었다. 클라우드까지 나서는 것은 전력 과잉이었다. 닭 잡는 데 소 잡는 칼을 사용하는 격이라고나 할까?

"동맹국을 위해서 그런 거니 이해하게. 그래도 마장기를 조종할 수 있다는 건 다행이군. 과연 신화형 마장기라고 해야 하나?"

"괜히 신화형 마장기라 불리는 게 아니지요. 그러면 지금 바로 출발하도록 하겠습니다."

우우웅!

베인의 뒤쪽에 있던 공간이 일그러졌다. 그러자 전반적으로 은색을 띠고 있고, 주요 장갑은 보라색을 띠고 있는 마장기가 모습을 드러냈다. 10m에 달하는 크기와 기체에서 흘러나오는 힘은 펜리르와 비교해도 결코 뒤떨어지지 않았다.

"이게……?"

"바실리스크라고 합니다."

베인이 자부심을 드러냈다. 그러자 클라우드도 가만히 있지 않았다.

우웅!

클라우드의 뒤쪽 공간이 갈라지며 펜리르가 모습을 드러냈다. 이번에는 베인이 크게 감탄했다. 클라우드와 달리 그는 바실리스크 이외의 신화형 마장기를 처음 봤기 때문에 놀라움이 더 클

수밖에 없었다.

"펜리르라 한다."

"펜리르, 힘이 느껴집니다. 그러면 이제 출발하도록 하겠습니다."

"좋지."

두 사람이 서로의 마장기 안으로 들어갔다. 그리고 두 기의 신화형 마장기가 크로얀 왕국으로 향했다.

두 신화형 마장기의 협력.

역사가 기록되기 시작한 이후, 처음 있는 일이었다.

반란군은 엘라임 시를 떠나 레온하트 시로 돌아갔다. 보급을 장담할 수 없을 정도로 상황이 악화됐기 때문에.

그러나 레온하트 시의 시장인 에디 샘버그는 병사들의 도시 진입을 허락하지 않았고, 결국 병사들은 도시 앞에 진지를 세워야 했다. 탄환 1발 쏘지 않았지만, 병사들의 사기는 이미 곤두박질 친 지 오래였다.

"처음부터 이상하다고 생각했어. 검성님께서 회담을 하러 간 사이에 반란을 일으켰잖아."

"뭐가 복고파고 뭐가 공화파야! 우리는 동포라고!"

원수라고 생각했던 복고파는 공화국의 군가를 부르며 동포로서의 마음가짐을 드러냈고 스테판은 항복하면 죄를 묻지 않겠다고 했다. 거기다가 우상인 베인까지 복고파에 합류하겠다는 의사를 밝혔다. 쿠데타가 성공할 가능성은 없었다.

"장교들 이야기 들어보니 다른 지역 쪽은 이미 끝났다고 하더라."

그때, 한 병사가 입을 열었다. 그러자 기다렸다는 듯이 주위 사람들의 시선이 그에게 집중됐다.

"끝났다니? 그게 무슨 말이야?"

"병사들은 전부 다 탈영했고 마장기 라이더들하고 지휘관들만 나서서 싸웠다고 하더라. 싸운 놈들은 전부 다 처형당했고 항복한 놈들은 무장 해제만 당하고 건드리지 않았다는데?"

"도대체 윗대가리들은 무슨 생각인 거야? 이 상황에 싸우려고 하다니, 말이 안 되잖아!"

"이대로 싸우다가 죽으면 우리만 손해잖아. 그건 그냥 개죽음이라고!"

병사들의 불만이 극에 달했다. 가장 중요한 쿠데타의 명분은 이미 의미를 잃은 지 오래였다. 개죽음을 당하고 싶어 하는 사람은 아무도 없었다.

그런데 그때, 엘넌이 모습을 드러냈다. 깜짝 놀란 병사들은 황급히 입을 다물었다. 괜히 잘못 걸려 죽는 것 역시 개죽음이었다.

허나 엘넌은 병사들의 말에 신경 쓰지 않고 단상에 올랐다. 병사들의 시선이 그에게 집중됐다.

"많이들 혼란스러울 거다. 그만큼 헛소문도 많이 돌고 있으니까. 하지만 혼란을 떨쳐내라. 우리야말로 정의이며, 공화주의의 대변인이다."

"……."

엘넌의 연설에도 병사들의 반응은 미약했다. 그는 아랑곳하지 않고 말을 이어나갔다.

"과거 공화국에는 문제가 많았다. 그 점을 부정할 수는 없지."

처음으로 엘넌이 공화국의 문제를 언급하자 병사들 사이에 동요가 피어올랐다. 강경파 중에서도 극성이라고 평가받는 엘넌이 저런 말을 할 줄은 몰랐다.

"그런데 그게 뭐가 어쨌다는 거지? 문제가 생기면 고치면 된다. 단지 문제가 많다고 해서 전부 뒤엎고 차별을 용인하는 게 옳은 일인가? 만약 자네들이 능력을 인정 못 받았을 때, 그 차별을 당연하다고 받아들일 수 있겠나?"

병사들의 동요가 더 커졌다. 차별받고 싶어 하는 사람은 아무도 없었다. 그리고 모두가 뛰어난 재능을 가지고 있는 건 아니다. 만약 자신에게 아무런 재능이 없다면? 사회에 적응하지 못하고 도태되리라.

"수뇌부가 무작정 권력을 차지하기 위해 복고파와 싸운다고 믿는가? 그것은 사실이 아니다. 우리는 그저 우리의 의견을 반영하기 위해 나선 것이다! 싸움은 우리의 목적이 아니다! 그러니 두려워하지 마라!"

"정말입니까! 정말 싸우지 않아도 되는 겁니까!"

"그렇다! 싸움은 없다! 우리의 의견이 반영될 때까지 그저 투쟁할 것이다! 과거의 선조들처럼!"

"와아아아!"

엘넌이 확답하자 병사들이 함성을 질렀다. 죽음의 공포에서 마침내 벗어난 것이다.

'어이가 없군.'

엘넌은 병사들을 보며 고개를 저었다. 병사들의 동요를 가라앉히기 위해 연설을 했지만, 마음에도 없는 소리를 하는 것은 괴로웠다. 그리고 이런 말에 넘어가는 병사들의 어리석음이 역겨웠다.

왜 대중은 이렇게 무지한 것인가? 그에 관한 해답을 찾을 수 있을까? 그는 확신하지 못했다.

그렇게 엘넌이 집무실로 돌아갈 때, 카마드가 그를 맞이했다.

"수고 많았다. 그 짧은 시간에 병사들의 사기를 올리다니, 과연 자네는 대단하군."

"잔재주에 지나지 않습니다. 이 위기를 극복할 방법은 아직도 못 떠올리고 있지 않습니까?"

엘넌의 얼굴에는 자책감이 가득 했다. 병사들의 사기를 올려봤자 변하는 것은 없었다. 무너지는 건 시간문제였다. 다른 지역의 부대가 합류해야 그나마 상황을 호전시킬 수 있는데 그들은 모두 움직이지 못 하고 있었다. 왕국 전역에 퍼진 복고파의 군세에 막힌 것이다.

"우리 모두의 잘못이니 너무 자책하지 마라. 다만 도저히 답이 보이지 않는 건 답답하군."

"지금은 물러나서 때를 기다려야 합니다."

"어디로 물러난단 말인가? 이미 모두가 우리를 적대하고 있는데 말이다."

카마드는 엘넌의 의견에 회의적이었다. 베인의 발표 이후, 크로얀의 국민은 공화파를 버렸다. 공화파를 지지하던 각 주의 대표들과 시장들은 크로얀 왕국을 지지하기로 선언했다.

레온하트 시라고 해서 다를 바 없었다. 에디 샘버그는 레온하트 시에서 나가라고 말했다.

"레이너드 왕국이 있지 않습니까?"

"망명하자는 것인가? 우리는 공화파다. 그들이 받아줄 이유는 없을 텐데?"

"사상은 맞지 않다고 해도 그들이 에렌시아 제국과 크로얀 왕국의 성장을 두고 볼 리 없습니다. 거기다가 그쪽은 지난 전쟁 때 크게 패하면서 전력을 많이 상실하지 않았습니까? 저희는 힘이 있고, 크로얀 왕국의 많은 것을 알고 있으니 분명히 받아줄 겁니다."

"일반 병사들은 버리자는 건가?"

"어차피 쓸모없는 놈들뿐입니다. 마장기 라이더들과 각하 그리고 저면 충분합니다."

대륙 전체가 전쟁의 소용돌이에 휘말릴 날이 올 게 분명했다. 그렇기에 대륙의 어떤 국가든 간에 자신들이 찾아가면 바로 받아줄 수밖에 없다. 크로얀 왕국을 장악할 수 없게 됐어도 여전히 자신들의 전력은 대단했으니까.

"그 수밖에 없군. 자네만 믿겠네."

"반드시 성사시키겠습니다."

엘넌은 각오를 다졌다.

펜리르와 바실리스크는 빠른 속도로 크로얀 왕국의 국경선을

통과했다. 애초부터 임시 수도 알바레아 자체가 크로얀 왕국의 국경과 가까웠기 때문에 통과하기는 쉬웠다.

-동부 군단하고 합류한다고 하지 않았습니까?-

"그쪽은 이미 출발했다고 한다. 지금 커티스 시에 가서 그들과 합류해봤자 시간만 날릴 뿐이다."

-전하처럼 과감한 사람은 처음 봅니다-

베인은 고개를 흔들었다. 서로 초월자의 경지에 올랐고 신화형 마장기가 있지만 결국 두 명에 불과했다. 그런데도 클라우드는 전혀 두려워하지 않고 과감하게 앞으로 나아갔다.

"이기려면 뭐든 못 하겠나?"

-전하께서 왜 불패의 명장이라 불리는지 알 것 같군요. 그러면 어디에서 동부 군단과 합류하실 생각입니까?-

"동부 군단과 합류할 생각은 없다. 우리는 바로 놈들의 본대를 노린다."

-예?-

클라우드의 자신만만한 말에 베인은 자기도 모르게 반문했다. 그만큼 클라우드의 말이 이해가 되지 않았다.

-저희 둘이서 말입니까? 설마 저희끼리 본대를 공격하자는 겁니까? 그건 너무 위험합니다!-

"개인적으로 난 그렇게 되기를 원하지만, 그럴 일은 없을 것이다. 반란군은 다시 엘라임 시를 공격할 테니까."

-복고파는 항복하면 죄를 묻지 않겠다고 했습니다. 그리고 제가 총사령관으로 임명된 이상, 공화파에 대한 처벌도 약해질 겁니다. 이쯤 되면 그들도 항복하지 않겠습니까? 저들에게 승산도

없고 말입니다-

"자네는 자네 부하들을 잘 모르는군. 저들이 생각이 있었다면 쿠데타를 일으켰겠나? 그것도 자네가 회담하러 떠난 상황에 말이야."

클라우드가 질문하자 베인은 침묵했다. 도저히 상대의 말에 반박할 수가 없었다.

"권력을 잡기 위해 반란을 일으킨 놈들이다. 자신들이 죽는 것도, 부하들이 희생당하는 것도 개의치 않고 끝까지 싸울 것이다."

클라우드가 단언하자 베인의 안색이 어두워졌다. 단순히 엘라임 시와 반란군의 전력만 놓고 보면 반란군이 우세했다. 지금 복고파로서는 이틀을 버티는 것도 힘겨웠다.

-더 빨리 가야겠습니다-

바실리스크의 동체에서 자색의 빛이 피어오르더니, 마치 섬광이 된 것처럼 순식간에 클라우드의 눈앞에서 사라졌다.

"저기서 더 빨리 움직일 수 있다니……. 역시 나서길 잘했다니까."

처음 펜리르에 대한 정보를 접했을 때, 신화형 마장기와 오늘날의 소드마스터 전용기와 성능 면에서 큰 차이가 없다고 들었다. 펜리르를 처음으로 얻은 플레이어가 그렇게 말했기 때문에 믿을 수밖에 없었다.

'개소리였지.'

그 플레이어의 의견은 틀렸다. 신화형 마장기가 가진 힘은 무궁무진했다. 그 플레이어는 단지 역량이 딸려 펜리르의 힘을 못

끌어냈을 뿐이었다.

우우웅!

클라우드가 마력을 불어넣자 펜리르의 동체에서 붉은 기류가 올랐다.

붉은 기류가 펜리르를 휘감자,

팟!

바실리스크처럼 순식간에 그 자리에서 사라졌다.

그렇게 신화형 마장기 2기는 빠른 속도로 엘라임 시로 향했다.

"레이너드 왕국이 저희가 엘라임 시를 한 번이라도 공격해야 망명을 받아주겠다고 합니다."

"다른 왕국은 어떻지?"

"아예 받아주지 않겠다고 했습니다. 공화주의자와는 상종도 하기 싫답니다."

"쓰레기 같은 놈들. 다들 생각이 없군."

엘넌의 보고를 들은 카마드는 한탄했다. 지금이 에렌시아 제국과 크로얀 왕국을 짓밟을 호기였다. 이 시기를 놓치면 에렌시아 제국과 크로얀 왕국이 대륙 2강이라 불린 시절의 전력을 되찾을 것이다.

'이안 쪽은 아무리 봐도 클라우드를 이길 수 있을 거 같지 않고.'

이안과 레베카의 전력은 대등하다. 그러나 그게 전부였다. 정통성, 국민의 역동성 등 세력 자체만 봤을 때 레베카 쪽의 성장 잠재력이 월등했다. 두 세력이 붙을 경우, 엘넌 본인도 레베카의 손을 들어줄 수밖에 없었다.

'제국과 왕국이 본래의 힘을 되찾으면 모든 게 끝난다.'

대륙 2강이 손을 잡았는데 다른 왕국들이 뭘 어쩌겠는가? 왕국들이 필사적으로 지키려는 모든 가치가 무너질지 모르는 상황이다. 그런데도 아직도 미래를 깨닫지 못하고 자신들을 거부하는 모습을 보니, 참 한심하다 싶었다.

"일이 이렇게 된 이상, 레이너드 왕국의 제의에 따라야겠군. 다만 최대한 빨리 움직여야 한다. 에렌시아 제국의 동부 군단이 움직였다. 군단장인 해럴드 페르난도가 직접 나섰다는군."

"역시 이렇게 되는군요. 이래서 엘라임 시를 빨리 함락시켜야 했는데……."

엘넌의 안색이 어두워졌다. 마침내 우려했던 사태가 터진 것이다. 에렌시아 제국이 나서면 자신들이 이길 가능성은 없었다.

"엘라임 시를 장악하고 각 지역의 공화파 부대와 합류해서 전력을 모으는 게 첫 번째 목표였지. 그리고 레이너드 왕국의 원군이 올 때까지 버티는 게 두 번째 목표였고 말이야. 한 사람에 의해 자네가 짠 완벽한 계획이 무너졌다는 게 어이없군."

"마음 같아서는 베인 헤이오스를 찢어 죽이고 싶습니다."

엘넌은 베인을 떠올리며 살기를 드러냈다. 그가 초를 치지만 않았어도 계획은 성공했을 것이다.

그러나 이제는 상황이 바뀌었다. 엘라임 시를 함락시켜도 의미가 없다. 각 지역의 부대는 이미 공화파의 부대에 막혔고 엘라임 시를 장악해봤자 동부 군단을 이기는 건 불가능하니까.

"오른팔을 잃었다고 하니, 언젠가 기회가 올 것이다."

"그나마 그거라도 없었으면 화병으로 돌아버렸을 겁니다."

아무리 뛰어난 검사라 해도 자신이 주력으로 사용하던 팔을 잃으면 타격이 컸다. 반대쪽 손에 익숙해지는 것, 평생 익은 몸의 균형을 새로 찾는 것 등 모든 게 어려웠다. 상징성은 여전해도 실질적인 전력이 될 수는 없었다.

"그는 나중에 특수 마장기를 보내 죽이면 된다. 지금 중요한 건 엘라임 시다. 동부 군단이 커티스 시를 지나 엘라임 시까지 오려면 최소 일주일은 소요된다. 그 전에 모든 걸 끝내고 레이너드 왕국으로 물러나야 한다."

"예. 다만 전력을 최대한 보존하는 것도 잊으면 안 됩니다. 마장기와 라이더들 없이 레이너드 왕국에 망명하게 되면, 꼭두각시로 전락할 겁니다. 숙원을 이루기 위해서는 절대 무리해서는 안 됩니다."

"방법이 있나? 레이너드 왕국을 이해시키려면 전투다운 전투를 해야 한다. 하지만 그렇게 되면……."

"우리 부대는 와해될 겁니다. 레이너드 왕국까지의 거리를 생각하면 마장기 부대만큼은 반드시 지켜야 합니다."

엘넌이 카마드의 말을 이어받았다. 자신은 병사들에게 약속을 했다. 절대 공화파와 싸우지 않겠다고 말이다. 약속을 어기면 병사들은 곧장 싸움을 포기하고 도망칠 가능성이 컸다.

문제는 엘라임 시와 레이너드 왕국의 국경까지의 거리였다. 아무리 빨리 가도 일주일은 걸리는데, 그 과정에서 다른 도시들이 가만히 자신들을 놔둘 리 없었다. 모든 방해를 뚫고 레이너드 왕국에 가려면 병력을 유지해야 했다.

"경유지의 부대들에 연락을 해놓겠습니다. 적극적으로 싸우지 말고 저희가 올 때까지 버티라고 말입니다. 그리고 전투는 걱정하지 않으셔도 됩니다."

"무슨 방법이 있나?"

"외성을 함락할 방법이 떠올랐습니다. 그렇게 되면 레이너드 왕국도 저희를 몰아붙이지 못할 겁니다."

"정말인가! 역시 자네밖에 없군!"

카마드가 반색하며 엘넌을 보챘다. 빨리 이 사태를 해결할 방법을 듣고 싶었다.

"복고파가 쿠데타를 성공한 뒤, 공화파의 핵심 인사들을 모조리 붙잡았고 그들은 여전히 엘라임 시에 억류된 상태입니다."

"그렇지."

"그들을 이용하면 됩니다."

"어떤 식으로 말인가?"

"우선 복고파에 항복하겠다는 의사를 드러냅니다. 이때, 조건을 제시합니다. 억류된 사람들을 풀어달라고 말입니다. 정해진 시간 내에 인질을 풀어달라고 하면 그들은 받아들일 수밖에 없을 겁니다."

"복고파는 모두를 통합하겠다고 했지. 이미지를 생각해서라도 우리 제안을 받아들일 수밖에 없겠어."

공화파 인사를 풀어달라는 것은 정당한 요구였다. 만약 복고파가 이 제안을 거절하면 사람들은 그들의 행보를 의심할 수밖에 없다. 그 상황을 피하기 위해서라도 인질을 풀어줘야 했다. 하지만 이어지는 엘넌의 말을 듣자, 카마드의 얼굴에서 표정이 사라졌다.

"예. 그때, 공격하면 외성은 충분히 함락할 수 있을 겁니다."

"……자네, 그 말이 뭘 의미하는지 알고 있겠지?"

"물론입니다. 걱정하지 않으셔도 됩니다."

싱긋 웃는 엘넌과 달리, 카마드의 표정은 매우 어두웠다. 이번만큼은 그도 쉽게 대답할 수 없었다. 엘넌의 작전은 뒤를 전혀 생각하지 않고 있었기 때문이다. 그만큼 위험하고 또 비열한 작전이었다.

"각하, 이미 저희는 더 이상 돌이킬 수 없습니다. 지금 항복한다고 하지요. 복고파가 정말 저희를 받아줄 것 같습니까?"

"그럴 가능성은……없지."

위험분자를 가만히 놔두는 왕국은 어디에도 없었다. 직위를 해제당하는 것을 넘어 언제 처형당해도 이상하지 않았다.

"공화국만 재건하면 됩니다. 그러면 저희는 역사의 위인이 될 수 있습니다. 지금은 위인이 되기 위한 시련이라고 생각하십시오."

"후우. 이제 와서 돌아가는 건 불가능하지. 자네의 말을 따르도록 하겠다."

"현명한 결론을 내려주셔서 감사합니다."

이틀 뒤, 반란군은 다시 엘라임 시에 도착하고 도시를 포위했다. 그러나 공화파는 공격하는 대신, 사자를 보냈다. 스테판을 만난 사자는 항복을 하겠다는 뜻을 밝히면서 조건을 드러냈다.

스테판은 곧장 엘레나를 불렀다.

"어떻게 생각하느냐?"

"아직은 잘 모르겠어요. 다른 사람이라면 몰라도 엘넌 램브란트가 이렇게 순순히 나오는 게 마음에 걸려요."

"문제 될 게 있느냐? 이미 에렌시아 제국의 동부 군단이 커티스 시를 통과했다. 그들도 그 사실을 알고 있을 텐데 이제 와서 싸우려고 하지는 않겠지. 엘라임 시를 함락한다 해도 그들의 전력으로 동부 군단을 막는 건 불가능하니까."

엘레나는 스테판의 말이 정론이라는 것은 인정했다. 하지만 여전히 불안한 마음이 가시지 않았다. 엘넌 램브란트는 여러 번 상식을 깨뜨렸다. 지금 와서 그러지 말라는 법은 없었다.

"게다가 억류된 공화파 인사들은 모두 우리와 함께하겠다는 뜻을 밝혔다. 그들이 나서면 강경파들도 멋대로 굴지는 못할 것이다."

전 통령이었던 프란츠 램브란트를 비롯하여 현재 억류된 공화파의 사람들은 모두 현재 정권에 협력하기로 약속했다. 검성이 합류를 결정하자 대세를 인정한 것이다.

"확실하지는 않지만, 저들이 온건파들을 전부 죽였다는 말도 돌고 있어요. 저들에게 인질이 의미가 있을까요? 인질을 건넬 때, 공격하면 외성은 함락당하고도 남아요."

"그건 억측 같구나. 안 그래도 명분을 잃었는데 그런 짓까지 하면 정권을 장악하는 건 불가능하다."

"그래도 주의를 기울여야 합니다. 그런 의미에서 프란츠 전 통령을 먼저 보내죠. 엘넌 램브란트도 자기 아버지를 공격하지는 못할 거예요. 그리고 공화파의 거두였던 그가 나서면 강경파들도 잠잠해지겠죠."

스테판은 어쩔 수 없다는 듯이 고개를 끄덕였다. 그리고 그는 곧장 다른 이들에게 엘레나의 계획을 알렸다. 크로얀 왕국의 수뇌부들은 모두 그녀의 계획에 동의했고 일은 빠르게 진행되었다.

반란군이 엘라임 시를 포위한 그 날 오후, 프란츠 램브란트를 비롯하여 과거 공화국의 수뇌부 중 일부가 외성에 모였다.

"프란츠 램브란트, 보든 롭슈, 고드리 슈만을 데리고 왔다!"

블루드래곤에 탄 스테판이 크게 소리쳤다. 그러자 실버드래곤에 타고 있던 카마드가 외쳤다.

-인질을 내보내라! 그러면 무장을 해제하고 항복하겠다!-

"성문을 열어라!"

스테판이 명령을 내렸고 외성의 문이 열렸다. 그러자 프란츠 램브란트를 비롯한 세 사람이 천천히 성 밖으로 걸어 나왔다.

"와아아아!"

그 모습을 본 강경파의 병사들이 함성을 질렀다. 드디어 죽음의 공포에서 벗어난 것이다. 프란츠는 그런 병사들을 향해 손을 흔들었다. 그러면서 그는 웃으며 자신을 바라보고 있는 아들, 엘넌을 바라보았다.

'그래도 다행이군.'

프란츠는 속으로 안도의 한숨을 내쉬었다. 누구보다 공화국을 사랑하는 아들이었다. 마지막까지 잘못된 선택을 하면 어쩌나 싶었는데 다행히 최후에 제정신을 차린 것이다.

'현실을 받아들여 줘서 고맙다, 엘넌.'

프란츠는 진심으로 아들의 선택에 기뻐했다.

그런데 그때,

엘넌이 오른손을 높게 들어 올렸다. 그리고 검을 휘두르듯 빠르게 그었다.

콰아아앙!

손이 내려가는 것과 동시에 후방에 있던 중장거리 마력포가 일제히 불꽃을 토해냈다. 수십에 달하는 섬광이 외성을 강타했고 여기저기서 폭발이 일었다.

-전군, 돌격하라!-

카마드의 목소리가 스피커를 타고 울려 퍼졌다. 그러자 전방에 있던 마장기들이 일제히 달려들었다.

“이, 이게 무슨 짓이냐!”

프란츠는 엘넌을 보며 경악을 금치 못 했다. 엘넌은 그런 프란츠를 향해 고개를 숙였다. 그때, 강경파의 마장기들이 인질들을 향해 소구경 마력포를 겨누었다.

“엘넌 램브란트!”

프란츠가 비명을 지르듯 외쳤다. 그것이 그가 남긴 마지막 말이었다.

쾅!

폭발이 연이어 일었고, 인질들은 시체조차 남기지 못했다. 그 사이, 다른 마장기들은 외성을 향해 공격을 퍼부었다. 예상치 못한 공격이었기에 복고파는 제대로 대응하지 못했고.

“죄송합니다, 아버지. 공화국 재건을 위한 거름이 되어주세요.”

이미 프란츠가 나설 것이라고 예상했고 카마드 역시 그 부분을 걱정했다. 인질을 희생하자는 건 누구나 할 수 있었지만, 가족까지 희생시키는 건 어려웠기 때문이다.

허나 엘넌은 망설이지 않았다.

‘이미 돌아갈 곳은 없다.’

카마드가 말했듯이 이미 너무 먼 길을 왔다. 이제는 앞에 나아가는 일만 남았다.

대륙력 1799년 2월 25일, 엘라임 시의 외성이 함락되었다.

“죄송합니다, 전하. 모두 다 제 불찰입니다.”

스테판은 굳은 얼굴로 고개를 숙였다. 자신의 실수로 엘라임 시의 외성은 순식간에 함락됐다.

그 결과, 2천여 명의 사상자가 발생했고 그중에는 프란츠 전 통령을 비롯한 공화파 인사들도 포함되었다. 거기다가 17기의 마장기가 파괴되어 가뜩이나 적은 전력이 더 줄었다. 지금 외성을 되찾는 것은 불가능했다.

신의를 저버리고 그 과정에서 패륜이 일어났지만, 반란군은 멈추지 않았다. 그들은 외성과 본대의 중장거리 마력포를 모두 모아 내성을 향해 겨누었다. 그리고 엘넌 램브란트는 내성을 보며 경고했다.

-쿠데타로 정권을 찬탈한 것으로 모자라, 왕정을 세운 빌리어스 크로얀은 내일 이 시간까지 외성으로 나와 퇴위를 선언하라.

우리 조건을 받아들이지 않을 경우, 엘라임 시를 불태우겠다-

엘넌의 말은 대놓고 엘라임 시에 사는 시민들을 인질로 삼겠다는 것을 의미했다. 물론 외성보다 더 단단한 내성이 있기에 아직 복고파도 버틸 수 있었지만, 엘넌의 협박은 문제가 될 수밖에 없었다. 충격에 빠진 시민들은 엘넌을 비난했지만, 바뀌는 것은 없었다.

그래서 그런 것일까? 성질 급한 이들은 아예 빨리 빌리어스 크로얀의 퇴진을 외치기 시작했다. 아직은 소수의 의견에 불과했지만, 도시 내부의 혼란이 급속도로 커지고 있다는 것을 모두 실감할 수 있었다.

"고개를 들게. 그대의 잘못이 아니라는 건 과인을 비롯해 이곳에 있는 사람들이 전부 알고 있다."

"하오나……."

"어떤 이도 엘넌 램브란트가 자신의 아버지를 죽일 것이라 생각하지 못했을 것이다. 안 그런가?"

"전하의 말씀이 옳습니다."

빌리어스가 주변을 둘러보며 묻자 다들 고개를 숙이며 대답했다. 모두 엘넌 램브란트의 극단적인 선택에 놀라움을 감추지 못했다. 엘넌이 무도한 짓을 저지른 이상 정권을 장악하는 것은 불가능했다. 설령 정권을 잡는다고 해도 오래 유지할 수 없으리라. 패륜을 저지른 존재를 누가 믿고 따르겠는가.

"다들 과인의 의견에 동의하지 않나? 그러니 고개를 들게."

"감사합니다."

스테판은 그제야 고개를 들었다. 허나 그의 얼굴은 여전히 굳어 있었다.

"주변 도시에 원군은 요청했는가?"

"예, 전하. 다만……그들을 기다리기 힘들 것 같습니다. 외성이 함락됐다는 소식을 듣자 각 지역의 반란군들이 일제히 총공세에 나섰다고 합니다."

"지금이 마지막 기회라는 걸 알았나 보군. 그러면 에렌시아 제국의 원군은 언제 온다고 하던가?"

"방금 전, 니벨란 시를 지났다는 통신을 받았습니다. 앞으로 이틀 뒤에 도착할 예정입니다."

스테판의 안색은 좋지 않았다. 그런데도 빌리어스는 여유를 잃지 않았다.

"어쩔 수 없군. 과인이 퇴위를 선언할 수밖에 없다. 군주로서 어찌 시민들의 희생을 지켜보겠나?"

"아니 됩니다, 전하. 엘넌 램브란트는 전하를 죽일 생각만 하고 있습니다. 자신의 아버지를 죽인 자가 뭘 못 하겠습니까?"

"신 역시 사령관의 생각과 같습니다! 그가 자신의 말을 지킬 가능성은 없습니다."

대전의 신하들이 모두 반대했다. 이제 와서 엘넌을 믿는 사람은 아무도 없었다. 신하들의 반대에 빌리어스의 얼굴이 어두워졌다. 이도 저도 할 수 없는 상황이 안타까웠다.

그런데 그때였다. 대전의 문이 열리며 엘레나가 모습을 드러낸 것은. 그녀는 가쁘게 숨을 헐떡이고 있었다.

"무슨 일인가?"

"저, 적군의 마장기가 사라졌습니다! 현재 외성에 있는 마장기들은 전부 구식 마장기들뿐입니다!"

엘레나의 말에 다른 사람들의 표정이 심각해졌다. 반란군이 뭘 노리는지 도저히 짐작할 수 없었다.

"사령관은 어떻게 생각하시오?"

"우선 내성의 방어를 강화하고 시민들을 안전하게 피난시키면서 정찰부대를 풀어보겠습니다."

"지금은 그 수밖에……."

콰아아앙!

빌리어스는 말을 잇지 못 했다. 멀지 않은 곳에서 일어난 폭음이 그의 말을 끊었다. 폭음이 울리자 대전에 모인 사람들의 얼굴이 창백해지며 자리에서 벌떡 일어났다.

'엘넌 램브란트!'

엘레나는 주먹을 세게 움켜쥐었다. 이제야 엘넌의 생각을 이해할 수 있었다. 그는 애초부터 자신들에게 기다리게 줄 생각이 없었다. 오히려 방심한 틈을 타 공격을 가한 게 분명했다. 철저히 그의 손에 놀아났다는 사실이 분했다.

"무슨 일인지 알아보게! 어서!"

"예, 전하!"

황급히 외친 스테판은 마력을 끌어올리며 나가려했다. 그러나 그가 나가기 직전, 대전의 문이 활짝 열리며 군복을 입은 청년이 들어왔다. 스테판은 황급히 그 청년의 어깨를 붙잡았다.

"반란군이 마력포를 쐈나!?"

"아, 아닙니다! 검성님이, 검성님이 나타나서 반란군을 공격중입니다!"

청년의 외침이 대전을 뒤흔들었다. 그 말을 들은 사람들은 바닥에 주저앉았다. 놀라움으로 인해 다리에 힘이 빠졌기 때문에. 갑작스러운 현상이었지만, 이를 두려워하는 사람은 아무도 없었다.

기다리고 기다리던 기적이 일어났다.

그런데 왜 두려워하겠는가?

그들은 응원했다.

검성의 승리를.

쉬에엑!

일곱 자루의 검이 허공을 떠돌다니 각기 다른 방향으로 떨어졌다. 검들은 정확히 내성을 겨누고 있던 마력포를 관통했다.

콰아앙!

폭발과 함께 마력포가 터졌다. 검들은 마치 지능을 가진 것처럼 움직여 마력포의 핵심 부분만 관통했다. 그 때문에 유폭이 일어나지 않았고.

"막아! 막으라고!"

"마장기들은 뭐 하고 있어! 저거 안 막고 대체 뭐 하는 거야!"

포병들은 당혹감을 감추지 못 했다. 엘넌이 약속을 어기는 것으로 모자라 더 큰 사고를 쳐서 울적한 상황이었다. 그런데 검이 자기 멋대로 하늘을 날아다니며 마력포를 파괴하는, 그야말로 말도 안 되는 일이 눈앞에서 일어나고 있었다. 아무리 그들이 정예병이어도 이 상황을 쉽게 받아들일 수는 없었다.

타타탕!

성벽 위에 있던 마장기들이 소구경 마력포를 쐈다. 수십 발에 육박하는 마력탄이 쇄도했지만, 누구도 검을 맞추지 못했다.

"사격 솜씨가 형편없군. 처음부터 훈련을 다시 받아야겠어."

클라우드는 적들을 비웃었다. 그리고 검들을 계속 조종했다.

콰드득!

세 자루의 검이 RCM-1의 흉갑과 목 부분을 관통했다. 폭발이 일며 기체가 박살났다. 다른 검들은 여전히 빠르게 움직이며 마력포를 파괴했다.

-검 말고 본체를 노려라!-

-본체를 확인했다. 모두 사격 개시!-

엘넌이 자랑한 강경파의 라이더들은 확실히 대단했다. 그들은 상황을 냉정하게 분석했고 펜리르의 존재를 확인했다. 8기의 마장기들이 성벽에서 내려와 펜리르를 향해 쇄도했다.

"나만 있다고 생각하면 곤란하지. 지금이다!"

콰아아앙!

클라우드가 큰소리로 외치는 것과 동시에 달려들던 RCM-1 두 기가 박살나며 바닥에 무너졌다. 그리고 그 사이에서 은빛과 보라색으로 이루어진 기체, 바실리스크가 모습을 드러냈다.

콰아악!

모습을 드러낸 바실리스크는 왼손의 검을 휘둘렀다. 자색의 오러블레이드가 휘감긴 검은 거침없이 나아가 RCM-1 한 기를 찢어발겼다.

-바, 바실리스크!? 말도 안 돼!-

-도망쳐! 도망쳐야 한다!-

살아남은 다섯 명의 라이더의 평정심이 깨졌다. 그들은 바실리스크의 주인이 누구인지 잘 알고 있었다. 그리고 자신들이 그의 상대가 될 수 없다는 것은 더 잘 알고 있었다.

팟!

다섯 기의 RCM-1이 뒤돌아 도망쳤다. 바실리스크는, 베인은 그들을 쫓지 않았다. 대신 검을 앞으로 내밀었다.

우우우우웅!

바실리스크의 검에 막대한 양의 마력이 모이자, 오러블레이드가 늘어났다. 그 길이는 보통 오러블레이드의 3배에 달했다. 그렇게 길어진 오러블레이드는 도망치는 다섯 기의 마장기들을 단숨에 갈랐다.

-검성이 여기에 있다!-

8기의 마장기를 홀로 쓰러뜨린 베인이 외쳤다. 클라우드는 그런 베인을 보며 만족했다.

'이건 예상하지 못했을 것이다, 엘넌 램브란트.'

신화형 마장기의 성능은 현재 마장기의 성능을 아득히 웃돌았다. 자신도 이틀 만에 엘라임 시에 도착할 것이라고는 예상하지 못했는데, 엘넌이 이를 알아차릴 리 만무했다. 이제 그는 자신의 손에 죽는 일만 남았다.

"권력을 원하는 건 이해하지만, 너는 너무 막 나갔다."

부친을 죽이고 시민을 인질로 잡은 순간, 그는 국민에게 버림받았다. 이제 그를 직접 죽여 크로얀 왕국 국민의 지지를 얻는 일만 남았다.

쾅! 쾅!

클라우드가 가만히 앉아 검을 움직이는 사이, 바실리스크는 성벽의 마장기들을 파괴했다. 사라졌다가 갑자기 나타나는 것으로 모자라 오러블레이드의 길이를 자유자재로 움직이는 바실리스크의 모습은 놀라웠다.

"아무리 신화형 마장기라지만, 바실리스크의 능력은 너무하군. 너무 압도적인 거 아닌가?"

마력 조종.

그것이 바로 바실리스크가 가진 능력의 이름이었다. 바실리스크는 마력을 조종해 기체를 투명하게 만들 수 있었고 또 오러블레이드를 강화할 수 있었다. 이외에도 응용할 여지가 많았다.

-펜리르의 능력도 대단하다고 생각합니다. 일곱 자루의 검이 전하의 뜻대로 움직인다는 건, 곧 전하가 일곱 명 있다는 것과 다를 바 없으니 말입니다. 1대1로 싸우라면 바로 도망칠 겁니다-

베인은 답지 않게 도망을 언급했지만, 그의 표정은 진지했다.

"괜히 띄워줄 필요 없다."

-진실을 말하는 겁니다. 인간의 검술은 땅에서 펼쳐집니다. 허나 펜리르의 능력은 인간을 땅이라는 제약에서 벗어나게 하고, 땅을 벗어난 검은 무한한 자유를 얻게 됩니다. 일곱 명의 초월자와 싸우는 것도 두려운데 거기에 상식을 파괴한 검로까지 더해진다고 생각해보십시오. 저는 무조건 도망칠 겁니다-

"너무 약한 소리 하지 마라. 마장기를 탄 채, 자네와 겨뤄보고 싶은 마음이니 말이야."

-사양하겠습니다, 전하-

베인은 단호하게 말하고는 바실리스크를 조종했다. 바실리스크는 성벽 위의 마장기들을 모조리 파괴했다. 어떤 마장기도 바실리스크의 일격을 감당하지 못했다.

"어쩔 수 없군."

클라우드는 어깨를 으쓱이고는 다시 검들을 움직였다. 검들은 빠르게 움직이며 마력포를 모조리 파괴했다. 두 신화형 마장기가 날뛰자 결국 외성은 무력화되었다.

하지만 클라우드는 기뻐하지 않았다. 오히려 이해할 수 없다는 얼굴로 외성을 바라보았다.

'적의 숫자가 너무 적은데?'

자신과 베인을 막기 위해 나선 적의 마장기는 고작 20여기에 불과했다. 반란군의 전력을 어느 정도 아는 클라우드로서는 의문을 품을 수밖에 없었다.

그렇게 그가 의아해할 때,

-전하! 적들이 없습니다!-

베인이 다급히 통신을 보냈다.

"적이 없다고!?"

-보병과 포병들만 남아 있습니다. 마장기는 한 기도 남아있지 않습니다!-

깜짝 놀란 클라우드가 펜리르를 조종했다. 주인의 의지에 따라 펜리르는 높게 뛰어올랐다.

"빌어먹을."

성 밖의 광경을 바라본 클라우드는 자기도 모르게 욕설을 내뱉었다. 베인의 말대로 성 밖에는 무기를 바닥에 내리고 양손을 높게 든 병사들밖에 없었다. 마장기 부대는 도망친 것이다.

"지옥 끝까지 따라가 주마!"

클라우드의 분노어린 외침이 엘라임 시를 뒤흔들었다.

-너무 성급하게 물러난 게 아니냐?-

카마드가 의문을 드러냈다.

복고파를 협박한 그 날 밤, 엘넌은 뛰어난 라이더들만 데리고 남하했다. 너무 쉽게 물러났기 때문에 카마드는 도저히 엘넌의 생각을 이해할 수 없었다.

"지금 저희는 정보가 부족합니다. 에렌시아 제국의 원군이 언제 도착할지 모르는 지금, 엘라임 시에 남아서 좋을 게 없습니다. 그리고 저희가 가야 할 길은 상당히 멀고 방해꾼들은 많지 않습니까?"

-그건 그렇지-

카마드는 순순히 납득하고 자신의 앞에 있는 성을 바라보았다. 크라체 시의 외성이 그들의 앞길을 가로막고 있었다. 레이너드 왕국에 가기 위해서는 크라체 시를 비롯해 몇 개의 도시를 통과해야 했다. 엘라임 시에 발목을 붙잡힐 수는 없었다.

-성문을 열어라, 램지 카퍼. 그러면 시민들의 안전을 보장하겠다-

-닥쳐라! 반란군에게 협력할 생각은 없다!-

크라체의 시장인 램지 카퍼가 소리쳤다. 카마드는 그런 램지를 비웃었다.

-죽고 싶다니 어쩔 수 없군-

우우웅!

실버드래곤의 검에 연두색의 오러블레이드가 형성됐다. 실버드래곤이 앞으로 나서자 강경파의 마장기 35기가 뒤따랐다. 거기다가 미리 크라체 시를 포위하고 있던 18기의 마장기도 합류했다. 크라체 시가 버틸 가능성은 없었다.

"배신자들을 살려둘 필요는 없지."

엘넌은 살벌하게 웃었다. 크라체 시의 시민들은 몰라도 수뇌부들은 전부 다 죽여야 했다. 그래야 자신들의 죄를 뉘우치고 후회할 테니 말이다.

콰아아앙!

잠시 뒤, 외성의 성문이 파괴됐다. 반란군의 마장기들이 외성을 넘어 내성으로 진격했다.

삐빅.

그때, 통신이 울렸다. 엘라임 시 쪽에 있는 통신 장교가 보낸 것이었다.

"무슨 일인가?"

-검성이 나타났습니다! 바실리스크가 아군을 박살내고 있습니다!-

"뭐라고!?"

-그리고 정체불명의 적이 있습니다. 도저히 그들을 막을 수 없으니 도망……! 으아아아악!-

콰아아앙!

폭발 소리와 함께 통신이 끊어졌다. 엘넌은 어느 때보다 당황했다. 아직 에렌시아 제국에 있어야 할 검성이 왜 엘라임 시에 있단 말인가? 그리고 정체불명의 적은 또 뭐란 말인가? 도저히 이해가 되지 않았다.

하지만 한 가지 사실은 분명했다.

'더 빨리 도망쳐야 했다.'

그렇게 술래잡기가 시작됐다.

콰드드득.

실버드래곤의 검이 RCM-1의 흉갑을 꿰뚫었다. 더 이상 크라체 시를 지키는 마장기는 없었다.

"배신자들을 처단하는 일만 남았군."

카마드는 싸늘하게 웃으며 크라체 시의 내부를 노려보았다. 아직 시장인 램지 카퍼와 고위 관리들이 남아있었다. 그는 복고파에 붙은 배신자들을 살려둘 생각이 없었다.

그렇게 카마드가 살의를 드러낼 때,

-각하! 빨리 도망쳐야 합니다!-

전면시각판에 엘넌의 얼굴이 떠올랐다. 딱 봐도 당황한 기색이 역력했기에 카마드는 의아함을 느꼈다.

"갑자기 무슨 일인가?"

-엘라임 시의 통신 장교에게 연락을 받았습니다. 베인 헤이오스가 엘라임 시에 나타났다고 합니다!-

"뭐라고!? 에렌시아 제국에 있어야 할 놈이 왜 엘라임 시에 있단 말인가?"

아직 에렌시아 제국과 베인 사이의 회담 결과가 발표되지 않았다. 그래서 베인이 당연히 에렌시아 제국에 있을 거라고 판단했는데, 뒤통수를 세게 얻어맞고 말았다.

-그건 저도 모르겠습니다. 배신자들은 나중에 응징하고 지금은 물러나야 합니다! 바실리스크의 성능을 생각하십시오! 빨리 물러나지 않으면 따라잡힐 겁니다!-

"확실히 그렇지."

바실리스크를 연구하여 만든 특수 마장기가 자신의 실버드래곤과 필적하는 성능을 가지고 있었다. 그와 비교도 안 될 정도의 성능을 가진 바실리스크라면 자신들을 곧 따라잡을 게 분명했다.

그런데도 카마드는 도망칠 생각을 전혀 하지 않았다. 오히려 그는 이 상황을 기회라 믿었다.

"자네는 먼저 레이너드 왕국으로 가게."

-예? 그게 무슨 말씀이십니까?-

"바실리스크의 성능을 생각해보게. 지금 도망친다고 해도 얼마 안 가서 따라잡히겠지. 안 그런가? 차라리 싸워서 그를 격퇴하는 게 낫네. 나와 내 친위대가 함께하면 외팔이를 응징하는 건 일도 아니지. 놈을 죽이고 자네와 합류할 테니, 먼저 가게."

-위험합니다. 배신자의 곁에 정체불명의 마장기가 있다는 게 확인됐습니다. 정황을 볼 때, 에렌시아 제국의 소드마스터인 게 분명합니다!-

엘넌은 기겁하며 카마드를 말렸다.

바실리스크가 혼자 왔다면 걱정하지 않았을 것이다. 신화형 마장기의 성능, 그리고 소드마스터를 능가하는 베인의 힘은 두려웠지만, 그는 외팔이였다. 팔을 잃은 지 얼마 안 된 상태에서 전력을 낼 가능성은 없었다.

그러나 그의 곁에 소드마스터가 붙어있다면 이야기가 달라진다. 자연스럽게 격전이 일어나고 전력 소모가 커질 것이다.

'특수 마장기를 여기서 잃을 수는 없다고!'

베인과 정체불명의 소드마스터를 상대하려면 특수 마장기가 필요했다. 하지만 레이너드 왕국이 자신을 어떻게 대우할지 모르는 지금, 비장의 패를 잃고 싶지 않았다. 설령 베인이 이곳에서 죽는다 해도 자신을 지켜줄 특수 마장기는 꼭 가지고 있어야 했다.

"걱정하지 않아도 되네. 아무리 마장기의 성능이 뛰어나도 제대로 다루지 못하면 전혀 두렵지 않네. 아. 혹시 무슨 문제가 생길지 모르니, 특수 마장기는 자네가 맡고 있게."

-알겠습니다. 무운을 빕니다, 각하. 전군은 나를 따르라!-

카마드의 명령을 듣자 엘넌은 안도의 한숨을 내쉬었다. 그나마 자신의 안전을 확보할 수 있다는 사실이 기뻤다. 비장의 패를 얻은 엘넌은 남은 부대원들을 이끌고 남쪽으로 이동했다. 크라체 시에 남은 것은 카마드와 친위대인 특무대 제1대대뿐이었다.

-괜찮겠습니까, 각하? 상대는 검성입니다-

실버드래곤의 전면시각판 앞에 30대 중반의 사내가 나타났다. 카마드의 오른팔이라 불리는 렉사르 바나스였다.

"사냥할 가치가 있는 적이지. 다들 그렇게 생각하지 않나?"

카마드의 말이 외부 스피커를 타고 울려 퍼졌다.

-맞습니다! 외팔이가 된 놈이 뭐가 무섭습니까!-

-당장 검성의 멱을 따겠습니다!-

20명의 라이더들이 자신감을 드러냈다. 그들은 특무대 중에서도 에이스라 불리는 강자들이었다. 그렇기에 전원이 기존 RCM-1을 커스텀화시킨 RCM-2를 수여받았다. 전원이 힘을 합치면 소드 마스터 한 명은 거뜬히 상대할 수 있을 거라 평가받을 정도였다.

부하들이 호언장담하자 카마드는 만족했다. 그리고 그는 전의를 다졌다.

'나 혼자서는 그대를 이길 수 없다. 그러나 우리가 힘을 합치면 이길 수 있다, 베인 헤이오스.'

베인 때문에 잘 가던 계획이 무너졌다. 그만 없었어도 망명을 떠날 일도 없었을 것이다. 거기다 그에게는 갚아야 할 빚도 있었다.

'그때의 치욕을 만회해야지.'

지금으로부터 10년 전, 그는 베인에게 도전했다가 처참하게 패했다. 그때의 굴욕은 여전히 남아 그를 괴롭혔다. 베인에 대한 분노와 원한을 해소하기 위해서라면 뭐든 할 생각이었는데, 드디어 기회가 온 것이다.

"그가 오려면 시간이 꽤 걸릴 거 같은데 몸 좀 풀어야겠군."

카마드의 입가에 잔인한 미소가 떠올랐다. 그리고 그는 바로 명령을 내렸다.

"배신자들을 처단하라."

-명을 받듭니다-

제1대대의 라이더들이 외쳤다. 그리고 크리체 시에 피바람이 불었다.

❖

엘라임 시에 도착한 베인은 곧바로 정보부에 연락해 반란군의 위치를 요구했다. 때마침 크리체 시에서 원군을 요청했기 때문에 정보부는 그에게 바로 반란군의 위치를 알릴 수 있었다. 정보를 받자마자 클라우드와 베인은 크리체 시로 달렸다.

"설마 레이너드 왕국에 망명하려고 할 줄이야, 제대로 한 방 먹었군."

클라우드는 이번만큼은 엘넌에게 당했다는 것을 인정했다. 막나가는 인간인 건 알고 있었지만, 설마 망명을 노릴 줄은 예상하지 못했다.

이미 엘넌은 크로얀 왕국에 발붙일 곳이 없는 신세였지만, 망명까지 하게 된다면 그는 영원히 정권을 장악할 수 없었다. 그래서 그가 타국에 간다는 생각은 아예 하지도 않았다. 그런데 엘넌은 최후의 수단을 택했다.

-아직도 믿어지지 않습니다. 누구보다 공화주의를 사랑한 저들이 레이너드 왕국에 망명하려고 한다는 게 말입니다-

"믿기 어렵다고 해도 그게 사실이라는 것은 변함없지. 그렇지 않고서야 연고도 없는 크리체 시에 갔겠나?"

크로얀 왕국에서 레이너드 왕국으로 가기 위해서는 꼭 크리체 시를 들려야 했다. 그러니 적들의 의도를 모르고 싶어도 모를 수가 없었다.

-제 손으로 모든 것을 정리하겠습니다. 놈들이 공화주의를 더

럽혔으니, 공화국의 수호자였던 제가 나서는 게 맞을 겁니다-

"엘넌 램브란트는 과인에게 넘겼으면 좋겠군. 개인적으로 그런 놈들을 혐오하거든."

-상황을 보고 결정하겠습니다-

그렇게 두 사람이 대화하는 사이, 펜리르와 바실리스크는 빠른 속도로 달렸다. 그리고 엘라임 시를 해방시킨 그 날 밤, 두 사람은 크라체 시에 도착했다.

"이 새끼들이 진짜……."

클라우드의 전신에서 살기가 피어올랐다. 그는 살기가 가득한 얼굴로 크리체 시의 성벽을 바라보았다. 성벽에는 시체들이 매달려 있었다. 다들 사지가 갈가리 찢겨져 나가 성한 구석을 찾을 수 없었다.

-래, 램지 카퍼! 크레타 에스모스! 인간이 어찌 이런 짓을 할 수 있단 말인가!-

베인은 크게 경악했다. 성벽에 매달려 있는 시체들은 하나같이 크리체 시의 고위 관리들과 군인이었다. 다들 공화파에 소속된 사람들로 지금 반란군의 수뇌부들과 동지였다. 그런데 반란군은 동지였던 이들을 무참히 죽였다.

-엘넌 램브란트! 카마드 하르트!-

베인의 분노어린 외침이 크라체 시를 뒤흔들었다.

쿠쿵!

그와 동시에 21기의 마장기들이 크리체 시의 외성에 나타났다. 선두에는 카마드의 실버드래곤이 서있었다.

-애타게 부르지 않아도 상대해줄 테니 걱정 마시오, 배신자-

-네 이놈 카마드 하르트! 사람의 탈을 쓰고 어찌 이런 잔인한 일을 저지를 수 있느냐! 이들은 모두 네놈의 동지였다-

-그리고 복고파를 택한 배신자들이지. 배신자들을 처단한 게 뭐가 문제인가, 베인 헤이오스?-

-배신자라고? 레이너드 왕국으로 망명을 떠나는 네놈이 감히 배신을 운운하는가! 네놈들은 공화주의를 더럽히고 공화국을 욕보인 쓰레기들이다!-

-닥쳐라! 네놈만 우리를 방해하지 않았다면 공화국을 되찾을 수 있었다! 복고파에 넘어가고, 에렌시아 제국에 혼을 판 네놈이 어찌 우리를 비난한단 말이냐! 오늘 반드시 네놈을 죽일 것이다!-

번쩍!

실버드래곤의 전신에서 연두색 빛이 피어올랐다. 그의 등 뒤에 있던 20명의 라이더들도 일제히 기세를 드러냈다. 그들의 기세는 카마드의 기세에 더해졌고 연두색 빛이 더욱 넓게 퍼져 베인과 클라우드를 짓눌렀다.

쿠오오오!

그 때, 펜리르의 동체에서 강렬한 기세와 함께 붉은 빛이 뿜어져 나왔다. 붉은빛은 그대로 연두색 빛을 튕겨냈다. 바실리스크에 집중되었던 사람들이 시선이 펜리르로 향했다.

"날 아예 없는 사람 취급하다니, 섭섭하군."

-서, 설마!?-

펜리르를 본 카마드는 처음으로 냉정함을 잃었다. 오늘 처음 듣는 목소리였지만, 그는 본능적으로 상대가 누구인지 깨달았다. 모두의 힘을 받아칠 정도로 강하고 또 크로얀 왕국의 일에 개입할 사람은 대륙에 한 사람뿐이었다.

-당신이 어떻게 이곳에 있단 말인가, 클라우드 폰 알바레아!-

한 나라의 대공, 그것도 여황의 남편이 이런 내전에 참전할 것이라 예상한 사람이 얼마나 있을까? 거기에 호위를 1명도 두지 않은 채. 말도 안 되는 일이었기에 카마드가 경악하는 것도 무리는 아니었다.

"과인이 어디를 가든 자네와 무슨 상관이란 말인가?"

카마드의 안색이 창백해졌다. 대놓고 밝혀지지는 않았지만, 정황을 볼 때, 검성의 오른팔을 자른 사람은 클라우드인 게 분명했다. 그것만으로도 두려운데 그의 마장기는 신화형 마장기였다. 바실리스크의 속도에 맞출 수 있는 마장기는 신화형 마장기밖에 없었기에 바로 알아차릴 수 있었다.

'젠장!'

카마드는 처음으로 이곳에 남은 것을 후회했다.

-방금 전에 엘넌 램브란트를 잡고 싶다고 하셨지요, 전하?-

"뭐 그렇지. 그리고 지금 저놈들밖에 없는 걸 보면 도망쳤나 보군."

클라우드가 얼굴을 찌푸렸다.

외성에 있는 마장기 외에 다른 라이더들의 기척은 느껴지지 않았다. 엘넌, 이 쥐새끼가 또 도망친 것이다. 잡으면 반드시 박살을 내주겠다고 클라우드는 다짐했다.

-이놈들은 제가 정리하겠습니다. 전하께서는 엘넌 램브란트를 잡아주시길 바랍니다-

"괜찮겠나? 조종석이 신체에 맞게 변화했다고는 해도 외팔에 적응하기는 어려울 텐데?"

-저는 검성입니다-

짧은 한 마디였지만, 그 안에 깃든 힘을 느낄 수 있었다.

"좋다. 자네를 믿도록 하지."

팟!

펜리르가 방향을 틀었다. 하지만 쫓는 이들은 아무도 없었다. 바실리스크에서 흘러나오는 강대한 기세가 그들을 붙잡고 있어 도저히 따라갈 수가 없었다. 하지만 카마드는 이에 아랑곳하지 않고 베인을 비웃었다.

-하하하! 스스로 살 길을 버리다니, 드디어 미쳤구나!-

-미친 건 네놈이다, 카마드 하르트. 오늘 네놈을 죽이고, 헛짓거리에 희생된 수많은 사람을 애도할 것이다-

-할 수 있다면 해봐라!-

실버드래곤이 성벽을 뛰어내렸다. RCM-2 20기가 그런 실버드래곤의 뒤를 따랐고. 그 모습을 보며 베인은 하나 남은 팔로 조종석을 세게 움켜쥐었다.

콰아앙!

한때 같은 뜻을 품은 이들이 마침내 격돌했다.

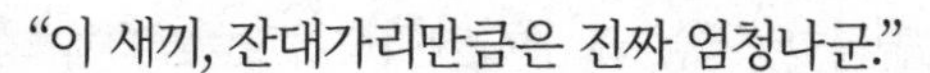

"이 새끼, 잔대가리만큼은 진짜 엄청나군."

클라우드는 도망친 엘넌을 욕했다. 따라잡는 것 자체는 어렵지 않았지만, 문제는 길이었다. 크라체 시에서 레이너드 왕국으로 가는 길은 두 가지였는데 엘넌이 어느 쪽으로 갔는지 파악할 수 없었다.

"오스만 시냐? 아니면 말론 산맥이냐?"

오스만 시를 통해 여러 도시를 지나는 것, 아니면 말론 산맥을 통해 한 방에 레이너드 왕국으로 가는 것. 둘 중 하나를 골라야 했다. 베인이 있었다면 하나씩 맡으면 됐지만, 없는 사람에게 기댈 수는 없었다.

'기다릴 수도 없고 말이야.'

쉬지도 않고 계속 달렸다. 자신이야 아직 버틸 만 했지만, 팔이 잘려 몸에 적응하지 못한 베인으로서는 지칠 수밖에 없었다.

게다가 카마드가 합류한 특무대는 딱 봐도 강했다. 이기더라도 더 이상 전투를 할 여력이 없을 게 분명한 만큼, 자신이 결론을 내리고 엘넌을 쫓아야 했다.

팟!

결론을 내린 클라우드는 말론 산맥 쪽으로 조종석을 틀었다. 오스만 시 쪽의 길이 더 편하고 거리도 좁았다. 하지만 그는 엘넌이라면 분명히 말론 산맥으로 갔을 것이라 확신했다.

'그 인간이 어떤 인간인지 밝혀진 이상, 도시들은 절대 그에게 협조하지 않을 거다. 본인도 그걸 알 테니 말론 산맥으로 가는 수밖에 없지.'

길을 가로막는 도시들을 다 뚫고 가는 것보다는 힘들더라도 말론 산맥을 통과하는 게 나았다. 최소한 전투로 인해 시간을 잡아먹을 리는 없으니까. 결론을 내린 클라우드는 펜리르의 속도를 더 높였다.

그렇게 몇 시간을 달렸을까?

펜리르는 말론 산맥에 진입했다.

콰콰쾅!

붉은 오러에 휘감긴 펜리르의 질주에 얻어맞은 나무들이 허공으로 치솟았다. 있는 힘껏 달린 클라우드의 입가에 미소가 떠올랐다.

“찾았다.”

RCM-1과 RCM-2로 이루어진 마장기 부대가 눈에 들어왔다. 남은 건 놈들을 전부 다 짓밟는 일만 남았다.

“엘넌 램브란트!”

오랫동안 자신을 짜증나게 만든 상대의 이름을 외쳤다.

콰아아악!

이와 동시에 펜리르의 등 뒤쪽에 일곱 자루의 검이 만들어졌다. 검들은 모두 붉은 오러에 휘감겼고 곧 섬광이 되어 날아갔다.

술래잡기를 끝낼 시간이었다.

콰아앙!

바실리스크의 검과 실버드래곤의 검이 격돌했다. 오러블레이드가 휘감긴 두 개의 검이 부딪치자 불꽃과 충격파가 사방으로 튀었다. 바실리스크의 힘을 버티지 못한 실버드래곤이 뒤로 밀려났지만, 베인은 상대를 쫓을 수 없었다.

타타탕!

5기의 RCM-2기가 바실리스크를 포위하며 어깨에 달린 소구경 마력포를 쐈다. 20발이 넘는 마력탄이 바실리스크를 향해 쏟아졌다. 그러자 바실리스크는 왼쪽으로 동체를 움직인 다음, 마력탄 속으로 달려들었다.

콰콰쾅!

마력탄이 바실리스크에 부딪치며 연쇄적으로 폭발이 일어났다. 아무리 신화형 마장기라도 이 정도 공격 앞에서 멀쩡할 수 없지만, 안심하는 사람은 아무도 없었다.

-바실리스크는 베리어를 펼칠 수 있다! 대비하라!-

카마드의 경고가 끝나기 무섭게 폭발 속에서 바실리스크가 몸을 드러냈다. 자색의 구체가 바실리스크의 동체를 보호하고 있었고, 그 상태에서 베인은 속도를 높였다.

가속한 바실리스크가 RCM-2 1기와 부딪쳤고 그 기체는 박살 났다. 그러나 바실리스크 앞에는 이미 더 많은 마장기들이 모여 포위망을 이루고 있었다. 자리 잡은 기체들은 바실리스크가 나오자마자 바로 마력포를 갈겼고.

-거리를 벌리면서 계속 쏴라! 겁먹을 필요 없다! 베리어를 펼친 상태에서는 놈은 공격을 하지 못한다!-

"거참. 바실리스크를 제대로 연구했군."

카마드의 말을 들은 베인은 혀를 찼다. 공화국을 위해 함께 싸웠던 동지답게 카마드는 바실리스크의 능력을 모두 꿰뚫어보고 있었다. 왼손으로 검을 휘두르는 것도 익숙지 않은 마당에 상대가 저리 나오니 난감했다.

'그래도 이건 모르겠지.'

베인은 자신의 오른팔을 내려다보았다. 본래라면 아무것도 없어야 했지만, 지금은 수십 가닥의 케이블이 오른팔 부분을 지탱하고 있었다. 이걸로 조종간을 조종할 수는 없지만, 몸의 균형 감각만큼은 유지할 수 있었다.

저들이 모르는 부분을 이용해 틈을 만들어야 했다. 그것만이 위기를 극복할 수 있는 유일한 방법이었다.

팟!

바실리스크가 땅을 크게 박찼다. 쏟아지는 마력탄 때문에 베리어에 균열이 생겼지만, 베인은 개의치 않았다.

쾅!

베리어가 파괴되며 마력탄 두 발이 바실리스크의 왼쪽 견갑과 오른쪽 허벅지 장갑에 작렬했다. 바실리스크의 동체가 흔들렸지만, 베인은 오히려 조종간을 밀어 앞으로 나아갔다. 결국, 그는 포위망을 탈출하는 데 성공했고, 곧장 검으로 땅을 찍었다.

폭발과 함께 거대한 먼지 구름이 치솟았다. 먼지 구름은 순식간에 주변 공간을 뒤덮었고 바실리스크의 동체가 사라졌다.

-놈이 능력을 사용했다! 자기 주변의 동료들을 살펴라! 그리고 놈의 오러를 살펴라! 투명화 능력은 오러를 숨기지 못 한다!-

마력을 조종해 빛을 왜곡해 기체를 숨기는 투명화 능력은 바실리스크의 다양한 능력 중에서도 까다로웠다. 그러나 카마드는 당황하지 않고 명령을 내렸다.

그리고 자신의 마나를 실처럼 엮어 사방에 퍼뜨렸다. 투명화는 어디까지나 모습을 보이지 않게 만드는 능력이었다. 모습이 보이지 않는다고 해서 사라진 게 아닌 만큼 포착할 수 있었다.

그런 카마드를 비웃듯 마장기 1기가 폭발했다. 곁에 있던 마장기들이 황급히 검을 휘둘렀지만, 이미 바실리스크는 그 자리를 떠나고 없었다. 그리고 거대한 오러블레이드가 나타나더니 3기의 마장기를 단숨에 베었다.

-거기냐!-

그때, 실버드래곤이 연두색의 오러블레스트를 날렸다. 오러블레스트는 먼지 구름을 가르며 나아가더니 허공에 부딪혔다. 그러자 검을 앞에 세운 바실리스크의 모습이 드러났다.

바실리스크는 투명화가 풀리자마자 앞에 있는 마장기 쪽으로 검을 밀어 넣었다. 검은 마장기의 흉갑을 지나 마나드라이브를 관통했다. 그리고 다시 투명화로 사라지려고 했다.

-놓칠 것 같으냐!-

그때, 실버드래곤이 높게 도약해 바실리스크를 덮쳤다. 바실리스크는 검을 세워 공격을 막았지만, 황급히 막느라 자세가 무너졌다. 카마드는 기회를 놓치지 않기 위해 마력을 끌어올렸다. 그리고 공세를 이어갔다.

쾅! 콰쾅!

검과 검이 연거푸 격돌했다. 실버드래곤이 공격을 몰아붙였지만, 바실리스크는 위태로운 상태에서도 공격을 막아냈다. 격돌이 이어지면 이어질수록 자세가 계속 무너졌지만, 베인은 끈질기게 버텼다.

'귀찮게 하는군.'

카마드는 얼굴을 찌푸렸다.

상대는 오른팔을 잃어 균형 감각을 상실했고, 그 와중에 익숙지 않은 왼손으로 검을 휘둘렀다. 그런데도 자신의 공세를 버티는 모습을 보니 자존심이 상했다.

그래도 그는 승리를 믿어 의심치 않았다. 베인은 왼손으로 검을 휘둘러서 그런지 검술 자체에 허점이 많았다. 그리고 균형을 못 잡아 충격을 제대로 해소하지 못한 게 눈에 보였다.

'그래도 무리할 필요는 없지.'

중요한 건 최후에 자신이 놈의 숨통을 끊는 것이었다. 지금 무리해서 빈틈을 보일 필요는 없었다.

콰아앙!

실버드래곤이 오른발을 날렸고 바실리스크는 검면을 세워 막아냈다. 그러나 바실리스크는 충격을 이기지 못한 채 밀렸다. 그러더니 결국 땅바닥에 오른쪽 무릎을 꿇었고.

그 모습을 지켜보고 있던 RCM-2 4기가 일제히 움직였다. 모두 오러를 휘감은 검을 내세우며 바실리스크를 향해 달려들었다.

-제압만 해라-

카마드는 부하들에게 명령했다. 놈을 끝장내는 건 자신이어야 했다. 그 역할만큼은 누구에도 양보할 수 없었다. 허나 그의 예상과 달리, 4기의 마장기는 바실리스크를 제대로 공격하지 못했다.

카카칵!

바실리스크의 동체를 중심으로 자색의 베리어가 형성되었다. 불꽃이 튀며 네 자루의 검이 베리어를 긁었다.

"나를 상대로 방심하다니 많이 컸군!"

베인이 베리어를 거둬들이자 네 기의 마장기가 균형을 잃고 비틀거렸다. 그중 1기의 검이 바실리스크의 왼팔을 스쳤지만, 거기까지였다.

바실리스크는 바닥에 주저앉은 상황에서 검을 휘둘렀다. 다시 한 번 오러블레이드의 길이가 늘어나며 달려드는 네 기의 마장기를 단숨에 베었다. 오러블레이드의 궤적에 걸린 마장기들의 상체와 하체가 분리되며 파괴됐다.

-뭐, 뭐야!?-

카마드가 자기도 모르게 소리쳤다.

베리어를 펼칠 것이라고는 예상하였지만, 설마 이렇게 빨리 반격 자세를 취할 줄은 몰랐다.

콰아아악!

오러블레이드는 거기서 멈추지 않고 더욱 늘어나 궤도에 있는 2기의 마장기들을 추가로 베었다. 종국에는 실버드래곤을 노렸다.

-빌어먹을!-

카마드는 욕설을 내뱉으며 상대의 공격을 막아냈다. 그러나 실버드래곤은 거대 오러블레이드를 버티지 못했고 검을 쥔 양팔이 위로 치솟았다. 빈틈이 드러났고 자색의 빛은 실버드래곤의 왼팔을 잘랐다.

"자아, 이제 똑같이 외팔이군."

-네 이놈!-

베인이 비웃자 카마드는 울부짖었다. 하지만 그는 함부로 나서지 않았다. 순식간에 부하들을 잃어 이제 8명밖에 남지 않기도 했고 아직 의문이 해소되지 않았다.

'무슨 수작을 부린 거지?'

처음 팔을 잃었을 때, 생겨야 할 문제점이 전혀 보이지 않았다. 검술의 허점을 기체의 성능으로 메꿔 틈도 찾기 어려웠고. 아무리 머리를 굴려도 의문에 관한 답이 나오지 않았다.

-기체의 성능에 의존하다니, 그러고도 검성인가!-

"숫자로 밀어붙이는 자네한테 그런 말을 듣고 싶지는 않군. 그리고 이제 와서 그런 어설픈 도발을 하다니, 내가 다 민망하네."

베인은 웃으며 카마드의 도발을 맞받아쳤다. 그리고 그는 마력을 모조리 끌어올렸다.

쿠오오오!

바실리스크를 중심으로 자색의 기류가 피어올랐다. 기류는 삽시간에 크기를 불리며 카마드를 비롯한 적들을 위협했다.

카마드는 그 모습을 보며 냉정을 유지했다. 상대는 외팔이면서도 자신들을 압도하는 괴물이었다. 분노에 집어삼켜져서는 절대 이길 수 없었다.

한동안 바실리스크를 노려보던 그는 바로 명령을 내렸다.

-우선 조를 세 개로 나눈다. 먼저 내가 온 힘을 다해 저 빛을 뚫겠다. 그러면 마베드 중대는 놈의 왼팔을 노려라-

살아남은 라이더들의 시선이 바실리스크의 왼팔로 향했다. 방금 전에 공격당해서 그런지 왼팔에서는 스파크가 튀고 있었다.

-렉사르, 너는 마베드 중대가 놈의 왼팔을 파괴하면 네 중대를 이끌고 바로 놈을 공격해라-

-알겠습니다, 각하. 죽는 한이 있더라도 놈의 빈틈을 만들 테니, 반드시 죽여주십시오-

-알았다-

카마드가 대답하자, 라이더들은 남은 마력을 끌어모았다.

"이번 공격으로 끝내려는 건가? 거기에 따를 의리는……. 크윽!"

베인이 신음을 내뱉었다. 갑자기 케이블이 받쳐주고 있는 오른쪽 부분에서 통증이 일었다.

"크윽."

온몸이 부서질 거 같다는 생각이 들 정도로 고통스러웠다. 그리고 그는 그제야 기체와 직접 연결됐을 때의 문제점을 깨달았다.

'기체가 받은 충격 일부를 몸으로 직접 감당해야 한다는 건가.'

베인은 쓴웃음을 지었다.

최대한 시간을 끌며 놈들을 죽이려 했지만, 이제는 계획을 바꿔야 했다. 계속 전투를 이어나가면 어떤 대가를 치를지 모르는 이상, 시간을 끌 수 없었다. 남은 공화파를 위해서라도 자신은 반드시 살아남아야 했고.

실버드래곤이 앞으로 나아가며 검을 내리그었다. 기체의 마력과 라이더의 마력이 모두 더해진 오러블레스트가 날아가며 자색의 기류를 찢어발겼다.

-지금이다!-

카마드의 외치자 마베드와 그를 따르는 세 명의 라이더들이 달려들었다.

"하앗!"

베인은 상대가 바실리스크의 왼팔을 노리는 것을 깨닫고 검을 내질렀다. 오러블레이드가 늘어나며 상대 마장기들을 꿰뚫었다. 하지만 마베드의 마장기는 오른팔만 부서진 채로 계속 달려 바실리스크를 덮쳤다.

"어딜!"

바실리스크가 검을 휘둘러 자신에게 근접한 마베드의 기체를 베었다. 그와 동시에 베인은 반대쪽에서 다섯 기의 마장기가 달려오는 것을 느꼈다.

"소용없다!"

바실리스크의 중심으로 한 번 더 자색의 구체가 형성되었다.

-그럴 줄 알고 있었다, 검성이여!-

렉사르가 큰소리로 외쳤다. 다섯 기의 마장기가 베리어를 끌어안았다. 그제야 베인은 놈들이 뭘 노리는지 눈치 챘다.

콰콰콰쾅!

다섯 기의 마장기가 일제히 자폭했다. 마력을 최대한 끌어 모은 상태에서 폭발했기에 위력은 상상을 초월했다. 그 거대한 힘 앞에서는 바실리스크의 베리어도 초라했다.

"크으윽!"

베인은 마력을 쥐어짜 최대한 버텼다. 허나 그의 노력이 무색하게 손상된 왼팔이 부러졌고 검이 바닥에 떨어졌다. 이를 시작으로 바실리스크의 동체가 여기저기 파괴됐다.

"하아아앗!"

베인은 포기하지 않았다. 기합을 지르며 마력을 쥐어짜고 또 쥐어짜 베리어를 유지했다. 그의 노력은 보답 받았고 결국 폭발을 견디는 데 성공했다.

-끈질기구나! 나라를 팔아먹고도 그렇게 살고 싶더냐!-

카마드는 살벌한 얼굴로 바실리스크를 노려보았다. 바실리스크의 양팔은 모두 부러졌고 오른다리 역시 파괴되어 있었다. 이미 끝났다고 봐야 했지만, 부하들이 희생했는데도 살았다는 사실이 마음에 들지 않았다.

"나, 나라를 버리고 국민을 버린 놈에게 그런 말을 듣고 싶지는 않군. 네놈들은 공화주의를, 공화국을 언급할 자격이 없다."

-끝까지 입만 살았군. 상관없다. 지금 살아남은 것을 후회하게 해 주마-

실버드래곤이 바실리스크의 흉갑을 뜯어내기 위해 다가갔다. 기체 째로 죽이는 걸로는 놈에게 충분한 고통을 줄 수 없었다. 기체에서 빼내 차라리 죽고 싶다는 생각이 들 정도의 고통을 줘야 지금의 분이 풀릴 것이다.

바실리스크에 다가간 실버드래곤은 검을 높게 들어 올렸다.

쉬에에엑!

실버드래곤의 검이 벼락처럼 내리 떨어졌다. 그런데 그때, 자색의 구체가 형성되며 검을 튕겨냈다.

-뭐라고!?-

카마드는 경악을 금치 못했다. 이미 넝마가 된 지 오래인 기체가 특수 능력을 펼쳐졌다는 게 믿어지지 않았다. 그 때문에 그는 빈틈을 드러냈고, 베인은 이를 놓치지 않았다.

팟!

바실리스크가 남은 왼팔을 박찼고 순식간에 실버드래곤의 틈을 파고들었다.

"끝이다."

바실리스크의 부러진 오른발이 치솟았다. 부러져서 생긴 파편의 끝에는 오러가 실려 있었다. 마력을 조종할 수 있는 바실리스크이기에 할 수 있는 공격이었다.

콰직!

오른발의 파편은 단숨에 실버드래곤의 흉갑을 꿰뚫었다. 그것으로 모자라 아예 조종석의 카마드를 덮쳤다.

-커헉!-

전신을 꿰뚫린 카마드가 비명을 질렀다. 자신이 이렇게 허망하게 당할 것이라고는 꿈에도 생각하지 못했기에 충격이 더 컸다.

"제대로 재판을 받게 하고 싶었지만, 그건 무리인 것 같군. 잘 가라는 말은 하지 않겠네. 후회하고 또 후회하게, 카마드."

-베, 베인 헤이오스!-

콰아아앙!

실버드래곤이 폭발하며 산산이 조각났다. 하지만 바실리스크는 베리어로 폭발을 버틴 뒤, 그대로 바닥에 쓰러졌다.

"남은 건 엘넌 램브란트뿐인가……."

놈만 죽이면 모든 게 끝이었다. 마음 같아서는 그 역시 자신의 손으로 죽이고 싶었지만, 무리였다. 지금은 클라우드를 믿기로 했다.

"조금 쉬어야겠군."

베인은 호흡을 가다듬고는 눈을 감았다. 그러자 수십 가닥의 케이블이 내려와 그를 휘감았다. 새하얀 빛이 피어올라 베인의 몸을 파고들었고 그는 통증이 완화되는 것을 느낄 수 있었다.

주인의 상처를 치료하고 스스로 기체를 수복하는 것, 이 역시 신화형 마장기가 가진 능력이었다. 베인은 상처가 치료되는 것을 느끼며 잠을 청했다.

에필로그

20기가 넘는 마장기들이 산속에 처참하게 쓰러져 있었고, 셀 수도 없을 정도로 많은 파편이 사방에 흩어져 있었다.

그뿐만이 아니었다.

뿌리째로 뽑힌 나무들과 바위들이 널려 있었고, 10개 이상의 크레이터가 형성된 상태였다. 그곳에도 공화국 마장기들의 파편이 놓여 있었고.

서 있는 기체는 오직 하나, 펜리르 뿐이었다. 허나 그런 펜리르의 상태도 좋지 않았다. 마나드라이브와 흉갑 부분을 제외하고는 거의 모든 부분이 크고 작은 손상을 입어 움직이기 어려웠다. 하늘을 나는 검도 거의 다 부러진 상황이었고.

천하의 신화형 마장기가 엉망이 됐지만, 사실 그럴 수밖에 없었다. 그도 그럴 것이 펜리르는 혼자서 33기에 달하는 마장기를 상대했다. 전투 도중에 10기가 넘는 마장기들이 계속 달려들어 자폭했기에 피해가 더 커졌고.

그렇다 해도 단일 기체가 이렇게 많은 적을 쓰러진 적은 없었다. 클라우드는 역사적인 위업을 달성한 것이다. 하지만 그는 기뻐하지 못했다. 아직 잡아야 할 쥐새끼가 1마리 남아있었기 때문에.

"절대 안 놓친다, 엘넌 램브란트!"

클라우드는 펜리르를 움직였다.

손상이 심했지만, 신화형 마장기에는 자체적으로 손상을 수복하는 기능이 탑재되어 있다. 그는 바로 그 기능을 활성화하고, 엘넌 램브란트를 쫓기 시작했다.

어렵다는 것은 알고 있다. 빌어먹을 쥐새끼가 도주하는 와중에 특수 마장기로 기체를 갈아타 버렸으니까.

그래도 클라우드는 아랑곳하지 않았다.

자신의 마력을 최대한 기체에 불어넣어 성능을 최대한 끌어올렸다. 초월자의 마력을 머금은 펜리르는 무시무시한 속도로 말론 산맥을 가로질렀다. 달리는 걸 넘어 아예 허공을 난다는 생각이 들 만큼 빠른 속도로.

"저 괴물 새끼는 대체 뭐야!"

엘넌은 기겁하며 있는 힘껏 도망쳤다. 도저히 믿을 수 없었다. 33기의 마장기가 1기에 달려들었다. 그 중 19기는 특무대 소속으로 1대대에 비해 부족한 감이 있지만, 그래도 다들 유능한 라이더였다.

게다가 2기밖에 없는 특수 마장기 중 하나를 보냈다. 아무리 상대가 초월자라도, 신화형 마장기를 탔어도 이를 이기는 건 불가능했다. 적어도 엘넌은 그렇게 믿었다.

그런데 클라우드는 부하들을 전부 다 죽이고 살아남았다. 놈을 확인해서 끝장내야 한다는 생각은 엘넌에게 없었다. 최대한 도망쳐서 살고 싶었다.

콰콰쾅!

엘넌이 레이너드 왕국으로 힘껏 도망칠 때, 요란한 소리가 들렸다. 그는 본능적으로 뒤돌아보았고, 크게 경악했다.

"헉!"

뒤를 돌아본 순간, 엘넌의 안색이 창백해졌다. 엉망진창이 된 마장기가 빠른 속도로 거리를 좁히는 게 시야에 들어왔다.

'저런 놈을 이길 수 있다고 믿었다니.'

이제는 그게 망상이라는 것을 엘넌은 잘 알고 있었다. 자신이 무슨 짓을 해도 저 괴물을 이기는 날은 오지 않으리라.

'살아야 해! 죽고 싶지 않아!'

더 이상 저 괴물하고는 엮이고 싶지 않았다. 그렇게 그는 레이너드 왕국으로 달리고 또 달렸다.

'앞으로 조금만 더!'

국경선이 멀지 않았다.

국경만 지나면 아무리 클라우드라도 자신을 쫓지 못하리라. 외교 문제를 일으킬 수는 없으니까.

"도망칠 수 있을 거라 생각하지 마라!"

쉬에엑!

클라우드의 외침과 동시에 펜리르가 검을 투척했다. 오러블레이드에 휘감긴 검은 조종자의 의지에 따라 움직였고, 그대로 등에 장착된 마나 드라이브를 꿰뚫었다. 그 와중에 엘넌이 있는 조종석을 교묘하게 피한 것만 봐도 클라우드의 능력이 얼마나 뛰어난지 알 수 있었다.

"크아아아악!"

처절하게 울부짖는 엘넌. 전면시각판, 조종간 등 조종석 내부에서 연이어 폭발이 터졌다. 그로 인해 파편이 흩날렸고, 개중 일부는 그의 몸을 헤집었다. 극심한 고통이 그를 덮쳤지만, 그는 비명을 지르지 않았다.

'다 끝났구나.'

마나 드라이브가 파괴된 마장기는 강철 인형이나 다를 바 없다. 국경이 얼마 안 남은 상태에서 잡히다니, 어이가 없었다. 하지만 엘넌의 눈은 사납게 번뜩였다.

"이렇게 된 이상……."

엘넌은 펜리르가 다가오기를 기다렸다.

쿵!

그리고 펜리르가 다가왔을 때,

"같이 죽자, 클라우드 폰 알바레아!"

그대로 자폭을 시도했다.

허나 그의 마지막 바람은 이루어지지 않았다.

서걱!

펜리르의 검이 먼저 엘넌의 마장기를 양단했기 때문에.

"죽으려면 혼자 죽어라, 쓰레기."

클라우드가 싸늘하게 중얼거렸다. 그리고 레이너드 왕국의 국경선을 사나운 표정으로 노려보았다.

"지금 당장 못 건드리는 걸 다행으로 여겨라."

레이너드 왕국은 아직 엘넌 램브란트를 비롯한 반란군 수뇌부의 망명을 받아들이지 않았다. 그런 그들에게 책임을 물을 수는 없었고. 그렇기에 클라우드는 경고를 날린 이후, 그대로 제국으로 돌아올 수밖에 없었다.

대륙력 1799년 2월 28일, 카마드 하르트와 엘넌 램브란트가 이끌었던 반란군의 본대는 클라우드 폰 알바레아와 베인 헤이오스에 의해 진압되었다. 이 과정에서 겨우 두 사람이 60기가 넘는 마장기를 파괴했다는 사실이 알려졌다.

다음 날, 에렌시아 제국의 동부 군단이 엘라임 시에 도착했다. 그러자 빌리어스 크로얀은 직접 나서서 모든 반란군에게 항복을 요구했다. 그는 일반 병사들에게 아무런 죄도 묻지 않을 것이며, 지휘관들은 최대한 선처하겠다는 뜻을 밝혔다

안 그래도 본대가 무너졌다는 소식 때문에 혼란스러워하던 반란군에게 빌리어스의 선언은 결정타가 되었다. 대다수 지휘관은 저항을 포기하고, 무장을 해제했다.

허나 여전히 항복하지 않고 저항하는 이들이 남아있었고, 그들은 자신의 선택을 후회해야 했다. 전력을 재정비한 크로얀 왕국과 카일 웰링턴이 이끄는 에렌시아 제국의 연합군이 각지의 반란군을 진압했다.

그렇게 시간이 흘러 3월 5일이 되었고 크로얀 왕국은 공식적으로 반란이 끝났음을 선포했다. 그리고 다음 날, 클라우드와 베인 간의 회담 내용이 알려졌고 크로얀 왕국은 이를 수용했다. 그와 동시에 두 왕국은 마침내 정식으로 동맹을 맺었다.

그렇게 크로얀 왕국은 건국 초기에 생긴 위험을 성공적으로 극복했다.

그러나 이 사건이 그대로 끝났다고 믿는 사람은 아무도 없었다. 테러와 내전을 연거푸 일으킨 주동자들이 레이너드 왕국으로 망명했다는 소식이 전해졌기 때문에. 결과적으로 주동자가 전부 죽어 흐지부지됐지만.

"오랜만에 뵙습니다, 여러분. 한동안 분위기가 좋지 않았는데 이렇게 여러분을 만나게 되어 기쁘군요."

단상에 오른 미카엘이 웃자 기자들의 입가에도 미소가 떠올랐다.

"궁금한 게 많을 거라 생각합니다. 여러 사건이 연달아 일어났고, 그중에는 이해하기 힘든 것들도 많았으니까요. 딱 하나를 집자면 대공 전하의 내전 참여 여부겠죠."

"정말 대공 전하께서 내전에 참가하신 겁니까?"

"대공 전하께서 기존에 타던 마장기와는 다르다는 말이 있습니다. 그 때문에 다른 사람이라는 추측도 있는데 내무대신께서는 어떻게 생각합니까?"

미카엘이 말을 끝내기 무섭게 기자들이 여기저기서 질문했다. 그도 그럴 것이 클라우드는 한 나라의 국왕이었다. 그런 그가 아무런 발표도 없이 크로얀 왕국의 내전에 참가해서 활약했다는 소식이 알려지니 에렌시아 제국의 국민은 당혹감을 감추지 못했다.

"음. 믿기 힘들겠지만, 사실입니다. 대공 전하께서는 비극이 연거푸 일어나는 것을 안타까워하셨고 자신의 손으로 직접 비극을 끝내자고 다짐하셨습니다. 그래서 내전에 개입하셨고 역대 어떤 라이더도 이루지 못한 위업을 달성했습니다."

"……."

미카엘이 대답하자 질문을 한 기자들은 침묵했다. 혹시나 하던 일이 실제로 일어난 것이다. 거기다 반란이 일어났을 당시, 크로얀 왕국은 정식으로 동맹을 맺은 관계도 아니었기 때문에 충격은 더 컸다.

"후우. 부하된 자의 도리로서 이런 말을 하는 게 그렇지만, 여러분의 심정은 충분히 이해합니다. 상식적으로 이건 말도 안 됩니다. 파격도 정도가 있지요."

미카엘은 최대한 돌려서 클라우드를 깠다. 자신과 제대로 상의하지도 않고 갑자기 검성과 함께 크로얀 왕국으로 가서 얼마나 놀랐던가? 진짜 클라우드를 향해 대놓고 욕설을 퍼붓고 싶을 정도로 당황스러웠다.

'나도 성질 많이 죽었군.'

미카엘은 속으로 한탄했다.

과거의 자신이었다면 이런 부분에서 눈치 보지 않고 속에 담은 말을 모두 퍼부었겠지. 그는 자신이 인간적으로 많이 성장했다고 믿어 의심치 않았다.

"하지만 어쩌겠습니까? 대공 전하께서 활약하신 덕분에 반란군이 빨리 진압됐습니다. 크로얀 왕국 측도 이를 인정했고 저희 쪽에 고맙다는 말을 전했습니다. 문제 될 건 전혀 없으니 모두 안심하십시오."

미카엘이 말을 마치자 다들 이해했다는 듯 고개를 연신 끄덕였다. 그때, 여성 기자가 손을 번쩍 들었다.

"오늘 레이너드 왕국이 공식적으로 엘넌 램브란트와 아무런 관계가 없다고 밝혔습니다. 그쪽이 멋대로 레이너드 왕국에 망명했다는 이야기와 함께 말입니다. 내무대신께서는 이 점에 대해 동의하십니까?"

"뭐 지금으로서는 믿어주는 수밖에 없죠. 반란군의 수뇌부가 다 죽은 이상, 진실을 확인할 수 없으니까요."

의외로 상식적인 대답을 내놓은 미카엘. 허나 기자들은 그의 대답을 받아들이지 않았다. 대놓고 입으로 말하지는 않았지만, 강렬한 눈빛으로 '특종'이 될 만한 내용을 내놓으라고 요구했다. 그들의 열망을 느낀 미카엘은 피식 웃을 수밖에 없었고.

"여러분이 그렇게 봐도 제가 말할 수 있는 건 없습니다. 반란군 수뇌부의 망명이 성공했다면 모르겠지만, 실패하지 않았습니까. 거기다가 증거도 없는 만큼, 함부로 의견을 밝히기 어렵습니다."

"그럼 질문을 바꿔보겠습니다. 만약 엘넌 램브란트의 망명이 성공했다면 제국은 어떻게 대처했을 거라 생각합니까, 내무대신?"

"바로 전쟁이 일어났을 겁니다."

"헉!"

웅성웅성.

미카엘이 바로 본심을 드러내자, 질문을 한 기자가 기겁했다. 다른 기자들도 그녀와 같은 표정을 하고 있었다.

지금 이곳은 에렌시아 제국이 공식적으로 입장을 밝히는 자리였다. 미카엘의 말은 외교적 분쟁까지 일으킬 수 있을 정도로 위험했다. 물론 그는 조금도 개의치 않았지만.

"엘넌 램브란트는 테러를 일으켜 에렌시아 제국의 외교관들과 크로얀 왕국의 국민들을 살해한 주범입니다. 그뿐입니까? 자신의 과욕 때문에 반란을 일으켜 왕국에 혼란을 초래했습니다. 사형을 몇 번 선고 받아도 이상하지 않을 정도의 죄인이라는 거죠. 그런 놈을 보호한다? 그런 미친 국가를 어찌 내버려두겠습니까?"

미카엘의 주장은 과격했으나, 반발하는 기자들은 없었다. 그만큼 엘넌이 저지른 죄는 컸기 때문에.

"지금부터 제국의 입장을 밝히겠습니다. 이는 위대한 여황 폐하의 뜻이기도 합니다. 제국은 현재 새로운 길을 걸으려고 하고 있습니다. 과거 공화주의를 이념으로 삼았던 크로얀 공화국처럼. 이 길을 계속 걷는 게 쉬운 길이 아님을 우리는 잘 알고 있습니다."

미카엘은 호흡을 가다듬었다. 이제부터가 본론이었기 때문에. 이를 깨달은 기자들은 침을 삼켰다. 그들의 기대를 충족하듯 미카엘은 폭탄을 터뜨렸다.

"우리의 이념에 불만을 품은 국가가 많은 건 알고 있습니다. 그 때문에 허튼수작을 부리는 경우도 많고요. 이번 경우에는 증거도, 증인도 없어서 그냥 넘어갈 수밖에 없지만……."

"만약 제국을 향한 악의적인 공작이 발견될 경우, 그때는 전쟁입니다."

미카엘의 말은 제국의 대륙을 향한 선전포고나 다름없었다. 그리고 그의 주장은 세상을 요동치게 하기에 부족함이 없었다.

대륙의 혼란은 아직 끝나지 않았다.

(…5권에 계속)

강철의 소드마스터 4

초판 1쇄 발행 2019년 12월 15일

저자 달필공자
삽화 키위콩

디자인 윤아빈
주간 홍성완
마케팅 정다움 김서희
발행인 원종우
발행처 (주)이미지프레임

주소 (13814) 경기도 과천시 뒷골1로 6, 3층
영업부 02-3667-2653 **편집부** 02-3667-2654 **팩스** 02-3667-2655
메일 edit03@imageframe.kr **웹** vnovel.co.kr

ISBN 979-11-6085-801-3 02810 (세트) 979-11-6085-318-6 02810